No puedo evitar Enamorarme de ti

Anabel Botella

Editado por Harlequin Ibérica.
Una división de HarperCollins Ibérica, S.A.
Núñez de Balboa, 56
28001 Madrid

© 2016 Ana Isabel Botella Soler
La cesión de derechos ha sido tramitada por la agencia literaria
Laetus Cultura
© 2017 Harlequin Ibérica, una división de HarperCollins Ibérica, S.A.
No puedo evitar enamorarme de ti, n.º 135 - 20.9.17

Todos los derechos están reservados incluidos los de reproducción, total o parcial. Esta edición ha sido publicada con autorización de Harlequin Books S.A.
Esta es una obra de ficción. Nombres, caracteres, lugares, y situaciones son producto de la imaginación del autor o son utilizados ficticiamente, y cualquier parecido con personas, vivas o muertas, establecimientos de negocios (comerciales), hechos o situaciones son pura coincidencia.
® Harlequin, HQN y logotipo Harlequin son marcas registradas por Harlequin Enterprises Limited.
® y ™ son marcas registradas por Harlequin Enterprises Limited y sus filiales, utilizadas con licencia. Las marcas que lleven ® están registradas en la Oficina Española de Patentes y Marcas y en otros países.
Imagen de cubierta utilizada con permiso de Fotolia.

I.S.B.N.: 978-84-687-9789-2
Depósito legal: M-11340-2017

A Cris Canós, a Marga Bonachera, a Tamara Escudero, a Laura Peláez por ser lectoras cero de esta novela. A Rosa Ruano, por todas las veces que leíste mis novelas.

Prólogo

Cristina salió de su escondrijo de detrás de unas cortinas. Hacía más de cinco minutos que se había quedado a solas en aquella habitación en la que se había colado huyendo de una fiesta que le estaba resultando aburrida. Se mordió el labio inferior con nerviosismo y se pasó los dedos por el cabello. Aún le temblaban las piernas por lo que acababa de presenciar. Solo había visto ese tipo de escenas en algunas películas, pero estaba claro que lo que había observado distaba mucho de su concepto de romanticismo. Había sido un polvo corto y frío. Se encaminó a la puerta, pero antes miró la cama de matrimonio. Todavía le costaba asimilar lo que había contemplado, porque por mucho que se tapó los oídos, aún resonaban en su cabeza ciertas palabras que solo había leído en las novelas que sus hermanas mayores escondían en los cajones del armario.

Ese día era especial porque se casaba Tita, la mejor amiga de la madrastra de Cristina, quien, como ella, también había sido actriz tras ganar un certamen de Miss, la primera en Venezuela y la segunda en Valencia. Llevaba semanas escuchando acerca de este acontecimiento, sobre todo a sus dos hermanas mayores, que no hacían más que hablar de ello y de la suerte que tenía Tita porque había pillado al soltero de oro de la sociedad madrileña.

—Yo quiero tener una boda como la de Tita —dijo Marga, su hermana mediana, mientras se encaminaban en coche al enlace.

—Pues yo no quiero casarme hasta que acabe la carrera —comentó Sofía, su hermana mayor.

—Yo me voy a casar con un hombre tan guapo como Álex —Marga se retocó de nuevo los labios con una barra de un color pastel.

—Sí, ya, si ya sabemos lo que te gusta de él —respondió Sofía.

—Me derrito cuando sonríe. Es que parece un actor de cine. Me recuerda a ese actor nuevo que sale de Lobezno en *X-Men*.

—Sí, se da un cierto aire a Hugh Jackman —comentó Sofía—. Por cierto, ya he visto cómo te mira Javier. Ese tío está por ti. Es un poco mayor, pero está bien.

Marga soltó una carcajada.

—Lo sé, lo tengo comiendo en la palma de mi mano. No es tan guapo como Álex, pero papá dice que en cuanto acabe la carrera entrará en el bufete de abogados. Ya hemos salido varias veces al cine.

—¡No me habías dicho nada!

—No, quería estar segura de que yo le gusto. Me gusta porque me trata bien, no como los críos del internado.

A pesar de lo que decían sus hermanas, a Cristina le importaba muy poco aquella estúpida boda. No sabía de quién había sido la idea de que ya tenía edad de acudir a este tipo de eventos, porque si por ella hubiera sido, habría preferido quedarse en casa junto a Maribel, la cocinera, con la que se pasaba horas y horas haciendo pasteles. Ni siquiera conocía cuál era el aspecto de Álex de la Puente Lozano, ni tampoco tenía el más mínimo interés en conocerlo. Estaba segura de que era tan aburrido como Javier, el chico por el que Marga suspiraba. De Álex solo sabía que venía de una de las mejores familias madrileñas y que era el hombre que muchas madres querían para sus hijas. Incluso su madrastra hablaba maravillas de él porque tenía un trabajo envidiable, un futuro prometedor dentro del consejo de administración en uno de los mejores bancos nacionales, poseía una casa en La Moraleja y un apartamento en Sotogrande con un embarcadero privado.

Cristina sabía que esta boda saldría en todas las revistas del panorama nacional, que el enlace se celebraría en la catedral de la Almudena y la oficiaría el mismísimo cardenal Rouco Varela, como también le habían comentado que el vestido de la novia era un diseño exclusivo de Manuel Pertegaz, el mismo que había vestido a las grandes actrices de Hollywood. Puede que de todo lo que iba a ocurrir ese día, este fuera el único detalle que le importaba. Le gustaban mucho los diseños de este gran modisto. Algún día ella crearía modelos tan bonitos como los de Pertegaz.

A pesar de todo lo que podía significar esta boda, Cristina solo deseaba que acabara el día para llegar a su casa y meterse en la cocina a hacer pasteles.

A sus casi catorce años ya tenía una idea muy clara de lo que le gustaba y de lo que no en cuestión de moda. De mayor quería estudiar Bellas Artes y ser figurinista para vestir a los actores de moda. Esto último lo decidió porque escuchó esta palabra a una amiga de su madrastra, le hizo gracia y buscó su significado en un diccionario. Quizás fuera este uno de los motivos por el que había decidido hacer un homenaje al mundo del cine y vestirse a lo *Annie Hall*, la película de 1977 de Woody Allen. Si iba a acudir a una boda, lo haría vestida de chico y como a ella le apetecía. Incluso se había cortado el pelo a lo *garçon*.

Como le gustaban todas las artes, también soñaba con ser actriz, cantante y bailarina para salir en un musical. Otras veces deseaba tener su propio hotelito con restaurante donde fuera la cocinera jefe. Sin embargo, su padre se empeñaba en que debía seguir los pasos de toda la familia y dedicarse a la abogacía. De hecho, su hermano mayor estudiaba para notario y su hermana Sofía quería ser juez. Por el contrario, Cristina soñaba todas las noches con pintar cuadros, hacer vestidos o ser una artista de teatro. De momento se conformaba con hacer pases de modelos con las pocas muñecas que tenía de su infancia, con las que probaba las creaciones que diseñaba.

Tras un enlace demasiado largo para Cristina, aunque esta no era la opinión general, fueron a cenar a la finca de caza que tenían los padres de Álex en Guadalajara, donde se había organizado un catering de lujo. Algunos de los invitados más allegados se quedarían a dormir en aquella vivienda que presumía de tener más de cuarenta habitaciones con sus respectivos cuartos de baño privados.

Después de dar vueltas por aquella casa grande, Cristina decidió esconderse en la última habitación que había al final del pasillo del segundo piso. Allí nadie la encontraría y podría jugar con la Nintendo DS que su madrastra le había dejado llevarse para no escuchar sus quejas. Estaba sentada en el suelo, junto a un sillón, cuando oyó la voz de un hombre que venía por el pasillo. A continuación percibió una carcajada de una mujer. La voz grave de ella le sonaba, pero no lograba ubicarla. Cristina se levantó como impulsada por un resorte y se apresuró a esconderse detrás de unas cortinas de terciopelo verde bastante viejas. La puerta se abrió y las bisagras chirriaron.

—Qué ganas tenía de estar a solas contigo —dijo la voz de un hombre.

Percibió que la puerta volvía a cerrarse, pero esta vez apenas hizo ruido.

—Llevo pensando en este momento desde que te he visto aparecer en la iglesia del brazo de tu suegro —volvió a hablar él.

Cristina asomó la cabeza con cuidado por entre las cortinas y lo que observó la dejó sin aliento. El estómago se le encogió al ver quién era el hombre que estaba arrodillado junto a Tita, y cómo le estaba sacando las braguitas. Tita pasó sus dedos por el cabello de él y tiró de ellos para que la mirara a la cara.

—¡Oh, vamos, Javier, déjate de tonterías! No tenemos toda la noche —exclamó pasándose la lengua por los labios y con la respiración acelerada—. No me digas que ahora te vas a poner romántico.

—No, eso se lo dejo a Álex —soltó una carcajada, colocándose de nuevo en pie—. Dime lo que quiero escuchar.

—No, has sido muy malo —respondió ella con voz melosa posando su mano sobre la braguet—. No te perdono que anoche no vinieras a mi cuarto.

Javier la besó. Cristina percibió que más que besar le estaba devorando los labios. Después se bajó la cremallera de su pantalón y la giró, apoyando las manos sobre los hombros de ella. Tita tenía el vestido de novia subido hasta la cintura. Él lanzó un gruñido, que asustó a Cristina.

—¡No me digas que no me vas a perdonar!

—Eso depende de ti y de lo que hagamos ahora. Estoy dispuesta a escuchar una propuesta en firme.

—¡Vaya, me recuerdas a Álex cuando hablas!

—No hablemos de él ahora.

Tita pegó un respingo y gimió. Echó la cabeza hacia

atrás mientras que el hombre lamía su cuello hasta llegar a sus labios.

—Estás muy húmeda.

Javier volvió a girarla para subirla a horcajadas. Tita le clavó las uñas en la espalda.

—¡Así, cariño, me gusta que te muevas así! —exclamó Tita.

Aunque Cristina había visto escenas de este tipo en algunas películas junto a sus dos hermanas mayores, no dejaba de sorprenderle el poco cariño que se mostraban los dos amantes.

Después de un rato, Javier la llevó hasta la cama y la tendió. Cristina tragó saliva y volvió a esconderse detrás de las cortinas. No quiso ver cómo Tita le quitaba el pantalón.

—¡Quiero que me la metas ya!

—Ahora eres tú la que te pones romántica —murmuró él—. Era justo esto lo que deseaba que me dijeras. Mueve las caderas.

Cristina se tapó los oídos al tiempo que se mordía el labio inferior. Sin saber por qué, se puso a llorar. Deseaba estar muy lejos de aquella casa, pero sobre todo quería que todo terminara y que Tita y Javier se marcharan de la habitación. Se tuvo que tapar la boca con la mano para que no escucharan cómo sollozaba. Por fortuna, no estuvieron ni diez minutos, que a Cristina se le hicieron eternos.

—Prométeme que esta noche pensarás en mí mientras te lo montas con él —dijo Javier antes de abandonar la habitación.

—Si no te lo prometo, ¿qué pasará?

—Pasará que no me volverás a ver.

—¡Qué dramático te pones! —Tita se quedó callada unos segundos—. Sabes que pensaré en ti.

Hubo un silencio.

–¿Por qué te has casado con él? –el tono de Javier había cambiado y se mostraba serio.

–¿Y eso qué más da? Ya aprenderé a quererlo. Seré una buena esposa y tendremos una parejita. Él me da estabilidad y tú me das lo que necesito.

–No te tenías que haber casado con él. Podías haber esperado tres años a que terminara la carrera.

–Javier, a ti nunca te he engañado. Te dije que lo nuestro no tenía futuro. No quiero esperar a tener todo lo que me ofrece Álex.

–Puede que algún día te arrepientas.

Tita soltó una carcajada.

–Estabas mucho más guapo antes, cuando me deseabas en la cama. No te pongas así de serio. Venga, vamos. Te recuerdo que hoy soy la protagonista y me están esperando en el jardín. Hay que seguir con la fiesta.

Después escuchó cómo se cerraba la puerta. Al rato era Cristina la que abandonaba la habitación. Con rapidez y con algo de miedo aún en el cuerpo por si alguien la descubría, corrió hacia las escaleras y bajó a la fiesta que había en el jardín. Mientras lo hacía, reflexionaba sobre lo que había presenciado. Si alguna vez tenía una relación con un chico, no deseaba que fuera de esa manera.

Cuando llegó al jardín, Tita bailaba con Álex un vals bajo la atenta mirada de Javier, que se pasaba la lengua por los labios.

–Hacen una pareja estupenda, ¿verdad? –le preguntó Marga.

–Sí, tanto como tú y yo –Javier la agarró de la cintura.

Cristina se estremeció cuando Javier posó sus labios en los de su hermana. Él giró la cabeza y después le guiñó un ojo, pero Cristina ni se inmutó. Tenía ganas de gritarle que le quitara las manos de encima a Marga.

—¿Y tú, qué piensas? —le preguntó Javier—. ¿Hacemos buena pareja tu hermana y yo?

—No, no hacéis buena pareja —después se dio media vuelta y lo dejó con la palabra en la boca.

—¿Se puede saber qué le he hecho a tu hermana? Es un poco rara.

—No lo sé. Creo que no le gustan las bodas.

—Yo diría que aún es una cría —respondió Javier—. ¡A quién se le ocurre venir vestida así!

—No te pases con mi hermana —le pegó una palmada cariñosa en el hombro.

Fue lo último que escuchó Cristina mientras se perdía entre los invitados.

—¡Que te den, imbécil! —murmuró entre dientes.

Se alejó de aquel jardín lejos de la fiesta, lejos de la música y de las risas. Le apetecía estar sola. Se sentó en el borde de una fuente de piedra, donde se podía ver la luna reflejada en el agua. Al cabo de un buen rato, las pisadas la alertaron de que alguien se estaba acercando. Cristina giró la cabeza para ver quién era.

—Siento si te he asustado —dijo el novio—. Necesitaba descansar un rato y ver que todo esto no es un sueño.

Cristina se encogió de hombros y después desvió otra vez la mirada al agua de la fuente. Tragó saliva y sintió lástima por él. Decidió callar. Que no le gustaran las bodas, no significaba que quisiera arruinar una.

—¿Te aburres?

—Sí, no me gustan las bodas.

Él soltó una carcajada.

—Si quieres, te cuento un secreto —Cristina asintió con la cabeza sin apartar la vista de la estatua de la fuente—. A mí tampoco me gustaban hasta que llegó la persona adecuada.

—¿Y tú crees que la has encontrado?

–Sí, creo que al fin la he encontrado.

Cristina se dio media vuelta para buscar, en los inmensos ojos de él, la oscuridad de la noche. A pesar de lo que creyera Álex, ella sabía, aunque aún no había cumplido los catorce años, que Tita no era la persona adecuada para él, pero no le comentaría el porqué.

Capítulo 1

La vida de Cristina no se parecía en nada a la de las protagonistas de las películas de comedia romántica que tanto le gustaban. Tampoco había cumplido ni uno solo de los sueños que tenía cuando era pequeña. Cuando acabó bachiller se vio matriculada en Derecho. Aunque se suponía que tenía que haber acabado la carrera, aún no había podido pasar del segundo curso. Odiaba con toda su alma aquella maldita carrera que había elegido su padre por ella. Ni siquiera la compensaba el Mercedes Clase E Coupé de color rojo que le había comprado al terminar la selectividad. Si por ella hubiera sido, lo habría vendido y se habría comprado un coche más modesto, como un Citroën C4. Cada día se le hacía más cuesta arriba acudir a la facultad a tomar apuntes, hablar con todos aquellos niñatos inmaduros con los que no tenía ninguna afinidad y que tenían su futuro asegurado en los bufetes de sus padres. Muchos de ellos habían sido compañeros de colegio, pero conforme fueron creciendo y abandonando la carrera, la distancia entre ellos se hizo más evidente. Ella no soportaba la ostentación impúdica de poderío que sus compañeros mostraban por medio de la ropa, ni tampoco le gustaba que todos compraran en las mismas tiendas. En cierta manera,

era como si fueran todos uniformados. En cambio, desde hacía cuatro años, ella se hacía sus propios diseños.

De todos aquellos sueños, solo quedaban los recuerdos. Aunque a veces su imaginación le jugaba malas pasadas y fantaseaba con una vida que no era la suya.

Estaba a punto de entrar en la siguiente clase cuando notó que el móvil le vibraba dentro del bolso. Era Marga.

—Hola —contestó su hermana—. Te llamaba para decirte que me han adelantado la hora para probarme el vestido.

Aunque su hermana le llevaba casi cuatro años, contaba con ella para tomar ciertas decisiones.

—Y quieres que vaya, ¿verdad?

—Sí, por favor. Estoy supernerviosa. Quiero que esta boda salga bien. Esta semana he perdido otros tres kilos. Me van a tener que arreglar el vestido una vez más. No sé qué voy a hacer. Si sigo adelgazando voy a parecer una momia. Y a Javier no le gusta que esté tan delgada.

Cristina percibió que su hermana estaba al borde de un ataque de nervios por lo deprisa que hablaba.

—Está bien. Me perderé la última clase de la mañana. Esta tarde te vienes conmigo a mi clase de yoga.

Marga soltó una risa ahogada.

—Yo prefiero ir a un spa. Acaban de darme la dirección de uno que te hacen unos tratamientos de belleza que te dejan nueva. Y hay otro que te rejuvenece unos cuantos años.

—¿Crees que ese tratamiento es el que me hace falta a mí? Te recuerdo que solo tengo veinticinco años. No quiero parecer más joven.

—No te pongas quisquillosa. Cuando sea tu boda, seré yo quien la organice.

Contuvo la respiración. ¿Cuántas veces tenía que decirle a su hermana que ella no pensaba casarse?

—Está bien, iremos donde tú quieras, pero respira con calma.

–Venga, va, no te quejes. Te estoy haciendo un favor porque te vas a perder unas cuantas clases. Además, luego te invito a comer en ese restaurante japonés que tanto te gusta.

Cristina pensó en el 99 Sushi Bar, uno de los mejores sitios donde hacían *carpaccio de hamachi*. Salivó solo de pensarlo.

–Si no me estoy quejando. Solo digo que al final siempre te sales con la tuya.

–Por supuesto. Ya sabes lo cabezona que soy.

Cristina pensó en lo que le había dicho a Marga. Su hermana solía conseguir todo lo que se le ponía entre ceja y ceja. Un ejemplo de ello era Javier. Desde que se cruzó en su camino, tuvo claro que un día sería la señora de Javier Garrido. Muchas veces estuvo tentada de decirle lo que había visto en la boda de Tita, pero, por experiencia, sabía que había ciertas cosas que era mucho mejor que siguieran siendo un secreto.

–¿Dónde te recojo?

–Voy a estar en el Starbucks que da a la plaza de España, he quedado con las chicas para tomar algo. Pásate sobre la una, pero si te aburres mucho, ya sabes dónde encontrarme.

–Está bien. Te recojo en un rato –dijo colgando.

Miró el reloj y se dio cuenta de que también se perdería la hora de Derecho Romano. Aunque pensándolo bien, tampoco le importaba demasiado. Esta era una de las tantas excusas que le venía bien para no ir a clase. Sonrió porque, de todas las asignaturas, posiblemente aquella era la que más detestaba, así que decidió salir del edificio e ir hasta el aparcamiento.

Si había algo que odiaba tanto como el Derecho eran las bodas. No alcanzaba a comprender por qué cada vez que la invitaban a una siempre terminaba asistiendo a una escena bastante comprometedora. Parecía tener una habilidad especial para ver cómo ciertas parejas se ponían los cuernos. No es que hubiera acudido a muchas, como a unas cuatro, pero aún recordaba la que vivió la última vez, cuando descubrió al prometido de Sofía que se acostaba con la mejor amiga de su hermana. Por supuesto, en aquella ocasión tampoco dijo nada.

Y a pesar de lo poco que le gustaban las bodas, desde hacía un año se había embarcado en todos los preparativos del enlace de Marga, desde ser la primera dama de honor hasta su despedida de soltera. Había terminado por elegir junto a su hermana el vestido de novia, el recogido que llevaría, las flores de la iglesia, el color de uñas y su ropa interior. El colmo había sido la tarta de novios, que su hermana se había empeñado en que fuera una réplica de la Torre Eiffel, el lugar donde Javier se le había declarado.

Marga era ante todo una mujer muy previsora, aunque también era monotemática. Cuando tenía seis años y su hermana diez, para superar la muerte de su madre por un cáncer de piel, las llevaron a Disney World Orlando. Durante más de un mes estuvo hablando de ello. Hizo un programa muy detallado de todas las atracciones en las que se montaría, así como las horas ideales para hacerlo. Como también se obsesionó con el poco pecho que tenía cuando cumplió trece años y del poco éxito que tendría con los hombres. Un año después pasó de ser lisa como una tabla a tener una 85 copa E, y empezó a quejarse sobre dónde demonios iba a meter aquellos dos melones que no dejaban de crecer. Así mismo se pasó un curso entero hablando de lo mucho que le gustaría ser presentadora de televisión. Aún recordaba cómo convenció a su padre cuando cumplió los dieciséis de que quería estudiar bachiller en el mismo internado de París en el que lo harían todas sus amigas.

Este último año su palabra favorita era BODA, así, tal cual, con todas las letras y en mayúsculas. Porque la suya iba a ser el acontecimiento del año, mucho mejor que la de Tita, la mejor amiga de su madrastra, que tanto la había impactado cuando era adolescente. Al fin, después de pasar por varias separaciones y reconciliaciones, se casaba con Javier, el hombre del que siempre estuvo enamorada. Parecía no conocer otro tema de conversación que no fuera su maravilloso enlace. Llevaba más de tres años pensando en ello, aun cuando Javier no se lo había pedido.

Dejó de pensar en su hermana una vez que estuvo en el coche y sacó un Huesito del bolso. Era de la opinión de que todo lo podían solucionar estas barritas de chocolate y se la comió de dos bocados. Se relamió los labios porque nunca se cansaba de comerlas. Después puso música en la radio para olvidarse por unos instantes de la boda de su hermana. En ese momento empezaba una de las canciones favoritas de Adele: *Set fire to the Rain*.

> *I let it fall, my heart,*
> *And as it fell, you rose to claim it,*
> *It was dark and I was over,*
> *Until you kissed my lips and you saved me,*
> *My hands, they were strong, but my knees were far too weak,*
> *To stand in your arms without falling to your feet...*[1]

Suspiró cuando la canción llegó al final. Deseaba tener uno de esos amores que la hicieran estremecerse cuando su novio la besaba. Todavía no había llegado el

---

[1] Dejé que cayese, mi corazón/ y según cayó, tú apareciste para reclamarlo/ estaba muy oscuro, y yo estaba acabada/ hasta que besaste mis labios y me salvaste/ mis manos eran fuertes, pero mis rodillas eran demasiado débiles/ como para sostenerme en tus brazos sin caer a tus pies...

hombre que la hiciera vibrar de arriba abajo, ni siquiera con Manu sentía que perdía la cabeza cuando se acostaban. Él era frío y planificaba todos sus encuentros. Un sábado al mes, antes de salir a cenar, solían acostarse. Ella se dejaba llevar porque todo el mundo coincidía en la maravillosa pareja que hacían. Y eso que se había jurado en la boda de Tita que sus relaciones sexuales nunca serían frías. En el fondo sabía que esa relación tenía los días contados.

Llegó con tiempo de sobra al Starbucks donde había quedado con su hermana. Pidió un *cappuccino* de *mocca* blanco con extra de nata. Necesitaba azúcar en vena. Marga y sus amigas estaban sentadas en una mesa que había en el piso de arriba. Su hermana estaba abriendo una caja alargada. Sonrió al intuir qué regalo le habían hecho sus amigas. Marga mostró, con los ojos abiertos como platos, un consolador de color morado, aunque tenía una sonrisa traviesa.

–Esto es para dar un poco de vida a vuestra relación –dijo Ester, su mejor amiga.

–Esto es un poco... –Marga puso los ojos en blanco al tiempo que buscaba la palabra adecuada–, esto es un poco vulgar. ¿Quién usa estas cosas? ¡No me digáis que vosotras los utilizáis!

Ester se encogió de hombros y todas terminaron riendo sin el menor disimulo. Marga se dio cuenta de que su hermana pequeña había llegado y le hizo un hueco a su lado.

–Ven, siéntate conmigo. Y haz el favor de no mirar esto.

Cristina elevó los ojos al techo.

–Ni que tuviera diez años. Sé lo que es un consolador.

Marga la miró con la boca abierta.

–¿Los has usado alguna vez? Dime que no. No soportaría que mi hermana pequeña los hubiera probado antes que yo.

Cristina negó con la cabeza.

—No, Manu piensa que no necesita este tipo de juguetes. Es de la opinión que los hombres no necesitan estos chismes para poner a tono a una mujer.

—Pues dicen que funciona —soltó Raquel.

—¿Tú los has probado? —preguntó Marga—. Hace mucho tiempo que no nos ponemos al día.

—No, pero puede que me decida a hacerlo muy pronto. Carlos está muy fogoso últimamente.

Todas volvieron a reír.

—A ver, que tampoco es para tanto —expuso Cristina—. Seguro que todas vosotras os habéis leído *Cincuenta sombras de Grey* o las novelas de Megan Maxwell o Lena Valenti —esperó a que asintieran—. Este tipo de literatura ha puesto de moda estos juguetes. Ya no está mal visto que vayas con tu pareja a un *sex-shop*.

—¿Ves, Marga? Tu hermana lleva razón. Yo voy con Carlos alguna que otra vez —repuso Raquel con un brillo especial en los ojos—. Desde luego nuestra relación ha mejorado bastante gracias a estos chismes.

—Por cierto —cortó Ester llevándose una mano al colgante que llevaba—, acabo de enterarme de un cotilleo. Aún no se ha hecho oficial, pero por lo que sé, llevan un tiempo viviendo cada uno por su lado. ¿A que no sabéis quién se ha separado?

—¿Quién? —preguntó Raquel.

—Aún no me lo termino de creer —siguió hablando Ester sin dejar de comer el *muffin* que tenía en la mano.

—Venga, no te hagas la interesante —quiso saber Marga—. Estamos impacientes por saber quién se ha separado.

—¿Os acordáis de cuál fue la boda de hace años? La ofició Rouco Varela.

—No, no puede ser. ¿Álex y Tita? —replicó Marga.

—Pues sí, Tita y Álex. Hace más de tres meses que están viviendo cada uno en un sitio diferente.

—¡No puede ser! —soltó Raquel—. Si estaban superenamorados. Yo los vi hace poco más de un mes en la tele, en la presentación de la última película de Tita.

—Pues parece ser que a Álex se le va la mano —Ester le pegó el último bocado a su *muffin*—. Y Tita, según me ha dicho mi marido, le va a sacar todo lo que pueda. De momento ella se ha quedado en la casa de La Moraleja mientras que él seguirá trabajando en Valencia.

—¿Estáis seguras de que Álex le pega? —quiso saber Cristina.

—Seguras no, pero vamos, todo parece indicar que es cierto —respondió Ester.

Cristina aún no había podido olvidar la escena que presenció en su boda. De aquello hacía más de doce años, el tiempo que no lo veía a él. La última vez que supo de ellos era que se habían mudado a Valencia a vivir porque a él lo habían destinado allí. También sabía que poco tiempo después del enlace, Tita anunció que iba a tener a su primera hija. Se rumoreaba que la rapidez del enlace se debió a que ya estaba embarazada.

—También es la palabra de Tita contra la de Álex —dijo Cristina.

—¿Tú de qué parte estás? —preguntó Ester—. Las mujeres debemos apoyarnos unas a otras.

—Sí, debemos, siempre que sea cierto lo que dice Tita —replicó Cristina.

—¿Estás diciendo que Tita se lo está inventando? —inquirió Marga.

—No, no estoy diciendo eso, pero antes de crucificar a alguien no estaría mal conocer las dos versiones. Es lo mínimo que se merecen los dos.

—Pues si mi marido me hiciera lo que le ha hecho Álex a Tita lo dejaba más tieso que un palo –dijo Raquel–. Pero Carlos no sería capaz de ponerme una mano encima.

—Pues como a Javier se le ocurra hacerme algo de esto, se va a enterar de lo que vale un peine.

Cristina se atragantó con el último trago de café que estaba bebiendo.

—¿Qué te pasa? –Marga le dio unos cuantos toques en la espalda.

—Nada, se me ha ido por el otro lado –Cristina miró el reloj–. Nos deberíamos marchar ya.

—Sí, llevas razón. Marcus odia la impuntualidad. Menos mal que papá le está pagando un pastón por el vestido de novia. Tengo ganas de que llegue ya ese día. Va a ser la gran boda del año.

Antes de salir a la calle, Marga se agarró del brazo de su hermana.

—¿Tú crees que Javier sería capaz de hacerme algo así?

Cristina tardó unos segundos en contestar. Marga se giró, y el gesto que observó en su hermana no le gustó.

—¿Tú sabes algo que yo no sepa? –quiso saber Marga.

Su hermana negó con la cabeza.

—Es que no sé qué contestarte. Las personas cambian mucho.

—Pero es que yo lo quiero mucho –dijo Marga.

—Lo sé. Y si a Javier se le ocurre ponerte una mano encima, le rebano el cuello.

—Voy a hacer todo lo que esté en mi mano para que lo nuestro funcione.

—No te preocupes. Todo va a salir bien.

—Sí, todo va a salir genial.

Cristina asintió con la cabeza. No tenía ninguna duda de que su hermana haría todo lo que fuera para hacerle feliz, sin embargo, no podía decir lo mismo de Javier. Solo deseaba que su aventura con Tita hubiera sido la primera y la última vez.

Capítulo 2

Después de que Marga pagara los tratamientos de belleza, le pidió a su hermana que la acercara hasta el bufete de su padre porque había quedado con Javier.

–Me va a llevar a cenar a un sitio nuevo. Quiere celebrar que llevamos juntos doce años.

–Seguro que te encanta. Javier tiene muy buen gusto para elegir restaurantes.

Cristina apartó un segundo la mirada de la carretera.

–¿No llegas un poco pronto?

Marga negó con la cabeza.

–No, a Javier le gusta que le sorprenda. No sería la primera vez que terminamos haciéndolo en su despacho. ¡No sabes cómo le pone que no lleve ropa interior! –le enseñó con una sonrisa pícara las braguitas que llevaba en el bolso.

–Me alegra de que al menos una de las dos tenga buen sexo.

–No lo sabes tú bien. Si es que no me haces caso. No sé por qué sigues con Manu.

–Pues... supongo que es porque no he encontrado a nadie mejor.

Marga asintió con la cabeza y después se quedó unos

segundos callada. Cristina sabía que había algo que le rondaba por la cabeza. Eso solía ocurrir cuando ella fruncía el entrecejo y se llevaba una mano a su oreja izquierda. Volvió a observarla. Nadie que no las conociera podría decir que fueran hermanas. Eran tan distintas como el agua y el aceite. Marga era rubia, con una melena rizada que era la envidia de muchas de sus amigas, el pelo con el que sueña trabajar cualquier peluquero, de piel muy blanca y exuberante. Sus ojos eran vivarachos, y tan azules como el cielo en un día de primavera. Se parecía a su madre, que en su juventud había sido azafata de vuelo. Ella, en cambio, era el vivo retrato de su padre. Su pelo era liso, negro y lo llevaba hasta casi la cintura. Sus ojos eran rasgados y oscuros con motitas doradas. Tenía los pómulos altos y su piel era tersa y tan blanca como la de su hermana. En más de una ocasión la gente le había preguntado si no era extranjera. También era más baja que su hermana, y desde luego no tenía el pecho de Marga. Se tuvo que conformar con una talla 80 copa C. Y aunque ella era la menor de las dos, a veces tenía la sensación de ser mayor que Marga.

—Venga, suelta eso que estás pensando.

Marga se hizo de rogar y se mordió la parte interna de su mejilla.

—Es algo que llevo pensando hace un tiempo, pero por favor, no te enfades.

—No, no me voy a enfadar. Dime, qué ocurre. ¿Es algo que te pasa con Javier?

—No, tranquila. No es nada de eso. Lo mío con Javier funciona de maravilla.

—¿Entonces?

Su hermana mayor tomó aire.

—Pues que no lo entiendo, Cristina, no entiendo qué estás haciendo con tu vida.

Cristina volvió a girar la cabeza y después pegó un

frenazo cuando se dio cuenta de que el semáforo estaba a punto de cambiar a rojo. Escuchó un pitido del coche que venía detrás.

—¿A qué viene esto ahora? No lo entiendo.

—Sabía que te ibas a enfadar.

—No, no me he enfadado, pero me gustaría saber a qué viene esto.

—¿Aún no te has dado cuenta?

—¿De qué? No sé de qué me hablas.

—Claro que sabes de lo que hablo. He visto tu mirada cuando Marcus me estaba probando el vestido. Siempre soñé con que fueras tú quien hiciera el traje de mi boda. ¿Por qué no te has dedicado a esto? Si te haces tú misma tus vestidos.

Cristina negó con la cabeza y cerró los ojos por unos instantes. Sonó otro pitido más largo, que la sobresaltó. El semáforo se había puesto en verde.

—No lo sé —se encogió de hombros y después puso la primera—. Eso eran tonterías de niña.

—A mí me gustan tus cuadros, me encantan tus bocetos y sé que tendrías éxito. Mariví siempre te animó a que estudiaras para ser figurinista. Ella tiene un montón de contactos y sabes que no te faltará trabajo como diseñadora. También se te dan bien los pasteles y cantas muy bien. Eres muy creativa.

No estaba tan segura de las palabras de Marga. Cristina soltó un bufido.

—No, mis cuadros son un churro.

—A mí me gustan, y también a Mariví y a Sofía.

—Vosotras no sois imparciales. ¿Qué vais a decir?

—Quizá si se los enseñaras a alguien que no fuésemos nosotras, verías que no estamos exagerando.

—Puede que lleves razón —Cristina se encogió de hombros—. No sé por qué estoy estudiando Derecho.

—Claro que lo sabes, por la misma razón que yo lo estudié. Papá es muy insistente. Al menos yo terminé la carrera.

—Para lo que te ha servido.

—Oye, guapa, nunca se sabe si algún día volveré a ejercerlo. Al menos a mí me gusta. Pero no estamos hablando de mí, estamos hablando de ti.

—No sé. Papá se empeñó en que yo tenía que seguir vuestros pasos.

—Podías haberte negado. ¿Qué llevas, casi ocho años? Este coche no vale la pena que estés perdiendo el tiempo en estudiar algo que no te gusta. Además, últimamente estás como muy seria. Has dejado de ser... —pensó si debía decírselo, pero finalmente se decidió— divertida.

Cristina notó cómo se le iba formando un nudo en la garganta.

—Por favor, dime que vas a pensar en lo que te he comentado —Marga posó una mano sobre la de su hermana—. He hablado con Sofía y está de acuerdo en que si decides...

—¿Has hablado con Sofía de esto?

—Sí. Ella y yo estamos de acuerdo en que si decides estudiar otra cosa te apoyaremos. Juanfra también te apoyará. Sabes que eres su ojito derecho. Es evidente que no te gusta nada Derecho.

Antes de contestar, Cristina tragó saliva.

—No, no me gusta nada.

Aunque muchas veces lo había pensado, afirmar en voz alta que no le gustaba el Derecho supuso una liberación. Se sintió de repente mucho más tranquila.

—No, no me gusta el Derecho —lo repitió—. Lo odio.

Después soltó una carcajada.

—Sí, lo sé, lo sabemos.

—No sé cómo se lo voy a decir a papá.

—Tranquila, tienes a Mariví de tu parte, y a tus hermanos.

Cristina respiró con calma.

—Venga, ¿cuándo se lo vas a decir a papá?

—No lo sé, pero no tiene que ser esta noche. Quizá para cuando acabe el curso.

—¿Vas a esperar tres meses? Estamos a primeros de abril.

—Bueno, no me agobies. Te prometo que se lo diré un día de estos.

—Todos los días te lo voy a recordar.

Su hermana se la quedó mirando. A veces Marga la sorprendía, porque tras esa máscara de chica frívola, se escondía alguien que soltaba verdades como puños. Era, desde luego, una persona que decía lo que pensaba, y a Cristina le gustaba su sinceridad.

—Ya hemos llegado –comentó Cristina.

Marga se quitó el cinturón de seguridad y le dio un beso en la mejilla a su hermana pequeña. En ese momento, el teléfono de Cristina las sobresaltó. Era Manu quien llamaba. Tras dejar que sonara al menos cinco tonos, Marga, que estaba a punto de cerrar la puerta, se giró.

—¿No lo vas a coger?

—Sí, claro. Luego hablamos –dijo antes de descolgar.

Marga se despidió y se encaminó hacia las oficinas donde su padre tenía el bufete de abogados. El conserje se levantó de su sillón, dejó a medias el crucigrama que estaba haciendo y llegó hasta el ascensor para abrirle la puerta.

—Buenas tardes, señorita Burgueño. ¡Cuánto tiempo sin verla por aquí!

—No se moleste, por favor, Ramiro.

—No es molestia, ya lo sabe usted. Soy un caballero de la vieja escuela. Ahora ya es tarde para que cambie.

—¿Sabe si se ha marchado ya mi padre?

—No, aún no ha salido. Ha llegado a las tres de un juicio bastante complicado.

—Sí, ya me comentó anoche que su cliente lo tenía mal, pero mi padre es un tiburón y no se da por vencido así como así.

Marga entró en el ascensor, dejó que Ramiro cerrara la puerta y le dio al último botón. Antes de ver a Javier, saludaría a su padre. El bufete de su familia ocupaba las dos últimas plantas del edificio. El ático estaba reservado para él y para su hermano, uno de los más prestigiosos notarios de Madrid. Rosa, la secretaria de su padre, la detuvo antes de que ella abriera la puerta.

—Está en una reunión muy importante.

—¿Con quién está?

Rosa le hizo un gesto para que se acercara.

—Con un alcalde de un pueblo. Ya sabes, parece que este también tiene problemas de desvío de capital y extorsión —murmuró.

—Entonces no le molesto. Dile que he venido y que me voy con Javier a cenar. Quería comentarle una cosa sobre la boda, pero puede esperar.

—No puede tardar mucho. Lleva más de dos horas reunido.

—Ya lo llamaré más tarde.

Marga volvió a los ascensores y bajó al piso inferior. Observó que todas las secretarias estaban hablando en un corrillo. En cuanto se dieron cuenta de que había llegado, volvieron a su sitio.

—Estábamos organizando una comida para el domingo —se disculpó una de ellas.

—Tranquila, podéis seguir hablando —les mostró una sonrisa—. No se lo voy a decir a nadie.

—¿Has venido a ver a Javier?

–Sí, hemos quedado para cenar.

–No está en su despacho. Me ha dicho que salía a comprar algo para sorprender a alguien, y de eso hace un rato, pero yo no te he dicho nada –le guiñó un ojo–. También me ha pedido consejo sobre una pulsera que quería regalarte esta noche. No se puede decir que no tenga buen gusto. Si mi marido me regalara una como esa, sería la mujer más feliz del mundo.

–No te preocupes. Ya espero en su despacho.

–Si quieres, te paso el último número del *Hola*.

–No hace falta que te levantes. Ya sé dónde están las revistas.

Durante más de media hora, Marga estuvo esperando en el despacho de Javier. Le había enviado varios *whatsapp*, que no fueron devueltos. Después de hojear la revista, se levantó para ir al lavabo, que estaba al final de un pasillo muy largo. Antes de abrir la puerta del servicio de mujeres, escuchó unas palabras que provenían del despacho de Rocío, una compañera de carrera. Acercó el oído a la puerta para escuchar. Parecía que estaba hablando con alguien. Por el tono en el que estaba hablando, supuso que debía ser su novia. Desde hacía más de un año salía con una chica, con la que decía que se casaría en verano. Las dejó que siguieran charlando. Al terminar volvió a escuchar una risa del despacho de Rocío, pero en este caso no era de ella, sino de un hombre. Se acercó de nuevo. El corazón comenzó a bombear con fuerza y las piernas le empezaron a temblar. Cerró los ojos cuando se dio cuenta de que Rocío no flirteaba con una chica, sino con Javier. ¡Cuántas veces le había dicho Rocío que los hombres no le interesaban!

Abrió la puerta con temor. El corazón estaba a punto de salírsele por la boca. Como se temía, Javier estaba de espaldas a la mesa y Rocío tenía que estar agachada, porque no la vio. Encima de la mesa había un estuche abierto con una pulsera que parecía ser de oro.

—¡Joder, nena, qué bien lo haces! —exclamó Javier—. Sigue así, hasta el fondo...

Marga se mojó los labios y sintió cómo el corazón se le encogía, pero se armó de valor. No quería soltar ni una lágrima, pero iba a enterarse de quién era ella.

—Para no gustarte los hombres, veo que lo disimulas muy bien. ¿Te digo ahora que hemos terminado o me espero y te lo cuento mientras ella te la chupa?

Javier pegó un respingo, se llevó las manos a la entrepierna, como si con ello pudiera ocultar lo empalmado que estaba.

—¡Marga...! —balbució—. No... no es lo que piensas...

De todas las excusas que había escuchado en su vida, aquella posiblemente era la más estúpida, además de ser la típica. ¿No podría haber dicho otra cosa? ¡Qué patético resultaba!

—No, déjalo, ahórrate las palabras. Es evidente lo que estáis haciendo.

—No, deja que te lo explique.

—¿Me tomas por tonta? Sé lo que estáis haciendo —dio un paso atrás y gritó bien alto—. Andrés, ¿puedes venir al despacho de Rocío? Es urgente.

Javier hizo amago de subirse los pantalones, pero Marga le hizo un gesto con la mano.

—Ni se te ocurra.

—Marga, por favor...

—Está claro que se te ha caído el botón del pantalón al suelo y Rocío se ha ofrecido a buscártelo. De pronto ella te ha querido coser el botón y, sin saber cómo, tenía tu polla dentro de su boca. ¿He dicho polla? —se tapó la boca con la mano—. Debes perdonarme, siempre dices que polla es una palabra muy soez para una mujer como yo, y que solo lo dicen las zorras –se giró hacia Rocío, que había levantado la cabeza–. No me mires así, chica, eso lo dice él, no yo. Pídele explicaciones. Es todo tuyo.

–Marga, deja que te explique. Esto no significa nada. Ya sabes el estrés al que estoy sometido...

Andrés llegó enseguida. Marga se hizo a un lado para que pasara al despacho.

–Andrés, ¿a ti qué te parece qué están haciendo?

–Eh... perdón –dijo bajando la mirada al suelo–. Lo siento. No quería molestar.

–¿Tú qué crees que están haciendo?

–Yo... esto... mejor me voy.

El hombre salió del despacho de Rocío sin levantar la cabeza.

–¿Sabes lo que esto significa? –preguntó Marga–. Recoge tus cosas y vete.

Tenía ganas de gritarle lo miserable que era, pero su dignidad no se lo permitió.

–No puedes echarme del despacho –Javier se había subido los pantalones y se estaba abrochando la cremallera–. He trabajado mucho para estar aquí.

–¿Que no puedo echarte? Claro que puedo hacerlo –sacó el móvil de su bolso–. ¿A quién quieres que llame primero, a mi padre o a mi hermano? Sabes que si se lo cuento a mi padre, ya puedes olvidarte de tu prometedora carrera de abogado. Deberías haber pensado antes dónde metías tu cosita –le señaló con un dedo.

–Esto no supone nada en nuestra relación. Rocío es un pasatiempo.

–Me da igual lo que sea, no os quiero ver a ninguno de los dos en este despacho. Y a ti no te quiero ver en la vida.

Después cerró la puerta de un portazo y se encaminó al ascensor con prisa. Quería salir cuanto antes de allí.

Javier salió detrás de ella. La llamó varias veces, pero Marga hizo caso omiso.

—Marga, por favor, no te marches. Podemos arreglarlo aún. Vamos a hablar, por favor.

Ya no había nada que arreglar. ¿De qué iban a hablar? ¿De que se la pegaba con una compañera de facultad que decía que era lesbiana, pero que había descubierto que no lo era? ¿Cuántas veces la habría engañado? ¿Era la primera vez que lo hacía? Daba igual si era la primera o la cuarta, el caso es que se la había pegado con otra y el dolor era inmenso.

En cuanto las puertas se abrieron, se metió y esperó a que se cerraran para abandonarse a la sensación de abatimiento que sentía. Las lágrimas brotaron cuando el ascensor empezó a bajar. Aún no podía creer que hubiera mantenido la compostura y que no se hubiera puesto a llorar cuando empezó a hablar. ¡Con lo llorona que era!

Al salir a la calle, paró un taxi y le dijo al conductor que la llevara donde quisiera.

—Dé vueltas por Madrid. Ya le diré cuándo tiene que parar —al girar la primera esquina, cambió de opinión—. ¿Conoce el Van Gogh?

—¿Es la cafetería que está al lado de Moncloa?

—Sí. Esa misma. Lléveme allí. No hay nada que no pueda curar un bizcocho de zanahoria y un chocolate caliente.

—Me parece una buena decisión —el taxista afirmó con la cabeza. La miró por el retrovisor—. Si me permite un consejo, nada ni nadie se merece esas lágrimas. Es usted muy bonita para terminar llorando dentro de un taxi.

—Lleva usted razón. No se merece estas lágrimas —aunque quería convencerse de lo contrario, no dejó de llorar hasta que llegó a la cafetería.

Capítulo 3

Manu quería hablar con ella. No le había dicho sobre qué, ni tampoco el tono de su voz indicaba a qué venía tanta urgencia, solo sabía que a las seis de la tarde, cuando el último paciente se fuera, se tenía que pasar por su despacho. Más que una cita parecía una orden. Los viernes salía antes de la consulta porque siempre iba a Cáritas a echar una mano, pero esa tarde había cambiado sus planes.

Como tenía tiempo, dejó el coche en el aparcamiento de Nuevos Ministerios para pasear un rato por la Fnac de la Castellana. Le gustaba leer novela negra y quería ver cuáles eran las últimas novedades. Tras hojear varias pilas, entre las que se encontraban algunas obras de escritores nórdicos, decidió comprar dos de autores nacionales que ya conocía y que le habían dejado buen sabor de boca.

En la caja un chico con barba, gafas de pasta y camisa de cuadros se la quedó mirando. Debajo del brazo llevaba un ensayo que tenía pinta de ser tan aburrido como él.

—Hoy es el día perfecto para empezar una nueva historia, ¿no crees?

Cristina quiso contestarle, pero si lo hacía sabía que

terminaría muerta de risa. Si esta era una de las técnicas que utilizaba para ligar, con ella, desde luego, no le iba a funcionar.

—Estamos en el lugar idóneo para escribir una historia. ¿Te imaginas que un día nuestras memorias estén en una de estas estanterías?

—No, no me lo imagino. No sé qué película te estás montando, pero te aseguro que solo he venido a comprar dos novelas.

El chico chasqueó los labios.

—No hemos empezado con buen pie. Soy Migue.

Le tendió la mano.

—Siguiente, por favor —dijo una voz a sus espaldas.

—Me toca a mí —Cristina hizo un gesto de disculpa—. Perdona que no me pare a hablar, pero me está esperando mi marido en la puerta. Tenemos unos trillizos que se ponen como fieras si no les damos de comer a sus horas. Después de las seis se convierten en monstruos, y tampoco los podemos bañar más allá de las siete, y es casi la hora —se dio media vuelta con una sonrisa de oreja a oreja. Le dio los dos libros a la cajera, pero antes de sacar su tarjeta, se giró de nuevo hacia él—. Tampoco les puede dar esta luz brillante.

—Ya, entiendo —replicó el chico, torciendo el gesto.

—No, no lo entiendes —tecleó el número secreto de su tarjeta cuando la dependiente le pasó datáfono—. Nunca te has enfrentado a tres fieras como las que tengo en casa.

—Oye, ¿perdona? —dijo la vendedora para que le hiciera caso—. Te pongo un marcapáginas que estamos regalando por una compra superior a treinta euros.

—Sí, gracias.

Antes de salir, el chico le hizo un gesto con la cabeza.

—Mucha suerte con tus *Gremlins*.

–Lo mismo te digo a la hora de ligar. Igual aquí encuentras algún manual –después le guiñó un ojo.

Eran las seis menos cuarto cuando subía las escaleras que daban al despacho de su novio. Saludó al chico joven que estaba en conserjería, que no era el que solía estar normalmente. Como Manu tenía su oficina en un tercer piso, pensó que le daría tiempo de comerse un Huesito. A su novio no le gustaba que comiera esas barritas porque decía que el azúcar provocaba caries. Si fuera por él, Cristina tendría que estar en su casa cosiendo el ajuar que toda mujer tenía que tener el día en que se casara. Cuando llegó a la puerta, bebió de la botellita de agua que siempre llevaba en el bolso y se metió un chicle de menta para quitarse el sabor del chocolate. Después tocó el timbre. Le abrió la auxiliar de enfermería, que también hacía las veces de secretaria. La hizo pasar a una salita que tenía para atender a sus pacientes.

–Está terminando una endodoncia. Es el último de la tarde. ¿Quieres alguna revista?

–No creo que tarde mucho, ¿verdad? Además, acabo de comprar dos novelas.

–Diez minutos como máximo.

Cristina asintió. Pensó en lo previsor que era Manu. En muy pocas ocasiones se retrasaba en su consulta, y esta era una de las razones por las que no le gustaba ser impuntual. Él bromeaba, a la vez que se enorgullecía, con que funcionaba como la maquinaria precisa de un reloj suizo. Incluso, sabía cuánto debía durar un polvo: cinco minutos y treinta y dos segundos. Cuando él había acabado, ella solía quedarse con una sensación extraña en el cuerpo y con mal sabor de boca.

Como le había indicado Manu, a las seis en punto, su último paciente salía de la consulta. Después fue Paula, la secretaria, la que se marchó con prisas.

—Cristina, ¿puedes pasar a mi despacho? —la voz llegaba desde la otra habitación.

Cristina colocó el marcapáginas en la página que estaba leyendo antes de cerrar la novela.

Manu se estaba cambiando el jersey cuando ella entró a su despacho.

—Siéntate, por favor.

Ella reprimió un suspiro. Observó la habitación, que era un fiel reflejo de la personalidad de su novio. Resultaba bastante clásico para los años que tenía, veintisiete, y estaba pintado con colores marrones y grises. Su mesa era de roble, donde solo había una carpeta, un teléfono y una cruz metálica. Todos los libros de sus estanterías estaban perfectamente ordenados. También opinaba que era impersonal, porque no había ni una foto de él, ni siquiera de su orla. El único toque de color que había en aquel despacho era su vestido de color verde.

El tono de voz de su novio era demasiado serio para su gusto. No tenía ni idea de lo que quería hablarle, pero empezaba a no gustarle nada aquella cita.

—Tú dirás. ¿De qué querías que hablásemos?

Manu se acercó a la mesa y se sentó en el borde. Ni siquiera le dio ni un triste beso. Le sonrió mientras se quitaba un pelo de la manga de su jersey. Después se metió la mano derecha en el bolsillo de su pantalón.

—Verás... —bajó la cabeza y cerró los ojos—, ahora que llega el momento, me pongo nervioso. Te juro que tenía un discurso preparado —levantó el mentón para buscar la mirada de ella.

Para estar lo nervioso que le había comentado, no lo aparentaba. Seguía manteniendo el mismo tono de voz.

—¿Qué pasa, Manu?

—Llevo como una semana ensayando lo que tenía que decirte delante del espejo. Esto no es fácil...

Cristina abrió los ojos como platos. Si estaba entendiendo las señales que le estaba enviando su novio, quería cortar con ella.

−¿Qué es lo que quieres decirme? ¿Quieres terminar con esta relación, es eso?

Manu negó con la cabeza y exclamó.

−¡No! ¡Válgame Dios, Cristina! ¿Qué te hace pensar que quiero terminar contigo? Pero si lo nuestro marcha mejor que nunca.

−Pues entonces no entiendo qué quieres decirme.

−Pensaba que estaba muy claro. Ya sabes que tú y yo llevamos un tiempo saliendo y que nuestra relación necesita dar un paso adelante…

Ahora era Cristina la que negaba con la cabeza. Empezó a notar cómo se le secaba la boca.

−¿Me estás vacilando? −abrió los ojos con asombro.

−No, ¿por quién me tomas? Estoy hablando en serio.

Se levantó para sacar de la pequeña nevera que había al lado de una librería una botella de sidra que estaba por la mitad. Manu era de los que no tomaba productos catalanes porque les tenía manía, por lo tanto nunca tomaba cava, y mucho menos champán. Si no recordaba mal, esa botella debía de llevar más de cuatro meses abierta, y por lo tanto debía estar más que desventada. Después sacó dos copas de plástico de un cajón de su mesa.

−No puedes estar hablando en serio.

−Claro que hablo en serio. Quiero que nos casemos. Tú y yo hacemos buena pareja. He pensado que podríamos hacerlo en verano, cuando tengo las vacaciones.

−Manu, pero yo…

−No te preocupes por los preparativos. Tu hermana te puede echar una mano. Estoy seguro de que no le importará. Y a mi madre tampoco. Tiene experiencia después de haber organizado las bodas de mis hermanos. Siempre puedes decir que te has casado antes que Marga.

Si ese último comentario pretendía ser un chiste, ella no le veía la gracia.

—Espera, Manu...

—Podríamos casarnos en la iglesia donde hice la comunión y la confirmación. Allí se han casado todos mis hermanos y mis padres. Don Rafael nos ha hecho un hueco para el nueve de agosto. Como ves, no te tendrás que preocupar por nada.

—¡Manu! —se tuvo que levantar de la silla para que dejara de hablar.

—Te he comprado un anillo. Lleva una punta de brillante. Espero que te guste. Sé que no es mucho, pero te prometo que cuando la consulta vaya mejor, te compraré otro.

Cristina colocó las dos manos por delante para que no siguiera hablando, intuyendo qué le diría a continuación su novio.

—Espera un momento. Esto lo tenemos que hablar con calma.

—No hay nada de qué hablar. Nos llevamos muy bien y eso es lo que hacen las parejas cuando llevan un tiempo juntas. Nos conocemos desde hace años. Sabes que soy un buen chico y que vamos a estar bien. Mis padres llevan esperando este momento desde hace un tiempo. Demasiado, para mi madre. A tu edad ya estaba casada y tenía tres hijos.

Ella lo escuchaba con la misma frialdad con la que Manu hablaba. En ningún momento le estaba hablando de amor, de pasión. Daba igual lo que dijera, porque él utilizaba siempre el mismo tono para todo. En ese momento se dio cuenta de que no había nada que la uniera a él. Ya no era que no le gustaran las bodas, más bien pensaba que aquella proposición de matrimonio tenía que ser la más pésima de la historia. Pero lo peor de todo es que había decidido por ella antes de que le dijera que sí. La estaba tratando como una niña que no tenía ni voz ni voto. Ni siquiera le había consultado para decidir el día en el que dar este gran paso en su vida. Algo muy dentro de ella estalló de rabia.

Las palabras de su hermana de que últimamente estaba demasiado seria resonaban en su cabeza.

Manu sacó una pequeña cajita del bolsillo de su pantalón. Antes de abrir la tapa, Cristina hizo un gesto para que no siguiera. Sin embargo, Manu siguió adelante.

—Cristina —la tomó de la mano derecha y le colocó el anillo en el dedo anular—, quiero que seas mi esposa.

Sabía lo que tenía que responderle, pero estaba paralizada a pesar de lo mal que se encontraba. No le salían las palabras. Manu agarró la botella de sidra, le quitó la cucharilla que llevaba para que no se desventara, pero antes de poner las copas, le comentó a Cristina:

—Entonces, no hay más que hablar. Nos casaremos el nueve de agosto. Ya verás cuando se enteren mis padres la alegría que se van a llevar. Como soy el único que les queda por casar, mi madre rezaba todos los días para que este día llegara pronto.

Cristina dio vueltas al anillo que llevaba en el dedo. Ni siquiera lo había mirado.

—Manu...

—No hace falta que hables. Ya sé que estás contenta. ¿A que no te lo esperabas? Yo también sé improvisar.

Sin pensarlo, Cristina se quitó el anillo y lo dejó encima de la mesa.

—No puedo hacerlo, Manu. No puedo casarme contigo, no puedo ser tu esposa.

Ahora era Manu el que no entendía.

—¿Cómo? Pero ¿por qué no? —preguntó sin perder la calma.

—Porque siento que lo nuestro no lleva a ninguna parte. No hay pasión entre nosotros. Mírate, me estás pidiendo que me case contigo en tu despacho.

—¿Qué tiene de malo mi despacho?

—Nada, no tiene nada de malo. Pero ¿no te das cuenta de lo frío que resulta todo?

Manu le ofreció una copa de sidra.

—Lo que a ti te pasa es que tienes pájaros en la cabeza. Madura, Cristina, lo que yo te estoy ofreciendo es una vida que muchas quisieran.

Cristina tragó saliva antes de contestar. Quiso decirle que se lo pidiera a esas tantas mujeres que tanto querían la vida que él le estaba proponiendo. No obstante le respondió:

—Pues te has equivocado conmigo —tenía los dientes apretados—. Yo no quiero esto. Has pensado en todo y te has olvidado de algo muy importante.

—¿De qué me he olvidado? —inquirió con frialdad.

Le exasperaba que siguiera manteniendo la calma. No recordaba haber discutido con él, y cuando ella discrepaba por alguna cuestión y no estaba de acuerdo, Manu cambiaba de tema enseguida. No le gustaban los conflictos, nunca le había visto perder el control.

—¡De mí! —gritó al fin—. Te has olvidado de consultar conmigo los detalles más importantes de esa boda que has planificado solo tú. No soy yo quien tiene que madurar, eres tú. Esto es cosa de dos, no solo tuya.

—¿Piensas que la vida es como lo pintan en las películas o en los libros que tan de moda están ahora? No, eso no ocurre nunca.

—Bueno —se encogió de hombros—, eso es algo que tendré que descubrir por mí misma.

–Yo he tomado la decisión que creía oportuna para ambos. Nunca me has dicho que te molestaba.

–Claro que te lo he dicho, pero tú no has querido escucharme.

Agarró su bolso para marcharse. Manu ni siquiera hizo el intento de detenerla. También le sorprendió que estuviera manteniendo el mismo tono con el que se había declarado. Entonces ella supo que estaba tomando la decisión correcta.

–No me puedes decir que no. Te vas a arrepentir.

–Es posible. Mírame, tengo veinticinco años y aún no sé qué voy a hacer mañana. Solo quiero vivir la vida.

Antes de salir, se acercó con la intención de darle un beso en la mejilla, pero finalmente no lo hizo.

–Adiós, Manu.

En un último intento, él la agarró del brazo. Cristina pensó que igual sus palabras le habían hecho reflexionar y en un último intento él se abalanzaría sobre ella y le daría un beso apasionado para que supiera cuánto la amaba.

–Piénsatelo, ¿vale? Entiendo que esto te haya pillado de improviso y no estés acostumbrada a esta clase de sorpresas.

Cristina negó con la cabeza. Casi le molestó que tuviera tan poca sangre en las venas. Ella tenía otro concepto de sorpresa y, desde luego, aquella no lo era.

–Adiós, Manu –volvió a repetir.

Mientras se marchaba, el único sonido que escuchaba era el repiqueteo de sus zapatos de tacón. Cerró la puerta de la consulta con suavidad. Esperó a que llegara el ascensor para bajar y buscó el último Huesito que tenía en el bolso. Cuando las puertas se abrieron, se dio cuenta de que no bajaba vacío. Había un hombre con cazadora de cuero, pantalones vaqueros y barba de varios días que tenía la mirada perdida y parecía estar absorto en sus pensamientos. Era moreno, de pelo ensortijado, facciones marcadas y unos enormes ojos oscuros. Notó cómo tensaba la mandíbula cuando ella entró.

—Hola —saludó Cristina para romper el hielo.

Después le pegó un bocado a la barrita de chocolate que acababa de abrir.

Él no respondió.

Aunque la cabina era espaciosa, Cristina podía oler el perfume que llevaba él. Volvió a inhalar y notó un toque de madera mezclado con alguna esencia exótica. Cerró los ojos y de repente notó que se estremecía de arriba abajo, algo que nunca le había pasado con Manu. Abrió los ojos para mirarlo de nuevo. Le recordaba a alguien, pero no sabía a quién.

Las puertas se abrieron y él salió con prisas. Ella se le quedó mirando; decir que tenía un trasero fabuloso era quedarse muy corta. Podría decir incluso que era de infarto. Notó que las mejillas se le encendían. Suspiró y salió detrás, con tan mala suerte que se le quedó enganchado el tacón de su zapato en la rendija del ascensor y cayó de bruces al suelo.

De súbito, él se dio la vuelta, la observó y volvió sobre sus pasos. La levantó en vilo sin dejar de mirarla a los ojos. Cristina no podía creer que estuviera en brazos de otro hombre cuando no habían pasado ni cinco minutos que había terminado con su novio. El gesto de él había cambiado por completo.

—¿Estás bien?

Cristina asintió con la cabeza. Estaba paralizada y no podía dejar de mirarle a los ojos.

—Tienes que tener cuidado.

Ella volvió a asentir con la boca abierta. El hombre soltó una carcajada.

—No sé de qué te ríes —repuso ella—. Yo no le encuentro la gracia.

—Yo sí, eres adorable cuando pones ese mohín. Ahora estás más guapa.

El hombre se fue acercando a sus labios. Sabía que la iba a besar. ¿Pero qué demonios estaba haciendo? Se estaba tomando unas confianzas que ella no le había dado.

—¿Qué estás haciendo?

Sus bocas estaban a punto de tocarse.

—Señora, señora... ¿está usted bien?

Entonces Cristina volvió a la realidad. Seguía en el suelo, y quien le ofrecía la mano no era el hombre que se había encontrado en el ascensor, sino el chico que estaba en conserjería. Su imaginación le había gastado una mala pasada. Además de leer novela negra, también le gustaba la novela romántica, pero esto muy pocas veces lo reconocía.

—Que si quiere que le ayude a levantarse.

—¿Qué dices?

—Que si se ha hecho usted daño. ¿Quiere que le ayude?

Miró al chico, que no tendría más años que ella con los ojos entrecerrados. Era la primera vez que la llamaban señora, y justamente tenía que decírselo alguien de su edad.

—No, puedo hacerlo yo sola.

Se levantó tratando de no parecer tan ridícula. Tenía las mejillas encendidas y le temblaban las rodillas, pero salió de aquel edificio con la cabeza bien alta. Miró al hombre con el que había fantaseado. Se estaba colocando un casco y después se montó en la moto que había aparcada en la acera. Si él se había percatado de que Cristina lo estaba mirando sin ningún disimulo, lo ocultó muy bien, porque no hizo ningún gesto que indicara lo contrario. Vio cómo se alejaba. Después observó que salía una mujer del edificio con el gesto contrariado. Reconoció a Tita. Seguía siendo muy guapa, pero los años habían acentuado algunas líneas de expresión. Llevaba un cigarrillo en la mano, le dio una última calada y lo tiró al suelo. Lo pisó con el mismo asco que si hubiese pisado a un gusano.

Entonces supo quién era el hombre del ascensor.

Capítulo 4

El chico joven que había intentado ayudarla a levantarla del suelo salió corriendo inmediatamente después a la calle con algo en la mano, y se acercó hasta Tita.

–Perdone, se le ha caído un pendiente en el recibidor.

Ella se llevó una mano a la oreja y abrió los ojos asombrada.

–Menos mal que lo has encontrado. Son unos pendientes muy caros –le ofreció al chico una sonrisa radiante–. Fue un regalo de boda. Eso se merece un premio muy especial.

–Déjelo. No importa.

–Claro que importa. Pero tutéame, que no soy tan mayor. ¿Quieres un autógrafo? –repuso Tita con voz melosa. Dejó caer sus pestañas de una manera que hasta Cristina se sintió cautivada–. Aprovecha, que esta tarde estoy generosa y te lo puedo firmar donde quieras.

Él asintió con la boca abierta.

–He visto todas sus películas –balbució–. La última es un pasote. Está para que le den el Goya… o dos. Usted ya me entiende. Es la mejor actriz que hay ahora mismo en España.

–Gracias, chaval. Ojalá la academia pensara como tú.

El chico había sacado un papel y un bolígrafo del bolsillo de su camisa.

—¿No quieres que te lo firme en otro sitio? Pensaba que eras un chico con algo más de imaginación.

—No sé, yo... —elevó los hombros.

—¿Quieres que te dé una idea? Tienes cara de ser más listo de lo que aparentas.

Finalmente el chico se acercó a ella y le dijo algo en el oído, que Cristina no pudo escuchar. Tita le pasó un dedo por el pecho.

—Veo que nos vamos entendiendo —se agarró del brazo de él ante la mirada de asombro del chico—. ¿Quieres tomarte algo? Invito yo. Como te he dicho, hoy me siento generosa. Paga mi ex.

Cristina vio cómo se alejaban. Iban en dirección contraria a la que había tomado Álex. Ella se había encendido otro cigarro, que fumaba con desesperación. Le ofreció otro a él, pero lo rechazó.

Le sorprendió lo rápido que había sucedido todo y cómo Tita había ligado.

Se encogió de hombros y se encaminó al aparcamiento.

No recordaba bien a Álex, porque la última vez que lo había visto había sido en su boda y no solía estar al tanto de las revistas de cotilleos en las que alguna que otra vez había salido. Hizo memoria de aquel día que no había podido olvidar y de la charla que mantuvo en la fuente con la estatua de un ángel. Lo que recordaba de él era que poseía unos rasgos algo más suaves, y doce años después, le pareció que su semblante había cambiado. Sus facciones eran más duras y su mirada se había convertido en salvaje e intimidatoria. Quizá fuera por las circunstancias de tener que pasar por un divorcio que intuía como difícil. Aun así, con cuarenta años se conservaba mucho mejor que Manu y que muchos hombres de su edad.

Sin querer, los comparó a ambos, y no tenían nada que ver. La mirada de Manu era dulce, poseía una cara ovalada y unos ojos azules, diminutos e inexpresivos. Era algo recio y un poco más alto que ella. Sus manos eran pequeñas y suaves, algo que nunca le terminó de gustar de él. Se parecían más a las suyas que a las de los hombres que conocía. Puede que fuera por ese motivo que sus caricias le resultaran tan desapasionadas. Su cabello era rubio, liso y llevaba siempre una raya al medio, que trataba de domar con gomina. ¿Y él quería convencerla de que su propuesta de matrimonio había sido improvisada? Después de unos minutos, le entró la risa. ¡Pero si no había cambiado de peinado desde que hizo la comunión, y de esto hacía como veinte años!

No, Manu no sabía lo que era la improvisación porque todo en su vida respondía a una minuciosa planificación.

Antes de entrar en el aparcamiento, Cristina miró si tenía algún mensaje en el móvil. Se encogió de hombros al ver que no tenía ninguno. Era viernes y no le habría importado que Óscar, su mejor amigo, la llamara para salir a tomar algo por Lavapiés. Estaba convencida de que ahora mismo estaría junto a su último ligue, la que aseguraba que era el amor de su vida. La última le duró dos meses y con Palmira ya había superado la barrera de los tres meses. Suspiró y caminó con paso decidido hacia su coche. No le echó un último vistazo al edificio donde le habían pedido matrimonio por primera vez en su vida, donde había tenido su primer encuentro sexual y donde Manu pretendía fundar una familia. No había nada que le atara ya a él; había recuerdos que era mejor tirar al cubo de la basura. Solo deseaba llegar a casa, darse un buen baño con una bomba de Lush, a las que era adicta, y ayudar a Maribel con la cena. También estaba decidida a pasarse horas preparando dulces para su hermano, su mujer y sus sobrinos. A ellos les gustaban los *cupcakes* que hacía todos los domingos.

Antes de poner el coche en marcha, se miró en el espejo. No se sorprendió por no estar triste, y tampoco se sentía culpable por no estarlo. Es más, estaba radiante por haberle dicho a Manu que no quería casarse con él. Había sido una liberación que él le hubiera soltado ese rollo de casarse. Era probable que si él no se hubiera decidido a pedirle matrimonio, ahora estaría eligiendo uno de los tres restaurantes que le gustaban a Manu para ir a cenar. Habrían cogido el coche de ella, habría escuchado cómo le había ido el día y después lo habría dejado en casa de sus padres, porque él seguía viviendo en la casa de su familia, aunque tuviera un apartamento al lado de su consulta. Era lo que hacían algunos viernes por la noche, y nada se salía del guion que había programado Manu.

Soltó una carcajada al recordar otra vez la petición de matrimonio. Cada vez le parecía más absurda y estúpida. Lo que no entendía era por qué Manu le había pedido que se casara con él, cuando sabía lo poco que le gustaban las bodas. Alguna que otra vez se lo había dejado caer. Al fin sentía que había hecho algo bien. Había cerrado una etapa en su vida, pero sabía que tenía otro asunto pendiente que no podía demorar mucho más. Debía dejar el Derecho de una vez por todas. Pero esta cuestión la dejaría para otro día. Nadie le decía que tenía que ser esa misma noche. Ya había tenido bastante con dejar a un novio que se veía casado y con tantos hijos como había tenido su exsuegra. También se dio cuenta de que se pasaba el día complaciendo a los demás, y eso la había terminado por agotar.

Puso la radio para olvidar el mal trago que había pasado. Gabrielle Aplin cantaba *The Power of Love:*

Dreams are like angels
They keep bad at bay
Love is the light
Scaring darkness away
I'm so in love with you
Make love your goal...[2]

Subió el volumen y comenzó a tararear. Siempre le relajaba hacerlo mientras conducía. Le gustaba el mensaje de esta letra. Al tiempo que no apartaba la vista de la circulación, pensó en lo que cantaba. Decidió que una de las metas de su vida sería el amor, y desde luego no iba a caer en la trampa de estar con alguien porque se llevaban bien y porque se conocían desde hacía un tiempo. O como decían algunas de las amigas de su hermana mayor, porque era la mejor opción y no iban a encontrar nada mejor. No, ella no quería ser una más de esas mujeres que preferían estar con alguien antes que estar solas. Esa etapa de su vida se había terminado. La nueva Cristina tenía mucho que decir.

Consideró también que le tenía que dar las gracias a Marga, porque en cierta manera le había abierto los ojos.

Aprovechó que el semáforo se había puesto en rojo para volver a mirarse en el espejo. Lo que observó no le terminó de gustar. ¿Cuándo había dejado de ser divertida?, se preguntó. Pensó en sus últimos dos años y en la relación que había mantenido con Manu. No quería cul-

---

[2] Los sueños son como ángeles/ Permanecen débiles en la bahía/ El amor es la luz/ Que ahuyenta la oscuridad/ Estoy tan enamorada de ti/ Haz del amor tu meta...

parle de nada, aunque durante ese tiempo era como si hubiera estado dormida a las emociones y se hubiera dejado llevar por la seriedad de su novio. Observó el vestido que llevaba y fue consciente de que era más propio de una mujer de cuarenta que de los veinticinco que ella tenía. En su armario tenía una decena de pantalones vaqueros que no se había puesto desde que había empezado a salir con Manu. También había dejado de llevar su calzado favorito: unas Converse de color rojo.

Decidió que lo primero que haría cuando se levantara al día siguiente sería guardar todos los vestidos que le hacían parecer más mayor y sacaría todos sus vaqueros. De pronto las ideas que había ido aparcando en su vida fueron surgiendo y se le fueron ocurriendo muchos planes. Tenía tantas cosas que cambiar en su vida, que pisó el acelerador para llegar cuanto antes a su casa.

Llegó al garaje de sus padres y lo dejó en su plaza. Pensaba en el baño que se tomaría nada más subir y en todo lo que deseaba hacer. Haría una lista para no olvidar nada. Llegó hasta el quinto y abrió sin hacer ruido, algo habitual en ella. Desde la entrada le llegaba la voz de su padre, que parecía discutir con alguien. Puso atención a sus palabras.

—Es que no entiendo por qué le ha dicho que no.

—Porque no será el chico adecuado para ella —respondió Mariví con calma.

¿Estaban hablando de ella? Se preguntó si Manu habría llamado a casa y se lo había contado a su familia. Si lo había hecho y pensaba que su padre podría convencerla de lo contrario, es que no la conocía en absoluto. Nunca en su vida había estado tan segura de algo como de no aceptar casarse con Manu. Desde luego, conforme pasaban los minutos lo veía como lo que era, un cretino.

Tomó aire antes de acercarse al comedor, aunque cada

vez sentía cómo la rabia se apoderaba de ella. Mucho se temía que el baño relajante tendría que esperar.

–¿Os habéis enterado ya?

Su padre llevaba un vaso de whisky en la mano y daba vueltas alrededor del sillón donde estaba sentada Mariví. Todavía llevaba el traje que se había puesto esa misma mañana y no se había desanudado la corbata.

–Sí, Manu nos acaba de llamar. No entiendo por qué no has aceptado.

–¿Que os ha llamado? Menudo imbécil. ¿Acaso piensa que no soy capaz de tomar mis propias decisiones y que necesito que vosotros me abráis los ojos porque no he contestado lo que él quería? Pues sí, ya ves, no quiero casarme con alguien que me trata como si yo fuera su hija. Para eso te tengo a ti.

Su padre se giró hacia ella. Tensó el labio inferior en una mueca que pretendía ser una sonrisa. No supo distinguir si el brillo de su mirada era de orgullo o de enfado. A sus cincuenta y siete años seguía siendo un hombre atractivo. Tenía el pelo canoso, y eso acentuaba aún más sus ojos oscuros y rasgados.

–No entiendo qué ha pasado –repuso su padre–. Se os veía bien.

–Sí, es cierto, en apariencia se nos veía bien, pero yo sentía que esta relación no llevaba a ningún sitio. Y mejor dejarlo ahora que me he dado cuenta de que no tengo nada en común con él que cuando tengamos hijos y sea una amargada. Ya conozco a unas cuantas y no me gustaría nada convertirme en una de ellas.

–Manu es un buen chico y te haría feliz.

–Papá, ¿me estás escuchando? Me da igual si Manu es un buen chico. Eso no es suficiente para casarme con él. Me he dado cuenta de que no le quiero. Y no estoy tan segura de que vaya a ser feliz a su lado.

—¿Estás segura?

—Claro que estoy segura. Además, esto tampoco es una tragedia. Si solo tengo veinticinco años.

—Desde luego no es una tragedia, Fran —era una suerte que Mariví se pusiera siempre de su parte—. Para casarse hace falta algo más que una pareja se lleve bien.

Cristina se sentó en el reposabrazos del sillón donde estaba su madrastra.

—¿Sabes que me ha pedido que me case con él en su despacho? No podía ser más cutre. Ya tenía elegida hasta le fecha de la boda.

—¿En su despacho? —quiso saber Mariví. Miró a su marido con una sonrisa divertida—. No me negarás, Fran, que Cristina lleva razón. Podía haber sido algo más romántico. Vamos, que no tenía que haber sido durante un paseo por el Sena como hiciste tú, ¿pero en un despacho? Que uno no se casa todos los días, ¡leches! Si es lo que siempre te he dicho, Manu tiene sangre de horchata.

—Ha sacado una botella de sidra empezada, que llevaba más de cuatro meses en la nevera...

Cristina sabía que a su padre no le haría ninguna gracia que quisiera brindar con sidra. Era un acérrimo defensor del cava.

—¿Con sidra y encima desventada? —su padre se giró hacia ellas—. ¿Quién brinda con sidra? Y que me perdonen los asturianos, pero las cosas o se hacen bien o no se hacen.

Cristina se levantó y se acercó hasta su padre. De vez en cuando le gustaba mojarse los labios con un poco de whisky. Agarró el vaso, lo olió y después le pegó un pequeño trago. No podía negar que su padre tenía buen gusto para elegir los mejores licores.

—Sabes que me habría dado igual si hubiésemos brindado con agua si Manu hubiese sido el hombre de mi vida –le pasó de nuevo el vaso a su padre.

–Mariví y yo solo deseamos que estés bien. Pensábamos que Manu te hacía feliz.

–Eso lo pensabas tú, Fran –lo interrumpió su mujer–. A mí nunca me ha gustado Manu para Cristina.

Se incorporó para llegar hasta Cristina y darle un abrazo. Cristina se dejó abrazar por su madrastra. La consideraba como una madre, aunque nunca la llamó mamá. Apenas se acordaba de la suya, porque cuando murió, acababa de cumplir los seis años. Se casó con su padre cuando cumplió los siete y siempre las trató a ella y a sus hermanos como si fueran hijos propios. Se mudó de Valencia a Madrid para formar parte de la familia Burgueño. El único hermano al que le costó aceptarla como la nueva esposa de su padre fue a su hermano Juanfra, pero al final tuvo que admitir que entre ellos había amor y que Mariví no se había aprovechado de la buena posición de su familia. Llevaba años intentando quedarse embarazada y, por fin, lo había conseguido. Estaba en su quinto mes de embarazo. Con treintainueve años esperaba dos niñas y estaba más guapa que nunca.

–¿Quieres que hablemos?

Cristina negó con la cabeza.

–Estoy bien, Mariví. De verdad, me encuentro bien. No seré la única que ha dejado a su novio. Esto no es una desgracia.

De pronto, con la seguridad que le daba estar al lado de Mariví, soltó sin pensarlo:

–Voy a dejar Derecho –suspiró.

Después tragó saliva y se sintió mucho más ligera. Se había quitado una gran mochila de encima. Aun así le temblaban las rodillas por soltarle a su padre a bocajarro que quería dejar la carrera.

—¿Cómo? —preguntó su padre elevando la voz.

—Que no quiero estudiar Derecho.

—¿Cómo que no quieres estudiar Derecho? No lo entiendo...

—Pues yo sí lo entiendo —intervino Mariví—. La niña se vio presionada por ti, pero nunca ha querido estudiar esta carrera. Si hasta la acompañaste a que se matriculara.

—Mariví, por favor, no te metas. Esto es algo que no te incumbe.

—¿Que no me incumbe? Ni se te ocurra volver a decirme que no me incumbe la vida de Cristina, porque sabes que la he criado como si fuera mi hija.

—No quería decir eso, cariño —su padre se mojó los labios con la lengua—. No saques las cosas de contexto.

Mariví se separó de Cristina con la mirada encendida, y en dos pasos llegó hasta su marido.

—¡Oh, claro que te he entendido bien! Me estás diciendo que no me puedo meter en esta discusión porque no la he parido yo. ¿Es eso?

Cristina alternaba la mirada de su madrastra a su padre porque nunca los había visto discutir. Contuvo el aliento.

—Cariño, no me he explicado bien.

—Entonces si no te he entendido, ¿quizás es que me estás llamando tonta?

Mariví se puso de espaldas a su marido y se cruzó de brazos. Buscó la mirada Cristina para guiñarle un ojo. Entonces supo que su madrastra estaba actuando.

—Por favor, Mariví, no quiero discutir contigo. Vamos, no te enfades, que no le sienta bien a tu embarazo —la abrazó por detrás—. Además, que no estamos hablando de ti ni de mí, estamos hablando de ella. Lo único que no entiendo es por qué Cristina quiere dejar la carrera.

—Porque a Cristina nunca le ha gustado, pero nunca te has querido dar cuenta. Tu hija es creativa, es una artista y no le va estar metida en un despacho como a sus hermanos y como a ti.

–¿Es eso cierto? –inquirió su padre.

Cristina sintió que crecía por momentos.

–Sí, yo nunca he querido estudiar Derecho. Llevo casi ocho años en la facultad y cada día me cuesta más ir a estudiar.

–¿De qué vas a vivir? Dime. Si no estudias Derecho, ¿qué vas a hacer? Sácate primero la carrera, asegúrate un futuro y luego haz lo que quieras. La vida no es como te la imaginas.

–Por favor, papá, ahórrate lo de que la vida no es como en las novelas o como en las películas. Eso ya me lo ha dicho Manu.

–No me vengas dando clases a mí y pienses que lo sabes todo, porque no es así. Déjame decirte que no sabes nada de la vida.

–Lo único que sé es que no quiero casarme con Manu y que no quiero estudiar Derecho. No sé muy bien qué voy a hacer. Podría diseñar vestidos, ser actriz o hacer *cupcakes*, yo que sé.

Su padre soltó una risa.

–¡Eres una ilusa! –exclamó separándose del abrazo de Mariví–. ¿Piensas ganarte la vida vendiendo magdalenas?

–¿Y por qué no?

–Sí, ¿por qué no? –replicó Mariví.

–Porque no. Porque uno no se gana la vida con ese tipo de chorradas.

–No se puede hablar contigo cuando te pones así –repuso Mariví–. Eres muy obtuso para ciertas cuestiones.

–¡No sé cómo me pongo! –gritó su padre.

–Te pones hecho una fiera y no quieres atender a razones –le explicó Mariví sin perder la compostura.

—¿Os creéis más listas que yo? Está bien —Fran se llevó el vaso que llevaba en la mano a los labios y se bebió de un trago lo que le quedaba—. ¿Deseas dejar la carrera cuando te quedan unas asignaturas?

—No son algo más que unas asignaturas. Después está el máster y yo qué sé cuántos cursos más. Además, antes me has dicho que tú solo quieres lo mejor para mí —se acercó a su padre para abrazarse a él.

—No me seas zalamera, que te conozco. Claro que queremos lo mejor para ti. ¿No te das cuenta de que a nuestro lado tienes el futuro asegurado?

—No me estás escuchando.

—La que no quiere atender a razones eres tú. No sé qué estúpida idea se te ha metido en la cabeza para no querer estudiar Derecho. Pero está bien, deja la carrera, que sea como tú quieras, pero ya que estás tan segura de que puedes ganarte la vida vendiendo magdalenas, yo dejaré de pasarte tu asignación mensual.

—¡No puedes estar hablando en serio! —profirió Mariví.

—Claro que sí —su marido se había sentado en un sillón y había cruzado las rodillas. Mantenía una sonrisa de orgullo, que a Cristina le molestó.

—Si crees que me voy a dejar acobardar por tu amenaza, no me conoces. No quiero tu dinero.

—Y es más, te voy a conceder un año para que nos demuestres que eres tan creativa como piensas que eres y que puedes vivir sin mi dinero —siguió hablando su padre—. Si después de este tiempo veo que no es un capricho, te monto la mejor pastelería de Madrid o una galería de arte o una boutique, lo que quieras.

Mariví se giró hacia su marido.

—No me creo que no quieras ayudar a tu hija ahora, que es cuando te necesita. Y si no lo haces tú…

La voz de Marga llegó desde las escaleras.

—¿Quién ha cambiado la cerradura?

Cristina miró su reloj de pulsera y advirtió que las agujas marcaban casi las nueve de la noche, muy pronto para que Marga estuviera de vuelta. Salió del comedor y, tras abrir la puerta, su hermana cayó de rodillas al suelo porque iba completamente borracha.

—Gracias, hermanita, mi llave no funciona.

—¡Margarita! —gritó su padre—. ¿Se puede saber qué te ha pasado para que llegues en este estado?

Cristina la ayudó a levantarse del suelo.

—Estoy feliz, muy feliz —Marga se abrazó a su hermana—. ¿Sabéis qué? Ya no hay boda. He dejado a Javier. Venga, ¡vamos a celebrarlo!

—¿Tú también? ¿Pero se puede saber qué les pasa hoy a mis hijas? —soltó su padre.

Capítulo 5

Álex llegó a casa de sus padres con el gesto contraído y los músculos en tensión. Se quedó unos minutos sentado en la moto, con el casco en la mano y los hombros caídos. Se sentía vencido por Tita, por todas las mentiras que había dicho sobre él y porque sus amigos le habían dado la espalda. Sin embargo esto no le importaba tanto, porque lo que realmente le dolía era que llevaba sin ver a sus hijos algo más de tres meses. Negó con la cabeza al recordar las palabras de la mujer que tanto amó un día.

–O todo o nada.

Aquello era peor que una condena de cárcel. Para ella no había deseos inocentes. Siempre resultaba perturbador cuando a Tita se le metía algo entre ceja y ceja. Podía llegar a ser obsesiva, y por desgracia él era un objeto, era todo cuanto ella deseaba, sin importarle a quién se llevara por delante. Estaba dispuesta a llegar hasta el final, costara lo que costara.

No recordaba muy bien cuándo dejó de ser la mujer que un día lo enamoró para convertirse en alguien que odiaba con toda su alma. El cambio se fue produciendo cuando él decidió dejar el consejo de administración para montar su propio negocio de hostelería. Un día sintió que no le llenaba su trabajo, que fue unos meses antes de que estallara todo el tema de la crisis económica, y se replanteó qué quería hacer con su vida. Entonces empezaron a llegar los primeros problemas con Tita, que vio amenazado su tren de vida. Después se quedó embarazada de Víctor, su hijo pequeño, para tratar de salvar el matrimonio, pero era inútil luchar por una relación que hacía aguas por todos los lados. Tita dejó salir a esa mujer que no reconocía y se convirtió en alguien manipulador, exigente, histérico y caprichoso que nunca tenía suficiente con lo que él le daba. Quizá siempre había estado ahí, aunque durante los primeros años de matrimonio no había reparado en ello. El amor decían que era ciego, y cada vez estaba más convencido de que era cierto. En esos momentos no había nada que le uniera a Tita, salvo sus dos hijos. Se había casado con una persona por la que ya no sentía nada, aunque en aquel entonces le pareció que era la mujer con el acento más dulce del mundo, que solo deseaba dejar atrás un pasado difícil y formar un hogar. Tita había jugado el papel de la Cenicienta y la carta de que su infancia no había sido fácil. Él le prometió que la cuidaría porque le pareció una mujer frágil y marcada por un padre alcohólico y una madre que se prostituía para poder sacar adelante a ella y a sus hermanos.

Ahora dudaba de que todo lo que le había contado sobre su infancia fuera cierto. Ella nunca quiso regresar a Venezuela, ni tampoco quiso saber nada de su familia. Aseguraba que su padre había muerto, y que de su madre no había tenido noticias en más de quince años, así como que sus dos hermanos estaban en la cárcel por tráfico de drogas.

A pesar de que Tita le había rogado que no dejara su trabajo en el consejo de administración, hacía más de dos años y medio que había abierto un hotel urbano en el centro histórico de Valencia que funcionaba bastante bien, pero para ello había tenido que vender su apartamento en Sotogrande, con el que había podido costear toda la reforma que requería su negocio. No obstante, Tita sentía que no había espacio para ella en la nueva vida de Álex. Veía que cada vez le resultaba más difícil manipularlo a su antojo y muy pronto empezaron las amenazas, que no surtieron el efecto que Tita deseaba en Álex. Y aunque llevaban más de tres meses viviendo cada uno por su cuenta, y más de un año sin tener relaciones íntimas, acompañó a Tita en el preestreno de su última película porque ella se lo pidió, aunque esto no era más que otro de sus chantajes, ya que ella le prometió que le dejaría ver a sus hijos. De cara a la galería, ellos seguían siendo una pareja bien avenida, pero la pantomima terminó cuando acabó la fiesta que hubo después del estreno. Fue la última cosa que hizo por ella y ya había tenido suficiente con este último favor, porque él había llegado al límite de su paciencia. Días después llegó la acusación por malos tratos. Tita llevó a cabo su amenaza de denunciarlo a la policía.

–Álex, ¿ya has llegado, cariño?

Fue su madre quien le abrió la puerta que daba al garaje cuando advirtió que no entraba a casa.

–Sí, hace un rato.

Su madre llevaba puesto un vestido de fiesta en color verde botella, porque esa noche iban a una cena benéfica para ayudar a un niño sordo de nacimiento que necesitaba un implante coclear. Esperaba a que llegara su padre del trabajo para acudir a la cena. Se quedó mirándola, y a pesar de tener sesenta y siete años, le seguía pareciendo una mujer muy atractiva, una señora de los pies a la cabeza, con una dignidad que ya quisiera Tita para ella.

–Pensaba que la reunión iba a durar menos.

—Me he entretenido. Necesitaba pensar un rato –le ofreció algo parecido a una sonrisa, pero ni siquiera se le parecía.

—Tienes mala cara ¿No traes buenas noticias, verdad?

—Me temo que no.

Su madre agarró el casco de Álex para colocarlo en su sitio y después lo hizo pasar al comedor.

—Deja que te prepare algo –le señaló un sillón para que sentara, que él rechazó con un gesto y con una sonrisa tensa–. ¿Qué ha pasado?

—No ha querido aceptar mi oferta –negó con la cabeza.

—No entiendo.

—No hay nada que entender. No quiere dar su brazo a torcer.

Su madre mantuvo la calma, porque de los dos, alguien tenía que hacerlo. Advirtió que su hijo poseía una mirada cargada de rabia, así como que tenía la mandíbula tensa, e incluso se le marcaban los nudillos de su mano derecha, por cómo apretaba el puño.

—¿Cómo que no ha querido aceptar tu oferta? ¿Tampoco te deja ver a los niños?

—No.

—¿Pero qué más quiere esta mujer? Le estás ofreciendo tu casa de La Moraleja y una buena pensión.

—¿Aún no lo entiendes? –elevó el tono de su voz. Sus ojos oscuros eran como dos brasas encendidas–. Me quiere a mí. Como si se quiere quedar con todo lo que tengo. Ya no me importa nada.

Ella negó la cabeza al ver a Álex exasperado.

—Tienes que conservar la calma. No puedes permitir que ella se salga con la suya. No has trabajado tan duro para que Tita se lo lleve todo. Contrataremos a otro abogado, porque está claro que este es un incompetente. Ella tiene que dejar que veas a tus hijos. También son tuyos y no conozco a ningún juez que te vaya a prohibir verlos.

—Hará todo lo que esté en su mano para que no los vea.

—Ella dirá lo que quiera, pero ya veremos qué dice el juez. Esto no se va a quedar así. Tita no sabe a quién se está enfrentando.

Álex soltó una risa nerviosa.

—No, me parece que somos nosotros quienes no sabemos a qué nos enfrentamos.

—Siempre le has dado lo que te ha pedido. Esta tarde he hablado con Vanesa, la abogada que llevó el caso de tu hermana Marta. Es especialista en este tipo de separaciones, así que no te tienes de qué preocupar.

Quería creer lo que le decía su madre, como cuando era pequeño y besaba las heridas que se hacía cuando se caía de la bicicleta.

—¿Y por qué tengo la sensación de que sí que tengo de qué preocuparme? —se acercó a un mueble donde se guardaban los licores y se sirvió una copa de *bourbon*, que bebió de un trago—. No sabes la mirada que me ha echado cuando me he ido esta tarde del despacho de su abogado. Pensé que lo que iba a ser una separación amistosa se está convirtiendo en un gran drama. Tita es la protagonista de esos culebrones que hacía en Venezuela. Estoy cansado de luchar todos los días con ella, de pelear para que me deje ver a mis hijos. Siempre tiene una excusa, no quería llegar a malas con ella, pero no me va a dejar otra opción.

Álex se iba a servir la segunda copa de *bourbon* cuando llegó su hermana Marta, que acompañaría a sus padres a la cena benéfica. Enseguida advirtió que Álex no tenía buena cara. Sus labios mantenían una mueca rígida, que le recordaban a la cara de vinagre de su exmarido.

—¿Qué me he perdido? —preguntó Marta.

—Tita no quiere aceptar la oferta que le ha ofrecido tu hermano —explicó su madre.

—Cuéntame algo que no sepa. Si es que te lo dije. ¡Pero qué zorra que es!

—Marta, por favor —la cortó su madre.

—A mí nunca me la pegó.

La madre se giró hacia su hija con el gesto contrariado. Aunque pensara eso mismo de Tita, no lo diría en voz alta.

—Vamos, mamá, si tú piensas lo mismo que yo. Y ahora que ya se han separado, podemos decir abiertamente qué nos parece.

Álex agitó el vaso que llevaba en la mano antes de beberse de un trago el líquido, para después dejarlo encima de la mesa.

—Yo no sé cómo no te has dado cuenta antes de quién era Tita —siguió hablando Marta.

—¿Quieres que te dé la razón, Marta? ¿Es eso? ¿Es ahora cuando me dirás que ya me lo advertiste antes de que me casara con ella?

—No te pongas sarcástico y borde conmigo, porque no es contra mí con quien tienes que pelear. Lo que deseo es que no te rindas, porque esta tía no te lo va a poner nada fácil. No quiero echarte nada en cara, pero Tita era una calientabraguetas que se tiraba a todo aquel que tuviera una buena cuenta corriente, hasta que tú caíste en sus brazos. No sé qué te dio para que te encoñaras de ella.

—Tita podrá ser lo que quiera, pero ella siempre me fue fiel.

—Claro, hermanito, y yo soy la inocente Caperucita Roja. O Mejor, ya puestos, soy una hermanita de la caridad. ¡Eso no te lo crees ni tú!

—No te pongas ahora tú borde conmigo.

—¡Entonces reacciona de una puta vez, Álex! No puedes ir de buenas con ella.

—Marta, por favor, no te hemos pagado una buena educación para que termines hablando como una cualquiera, como... —se calló y jugó con el collar que llevaba.

—¿Como quién? ¡No os cortéis, vamos! Estamos sacando los trapos sucios, y ya sabemos que siempre se lavan en casa.

—Álex, te hemos oído discutir con ella, y desde luego no me podrás negar que...

—No te voy a negar que cuando se enfada tenga pelos en la lengua, pero no la podéis tratar como si fuera una cualquiera —Álex interrumpió a su hermana—. Es ante todo la madre de mis hijos. Además, no tienes pruebas de que ella me la pegara.

—Ni tú tampoco. Sí, es la madre de tus hijos, es cierto, pero de ellos te has ocupado mucho más que ella, y por eso me duele que ahora estén con Tita —había elevado el tono de su voz al mismo nivel que su hermano—. Y no, no tengo pruebas físicas de que te pusiera los cuernos, pero sí que la vi salir un día de un restaurante del brazo de su compañero de reparto hace más de un año, antes de que empezara la película.

—Eso no quiere decir nada. Yo también he salido con algunas amigas y siempre le he sido fiel.

—De ti me fío, pero no de Tita. Además, prefiero creer lo que se decía de ella entre mis amigos. Sin ir más lejos, Javier Garrido alardeaba de que se acostó con ella...

—¡No sigas, Marta! —exclamó su madre—. No digas nada de lo que puedas arrepentirte después.

—No, quiero que siga, mamá. Quiero saber qué pasó. Ya que estamos en plan confidencias, no te guardes nada, Marta. Suelta todo lo que tengas que soltar por esa boquita tuya.

Marta bajó la mirada al suelo y se le hizo un nudo en la garganta.

–Javier decía que se había acostado con ella el día de tu boda –alzó el mentón para buscar la mirada de su hermano mayor–. De verdad que lo siento, Álex.

–No es cierto –Álex se sentó en un sillón.

Todo aquello le parecía una locura, un sinsentido. No quería que el último recuerdo de Tita fuera precisamente este. Prefería quedarse con todos los buenos recuerdos que tenía de ella.

–¿Tú lo sabías? –le preguntó a su madre, y por el gesto que ella puso, Álex supo que lo que le contaba su hermana era un chisme que corría de boca en boca. Cerró los párpados, cansado.

–Álex, yo no sé si es verdad o no, porque Javier siempre ha sido un bocazas, pero si vas a divorciarte de ella, vas a tener que utilizar todas tus armas para conseguir la custodia compartida –comentó Marta–. Esta tía va a ir a por todas.

–¿Desde cuándo lo sabes?

Marta se encogió de hombros.

–¡Te estoy preguntando desde cuándo lo sabes! –exclamó pegando un manotazo en la mesa.

–Lo supe desde que os fuisteis de luna de miel –tragó saliva.

Álex se giró hacia su madre para hacerle la misma pregunta. Ella jugaba con el anillo de brillantes que llevaba en su mano derecha, regalo de su marido por llevar cuarenta años casados.

–Yo no sabría decirte –contestó nerviosa y evitando la mirada de su hijo mayor.

–Por favor, dime desde cuándo lo sabes.

Ella se mordió el labio inferior, arrastrando un poco el carmín.

—Cariño, ya sabes cómo tengo la memoria a veces, y hay cosas que no recuerdo muy bien —prefería guardar ciertos secretos a decir una verdad que le doliera mucho más a ella que a él, aunque una madre siempre lo hiciera con delicadeza.

Álex soltó un suspiro. Entendía lo que quería decirle su madre. Puede que ella también se hubiera enterado al mismo tiempo que su hermana, pero jamás se lo confesaría.

—Insisto, Álex, puede que se trate de un rumor.

El carraspeo de Carmen, la empleada que tenían de interna en la casa, hizo que todos se giraran hacia ella.

—¿Qué ocurre, Carmen? —preguntó su madre.

—Señora, hay dos policías en la puerta...

—¿Le ha pasado algo a mi marido? —comentó mirando el reloj de pared y poniéndose en lo peor—. ¡Ay, Dios mío!

—No, señora, no es eso... preguntan por el señor.

Carmen estaba visiblemente nerviosa.

—Mi marido aún no ha llegado —soltó en un murmullo.

—No, preguntan por el otro señor —señaló a Álex.

—¿Por mi hijo? —se giró hacia él, que en ese momento no salía de su asombro.

—¿Por mí?

—¿Qué ha pasado, Álex? —le preguntó su madre.

—No sé qué pueden querer.

—Están esperando en el recibidor —Carmen se retorcía la falda que llevaba.

—Puede que sea una multa por exceso de velocidad, no sé.

Álex salió detrás de Carmen. Lo seguían su madre y Marta. Como le había comentado la asistenta, en el recibidor había una pareja de policías.

—Soy Alejandro de la Puente Lozano —tuvo el impulso de darle la mano a uno de ellos, pero al final se la metió en el bolsillo del pantalón—. ¿Qué desean? Ustedes dirán.

—Tenemos una orden de arresto contra usted, que ha interpuesto el abogado de Doña Mari Carmen Vargas Ravelo —le entregó un papel.

—¿Perdone? ¿Cómo ha dicho? —Álex estaba perplejo.

—Su mujer lo ha denunciado por malos tratos.

Álex negó con la cabeza.

—No entiendo nada. ¿Me lo puede repetir, por favor?

—Nosotros solo nos limitamos a proceder con la orden de detención. Ahora mismo la señora Mari Carmen Vargas Ravelo está siendo atendida por un médico de urgencias. Le ha dado una buena paliza.

Álex entendía cada vez menos y se había olvidado hasta de respirar.

—No entiendo a qué viene todo esto, y puede que se trate de una broma, pero yo les aseguro de que no le he tocado ni un pelo a mi exmujer.

—Eso no es lo que dice el informe médico —le espetó el más viejo.

—No soy de esa clase de hombres —masculló entre dientes.

—Dígaselo usted al juez —repuso el más joven de los dos.

—Esa... Tita podrá decir lo que quiera, pero mi hijo no es un maltratador —aunque deseaba decir lo que pensaba de ella, se calló por respeto—. Yo no lo he educado para que le falte el respeto a ninguna mujer.

—Nosotros no somos jueces, señora.

—¿Qué va a pasar con mi hijo ahora? —quiso saber la madre.

—De momento pasará a disposición judicial y mañana el juez lo pondrá en libertad con cargos. Doña Mari Carmen ha solicitado también una orden de alejamiento y no podrá ver a sus hijos.

—¡No, no puede ser que Tita haya llegado a esto! —masculló Álex entre dientes.

—Haga el favor de acompañarnos —dijo el mayor de los dos sacando unas esposas.

—No te preocupes, Álex. Voy a llamar ahora a Vanesa. Esto no va a quedar así. Ella sabrá qué hacer.

Álex le echó una última mirada a su madre antes de poner las manos por delante para que uno de los agentes le pusiera las esposas.

—Nosotras creemos en ti, Álex —fue lo último que escuchó antes de salir de la casa de sus padres—. Estamos juntos en esto. Esa zorra no se va a salir con la suya.

En ese momento Álex decidió que si Tita quería guerra, iba a tener guerra. Había tratado de que todo fuera por las buenas, pero estaba claro que ella estaba dispuesta a destruirle.

Capítulo 6

Marga miró a Cristina a los ojos.
—¿Cuándo has crecido tanto, hermanita? ¿Sabes que te quiero?

Marga le dio un abrazo tan fuerte a Cristina que esta tuvo que sujetarse a la puerta del comedor para no terminar en el suelo. Después, la mayor de las hermanas se abrazó a su padre.

—Eres el mejor padre del mundo.

Mariví observó que Marga no llevaba sus zapatos de tacón, salió al rellano y abrió la puerta del ascensor.

—¿Qué ha pasado? —quiso saber su padre antes de que regresara su mujer.

—¡Todo es fabuloso, mientras puedas soñar...! —se puso a cantar la canción de la *Lego película* al tiempo que se abrazaba de nuevo a su hermana—. ¡No olvides sonreír...! ¿Ves? Sonrío. Venga, todo el mundo a sonreír. No quiero que nadie esté triste hoy.

Mariví entró de nuevo a casa con los zapatos de Marga en la mano.

—Se los había dejado en el ascensor —silabeó para que solo la escuchara su marido.

—¡Estoy contenta! —exclamó Marga—. Vamos a celebrar que he dejado a Javier.

—Pero ¿qué ha pasado? —le preguntó Mariví—. Venga, pasa al comedor mientras te preparamos un café bien cargado.

—No necesito un café. Me encuentro perfectamente. ¿No ves cómo sonrío? —de súbito comenzó a llorar. Era un llanto que no podía contener de ninguna de las maneras—. Nada es fabuloso, todo es una mierda.

Mariví le hizo un gesto a su marido para que se retiraran un poco y para comentarle en el oído que las dejara a solas. Mucho se temía que esta era una conversación de chicas.

—Prepárale una taza de café mientras yo hablo con las niñas.

—¿Qué crees que habrá pasado?

—Tiene pinta de cuernos.

—¿Tú crees?

—Sí, pero luego te cuento —le dio un beso en los labios para que las dejara solas—. No te lo mereces. Aún no he olvidado lo que le has dicho a Cristina. Luego hablamos tú y yo. Esto no se va a quedar así.

—Me llamaban El Tiburón hasta que llegaste tú —elevó los ojos al techo—. ¿Cómo lo haces para conseguir todo de mí?

—Si te contara mis armas, ya no sería un secreto. Y prepárate, porque estas dos que tengo aquí dentro vienen dando guerra.

Cuando Fran se giró, Mariví aprovechó para pegarle una palmada cariñosa en el trasero.

—Este es uno de mis secretos... —le guiñó el ojo.

—Estoy rodeado de mujeres y todas sois mi perdición.

Marga seguía hipando en los brazos de Cristina cuando Mariví se acercó hasta ellas.

—¿Por qué me ha hecho esto?

Cristina la tomó de la cintura para acompañarla hasta un sillón. A pesar de lo hecha polvo que estaba Marga, Cristina no podía dejar de alegrarse por esta noticia. Era, sin lugar a dudas, lo mejor que le podía pasar a su hermana. Puede que Javier cambiara en un futuro, pero estaba claro que hasta ese momento no había mostrado ninguna intención de hacerlo.

—Venga, siéntate y cálmate un poco.

—Es que no me puedo creer que me haya hecho eso... él me decía que me quería, y era mentira.

—¿Estás hablando de Javier? —inquirió Mariví.

—Sí, Javier. Me decía que me quería mucho y esta tarde me la estaba pegando con otra —estaba tan borracha que le costaba pensar con claridad—. Que tenía mucho estrés, me ha dicho para que no lo dejara. ¡Mentira! ¡Eso es mentira!

—A ver, empieza por el principio —comentó Mariví.

—Hoy había quedado con Javier para cenar, pero he llegado antes a la oficina y me he encontrado el pastel —se sonó los mocos con el borde de su falda, y después se enjugó las lágrimas—. Me la estaba pegando con Rocío. ¿Te acuerdas de mi compañera bollera, esa que me tiraba los trastos cuando estudiábamos juntas? Pues ahora resulta que le molan los rabos. Se la estaba chupando, y a mí me decía que esas cosas no las hacía conmigo porque me respetaba mucho... Pues que se lo quede ella y que le aproveche. Ya no quiero casarme con Javier. Y te juro que no he llorado nada cuando le he dicho que se fuera del despacho...

—Bueno, tranquilízate. Papá está preparando una taza de café.

—No quiero café, yo quiero que me quiera alguien... Yo lo quería... y soñaba con esta boda. ¿Por qué me la ha tenido que pegar?

—Esto no es culpa tuya, nena —replicó Mariví pasándole un pañuelo de papel—. Mi exmarido me ponía los cuernos con toda aquella que se le pusiera a tiro. Menos mal que lo supe por una revisión ginecológica. Me había pegado la clamidia.

Marga dejó de llorar unos instantes para mirar a su madrastra.

—¡Pero qué cerdo!

—Pues sí, y sigue siendo el mismo cerdo que se la pega a su nueva mujer. Hay hombres que no cambian. Esa noche le puse las maletas en la calle. Y un año y pico después me casé con vuestro padre. Dicen que no hay mal que por bien no venga.

Marga hizo un puchero.

—Yo quiero encontrar un hombre como papá y que me quieran como a ti.

—Y lo encontrarás.

De pronto Marga se levantó y se llevó una mano a los labios. Sintió que un líquido caliente y amargo le recorría la garganta hasta llegarle a la boca. Llegó como pudo al lavabo y vomitó todo lo que había tomado esa tarde. Cristina y Mariví la siguieron. Mientras su madrastra le pasaba una toalla por la frente, Cristina le apartaba la melena para que no se manchara. Cuando notó que ya no le quedaba nada que vomitar, Marga se sentó en el suelo.

—¿Qué has bebido?

Marga se encogió de hombros antes de contestar.

—Yo solo quería un trozo de pastel de zanahoria con un poco de chocolate, pero después he pedido tequila... y puede que una copa de whisky, y me he puesto a hablar con un camarero muy simpático, aunque luego se ha puesto un poco borde y me ha dicho que no me servía nada más porque ya estaba un poco contenta... No, en realidad me ha dicho que estaba borracha, y yo no estoy borracha. ¿Te lo puedes creer?

—No, nadie diría que estás muy borracha —comentó Mariví.

—Solo un poco, pero apenas se te nota —repuso Cristina, que soltó una carcajada.

Mariví terminó uniéndose a las risas que se echaba Cristina, y hasta Marga acabó por acompañarlas.

—Vale, estoy borracha.

—Y mucho —confirmó Cristina.

—¿Sabes? —dijo Mariví—. Cristina acaba de romper con Manu.

—¡No! ¿Es verdad? —Marga miró a Cristina y esta asintió con la cabeza—. ¡Bien hecho, hermanita! —le pegó una palmada en el hombro—. No sé qué veías en un tipo como él, con lo sieso que es. ¿Estás segura de que ya no eres virgen?

—Creo que el sexo con él no era muy bueno, pero es que no tengo con quién comparar. No me he acostado más que con Manu.

—Nena, si piensas que el sexo no era bueno, es porque no sabes lo que es un buen polvo —replicó Mariví.

Cristina sintió cómo se ruborizaba. Contuvo un suspiro abriendo mucho los ojos. No era la primera vez que hablaban de sexo con Mariví, pero reconocer que Manu no era muy hábil en la cama le daba reparo. Hasta podía asegurar que nunca había tenido un orgasmo. Manu acababa a los cinco minutos de empezar y ella se quedaba mirando el techo pensando en lo vacía que se sentía.

—Le ha pedido que se casara con él en su despacho —siguió hablando Mariví—. ¿Te lo puedes creer? Le estaba pidiendo a tu hermana que se casara con él con lo poco que le gustan las bodas. Y, para celebrarlo, ha sacado una botella de sidra que tenía abierta en la nevera desde hace tiempo.

Marga soltó una carcajada.

—Manu sabe cómo hacer bien las cosas. Ahora sí que necesito una taza de café. Me tienes que contar qué ha pasado. Me habría gustado ver cómo te pedía que te casaras con él por un agujero. Sería la sensación de YouTube. Venga, tira de mí.

Le tendió una mano a Cristina para que la ayudara a levantarse.

—¿Estás segura de que ya te encuentras mejor? —inquirió Cristina.

—Sí… no lo sé, pero no quiero pasarme la noche del viernes sentada en un váter. ¿Tú crees que papá se habrá enfadado? Es la primera vez que me emborracho —le dijo a Mariví.

—Déjamelo a mí. Hoy vamos a tener una velada muy larga. Ya me lo pagaréis después, cuando nazcan las niñas y os reclame como niñeras.

—Claro, eso dalo por hecho, ¿verdad que sí, Marga?

—Esta noche soy capaz de firmar casi cualquier cosa con tal de que se me pase este dolor de cabeza.

Cristina sintió que su móvil sonaba desde el comedor. Llegó a tiempo para coger la llamada de Óscar.

—Bombón, ¿estás disponible? Necesito una reunión de emergencia y la necesito ya —de vez en cuando a Óscar le salía ese punto amanerado tan característico en él.

—¿Qué ha pasado?

—¿Que qué me ha pasado? ¿Dónde estás? Esto no es para contar por teléfono. Prefiero verte y darte un buen achuchón.

—Tú no pierdes nunca la ocasión de tocarme el culo.

—Por supuesto que no, pero eso ya lo sabes tú.

—Ven a mi casa. Yo también tengo que contarte cosas.

—Vale, pues voy para allá, pero… —soltó un suspiro— he dejado a Palmira… Dice que tengo miedo al compromiso.

–No sé de qué te sorprendes.

–Eso es porque aún no he conocido a la chica de mis sueños.

–¡Qué dramático eres!

Si Óscar no hubiera estado tan hecho polvo, ella habría terminado por soltar otra carcajada.

–¡No hay quien entienda a las mujeres!

–Pues ya verás cuando vengas a casa, no te vas a creer lo que nos ha pasado a Marga y a mí.

Esto último atrajo la atención de Óscar.

–¿Qué ha pasado?

–Vente preparado, porque esta noche vamos a tener fiesta de pijamas.

–En un rato estoy allí.

Óscar llegó cerca de las once de la noche a la casa de las hermanas Burgueño. Marga estaba tumbada en un sofá, con una manta fina que le llegaba hasta el cuello, mientras que Cristina y Mariví estaban en la cocina terminando de hacer una sopa que había dejado preparada Maribel.

–Hoy llevas mi perfume favorito –dijo Óscar cuando Cristina abrió la puerta–. Si no fueras mi mejor amiga, ahora mismo te empotraba contra la pared.

Cristina soltó una carcajada. Le gustaba esa naturalidad con la que Óscar hablaba del sexo. Mucha gente pensaba que era gay porque se había criado con una pareja de hombres, y a él le gustaba jugar a ese equívoco, aunque lo cierto era que le gustaban las mujeres, y mucho.

Había llegado con su inseparable keepall 55 de Louis Vuitton colgado del brazo. Llevaba un pantalón vaquero de pitillo de color rojo y una de las camisetas que vendía por Internet y que tan famoso le habían hecho. Marcaba los músculos de sus brazos. Hacía más de cuatro años que había decidido montar su propia empresa, y las camisetas que diseñaba por pura diversión para los amigos de sus padres se convirtieron en todo un fenómeno en la Red a nivel mundial porque sus frases estaban traducidas a muchos idiomas. Le gustaba poner frases del tipo: «En busca del rabo perdido», «Los 50 rabos de Grey» o «Sonríe, que la vida son dos rabos». Tenía una versión femenina, pero en vez de rabo, utilizaba chirla. Utilizaba frases como: «Lo que la chirla se llevó», «El planeta de las chirlas» o «La chirla puede esperar». Esa noche la frase que había elegido era: «La chirla y los siete raboenanitos». Pero si por algo se caracterizaba era que siempre llevaba un *foulard* al cuello.

—Siempre llevo el mismo perfume.

—Ya, y yo siempre te digo lo mismo —le pegó una palmada en el culo—. Deja a Manu y vente conmigo.

Cristina soltó una carcajada.

—¿Cuántas veces me lo has pedido?

—Las que hagan falta para que lo dejes.

—Supongo que no has cenado.

—Bombón, no me entra nada. Tengo el estómago cerrado.

—Seguro que la sopa que ha dejado preparada Maribel te entra. Marga se ha pillado una buena cogorza y esto le sentará bien —contuvo el aliento antes de soltarle la primera bomba de la noche—. Ha dejado a Javier.

—¿Qué? —el tono de su voz subió una octava, exagerando ese amaneramiento con el que le gustaba jugar. Sintió cómo el estómago se le encogía.

—Y Manu me ha pedido que me case con él —dijo atropelladamente.

—¿Qué? —el tono de Óscar seguía siendo agudo—. ¿Y qué le has dicho?

—Le ha dicho que no —repuso Marga arrastrando la manta que llevaba enrollada a su cuerpo.

—¡Esa es mi chica! Ya era hora de que dejaras al meapilas de Manu. Pero vamos a tomarnos ese caldo. Tengo la boca seca.

Óscar corrió a abrazar a la mayor de las hermanas.

—¿Cómo estás, cari?

—Ahora bien —Marga escondió la cabeza en el pecho generoso de Óscar.

—Estaremos más a gusto en la cocina —sugirió Cristina.

Cuando llegaron, Mariví les estaba poniendo un tazón de sopa a cada uno.

—Yo os dejo. Vuestro padre y yo tenemos cosas de que hablar.

—Por nosotros no lo hagas. Te puedes quedar —comentó Óscar.

—Prefiero aprovechar la noche con Fran —les guiñó un ojo—. Ha tenido una semana un poco complicada y necesita mimos.

—Aprovecha tú, que eres afortunada en el amor. ¡Me muero de envidia cuando os veo juntos! —exclamó Óscar—. Si alguna vez te separas de Fran, no te preocupes, yo me casaré contigo.

Mariví soltó una carcajada.

—Eres de lo que no hay. No pierdes comba.

—¡Qué le vamos a hacer! Me gustan todas las mujeres.

Cuando se quedaron solos en la cocina, Marga no pudo contener otra vez el llanto y soltó toda la tensión que llevaba acumulada.

—Javier es un cabrón —se quedó pensando en cómo había terminado con él—. ¿Y a ti qué te ha pasado?

—He pillado a Palmira con otro porque dice que no veía clara nuestra relación. Dice que soy un inmaduro, que me cuesta comprometerme. Ya sabéis, es el drama de mi vida. Me ha pedido otra oportunidad porque ahora se ha dado cuenta de que yo soy el amor de su vida, y no sé lo que hacer.

–¿Cómo que no sabes lo que hacer? –preguntó Cristina–. Te la ha pegado con otro.

–Yo le cortaría el cuello –repuso Marga después de pegarle un trago a su sopa–. Tú le cortas las pelotas a Javier y yo le rebano el cuello a Palmira, así nadie nos podrá relacionar con el crimen.

–No hay que ser tan drásticos, ¿o sí? –Óscar removía la sopa con desgana–. Ahora que lo pienso con calma, tampoco es una tragedia. La vida es una chirla y hay que aprovecharla al máximo.

–No hay que tener compasión con nadie que nos ponga los cuernos –comentó Cristina.

–Pero a ti no te los han puesto, ¿verdad? No creo que Manu sea de esa clase de hombres.

–No, pero es un espécimen en peligro de extinción –replicó la menor de las hermanas Burgueño.

–¿Por qué dices eso?

–Porque parece que mi hermana no sabe lo que es un orgasmo.

–¿Qué? ¿Pero qué me dices? Tiene que ser una broma, ¿verdad? Me tenías que haber pedido consejo, que soy experto en orgasmos. ¡Qué pena que no seas mi tipo, guapa, porque entonces sabrías lo que te has estado perdiendo! Seríamos buenos follamigos.

–Sí, es cierto –reconoció finalmente Cristina.

–De buena te has librado, bombón.

–Entonces, recapitulemos. ¿Tú has dejado a Manu porque es un estrecho y porque no sabe follar, y tú has dejado a Javier porque te ha puesto los cuernos?

–Sí, lo has resumido estupendamente –dijo Cristina.

–Este Javier no cambia con los años –soltó Óscar sin pensar.

Cristina contuvo el aliento y le pegó una patada por debajo de la mesa.

–¿Cómo que no cambia con los años? ¿Qué quieres decir, que no es la primera vez que lo hace?

Óscar se quedó mirando a Cristina.

–Que te lo cuente tu hermana.

–¿Yo? No, guapo, tú te has metido solito en este jardín.

Marga miraba primero a uno y después a la otra sin terminar de creerse que le hubieran estado ocultando algo tan importante como aquello.

–¿Y por qué tengo que ser yo el que se lo cuente si fuiste tú quién lo pilló acostándose con Tita el día de su boda? –se giró hacia Marga con una sonrisa tensa en los labios–. Bueno, pues ya lo sabes. Ahora ya le puedes cortar las pelotas tranquilamente.

–¿Con Tita el día de su boda? –Marga no salía de su estupor–. ¿Habríais sido capaces de dejar que me casara con un capullo como Javier? ¿De verdad lo habríais hecho? Joder, que casarse no es como beberse una cerveza o como probarse un vestido, que es algo muy serio, que esto es algo para toda la vida.

–Marga, yo pensaba que aquello fue puntual y que quizás había cambiado. Además, tú estabas tan enamorada de él y se os veía tan bien que no quería aguarte la boda. Si llevas tres años preparándola.

–No me lo puedo creer. Se acostaba con Tita. ¡Qué cerdo!

–Menuda mierda de viernes. Y eso que le había comprado un consolador a Palmira que prometía hacer maravillas.

El teléfono de casa los sacó de la conversación. Ambas hermanas se miraron.

–¿Quién lo coge? –preguntó Óscar, aunque viendo que ninguna se decidía, descolgó él–. Aquí la casa de los archiduques de Burgueño, ¿dígame?

Aquella broma hizo que las hermanas se rieran.

–Es Javier. ¿Qué haces? –bajó un poco el volumen–. Se le oye muy arrepentido. Está llorando. Menudo gilipollas –esto último lo dijo en alto para que lo escuchara Javier.

Desde que había entrado al taxi, Marga había decidido apagar su móvil, por lo que supuso que Javier la habría llamado unas cuantas veces antes de intentar telefonear a su casa. Se encogió de hombros y después le gritó:

–¡Dile que se vaya a la mierda!

–¿Lo has escuchado? Pues eso, que te vayas a la mierda. Supongo que sabrás el camino.

–Hala, se acabó lo de ir de rubia tonta por la vida –concluyó Marga–. Dame uno de tus Huesitos. Hoy lo necesito.

Capítulo 7

Cristina llevaba varias semanas tirando currículos y acudiendo a entrevistas de trabajo, a cada cual más surrealista. No quería echar mano de los contactos que tenía su familia porque quería demostrarle a su padre que podía valerse por sí misma, y tampoco podía echar mano de la herencia que le había dejado su abuela hasta que no cumpliera veintiséis años, y para ello faltaban aún unos meses.

A la última de las entrevistas había acudido acompañada por Óscar, que podría haber sido como todas las que había hecho en los días anteriores, pero en esta ocasión fue de lo más patética. Habían quedado con un tipo en la cafetería del El Corte Inglés de Callao, que los reconoció en cuanto llegaron. Lo primero que advirtieron en él fue que tenía una dentadura tan blanca que dañaba a la vista, y su sonrisa parecía la de un lobo. A pesar del tiempo tan bueno que hacía, llevaba una americana de invierno, una bufanda de Yves Saint Laurent y una camisa Ralph Laurent que conjuntaba bien con sus pantalones Hugo Boss. Sin embargo, sus zapatos lo delataban porque estaban llenos de polvo y ajados. Además, llevaba las uñas algo sucias.

–Juan Ballarín –se presentó ofreciéndoles la mano y abriendo los ojos de una manera que resultaba teatral.

A Cristina le recordó las caras que ponían los bailarines balineses, por esa expresividad que mantenía en todo momento en su mirada.

Antes de que llegara el camarero, Juan entró directamente en materia, sin darles tiempo ni siquiera a sentarse.

–El negocio que os voy a proponer –hizo una pausa dramática y volvió a abrir los ojos– es un negocio para ganar mucho dinero. ¿Cómo os quedáis?

Óscar y Cristina asintieron, y después se sentaron en la mesa, dejando que siguiera hablando porque tenían curiosidad por saber cómo iba a terminar la tarde. Se habían agarrado las manos por debajo del mantel para no terminar riendo.

–Vosotros me preguntaréis, ¿de qué se trata? ¿Cómo es posible que os esté ofreciendo el negocio de vuestras vidas si no os conozco de nada?

Ambos negaron con la cabeza. Estaban tan desconcertados por los movimientos que efectuaban las manos de este charlatán del tres al cuarto, que a ninguno de los dos les salían las palabras.

–Esto es muy sencillo. Son muchos los que me preguntan que cómo puedo mantener este nivel de vida que llevo. Pero claro, nadie quiere invertir, nadie quiere arriesgar. Getesy es la solución a vuestros problemas. Porque si tú inviertes, hay dinero, si no inviertes, no hay nada. Por solo cincuenta euros ya tendrás beneficios. ¡Ah, amigos, pero claro! ¿Queréis tener más beneficios? Y vosotros me diréis que sí, pero para tener más beneficios hay que poner más dinero. Más beneficio, más dinero. ¿Cómo te quedas? –esta pregunta se la hizo mirando solo a Cristina–. Es el negocio redondo. Es el negocio de vuestras vidas.

Juan sacó de una cartera de piel una *tablet* para abrir un enlace a YouTube. Antes de que se reprodujera, hizo un movimiento con sus manos, como si de un truco de magia se tratara, y después les enseñó varios vídeos de gente que estaba encantada con Getesy, y de lo mucho que les había cambiado la vida a todos vendiendo productos para una vida sana. Cristina y Óscar entendieron de qué iba la cosa. En realidad se trataba de un negocio piramidal en el que solo ganaban dinero los que estaban arriba.

–¿Cómo os quedáis? ¡No me digáis que no es un buen negocio! Pero ahora viene lo mejor, solo tenéis que hacer una pequeña inversión de trescientos euros para empezar a ver dinero. Estos productos os los quitarán de las manos. La gente se vuelve loca con ellos. Os lo aseguro. Esto es el futuro.

Cristina se decidió a hablar al fin porque tenía ganas de marcharse.

–¡Estamos emocionados! Todo esto suena muy tentador y vemos que hay una oportunidad de negocio, pero mi novio y yo tenemos que pensar cuánto podemos permitirnos invertir. Estamos ahorrando para un pisito y queremos ver posibilidades para aumentar nuestro capital. Así que si nos da unas horas, nosotros ya le llamaremos a usted.

–Para empezar no tiene por qué ser una inversión de trescientos euros. Yo entiendo que estáis ahorrando para un pisito…

–Nos ha quedado muy claro. Más inversión, más beneficio, y eso es lo que buscamos. Si me da una tarjeta, esta noche recibirá nuestra llamada. Tenemos que hacer números, porque igual podemos invertir más de mil euros. ¿Verdad que sí, cuqui?

Óscar se la quedó mirando y le siguió la corriente.

–¿Solo mil? Yo estaba pensando en algo más. ¡Podríamos sacar hasta el dinero que teníamos apartado para el viaje a New York! –esto último lo dijo en un perfecto inglés.

—¿Tú crees, cuqui? Es nuestro viaje de luna de miel.

—No sé, churri, tenemos que pensarlo, pero puede que esto sea nuestra oportunidad. Esto es un negocio seguro. Todos nuestros amigos nos van a quitar estos productos de las manos.

A Juan se le volvieron a abrir los ojos, pero esta vez el asombrado era él. Les tendió la tarjeta y sonrió, dejando ver esa sonrisa tan falsa como un billete de mil euros.

—Sí, no os lo penséis mucho. En tres horas, he cerrado más de seis contratos. Lo que os digo, esto es el negocio del futuro.

—Sí, nos ha quedado muy claro, ¿verdad que sí, cuqui?

—Espero esa llamada para formalizar el contrato. Ya veréis como no os arrepentís.

Cristina y Óscar le tendieron la mano a Juan y después se marcharon abrazados de la cintura y haciéndose carantoñas. Cuando llegaron al ascensor, él le dijo:

—¿Pero de qué iba este tipo? Parecía que se había fumado algo. Y esa manera de abrir los ojos daba hasta miedo.

—No lo sé, pero menuda labia. Me pregunto quién le ha hecho ese blanqueamiento dental. Si lo viera Manu, se llevaría las manos a la cabeza.

Se quedaron callados unos segundos. A pesar de que Cristina ya no sentía nada por Manu, le molestaba que en estas últimas semanas ni siquiera la hubiese llamado ni para preguntarle cómo estaba.

—¿Cuqui? ¿No se te podría haber ocurrido algo más original? –preguntó Óscar para romper el silencio.

—¿Y a ti, churri?

—A mí me encantaría que alguien me dijera alguna estupidez de este tipo –soltó un suspiro–. Me gusta estar enamorado.

—Sí, pero que no sea Palmira la que te lo diga –dijo

Cristina saliendo del ascensor–. Prométemelo –se le quedó mirando, y volvió a insistir–. Prométemelo.

Óscar se quedó pensando hasta que salieron a Callao.

–He quedado con ella para que recoja unas cosas de casa –chasqueó los labios.

–¿Quieres que te acompañe, cuqui?

–No. Esto lo tengo que hacer solo –de pronto se puso serio–. Pero gracias, churri.

–¿Seguro? Sabes que no me importa.

–Sí, seguro.

–Tienes que ser fuerte. No puedes darle una segunda oportunidad.

–¿Por quién me tomas? –dijo soltando otro suspiro–. Ya está decidido. No quiero saber nada de Palmira.

–Luego te llamo y me cuentas –comentó despidiéndose con un beso.

–Sí, ya te cuento.

Cristina lo vio alejarse hacia la Gran Vía para tomar un taxi. Óscar iba siempre impecable y, si hubiese sido una mujer, Cristina podría asegurar que siempre iría con los labios pintados de rojo Russian Red y perfectamente maquillada. Y, por supuesto, tendría hecha la depilación brasileña.

Lo que más le gustaba de él era que entendía de moda y que podían ir a comprar juntos sin ese miedo atroz que les entraba a todos los hombres cuando una mujer decidía cambiar su vestuario. Con él se divertía, además de que tenía buen ojo para encontrar piezas tiradas de precio. Sin embargo, ese ojo del que alardeaba le fallaba cuando se trataba de encontrar novia. En eso ambos eran iguales. ¡Eran unos desastres!

Soltó un bufido. Después sacó la agenda de su bolso y tachó la cita de su última entrevista. Puso en mayúsculas: *VERY, VERY PATHETIC*. Al ritmo que iban sus entrevistas de trabajo, ya se veía trabajando en un Burger King, en un SubWay, haciendo de mujer anuncio o engañando a viejecitas y vendiendo ollas a presión por teléfono.

—¿Eres Cris?

Una voz profunda de hombre llamó su atención. Elevó el mentón para encontrarse con unos ojos oscuros, una mirada que la traspasó. Solo había una persona que la llamaba Cris, y evidentemente aquel hombre de un metro noventa no era su hermano Juanfra. Lo observó de arriba abajo y contuvo el aliento. Álex era más guapo de lo que recordaba, y ese traje de chaqueta parecía que estuviera cosido expresamente para él. Había que reconocerle que le sentaba como un guante y era como una segunda piel. Su mirada intimidatoria había cambiado desde la última vez que lo vio.

—Sí, soy Cristina.

—¿Mi *personal shopper*?

En cuestión de dos segundos pensó en las posibles respuestas, pero entonces se acordó de lo que le había dicho Marga unas semanas atrás. Ya no era divertida. Y allí estaba ella, tratando de demostrarse que no era tan seria como decía su hermana y de encontrar un trabajo que la satisficiera. Así que se decidió a jugar un rato, porque después de todo, ella sabía de moda. Podía ser *personal shopper*. ¡Cómo no lo había pensado antes!

—Sí, soy tu *personal shopper*.

En ese momento rezó para que no se presentara la verdadera Cris y descubriera todo el pastel.

—Siento haber llegado con un poco de retraso. El tráfico estaba imposible a estas horas de la tarde.

Cristina le echó otro vistazo rápido. Sí, era guapo y tenía algo en la mirada que le provocaba sentimientos que no había experimentado con Manu.

—No te preocupes. Yo acabo de llegar.

Por su parte, Álex se acercó para darle dos besos y los

alargó un segundo más de lo que resultaba estrictamente cortés. Aprovechó para olerla, y cerró los ojos. No podría haber un perfume que la definiera tanto como aquel. Cuando se separó, le hizo un repaso de la cabeza a los pies, al igual que había hecho ella con él. No llegaba al metro setenta, era delgada, morena y de piel blanca. De ella le gustó, además de su perfume floral, la melena larga y lisa, que le llegaba casi hasta la cintura. Llevaba unos vaqueros negros de pitillo, una chaqueta colgada del brazo, de un color que no supo definir, y una camiseta de manga corta que dejaba al aire un hombro que prometía una piel tersa y suave. Si tuviera que compararla, sería con el personaje de *Pocahontas*, la película de Disney que más le gustaba a su hija.

Por cómo le sonrió Álex, Cristina sintió que se le encogía el estómago y que se ruborizaba. Sin embargo, si esto mismo lo hubiera hecho otro hombre se habría sentido incómoda e incluso lo habría tachado de cuarentón baboso. Había algo en Álex que le transmitía paz. Tragó saliva y le ofreció otra sonrisa.

—No me imaginaba a una *personal shopper* tan... —masticó la palabra adecuada antes de hablar.

—¿Joven?

Él negó con la cabeza.

—No era esa la palabra que estaba buscando. Quizá lo más conveniente sería decir exquisita.

—Bueno, así somos las *personal shopper* —soltó mostrándole una sonrisa.

No sabía muy bien qué le estaba pasando, pero se sentía nerviosa.

Álex volvió a mirarla fijamente.

—¿Perdona, nos conocemos de algo? Hay algo en ti que me recuerda a alguien.

Cristina abrió los ojos y pensó con rapidez otra vez en

las posibles respuestas. Le podría decir que lo conoció el día de su boda, o que también vio cómo Tita se la pegaba, o que también bajó con ella en el ascensor cuando Manu le pidió que se casara con él, o que fantaseó con la idea de que la cogía en brazos y le daba un beso en los labios. Pero terminó por decir:

—No sabría decirte.

En realidad no le estaba mintiendo.

—Tengo la sensación de que te he visto antes.

Cristina le ofreció de nuevo una sonrisa.

—¿Sabes? El mundo es como una tortilla, hay que darle muchas vueltas para que salga rica. En una de esas vueltas, es posible que nos hayamos conocido. O puede que quizá nos conociéramos en otra vida.

—Podría ser. ¿Quién te dice que no fueras Cleopatra?

Cristina soltó una carcajada.

—¿Yo Cleopatra? ¿Y tú quién serías? ¿Un esclavo? ¿Mi hermano? ¿Un gato?

—Marco Antonio, por supuesto —respondió sin pestañear y con una sonrisa ladeada—. ¿Quién si no?

—Podrías ser César.

—No, yo sería Marco Antonio, te lo aseguro.

Cristina tuvo que morderse el interior de la mejilla para convencerse de que no era una de sus fantasías, como cuando se imaginó que la besaba al salir del ascensor. Era evidente que estaban coqueteando. Desde que había dejado a Manu no había soñado despierta. Una vez leyó en una revista femenina que las personas que fantaseaban lo hacían porque no les gustaba su vida.

Cogió aire antes de hablar de nuevo.

—Veo que tienes una talla 42 o 44 de pantalón, según el modelo —le echó un vistazo y posó sus ojos en su fabuloso trasero.

¡Cómo olvidarlo!

—Sí —asintió Álex.

Cristina aprovechó para colocar su mano sobre el pecho de Álex. Hizo como si lo estuviera midiendo, pero ella sabía que no era del todo cierto. En realidad quería ver si su pecho era tan musculoso como se adivinaba a través de la camiseta. Tuvo que contener un suspiro, porque era mucho mejor de lo que había imaginado.

—Y diría que llevas una 50 o 52 de chaqueta, y siempre te tienen que sacar algo de la manga porque tienes los brazos largos.

Él volvió a asentir. Sabía que no era buena idea tratar de seducirla, pero algo en el brillo de su mirada le hizo pensar que la atracción era mutua.

—Ahora me toca a mí. ¿Te parece? —a la pregunta de él, ella asintió. La repasó con la mirada—. Te gusta la literatura y te gusta Herman Melville.

Cristina parpadeó varias veces. Estaba atónita.

—*I would prefer not to*[3] —dijo señalando su camiseta. Él tuvo el presentimiento de que no había elegido esa frase al azar y que sabía a qué libro pertenecía—. ¡Quién no conoce a *Bartleby, el escribiente*! Sin embargo, yo te diría: si tienes que escoger entre hacerlo y no hacerlo, sin duda hazlo. Hazlo siempre.

—¿El qué? —murmuró. Tuvo que bajar el mentón porque sintió cómo se ruborizaba.

—Lo que sea que estés pensando.

—Sí, lo haré.

Ambos se miraron a los ojos durante unos segundos.

—Bueno, tú dirás —le dijo Cristina rompiendo el momento y girando sus talones en dirección a la calle Preciados—. ¿Por dónde quieres que empecemos?

Álex tuvo el impulso de decirle por dónde empezaría

---

[3] Preferiría no hacerlo.

él, pero se calló. Se dejó envolver por su perfume y, al igual que le había pasado a Cristina, sintió que le subía un calor placentero desde la entrepierna hasta el estómago. Se tuvo que recolocar bien el calzoncillo porque se notó incómodo. Hacía tiempo que no experimentaba algo así.

—Antes de que comencemos, tengo que decirte por qué he contratado tus servicios. Soy daltónico y no distingo los marrones y rojos de los verdes. Más de una vez he salido a la calle con un pantalón marrón y con una camiseta verde. Así que me pongo en tus manos.

—¿Daltónico? Es el primer cliente que me dice esto.

—Te lo voy a poner fácil. Busco básicamente ropa informal.

—¿Quieres algún complemento?

—No, aunque si tú piensas lo contrario, me dejo convencer. Te he dicho que te lo voy a poner fácil.

—¿Tienes algún límite?

—No —sus miradas volvieron a cruzarse—. No pongo límites.

Cristina tragó saliva.

—Me refiero a si tienes un tope con el dinero que te quieres gastar, no sé…

—Te he entendido, y yo te repito que nunca pongo límites.

Cristina giró la cabeza para soltar un suspiro disimuladamente. Ambos sabían que no estaban hablando de dinero.

—Ya que no pones límites, sígueme.

Durante más de dos horas, Cristina estuvo aconsejándole qué prendas comprar, qué le podría servir como fondo de armario y cuáles eran los básicos que no podían faltar entre sus perchas. Habían hablado, se habían dicho frases con doble sentido, pero sobre todo habían jugado a mirarse sin hablarse. Sonrieron tanto, que la tarde se les había pasado volando.

Álex miró el reloj cuando salieron de una tienda. Eran casi las nueve de la noche.

–Supongo que tendrás que ir a casa –dijo Cristina–. No te quiero entretener más. Por hoy es suficiente.

–No, no me espera nadie, tranquila –aunque Álex se encontraba cómodo, Cristina advirtió cómo su mirada se entristecía.

Se dieron dos besos de despedida, y cuando se separaron, Álex le dijo:

–¿Narciso?

–¿Cómo dices?

–Narciso, de Hèrmes. Es tu perfume, ¿verdad?

Cristina volvió a quedarse sin palabras.

–Sí.

–Bueno, no te asustes. Mi hermana es perfumista y entiendo algo de aromas. Te sienta bien.

–Gracias –se encogió de hombros.

Álex se resistía a marcharse. No era solo que se sintiera atraído por Cristina, y más teniendo en cuenta que no había tenido sexo con nadie desde hacía casi un año, sino que hacía tiempo que no se encontraba tan a gusto con una mujer. Su aspecto era muy juvenil, pero no así las conversaciones que habían mantenido. Era bastante madura para su edad y había química entre los dos.

–Puede que esto te resulte raro, y no tienes por qué aceptar. Entenderé también que no quieras, pero ¿me permitirías que te invitara al menos a una tapa o a una copa? Tengo que darte las gracias por tener tan buen gusto.

–Gracias, pero no tienes por qué hacerlo. Es parte de mi trabajo.

–¿Qué me dices?

Hazlo, era la palabra que resonaba en su cabeza. Tragó saliva y, sin poder evitarlo, asintió con la cabeza. A ella tampoco le apetecía despedirse... tan pronto.

—Sí, tengo permiso hasta las doce, aunque después me tendré que marchar en carroza antes de que el hechizo se rompa. Mi hada madrina es un desastre y luego no sabe deshacer los encantamientos.

Sus miradas se quedaron enganchadas, y Cristina advirtió algo en él que nunca había visto en Manu. Tal vez se tratara de deseo, pero, en cualquier caso, le gustó lo que observó.

—¿Algún sitio en particular? —preguntó él rompiendo la magia del momento.

—Me encanta ir a Casa Manolo, y está cerca de Sol. No sé si lo conoces. Hacen unas croquetas y unas albóndigas muy ricas. El vermú es de grifo. Podemos ir caminando.

—Sí, lo conozco. Hacen también un buen chocolate con churros. Vienen bien después de una noche... —se quedó callado.

—¿Una noche, cómo?

—Después de una noche en vela. Nunca se sabe qué puede suceder.

Caminaron durante un buen rato en silencio, aunque ambos se observaban de reojo.

—¿Qué crees que habría pasado? —soltó Álex de pronto.

—¿Qué habría pasado de qué? —Cristina se detuvo. Le apetecía seguir jugando, y, además, se entendía con Álex de una manera que nunca habría imaginado.

—Ya sabes, si nos hubiésemos encontrado en otra vida.

—¿Si yo hubiera sido Cleopatra y tú Marco Antonio?

—Sí —Álex le mostró una sonrisa pícara.

—¿Qué te hubiera gustado que pasara?

—No sé, prefiero que lo imagines.

—Entonces tendremos que hacer caso a lo que dice la historia. Ella nunca se equivoca.

Capítulo 8

Álex dejó que Cristina entrara antes que él al bar. Casa Manolo era un lugar acogedor de comidas caseras que no olía a fritanga y que aún vestía sus mesas con manteles de tela.

–Hay dos mesas libres. ¿Dónde te apetece que nos sentemos? –quiso saber él echando un vistazo.

–Me da igual.

–Entonces pongámonos al fondo.

Cristina llevaba observando toda la tarde el efecto que provocaba Álex en las mujeres, e incluso comprobó cómo las vendedoras coqueteaban, aunque él no le había dado mayor importancia. Durante el tiempo que estuvieron de compras, Álex solo tuvo ojos para ella. Sin embargo, eran pocas las que no le pegaban un repaso de arriba abajo como había hecho ella cuando se le había presentado esa misma tarde. Y, en parte, Álex sabía de ese magnetismo que suscitaba en las mujeres, aunque se limitaba a sonreír y a hacer un gesto con la cabeza, como si aquello no fuera con él.

Mientras se dirigían a la mesa libre del fondo, Cristina volvió a observar cómo las mujeres se giraban hacia él. Por un momento se sintió absurdamente poderosa, porque ese hombre estaba coqueteando con ella y porque por unas horas estaba siendo deseada de verdad. Se sintió una mujer, mucho más de lo que la había hecho sentir Manu.

–Vuelvo en un minuto –dijo Álex dejando las bolsas en un rincón.

–Tranquilo, hasta las doce el hechizo no desaparecerá. Después, no te puedo asegurar que yo siga siendo yo.

–Igual quiero arriesgarme a saber qué ocurre a partir de las doce –Álex apoyó las manos sobre la mesa y se acercó peligrosamente a ella.

Cristina sintió un escalofrío en la espalda y como si el corazón se le fuera a salir por la boca. Ella nunca había sido tan atrevida, aunque estaba claro que Manu no era Álex, ni tampoco le provocaba las sensaciones que tenía ahora mismo alojadas en el estómago. Estuvo tentada de rodearle el cuello con sus brazos y darle un beso hasta que perdieran el sentido.

Vio cómo se alejaba hacia la barra, aunque a medio camino se lo pensó mejor, se detuvo, se giró y en dos zancadas llegó hasta ella. A Cristina no le dio tiempo ni a pestañear cuando Álex colocó las manos en su cara y la besó con una pasión que la dejó sin aliento, al tiempo que le acariciaba las mejillas con las yemas de sus pulgares. No era desde luego el beso tierno que se dan los novios en las primeras citas, era un beso experimentado y que prometía mucho más que esta primera caricia. Había una urgencia en poseerla que la hizo estremecer.

Sin preguntarle nada, Álex la tomó de la mano y se dirigieron al baño de señoras. En ese momento había una mujer que se estaba lavando las manos, pero en cuanto advirtió la presencia de ellos, salió con paso apresurado.

–Lo siento –dijo.

Álex cerró la puerta con el pestillo, la empujó con suavidad contra la pared y volvió a saborear su boca, a tentarla con su lengua. A Cristina le volvió loca esa manera de besar tan apasionada y tiró de su camisa hacia ella. Pudo sentir cómo los pezones se le endurecían. Volvió a acercar sus labios a los de Álex y le pegó un mordisco.

—¡Dime que lo deseas tanto como yo! —sintió el aliento de él pasear cerca de su oreja.

Tal y como dijo Álex, Cristina no se sintió incómoda, es más, deseaba que fuera más allá, que se dejara de palabras y que la hiciera sentir como nadie le había hecho sentir nunca.

Álex metió la mano por debajo de la camiseta para alcanzar su pecho. Cabía en su palma, lo masajeó y tiró de su pezón con delicadeza. Después se lo llevó a la boca y lo lamió lentamente. Cristina jadeó y echó la cabeza hacia atrás. Álex deslizó la otra mano hasta el final de su espalda para posarla en su trasero. Después alcanzó el botón de su pantalón, le bajó la cremallera y jugueteó con el borde de sus braguitas.

—Solo lo haremos si tú estás segura.

—Hazlo —dijo ella sin dudarlo.

Para Cristina ya no había marcha atrás. Deseaba que él calmara ese fuego interior que la devoraba por dentro.

Álex le separó las piernas y Cristina advirtió en el estómago su miembro duro. Pegó un respingo cuando Álex introdujo el dedo índice en su sexo. Lo sacó y se lo llevó a los labios.

—Me gusta cómo sabes.

Sus dedos volvieron a colarse por debajo de sus braguitas y notó cómo ella adelantaba las caderas cuando Álex empezó a trazar círculos sobre su clítoris.

Cristina soltó un gemido cuando Álex le bajó los pantalones, aunque antes le quitó los botines en dos movimientos rápidos. Después tiró de sus braguitas hasta rompérselas y se las guardó en el bolsillo.

—¡Te deseo ahora!

Cristina liberó su pene de la prisión de los calzoncillos y lo acarició con suavidad.

—¡Te voy a follar como nadie te lo ha hecho nunca!

—Sí, hazlo, hazlo ya —dijo con el corazón a cien.

Álex sacó un preservativo del bolsillo de su chaqueta, lo desgarró con los dientes y se lo colocó con rapidez.

—No sabes lo que te deseo.

La subió a horcajadas. De una embestida, se abrió camino en su vagina, y Cristina soltó un grito de placer...

—¡Ahhhhh!

Cristina pegó un respingo en la silla cuando advirtió que su móvil sonaba en su bolso. Tenía los labios secos y la respiración entrecortada. Apenas lo agarró para descolgar la llamada, se le escapó de las manos y fue a parar a los pies de Álex. Él se agachó, miró la pantalla, y al entregárselo le dijo:

—¿Te he asustado?

—No —dijo con la voz trémula.

—Óscar.

Cristina asintió.

—Hola —se le quebró la voz.

—¿Hola... Cristina? —contestó Óscar—. ¿Te ocurre algo?

Aunque Cristina había girado su cuerpo hacia la pared para que Álex no escuchara la conversación, sentía sus ojos clavados en ella.

—No —respondió soltando un gemino ahogado.

Hubo un silencio.

—¿Quieres que te llame en otro momento?

—Sí, casi lo preferiría. Ya te cuento cuando llegue a casa.

—Bombón, cualquiera diría que te he pillado follando, pero conociéndote, sé que eso sería casi un imposible.

Si él supiera, si pudiera hablarle, solo le diría: *¡Oh my god!* Lo que me he estado perdiendo con Manu. ¿Por qué nadie me contó que follar era algo parecido a esto?

—Óscar, luego hablamos —lo cortó.

—Está bien. Ya hablamos y me cuentas. Pero bombón, sea lo que sea lo que estás haciendo, disfrútalo como una perra.

—Ya te cuento.

Soltó una carcajada nerviosa al tiempo que colgaba visiblemente turbada. Aún respiraba con algo de dificultad, pero lo peor de todo fue que notó que sus braguitas estaban húmedas y su sexo palpitaba. Aun siendo una fantasía, había tenido el mejor polvo de su vida. Si Óscar no la hubiera llamado, era muy posible que hubiese llegado al orgasmo. Entonces se dio cuenta de lo pobre y escaso que había sido el sexo con Manu.

—Era un amigo.

Álex le hizo un gesto como que no le importaba.

—¿Te pasa algo? Tienes las mejillas encendidas. ¿Quieres que pida un botellín de agua o una Coca-Cola, tal vez?

Ella trató de sonreír, aunque si hubiera podido, habría deseado que la tierra se la tragara. ¡Dios! Leer tantas novelas románticas en estas últimas semanas le estaba pasando factura.

Nunca una fantasía había llegado tan lejos. Esta vez no le habría importado que fuera real.

—No, déjalo, es que soy muy calurosa —se levantó de la silla tratando de aparentar una tranquilidad que no sentía—. Si me disculpas, necesito ir un momento al lavabo.

—Claro. Si quieres voy pidiendo.

—Sí, lo que pidas estará bien. Me gusta todo.

—¿Sí?

Cristina contuvo el aliento.

—Sí, ahora soy yo la que me fío de tu criterio. Pide lo que quieras.

Cristina provocó que sus manos se tocaran al pasar junto a Álex, y sintió que él se estremecía como lo hacía ella. No giró la cabeza, pero sabía que no le quitaba ojo al contoneo de sus caderas. Se alegró de haberse puesto ese día unos botines de tacón, porque era el calzado ideal para el bamboleo de su trasero.

Y sonrió, porque le gustaban esas nuevas sensaciones que no conocía, que por otro lado eran solo fruto de su imaginación.

Cuando llegó al lavabo, se tuvo que sujetar a la pila porque aún notaba cómo le temblaban las rodillas. Se miró en el espejo.

—¿Qué me está pasando?

Abrió el grifo y se mojó los dedos para refrescarse la cara.

Por otro lado, Álex, como había supuesto Cristina, se le quedó mirando el trasero. Era delgada, pero tenía un culo respingón que quitaba el sentido. Cerró los ojos por unos segundos. Necesitaba pensar, y más después de la llamada que había recibido. ¿Quién era esa mujer de melena larga que lo tenía hechizado? No se sentía culpable por coquetear con alguien que no fuera Tita, pero sí notaba algo extraño que hacía años que no notaba en su estómago. Se preguntó si aquello era un simple calentón y deseaba seguir jugando, o, por el contrario, quería dejar las cosas como estaban y no ir más allá. A fin de cuentas, su vida estaba en Valencia y él regresaría al día siguiente a su negocio.

Sin embargo, cuando abrió los párpados, dejó de pensar en lo que le esperaba en Valencia y se concentró en esa mujer que avanzaba con paso decidido hacia él. No quería ni podía apartar su mirada de ella.

—¿Mejor? —preguntó cuando llegó hasta él.

—Sí, es que a veces me dan unos sofocos tontos sin venir a cuento.

–Aún no ha venido la camarera, pero he estado viendo la carta. ¿Te apetecen unas croquetas, unas albóndigas y dos pinchos de tortilla? Y como tú decías, los podemos acompañar con vermú.

–Me parece perfecto.

Cuando Cristina se sentó, llegó la camarera. Álex pidió y esperó a que se marchara para seguir hablando.

–¿Quién es Cris? Tengo curiosidad por saber cómo se hace alguien *personal shopper*.

Antes de contestarle, Cristina inspiró con fuerza. Se levantó de su asiento con decisión y se sentó a horcajadas sobre sus rodillas. Metió sus dedos en su pelo revuelto y lo atrajo hasta sus labios. Le besó con la misma pasión que había mostrado en la fantasía del baño.

Álex carraspeó y ella parpadeó varias veces para dejar a un lado esa ilusión que luchaba por apoderarse de ese momento.

–Yo –titubeó. Se mordió los labios–. Quiero ser sincera contigo. No soy la Cris que estabas esperando. Y siento haber provocado este pequeño malentendido, pero en mi defensa diré que sí que me llamo Cristina y que me encanta la moda. Cris solo me llama mi hermano mayor. Sé de las últimas tendencias porque desde que era pequeña, siempre he querido ser figurinista, pero esta es la primera vez que hago esto, salvo con Óscar.

–¿Óscar es tu novio?

Cristina soltó una carcajada.

–¿Óscar mi novio? No, es mi mejor amigo. Es como mi hermano. No, no tengo novio. Con Óscar puedo hablar de todo.

Álex se removió en su asiento. Cristina temió que se fuera a marchar, pero suspiró cuando vio que se marcaba una sonrisa ladeada.

–Sé que no eres la Cris que estaba esperando porque

hace un rato me ha llamado, pero estaba esperando a que tú me lo dijeras. Estoy seguro de que no es tan buena como tú. Me ha comentado que siente haberme dejado colgado, pero que se encontraba indispuesta por un virus estomacal que la ha dejado tirada en el sofá.

Hubo un silencio hasta que Cristina se decidió a hablar.

–Si te soy sincera, me alegro de que no haya venido. Me lo he pasado genial.

–Y yo también. Hacía tiempo que no me reía tanto. Deberías dedicarte a esto.

–Sí, aún no tengo muy claro qué quiero hacer. Hace unas semanas dejé Derecho y estoy buscando trabajo. De niña me imaginaba que a veces era la cocinera de un restaurante, otras quería estar encima de un escenario cantando y actuando. También he soñado con poder vender mis cuadros. Si hasta yo misma vestía a mis muñecas con globos y calcetines desparejados. Y no es por nada, pero hago unas *cupcakes* que están muy ricas. En realidad soy bastante creativa.

–Eres una caja de sorpresas.

–No sé por qué al final terminé estudiando Derecho, pero desde que lo he dejado siento que es una de las mejores ideas que he tenido nunca –se calló que la otra mejor idea que había tenido había sido dejar a Manu.

–Si vivieras en Valencia te ofrecería un puesto en mi cocina. Siempre y cuando no te importara empezar desde abajo.

Cristina se le quedó mirando sin terminar de creerse lo que le había dicho.

–No, no lo dices en serio, ¿verdad? Me defiendo bastante bien entre fogones.

–Sí, lo digo en serio. No me gusta bromear sobre ciertos temas.

La camarera llegó con los dos *vermús* y dos tapas.

—Ahora os traigo lo que falta.

Ninguno de los dos atendió a las palabras de la camarera. Estaban demasiado ocupados en mirarse.

—¿Qué te parece mi oferta?

—No sé qué decir.

—Prueba a decir que sí.

—¿Y cuándo empezaría?

—En tres semanas. Mi hermana Gema necesitará alguien que la ayude cuando Álvaro, nuestro segundo cocinero, se marche. Va a probar suerte por su cuenta.

—Pero no sabes casi nada sobre mí, ni tampoco me has hecho una prueba.

La camarera llegó con lo que faltaba.

—Podemos hacer una cosa. Te invito a pasar un fin de semana en Valencia y después decides qué quieres hacer.

—¿Un fin de semana? Suena de lo más tentador.

—Suena mejor de lo que piensas. Te aseguro que no soy un asesino en serie, ni tampoco soy un lobo feroz. No te pongas excusas.

Y sin pensar en nada, le dijo que sí, que aceptaba ese fin de semana en Valencia.

—Acepto —le tendió la mano.

—Ya no te puedes echar atrás.

Cristina negó con la cabeza.

Álex pensó en que había sido un impulso suicida invitarla a pasar un fin de semana en Valencia, pero él era así, un hombre impulsivo. Si había algo que quería, iba a por ello sin más, y lo que tenía claro era que no deseaba que todo acabara cuando se despidieran esa misma noche.

—Venga, no estaría mal empezar con las croquetas antes de que se enfríen, aunque ya te digo que no tienen nada que ver con las que hace mi hermana. La receta es un secreto de familia.

—¿Y qué tipo de cocina hacéis?

—Tradicional. A Gema y a mí nos gustan las comidas de toda la vida.

—Estoy deseando probar las que hace tu hermana —le pegó un sorbo al vermú antes de seguir hablando—. ¿Te puedo pedir un favor? Bueno, más que un favor es saber si puede ser.

—Tú dirás —dijo intrigado.

—¿Tienes a alguien que se encargue de los postres?

—No.

—En muchos restaurantes se olvidan de tener una buena carta de postres, y me preguntaba si no te importaría que hiciera una prueba también. Se me dan mejor los dulces.

—Me lo creo —respondió mirándole a los labios—. ¿Y con qué nos vas a sorprender?

—¿Eso es un sí?

—Sí, eso es un sí.

—Tengo que pensarlo, pero hago varias tartas de chocolate que están para chuparse los dedos.

—No me importaría probar. ¡No te imaginas cuánto!

Cristina bajó la mirada a su plato. Le quedaba un último pedazo de tortilla de patatas.

—¿Cuándo sales para Valencia?

—Mañana tengo que estar allí. ¿Crees que en tres semanas podrás resolver lo que sea que tienes pendiente?

—Si, en tres semanas habré arreglado todo —al decirlo, sintió nervios en el estómago.

—Entonces, te espero en tres semanas. Prepárate para trabajar.

—Y tú prepárate para probar mis postres.

—No hago más que pensar en ello.

Siguieron hablando, riendo hasta que la última mesa se marchó. La camarera de la barra ya había limpiado la cafetera y le echaba miradas asesinas a Cristina.

—Creo que nos están echando.

—Sí, será mejor que nos marchemos —Álex pidió la cuenta y sacó la cartera—. Mañana tengo que estar en pie a las seis.

—¡Oh! No quería entretenerte.

—Te aseguro que ha sido un placer. ¿Quieres que te acerque a casa? Tengo el coche aparcado en un *parking* aquí cerca.

—Si no te importa, sí. Desde hace unas semanas ya no tengo coche.

Cuando Cristina tomó la decisión de dejar Derecho, también le había dado a su padre las llaves del Mercedes que le compró.

Al salir a la calle, Cristina notó el frío de la noche y se puso la chaqueta.

—¿De qué color es? —preguntó sin dejar de mirarla a los labios.

—¿Dices mi chaqueta? —Álex asintió—. Es de color rojo.

Durante un rato caminaron en silencio.

—No me has preguntado si estoy casado.

—No he visto una alianza en tu dedo, ni tampoco una marca que lo indique.

—Me estoy separando, pero mi matrimonio no funcionaba desde hace bastante tiempo. Quiero que sepas que si vienes a Valencia, puede que tú y yo…

—Dejémoslo en puede.

—Me gusta esa idea.

Cristina se preguntó si era pronto para hablar de enamoramiento. No lo sabía, pero ella se moría de ganas de volver a verlo, de reírse como lo habían hecho durante toda la tarde, pero sobre todo de seguir tonteando.

Cuando estuvieron dentro del coche, Álex le preguntó si le importaba que pusiera la radio.

—No. A mí también me gusta escuchar música mientras conduzco.

Sonaban los primeros acordes de *Can't help falling in love*, de Elvis Presley.

Wise men say, only fools rush in
But I can't help falling in love with you.
Shall I stay
Would it be a sin
Cause' I can't help falling in love with you...[4]

Álex giró la cabeza al tiempo que Cristina se encogía en el asiento. No lo quería mirar, pero sabía que él la buscaba.

—¿Quieres que busque otra cadena?

—No, ¿por qué?

—Por si te molesta esta canción tan antigua.

—No, es solo una canción.

—Sí, es solo una canción.

Luego se sucedieron otras más, aunque ninguna se podía comparar con la primera.

—Aún quedan unos minutos para las doce —dijo Álex cuando llegaron al portal de los padres de Cristina—. Me arriesgaría a ver qué sucede, pero prefiero esperar a este fin de semana. Dime que vendrás.

—Sí, iré.

—Contaré los segundos.

---

[4] Los hombres sabios dicen, solo los tontos se apresuran/ Pero yo no puedo evitar enamorarme de ti/ ¿Debo quedarme?/ Sería un pecado/ Porque no puedo evitar enamorarme de ti...

Capítulo 9

Qué mágica y disparatada había sido la tarde, pero Cristina se alegraba de que hubiera sido así. No cambiaría nada, ni siquiera la fantasía que había tenido con él. Repetiría una y mil veces sin dudarlo. Aún temblaba de la emoción al recordar todo lo que había sentido esas últimas horas, y todo había sido real, porque, por fin, la realidad era mucho mejor que la ficción. Ni en las mejores novelas ocurría lo que a ella le había pasado.

Lo primero que hizo al llegar a casa fue quitarse los botines y entrar en la habitación de su hermana para comentarle lo que le había ocurrido. Por debajo de la puerta se colaba la luz y se escuchaban las risas de Óscar y de Marga. Se tumbó en la cama que ocupaba Óscar con una sonrisa en los labios. No pudo contener un pequeño grito de emoción.

–¿Se puede saber dónde has estado toda la tarde, cachoperra? –preguntó Óscar–. ¿Y a qué viene esa sonrisa idiota que tienes? No sabes la envidia que me das. Marga, vamos a tener que hacer algo tú y yo para que Cristina no nos dé envidia.

De Óscar, además de su afición por la moda, le gustaba también lo bruto que podía ser en ocasiones. No tenía filtros, y soltaba lo primero que se le pasaba por la cabeza. Le gustaba su sinceridad, y eso, dentro del círculo tan encorsetado en el que se movía su familia, era toda una bendición. Puede que también fuera verdad que se le perdonaran sus excentricidades porque tenía mucho dinero y porque en los negocios era implacable y no cometía errores. Llevar un Rolex de oro en la muñeca cerraba más bocas que sus palabras.

—Ahora mismo estoy flotando en una nube —dijo Cristina soltando un suspiro.

—Ya puedes ir desembuchando, bombón.

—¡Dios, aún no me lo puedo creer! Y es tan guapo.

—¿Quién es guapo? —quiso saber Marga.

—Si es lo que yo decía, tu hermana ha follado esta tarde.

—No, no hemos follado —elevó los ojos al techo—. Solo me ha dado dos besos.

—¿Con lengua o sin lengua? —quiso saber Óscar.

—En la mejilla.

—Pues ya puede haber utilizado la lengua para otras cuestiones, porque quiero tener esa misma sonrisa en la cara —repuso su amigo—. Y lo que sea que haya ocurrido tiene que haber sido muy fuerte.

—Déjala que hable —Marga le pegó un manotazo a su amigo.

—Ha sido todo tan real que temo abrir los ojos y que todo haya sido un sueño. Decidme que no estoy soñando.

Óscar le pegó un pellizco en el brazo.

—¿Pero quién es guapo? Suéltalo ya, que nos tienes en ascuas.

Cristina se incorporó y le pegó a su vez un manotazo a Óscar.

—Me has hecho daño —se quejó Cristina.

—Y yo me voy a quedar sin uñas. Te lo mereces por no decirnos quién es guapo.

–Álex.

–¿Qué Álex? –preguntaron Óscar y Marga a la vez.

–Álex de la Puente.

–¿Qué? –dijeron Óscar y Marga a la vez. Él abrió los ojos y su hermana no podía cerrar la boca.

–Sí, he pasado toda la tarde con Álex y ha sido maravilloso.

–No puede ser –repuso Marga.

–A ver, Cristina, empieza por el principio, que has empezado por el final y tu hermana y yo queremos saber qué ha pasado.

–¿No es un poco mayor? –le preguntó Marga.

–¿Para qué, para follar? –rebatió Óscar–. Cómo eres, guapa. ¿No has oído nunca lo de que el amor no tiene edad? Además, solo tienes que verle la cara. Está radiante. ¿Dime cuándo ha estado así con Manu? Nunca, ni siquiera cuando perdió la virginidad. Aunque si follas alguna vez con alguien ya te darás cuenta de que lo que hacía Manu era pajearse dentro de ti.

–¡Qué bruto que eres! –le soltó Cristina.

–Sí, sí, seré todo lo bruto que quieras, pero me darás la razón dentro de poco. Porque a mí me parece que al final terminarás follando con Álex.

Cristina se mojó los labios.

–Lo de la edad me da igual. Papá le lleva dieciocho años a Mariví, así que no le veo un problema. Y para tener la edad que tiene, está genial. Tiene unos músculos, que hasta tú buscarías una excusa para tocárselos –le dijo a Óscar.

–Si me lo presentas, igual me pienso lo de cambiar de acera. Entonces tendría que dar la razón a todos aquellos que dicen que soy gay –soltó Óscar–. ¿Sabes? Este tiene pinta de empotrarte en la pared y no dejar ni que respires. No lo dejes escapar.

Cristina lo miró conteniendo una sonrisa porque eso era justamente lo que había pensado ella. Se preguntó cómo sería una postura distinta que no fuera la del misionero. Se mordió los labios y sufrió un escalofrío. Después se levantó de la cama y tiró de Óscar.

—Venga, acompañadme a la cocina y os lo cuento, que me apetece tomar un vaso de leche con Cola-Cao y las galletas de chocolate que he hecho esta mañana.

—No sé dónde metes todo lo que comes —repuso Óscar.

—¡Te podrás quejar tú de cuerpo! —respondió Marga—. Además, eres muy guapo. Algunas de mis amigas no tendrían problemas en darte un repaso. Dicen que te harían un gran favor, de esos que son difíciles de olvidar.

—Cuando quieras me las presentas. Yo no le hago ascos a ninguna chirla. Y por si no te lo había dicho nunca, tú también estás perfecta, guapa —replicó él mirándose en el espejo—. Esto que veis es producto de mucho sacrificio y mucho gimnasio. Hay que mantener una imagen con los clientes.

—Pues a mí ya me gustaría tener el pecho de mi hermana, y esto que ves aquí es producto de la genética —replicó Cristina.

—Eso, tú restriégamelo —dijo Óscar—. Y tú no te quejes, que ya quisiera Jennifer Lopez tener tu culo.

Cristina abrió la puerta tratando de no hacer ruido porque Mariví y Fran se acostaban pronto. Óscar y Marga la siguieron hasta cocina.

—¿Queréis algo? —preguntó la menor de las Burgueño.

—Lo que tomes tú estará bien.

Cristina sacó tres tazones del armario y un cartón de leche de soja, porque Óscar era intolerante a la lactosa, y otro de leche semidesnatada del frigorífico. Después buscó la caja donde guardaba las galletas de chocolate. Al tiempo que los tres tazones daban vueltas en el microondas, Cristina no dejaba de pensar en que siempre había estado esperando a que sucediera algo extraordinario en su vida, a que las oportunidades le llegaran a la puerta de su casa. Y justamente esa tarde, sin ella proponérselo, la magia había ocurrido. Sabía que había ciertas oportunidades que no se podían dejar escapar porque se presentaban solo una vez en la vida. Podía no suceder nada en el fin de semana que iba a estar en Valencia, o podía que sí, pero si no se arriesgaba, no sabría nunca qué era cometer una locura. Y estaba más que decidida a seguir adelante.

El timbre del microondas interrumpió sus pensamientos.

–Esta tarde he sido la *personal shopper* de Álex –sacó los tres tazones y después se sentó en la mesa–. Prueba mis galletas, Óscar. Me han salido muy ricas.

–Ya sabemos que te salen muy ricas, pero lo que queremos saber es qué ha pasado. Desde luego, cuando te pones en plan misteriosa, no hay quien te gane –comentó su hermana en vista de que ella seguía manteniendo una sonrisa bobalicona.

Cristina soltó un suspiro mientras le ponía dos cucharadas de Cola-Cao a su tazón.

–No sé muy bien cómo ha sido, pero el caso es que después de que te marcharas –señaló a Óscar–, Álex se me ha presentado porque había quedado con una chica que se llamaba Cris, y que casualmente era una *personal shopper*. Ha dicho mi nombre creyendo que era yo. Y bueno, cuando me ha preguntado si yo era su *personal shopper* le he dicho que sí. No sé, lo he visto tan guapo, con esa sonrisa tan estupenda que tiene, que no he podido resistirme a ver qué ocurriría si yo era su *personal shopper*. Me apetecía jugar porque el otro día me dijiste que era aburrida y muy seria. Y llevabas razón. Era un muermo de tía –respiró con calma antes de seguir hablando–. Le he seguido la corriente y me he ido de compras con él. Una cosa ha llevado a la otra, y hemos terminado cenando juntos. Hacía tiempo que no me lo pasaba bien con un hombre.

–Claro, si es que Manu es un merluzo frígido que no sabe lo que tiene entre las piernas. Lo que me lleva a pensar si tú sabes qué es lo que tenemos entre las piernas. Cuando quieras te doy unas clases teóricas o prácticas, lo que prefieras.

–Dejad de meteros conmigo –le pegó un empujón de broma a Óscar–. Por eso le he dicho que sí, porque no me quiero cerrar a nada. Y sé que es una locura, pero me encanta. Nunca me había sentido así de feliz. ¡Dios, Dios, me muero por verlo otra vez!

–Creo que yo también me estoy enamorando, y eso que no me gustan los hombres –soltó Óscar.

–Y tendríais que escuchar cómo dice mi nombre. En algún momento pensaba que me iba a desmayar. Es que parece que haya nacido para decir «Cristina».

–¿Habéis quedado otra vez? –quiso saber Marga.

–Sí, hemos quedado.

–¿Cuándo? –preguntaron los dos a la vez, ansiosos porque les siguiera contando.

Antes de responder, Cristina mojó una galleta, se la metió en la boca y bebió de su tazón.

–¿Quieres decirnos cuándo has quedado con él? –preguntó Óscar.

–Este fin de semana me voy a Valencia a su hotel.

–¿Cómo? –preguntó Marga.

–¿Cómo que te vas un fin de semana con un tío que acabas de conocer esta tarde? –le espetó Óscar–. ¡Oye, que lo de follar en la primera cita es parte de mi encanto!

–Te he dicho que no hemos follado. Así que sí, me

voy a Valencia –miró a la cara a su mejor amigo–. Y quiero vivir intensamente esta locura.

–Ay, bombón, que me parece que te estás haciendo mayor. Estoy muy orgulloso de ti y de que le abras las puertas a la vida.

–Voy a hacer una prueba en su hotel con mis postres.

–Ay, que yo creo que el postre vas a ser tú.

–¿Y tienes pensado qué vas a hacer? –preguntó Marga pasando por alto el comentario de Óscar.

–Yo no sé lo qué haría tu hermana, pero...

–Sí, ya sé que tú te lo tirarías si fuera una tía –repuso Cristina sacándole la lengua.

–Y además, yo que tú utilizaría eso que tienes en la boca para algo más que para hablar. No sabes las de posibilidades que tiene.

Cristina se atragantó con el último sorbo que se estaba bebiendo.

–Qué bruto que eres. No sé por qué se empeña Mariví en que seríamos la pareja perfecta.

–Sí, es una lástima que no me atraigas como las demás chicas.

Volvieron a quedarse callados. Óscar miró a Marga y reprimió un suspiro.

–No sé por qué, pero tengo el presentimiento de que todo lo que cuenta Tita sobre él es mentira –Cristina se puso seria–. No me creo que Álex sea un maltratador.

–Yo te creo, hermana.

–Y yo, además quiero vivir algo como tú –replicó Óscar–. ¿Por qué no me sale una novia guapa y que me quiera con locura? –miró a Marga–. ¡Joder, con lo bueno que estoy!

–¿Eso quiere decir que no vas a volver con Palmira? –preguntó Marga.

–Eso quiere decir que no voy a volver, que vuelvo a

estar en el mercado –chasqueó los labios–. Esta tarde le he pegado la patada. ¡Hala, a otra cosa mariposa!

–Bueno, ya verás como conoces a alguien tan mona como Álex –comentó Cristina–. Y esto tampoco quiere decir que ya seamos novios.

Durante unos segundos se volvieron a quedar callados. Marga no hacía más que dar vueltas con la cucharilla a la leche de su tazón. Tenía el gesto triste y había rastros de lágrimas en su mirada

–Vale, ¿qué me he perdido? –inquirió Cristina.

Óscar y Marga cruzaron las miradas.

–Javier me ha vuelto a llamar. Me ha pedido perdón y quiere verme. Está hecho polvo y parece que no levanta cabeza. ¡Como si fuera yo la que ha hecho algo mal!

–Pues que se joda –replicó Óscar–. Si quiere seguir follando, que se compre un donut o que se dé una vuelta por la calle Montera. También le puedo dar el teléfono de las que van a la Casa de Campo. Como ves, tiene donde elegir.

–¿Y tú que le has contestado? ¿No habrás cambiado de opinión? –Cristina no hizo caso del inciso de Óscar.

–No, no quiero verle, quiero que me deje en paz, que se aleje de mí, pero esto es más difícil de lo que pensaba.

–Claro que es difícil, te ibas a casar con él –replicó su hermana–. Llevas enamorada de Javier desde hace doce años y ahora te das cuenta de que no era el hombre que tú pensabas.

–Me siento confusa y vacía. Y no sé si Javier tiene razón con lo de que no voy a encontrar algo mejor que él.

–¿Que te ha dicho qué? –gritó Cristina–. ¡Pero este tío de qué va! ¡Claro que vas a encontrar a alguien mejor que él y mucho más guapo! Y cuando lo encuentres, ya me encargaré de enviarle una fotografía dándole las gracias por ponerte los cuernos y diciéndole: «Esto es con lo que me he tenido que conformar». Y te pasarás el día... follando –le costó decir esta palabra por primera en voz alta, y no se sintió sucia por decirlo como alguna vez había insinuado Manu, ni tampoco la fulminó un rayo celestial. Óscar contuvo una risa–. Después te casarás con él y le enviarás una postal desde donde quieras que vayas de luna de miel con una frase que diga: «Supera los diez polvos que me acabo de pegar con mi marido».

Marga soltó una carcajada, a la que se unieron Óscar y ella.

–¿Dónde hay que firmar para que a mí también me toque? –preguntó Óscar.

–Tú también encontrarás una novia guapa.

Óscar pegó un salto de la silla.

–Se me acaba de ocurrir una locura –las hermanas se giraron hacia él–. Hace tiempo que dijimos que nos iríamos un fin de semana loco y siempre lo hemos ido posponiendo. Yo porque siempre estoy hasta arriba de trabajo. Tú –señaló a Marga– porque con lo de los preparativos de la boda nunca tenías tiempo de nada y estabas insoportable.

–Yo no estaba insoportable –le empujó con suavidad.

–¡Oh, sí, bonita! Claro que estabas insoportable, y muy coñazo.

Cristina asintió con la cabeza.

–Os juro que si alguna vez me caso, no me volveré a poner así.

–Déjate de tonterías, guapa. Si te casas, vas a organizar la mejor boda que se haya celebrado jamás y se lo vas a restregar a Javier. Ya nos encargaremos tu hermana y yo de que sea así. Te mereces lo mejor.

–Vale, pero ¿qué locura se te ha ocurrido? –quiso saber Marga.

—¿Sabes? Tú y yo nos vamos a ir también a Valencia, pero no en plan coñazo y a hacer de carabinas de Cristina.

—Por supuesto que no quiero carabinas. Yo sola me basto y me sobro para manejarme con Álex.

—Bueno, el caso es que no vas a ser la única que se lo va a pasar bien.

—¿Os vendríais conmigo?

—Sí ¿verdad que sí, Marga? Tienes que decir que sí.

—¿Y qué vamos a hacer nosotros en Valencia?

—Por lo pronto ponernos morenos. Para esas fechas estaremos ya casi en junio y quiero estrenar mis nuevas camisetas. Vamos a tener un fin de semana de las Supernenas.

—¡Sí, Supernenas al poder! —exclamó Cristina dando palmas.

—¿Os acordáis de dónde tenéis vuestras camisetas? —inquirió Marga luciendo la suya con orgullo.

Cuando Cristina terminó bachiller, Óscar y Marga le montaron una fiesta de las *Supernenas*, los dibujos animados que más le gustaban cuando era pequeña. Cristina era fan de Pétalo, que era la líder y el personaje más decidido. Marga se vistió de Burbuja, que de las tres, era la más inocente y amable, y a Óscar le tocó Cactus, que era la más gruñona y siempre estaba preparada para dar algún mamporro.

Por supuesto, las camisetas habían sido idea de Óscar y aquella noche triunfaron.

—Yo tengo la mía guardada en una caja —repuso Cristina—. A Manu no le gustaba que me pusiera ese tipo de camisetas.

—¡Qué gilipollas hemos sido los tres por estar con estos cenutrios que no nos merecían! —soltó Marga.

—Yo no sé dónde está la mía, pero la encontraré —soltó Óscar.

—Queda una cuestión por resolver, ¿cómo nos vamos a ir? –preguntó Cristina

—Podríamos ir en mi furgoneta –repuso Óscar.

—¿En la caza chirlas? –inquirió Marga.

—Sí, es toda una premonición de lo que puede pasar en Valencia. Estoy seguro de que alguno de nosotros pillará cacho.

El nombre de la empresa era una clara alusión a los *Cazafantasmas*, una de las películas que más le gustaban. E, inspirándose en este clásico de los 80, Óscar había creado el logo.

—Entonces está decidido. Nos vamos a Valencia –repuso Cristina–. Podemos quedarnos en la casa de Mariví. Así no me siento tan rara quedándome en el hotel.

—¡Sí, vamos a buscar chirlas y rabos!

—¡Cualquiera diría que vas a buscar setas o champiñones! –exclamó Cristina soltando una carcajada. Óscar no tenía remedio. Le encantaba decir palabras vulgares.

—¡Dónde va a parar! Una chirla siempre es mejor. Además, ya tengo claro qué camiseta voy a estrenar.

—¿Sí? –preguntaron las dos.

—Sí, una que hice el otro día que ponía: *¡Follow-me, Follo-te!* Por si no queda claro a lo que vamos.

Capítulo 10

La sensación que le invadía a Cristina desde hacía unos días no se podía comparar a nada que hubiera vivido anteriormente, y más cuando recibía sus llamadas por las noches y se pasaban un rato hablando, aunque siempre le sabían a poco. Porque desde que había conocido a Álex, y no se refería a cuando tenía casi catorce años, ya que aquello no contaba, su percepción de la vida había cambiado. Había activado algo en su interior que la hacía sentir viva. Nadie la había mirado nunca de esa manera, ni tampoco nadie hablaba como él. Su voz grave, personal, profunda, pero sobre todo sexy, tenía el mágico poder de hacerla estremecer. Le gustaba la intimidad que se había creado entre ellos en tan solo unos días. Cada vez que decía su nombre, ella se derretía y un sentimiento desconocido iba creciendo por momentos. Su vida tenía un nuevo color y se llamaba Álex de la Puente Lozano, un color que solo estaba reservado para ella.

Durante seis días había estado revisando todas las recetas que tenía de tartas y postres, casi todas eran herencia de Maribel, la cocinera de su familia desde que recordaba. Se había decidido por hacer unas natillas de coco, un *strudel* de naranja con helado de chocolate amargo, una tarta de limón y una *panna cotta* con frutos rojos. Podría hacer también flan de chocolate, pan suizo y plátano o una tarta de zanahoria con crema de queso *mascarpone* y compota de naranja, pero esto ya lo pensaría en Valencia. Lo que sí tenía claro era que quería utilizar el aroma del azahar y la naranja, por aquello de aprovechar la fruta por excelencia de Valencia.

Marga, por su parte, se había mantenido firme desde que había roto con Javier y no había contestado a ninguna de sus llamadas. También había estado envolviendo todos los regalos que le había hecho su exnovio para enviárselos a su casa. No quería tener nada que le recordara a él. Había contratado una empresa de mudanzas para no tener que verle la cara, aunque en el fondo ella sabía que el verdadero motivo para no devolvérselos en persona era que no se quería arriesgar a caer de nuevo en sus brazos. Tampoco quería darle el gusto de ver lo mal que estaba, y aunque trataba de levantar la cabeza, había adelgazado algún kilo más. Y sí, estaba mal, había perdido el apetito, apenas podía dormir, tenía ojeras, pero sabía que aquello se le acabaría pasando más pronto que tarde. En esos momentos, lo que le apetecía era alejarse de Madrid y poner en orden sus ideas. Se alegró de haberle hecho caso a su padre y de no haber comprado un piso a medias. Durante el primer año vivirían en el pequeño apartamento que Javier tenía, y más tarde, cuando llegaran los niños, buscarían algo que se adaptara mejor a sus necesidades, pero sobre todo a sus posibilidades. Porque él tenía muy claro que quería tener tres niños; deseaba tener una familia como la que no había tenido de pequeño. Era partidario de irse fuera de Madrid, mientras que Marga no se quería marchar de la ciudad. Era demasiado urbanita para vivir en un adosado unifamiliar, donde ya se veía compartiendo cafés y meriendas con otras mamás que se pasarían el día quejándose de que la maternidad les quitaba tiempo para ellas.

Por último, Óscar era el que menos nervioso estaba, aunque en un ataque de locura les había pedido a Cristina y a Marga que lo acompañaran a comprar unos cuantos pantalones que le marcaran por delante y por detrás. Estaba encantado con todo lo que se había comprado.

El jueves por la noche, después de una tarde de compras, Marga y Cristina se quedaron a dormir en casa de Óscar para salir temprano de viaje. Habían pedido *sushi* y se habían sentado en el sofá chéster de cuero envejecido para ver la serie que más les gustaba a los tres: *The good wife*[5]. Aún estaban asimilando el gran giro argumental que había dado la serie a mitad de la cuarta temporada. Tanto les había impresionado que Óscar se había levantado del sofá y había sacado una botella de tequila para ponerse un chupito. Estaban tan enganchados que, cuando quedaban para verla, desconectaban todos los móviles y desenchufaban el teléfono de casa. Era una norma que nunca habían roto.

—¿Por qué? —se dijo Óscar después de tomarse dos chupitos seguidos—. ¿Qué va a ocurrir ahora con Alicia Florrick?

—Yo también quiero un chupito —dijo Marga—. ¿En qué demonios estaban pensando los guionistas para hacerle esto a Alicia? Ni en las series respetan ya lo de los finales felices.

—¿Quieres un final feliz? Ven a mis brazos, guapa —replicó Óscar haciéndole un gesto con la mano para que se acercara—. Mis abrazos de oso son famosos en todo Madrid.

—¿Solo aquí? —preguntó Marga acudiendo a los brazos de su amigo.

—Por ti sería capaz de abandonar mi soltería —Óscar

---

[5] *La buena esposa* es una serie sobre abogados de la cadena CBS protagonizada por Julianna Margulies.

la atrajo hacia sí y durante un segundo sintió que todo dejaba de existir, que no había nada mejor que estar junto a Marga. Aunque esto nunca lo reconocería.

–Si no te conociera, casi me lo creería.

Óscar se encogió de hombros y le mostró una sonrisa algo forzada.

–Venga, Óscar, dejad ya los arrumacos. Ponme a mí otro chupito –dijo Cristina–. Tenían que avisar de que esta temporada venía fuerte.

–Pero mira que eres mala, bombón. Tu hermana necesita cariño y a ti solo se te ocurre que nos separemos.

–Óscar, no te pega nada lo de ser romántico. A mí no me engañas.

–Claro, no me pega nada –comentó Óscar desembarazándose del abrazo de Marga–. ¿Os animáis con otro capítulo? Necesito saber qué pasa.

–Ya estás tardando –repuso esta.

–Solo si lo vemos muy juntitos.

–Tú no pierdes una oportunidad –le soltó ella.

–Por supuesto que no –sus ojos se achinaron cuando sonrió–. Tengo mucho amor que repartir.

Óscar se sentó en el sofá y abrió los brazos para que Marga se acomodara a su lado. Ella se acopló al tiempo que Óscar olía su perfume. Estaba más pendiente de los movimientos de Marga que de lo que ocurría en la serie.

Antes de que el siguiente capítulo terminara, Cristina recibió, como todas las noches, una llamada de Álex.

–Hola –dijo él.

A Cristina se le iluminó la cara y un escalofrío la sacudió por dentro. Era increíble el poder que tenía sobre ella con tan solo escuchar su voz.

–Hola –respondió ella.

–¿Es él? –masculló Óscar entre dientes–. Eres una traidora.

Cristina asintió con la cabeza y se levantó.

—¿Puedes darme cinco segundos? —le pidió a Álex, y después tapó el auricular con la mano—. Se me había olvidado apagarlo.

—Sí, claro, vete a otro con ese cuento, bombón, que nos conocemos. Estabas esperando esa llamada —silabeó Óscar—. Este tío te pone cachonda.

Cristina le sacó el dedo corazón y salió al balcón para hablar con tranquilidad. Se apoyó en la pared y se dejó caer hasta el suelo.

—¿Te he pillado en mal momento? —le preguntó Álex.

—No, te aseguro de que no me pillas en mal momento. Solo estaba viendo una serie con Óscar y mi hermana.

—Si quieres te llamo más tarde, cuando acabe. Solo te llamaba para recordarte que tienes que enviarle un correo a mi hermana con los ingredientes que necesitas. No quiero que dejes de hacer nada por mí.

—No, si estábamos a punto de dormirnos de lo aburrida que es.

—¿De qué serie se trata?

—*El abogado* —dijo lo primero que se le pasó por la mente—. No te la aconsejo.

Si bien *The good wife* era una serie sobre abogados que les parecía magnífica y todo lo que le sucedía a Alicia Florrick tenía interés, con esta otra, *El abogado,* no había podido pasar del tercer capítulo.

—Si te soy sincero, no tengo tiempo para ver la tele. Tampoco me interesan las series.

—¿Y qué es lo que te interesa?

—No sabría decirte. Muchas cosas.

—Dime alguna.

—Mi hotel, por nombrar algo.

—Estoy deseando conocerlo, aunque he visto algunas fotografías por Internet.

—También me interesa compartir una buena comida con alguien que merezca la pena. Una exposición de pintura o una novela, por poner un ejemplo.

—No está mal.

—Aunque esto no es lo único.

—¿No? ¿Aún hay muchas más cosas?

—Sí, claro. Quieres saberlo, ¿no es cierto?

Cristina elevó los ojos al techo y sonrió.

—Sí, sigue nombrándomelas.

—Me interesa la pesca del salmón en Carolina del Norte, o puede que sea en Carolina del Sur. Nunca me acuerdo del estado.

Cristina soltó una carcajada por aquella salida de tono.

—Cualquiera diría que te gusta la pesca.

—Por gustarme, me gustan más otras cosas, pero de momento me conformo con lanzar el sedal.

—Está claro que no entiendes de esta clase de pesca.

—¿Cómo te has dado cuenta?

—Porque el sedal no se lanza.

—¡Vaya, me has pillado! Pero si te digo que me interesas tú, ¿eso haría que olvidaras que no sé pescar salmones? —hubo un silencio, y aunque Álex no la estuviera viendo, le preguntó—. ¿Estás sonriendo?

—¡No...! Bueno, sí, pero un poco —en realidad era una mentira tan grande como una catedral, porque su sonrisa le llegaba de oreja a oreja.

—Me conformo con ese poco. Espero verte sonreír mucho más cuando estés aquí.

Quiso decirle que no le iba a resultar muy difícil dejar de sonreír, pero no quería quedar muy moñas.

—Entonces nos vemos mañana. Es muy tarde y sé que te levantas muy temprano. No quiero entretenerte.

—Sí, es tarde. Me espera una mañana ajetreada antes de que llegues. Buenas noches, Cristina —susurró.

¡Cómo le gustaba cuando se despedía de ella y que después dijera su nombre! Esperaba sus llamadas solo por este momento.

—Buenas noches, Álex.

Después de colgar, se quedó unos segundos mirando la pantalla de su móvil. No podía contenerse las ganas de verle otra vez. Contaba las horas para llegar a Valencia. Se podría acostumbrar a que le diera las buenas noches en su oído cada vez que se iba a la cama. Era la mejor música para dormir de un tirón.

—¡Anda, pasa ya, cachoperra, que hace frío y vas a pillar un resfriado! Ya pensábamos que te habías olvidado de nosotros. Que hemos parado la serie por ti.

—Sabes cómo matar todo el romanticismo a una llamada perfecta —Cristina soltó un suspiro sentándose al lado de Óscar. Se dejó abrazar por su amigo, que le había hecho un hueco en el sofá.

—¿Habéis tenido sexo telefónico?

—No. Solo hemos estado hablando de cosas sin importancia.

—Sí, sí, sin importancia —soltó Marga—. Pues menuda sonrisa llevas.

—A tu hermana y a mí no nos interesa saber qué os habéis dicho... —rectificó enseguida—. ¡Sí, nos morimos por saberlo, la envidia nos mata, aunque no sé si podremos soportar una dosis extra de azúcar a estas horas de la noche! —le pasó un bol de palomitas a Cristina—. Acabo de hacerlas. Venga, terminamos de ver este capítulo y nos vamos a la cama.

—Gracias por esperarme.

—Pues claro, tonta. Esto no tiene gracia sin ti —Óscar le dio un beso en la mejilla—. Al menos uno de los tres se va a la cama con una sonrisa.

Antes de que dieran las ocho de la mañana, Cristina

ya se había levantado y fue la primera en meterse a la ducha. Puso en su teléfono la lista de reproducción de las canciones que más le gustaban y comenzó a cantar a grito pelado dentro del baño. Mientras tanto, Óscar ya estaba en la cocina preparando el desayuno. No se le daba tan bien cocinar como a la menor de los Burgueño, aunque se defendía bastante bien. Su especialidad eran las *crêpes*, y hasta el momento no había encontrado a nadie que no le gustaran. Al tiempo que las preparaba, contestaba a los correos que tenía pendientes de algunos de sus proveedores.

Marga se metió en el baño cuando Cristina terminó de ducharse. Se había puesto unos pantalones vaqueros de cintura baja, sus Converse rojas y la camiseta de las Supernena*s*. Esa mañana se sentía como Pétalo, y nadie la podría parar.

Una vez que guardó todo en su neceser y cerró la maleta, ayudó a Óscar a preparar lo que quedaba de desayuno. En la cocina se escuchaba *Magic*, de Coldplay:

Call it magic
Call it true
Call it magic
When I'm with you
And I just got broken
Broken into two
Still I call it magic
When I'm next to you...[6]

Escuchando la letra, pensó en la magia que se había

---

[6] Llámalo magia/ Llámalo verdad/ Llámalo magia/ Cuando estoy contigo/ Y acabo roto/ Roto en dos/ Aun así yo lo llamo magia/ Cuando estoy a tu lado...

producido desde que había conocido a Álex y deseó que siguiera así, que nunca acabara.

–Dale la vuelta tú a esta *crêpe*, que tengo que llamar a Susi.

Cristina advirtió que aún no eran ni las ocho y media.

–¿Algún problema?

–Sí, pero nada que no pueda resolver, así que tranquila, en un rato nos vamos –Óscar le sonrió guiñándole un ojo.

Desde la cocina, Cristina escuchó a Óscar elevar el tono de su voz.

–¿Por qué no han llegado las camisetas a Barcelona? Tenían que haber llegado ayer –durante dos segundos se mantuvo callado–. Joder, no me sirven las excusas, Susi. Si esta empresa no cumple, se busca a otra que se comprometa con los plazos de entrega. Me importa una mierda que tenga precios muy competitivos. Te pago un pastón para que soluciones estos problemas, no para que te limes las uñas. En media hora quiero el asunto solucionado. Y si tienes que coger el coche y plantarte en Barcelona, lo haces.

Óscar llegó a la cocina con el gesto crispado.

–¿Hay algo que pueda hacer?

–No. Parece que la gente no tenga ganas de trabajar. Estoy pagando una pasta a una empresa de transportes y resulta que aún no han salido las camisetas. Es la segunda vez que ocurre, pero será la última. No volveré a trabajar con ellos.

–¿Quieres que dejemos el viaje? –dijo con temor–. Puedo coger un AVE.

–No, bombón, necesito hacer una escapada. No te preocupes. Esto tiene solución. Las camisetas llegarán hoy.

–Óscar, ya te puedes duchar –dijo Marga con una

toalla enrollada en la cabeza–. Y haz el favor de ponerte guapo.

–Soy guapo, pero te voy a contar mi secreto para estar tan bueno y tener este tipo tan estupendo. Cuando estoy en casa, me gusta desayunar desnudo después de ducharme. Primero voy al baño, me deshago de todo y después me peso. Siempre pienso que si elimino todo lo innecesario, pesaré menos. El día se ve diferente si te quitas todo lo que te sobra a primera hora de la mañana.

Cristina soltó una carcajada. Le gustaba mucho más Óscar cuando soltaba alguna burrada que cuando se ponía serio. Volvía a ser su amigo.

–No digas cochinadas antes de desayunar –le recriminó Marga.

–¿No me digas que tú no te tiras…?

–Vete a la ducha, anda –le cortó Marga.

Al cabo de unos diez minutos, Óscar salió de la ducha atendiendo una llamada.

–Susi, cuando las camisetas lleguen a Barcelona, busca otra empresa de transporte. Me da igual si estos portes nos salen gratis. Es lo mínimo que pueden hacer. No me gusta que no cumplan con lo estipulado. Y, por favor, no me llames a menos que la empresa se esté quemando. Me tomo un fin de semana de relax total –cuando colgó, les guiñó un ojo a las hermanas. Como habían quedado, él se había puesto su camiseta de Cactus–. ¿Preparadas para ir a Valencia?

Cristina le acercó una taza de café americano sin azúcar.

–Te contrataría de secretaría. Eres perfecta.

Óscar se sentó en un taburete y empezó a desayunar junto a las hermanas.

–No sé si podría soportar tu mala leche.

–Lo único que no soporto es la incompetencia, y lo sabes. Además, mi mala leche es sin lactosa, que es menos mala —chasqueó los labios.

—¿Entonces si lo de Álex no sale bien tengo un sitio en tu empresa?

—Te diría que sí, pero tengo el pálpito de que va a salir genial. Así que no seas gafe antes de tiempo.

A las nueve y media Óscar recibió otra llamada de Susi en la que le comentaba que había surgido otro problema. Uno de los mejores clientes de Valencia quería una partida de camisetas para esa misma tarde.

—Está bien. Me hago cargo de este problema —soltó un bufido—. Las llevaremos nosotros. Solo nos retrasará una hora.

Al tiempo que Óscar resolvía este último contratiempo, Cristina envió un correo a Álex comentándole todo lo que necesitaba para preparar los postres, así como a la hora en la que llegarían. Después de recoger cuatro cajas de camisetas de las oficinas de Óscar, salieron hacia Valencia. Cristina era la que conducía mientras que Óscar seguía respondiendo unos correos en inglés y en francés, idiomas que hablaba a la perfección. Tras dos horas de viaje, pararon a poner gasolina en un área de servicio. Además, Óscar necesitaba tomarse un café y despejarse.

Al ir a pagar, en la línea de cajas, Marga observó las revistas de cotilleos que había expuestas. En una de ellas Tita salía en portada. La noticia era que había pasado por el quirófano.

—¿Pero qué se ha hecho esta mujer con lo guapa que era? —se preguntó Marga.

—¿De quién hablas? —inquirió Cristina, que estaba haciendo acopio de Huesitos.

—De Tita. Qué absurdo esto de cambiarse de cara.

Cristina se giró para observar la revista que le señalaba Marga.

–Desde luego, ese estropicio confirma mi idea de que hay personas que no quieren seguir siendo guapas –repuso Óscar con un gesto de desagrado–. Con lo mona que era, ahora se parece a mi padre.

–Sí, era guapa y ahora no sabría qué decirte –comentó Cristina.

Mientras se tomaban un café y Cristina se comía el segundo Huesitos del día, ojearon la revista. Tita estaba encantada con los retoques que se había hecho. En la entrevista dejaba caer que había tenido que pasar por el quirófano porque a Álex se le había ido la mano.

Cristina soltó un suspiro de impotencia.

–No me puedo creer que Álex le haya puesto una mano encima. Porque si se demuestra que está mintiendo le puede caer una gorda. ¿Vosotros qué pensáis?

–No sé qué pensar. Si Tita está acusándolo de malos tratos, flaco favor les está haciendo a las mujeres maltratadas. ¿Qué saca ella contando estas mentiras?

Cristina recordó la conversación con Javier que escuchó el día de su boda. Álex, según Tita, le iba a dar estabilidad y con el tiempo ya aprendería a quererlo. Se había casado con él por dinero, por tener una posición, y eso era lo que Javier no podía darle.

–Tita está mintiendo. No sé cómo lo sé, pero tendríais que haberla escuchado el día de su boda cómo hablaba de Álex.

–¿Te refieres a cuándo la pillaste acostándose con mi ex?

–Sí, me dio rabia que hablara así de Álex, como si su marido fuera un cheque en blanco.

–¿Vas a comentarle algo? –quiso saber Marga.

–¿Vosotros qué haríais? ¿Le contarías algo? No sé cómo hacerlo. Es que sería un poco fuerte decirle que yo vi cómo Tita le ponía los cuernos. También la vi irse con un chico bastante más joven que ella el día en que Manu y yo rompimos. Creo que terminó llevándoselo a la cama.

—¿Sí? —quiso saber Marga.

—No os lo he contado, pero esa tarde coincidí con él en el ascensor, aunque no se fijó en mí. Parecía bastante cabreado. Y una vez en la calle, vi cómo Álex se marchaba en una moto, mientras que Tita, que bajó después que nosotros, se puso a tontear con el conserje. A los pocos minutos se marchó con él. Nunca he visto a nadie ligar tan rápido.

—Sea como sea, tenemos que seguir con el viaje —repuso Óscar levantándose de la mesa—. Si quieres conduzco yo. Ya no tengo que responder a ningún cliente más y conducir me relaja.

Cristina le entregó las llaves y se colocó en el asiento de atrás, porque Marga era de las que se mareaba si no iba en el asiento delantero. A Óscar le gustaba correr en la carretera tanto como a Cristina, por lo que cuando quisieron darse cuenta, faltaban menos de veinte kilómetros para llegar. Cristina sintió nervios en el estómago y se mordió los labios para no terminar gritando de la emoción. Dejaron atrás la fábrica de Heineken, el aeropuerto y enseguida cruzaron un puente que atravesaba el cauce del Turia, que estaba seco. Entraron por la avenida del Cid, y aunque le pareció que no tenía que ser lo más bonito de la ciudad, Cristina bajó la ventana para dejarse empapar de la luminosidad de la mañana. Porque si había algo que le estaba impactando de Valencia era su luz, una claridad limpia de nubes que le hacía daño a la vista.

—¡Es como un cuadro de Sorolla! Creo que podría quedarme a vivir aquí. Me gusta esta ciudad.

—A mí también me da buenas vibraciones —soltó Marga—. Si te vienes a vivir, me quedo contigo.

—¿Y qué iba a hacer yo en Madrid sin vosotras?

—Venirte a vivir con nosotras —repuso Marga—. Lo que haces en Madrid también lo puedes hacer en Valencia, en Barcelona o en Sevilla.

—Bueno, por lo pronto solo vamos a pasar un fin de semana —comentó Óscar.

El navegador les fue indicando hasta llegar al hotel de Álex, que se encontraba muy cerca del Mercado Central. El nombre del hotel estaba escrito en letras doradas: *Acanto*.

—Ya hemos llegado —dijo Cristina tragando saliva.

—¿Estás preparada, bombón?

— Creo que sí.

—No, no lo tienes que creer, lo tienes que sentir —respondió Óscar.

Capítulo 11

Óscar dejó la furgoneta en doble fila. Le echó una mirada a Marga y se sonrieron. Iban a despedir a Cristina a su manera. En cuanto bajaron, ambos la rodearon y empezaron a pegar botes y a reír como tontos. La gente que pasaba por su lado los miraba como si estuvieran locos, pero poco les importaba lo que pensaran de ellos. Ese fin de semana se habían prometido que harían locuras, que se divertirían, pero sobre todo que no se arrepentirían de haber viajado hasta Valencia en busca del amor.

–Prométenos que harás todo lo que haríamos nosotros si pudiéramos –comentó Óscar.

–No pienso bajarme los pantalones a la primera de cambio, si es lo que estás pensando.

–No sabes lo que te pierdes, bombón.

–No me pongáis más nerviosa –Cristina inspiró varias veces–. Esto es una locura.

–Una locura que va a salir genial –repuso Marga.

–Me cambiaría ahora mismo por ti sin dudarlo –Óscar le acarició la mejilla–. No sé por qué, pero presiento que esto va a ser la bomba.

–Luego te llamamos y nos cuentas cómo te está yendo –dijo Marga.

Óscar sacó su móvil para hacerse un *selfie*.

–Una foto para la posteridad. Igual resulta que es el padre de tus hijos y es la última vez que te vemos.

–¡Óscar, a ver, que tengo veinticinco años! Deja que viva un poco más la vida. Que solo es un fin de semana y no me estoy comprometiendo con nadie.

Por delante de ellos pasó una pareja de extranjeros que llevaba una niña rubia de unos tres años en un carrito.

–¿Habéis visto qué mona? Yo quiero una así. ¿Por qué no las venderán en los chinos? Me temo que esto no será posible hasta que no encuentre a la mujer ideal –se lamentó Óscar agarrando el brazo a Marga.

–Si quieres te presento a mi cartera –le guiñó un ojo Marga–. Es igual que esa niña.

–¿Por qué no me lo has dicho antes, cachoperra?

–¿Y perdernos este viaje a Valencia? Cuando regresemos a Madrid hago los honores.

–Venga, vamos a quemar Valencia –Óscar la tomó de la cintura y la atrajo hacia él–. ¿Preparada para pasar el mejor fin de semana de nuestras vidas?

–Sí, las Supernenas ya están en Valencia.

Cristina se encontraba delante del hotel de Álex sin dejar de mirar las letras doradas. Como ella no se decidía a entrar, Óscar le pegó una palmada en el trasero y la empujó hacia la puerta.

–Bombón, este es el principio de tu viaje.

–Hermanita, no lo pienses más. Si no lo haces tú, lo hago yo. A mí siempre me gustó Álex. ¿Qué dices?

–Allá vamos.

–Nena, que no vas al matadero –replicó Marga.

–Sí, ya lo sé. Pero es que estoy muy nerviosa.

–Venga, esta es de esas locuras que no hay que pensar mucho –dijo Óscar–. Ya le has dicho que sí, y aunque te estés muriendo de miedo, no mires atrás. Si después te arrepientes que sea por haberlo hecho, no por haberte quedado con las ganas.

La menor de las hermanas asintió con la cabeza. Las puertas se abrieron y ella entró sin mirar atrás. El vestíbulo no era muy grande, aunque resultaba acogedor e invitaba a quedarse sentado en uno de los tres sillones rojos que había frente a un ventanal. Llamó dos veces al móvil de Álex, pero estaba apagado. Entonces se dirigió al mostrador para preguntar por él a la chica que había atendiendo el teléfono. El gesto de desagrado que puso cuando levantó la cabeza no le pasó desapercibido. No tendría más de treinta años, aunque ya llevaba algunos retoques en la cara.

–¿Y quién pregunta por él?

A pesar de estas palabras, a Cristina le pareció que sabía perfectamente quién era ella.

–Soy una amiga. Álex me está esperando. Me llamo Cristina.

–Ah, ¿tú eres Cristina? –le hizo un repaso de arriba abajo y se detuvo en su camiseta–. No sé por qué, pero esperaba a alguien mucho más mayor.

–Perdona –miró la placa para leer cómo se llamaba–, Alba, me quedaría a hablar contigo lo poco que queda de mañana, pero Álex me está esperando. Si no te importa, dile que estoy en el recibidor. Tiene el móvil apagado.

Alba le sonrió, aunque no pudo disimular poner una cara de asco.

–En cinco minutos baja. Si quieres puedes esperar ahí sentada.

–Muchas gracias. Me habían dicho que los valencianos eran muy simpáticos, y ahora veo que es totalmente cierto –Alba reprimió un bufido al tiempo que Cristina se daba media vuelta con una sonrisa en los labios.

Se sentó en el sillón que estaba más próximo a la puerta para observar con tranquilidad uno de los laterales del Mercado Central. Le gustaba el ajetreo que se veía en la calle. Y a pesar de las prisas, observó que se respiraba una tranquilidad que no percibía en Madrid. La gente caminaba con un gesto amable y con una sonrisa en los labios.

—Hola.

La voz de Álex interrumpió sus pensamientos e hizo que pegara un bote en el sillón.

—¿Te he asustado? —se marcó una sonrisa ladeada, aunque Cristina advirtió que en su mirada había el mismo gesto salvaje que cuando se lo encontró en el ascensor.

—No, es que me he quedado absorta mirando la calle y no te había oído llegar.

Se levantó. Lo observó detenidamente. Álex llevaba una camiseta blanca, que realzaba su indómita mirada y su cabello oscuro, y unos pantalones vaqueros desgastados. Estaba mucho más guapo que la última vez que se vieron. Tuvo que morderse la mejilla por dentro para no tirarse a sus brazos y empezar a hacer todas las locuras que no había hecho con Manu. ¿Qué demonios le pasaba con él? ¿Por qué solo pensaba en desnudarlo y en oler su perfume? Era la primera vez que sentía algo tan poderoso, algo que la hacía perder la cabeza.

Si ella lo repasó con la mirada, él no fue menos. Se acercó y le dio dos besos en la mejilla. Cristina cerró los ojos al notar sus labios sobre su piel. Como ella deseó, él alargó ese momento del reencuentro.

—¿Estás preparada? —le susurró en el oído.

¿Lo estaba? De pensarlo, le temblaban las rodillas.

—Sí.

—Te voy a enseñar primero el hotel —se fijó en que no llevaba maleta—. ¿No has traído equipaje?

—Sí, bueno, pero es que se lo han llevado Óscar y mi hermana porque también han venido a pasar un fin de semana. Ellos se quedarán en la casa que tiene aquí mi madrastra.

—Si con ello estás más cómoda, no me habría importado que se alojaran aquí. Nos quedan dos habitaciones libres. Pero desde ya te digo que este fin de semana no quiero compartirte con nadie.

—Luego los llamaré para que me traigan la maleta.

—Ven, si quieres trabajar aquí, primero tienes que familiarizarte con el hotel —posó su mano al final de la espalda de Cristina.

Era un gesto íntimo, aunque a ella no le importó.

Alba, la recepcionista, reprimió una mueca de disgusto cuando Álex y ella pasaron por su lado y se metieron en el ascensor.

Álex empezó el recorrido por el primer piso y le enseñó una de las dos habitaciones que quedaban libres. Estaba decorada en tonos claros. El sol se colaba por el gran ventanal que daba a la calle. Los muebles eran de líneas puras y de madera de haya. El único toque de color era un sillón de color rojo que estaba al lado de una mesita baja.

—¿Elegiste tú el mobiliario? Me gusta mucho la tela de estos sillones. Es fantástica.

—Me ayudó mi hermana Gema. Solemos coincidir en esto. Tengo suerte de tenerla a mi lado.

—Supongo que no tiene que ser fácil empezar un negocio desde cero.

—No, no lo es, desde luego.

—Es mi color favorito —Cristina acarició la tela del sillón.

—Lo he imaginado al ver el color de tus zapatillas —al decirlo, se le quedó mirando los labios.

Cristina se acordó de que se los había pintado antes de salir del coche, porque no tenía costumbre de usar pintalabios. Óscar y su hermana se habían empeñado en que le sentaba muy bien el *rouge coco* n° 56 de Chanel. Había sido uno de los regalos que le había hecho Óscar la tarde anterior.

–Había pensado que podías quedarte en esta habitación. ¿Qué te parece?

–Es perfecta.

–Me alegro de que te guste.

–Sí, mucho –al igual que le había pasado a Álex, ella se quedó mirando sus labios. Tenía que decir algo con urgencia para no tirarse a su cuello y besarlo–. ¿Por dónde seguimos?

Álex trazó una mueca pícara y después se giró sobre sus talones. Notó un movimiento incómodo en su entrepierna. Hervía por dentro. Se le había secado la boca de pensar en lo que haría con ella. Primero probaría esos labios que lo incitaban a besarlos, después la tumbaría en la cama y acariciaría cada centímetro de su piel. Haría que gozara como nunca lo había hecho. Hacía tiempo que no se excitaba así con una mujer, y ni siquiera había pasado de varios besos castos en la mejilla.

–Perdona, no te he preguntado si quieres refrescarte o si deseas tomar algo –dijo al lado de la puerta.

–Estoy bien. Solo deseo conocer un poco más esto y que me enseñes la cocina. Tu hermana igual nos está esperando.

–Tranquila, si me necesitara ya nos habríamos enterado. Antes de bajar, quiero que veas nuestra mejor habitación –sin pensarlo, la tomó de la mano y la llevó de nuevo al ascensor.

Álex esperó a que las puertas se cerraran para darle al botón que lo llevaría al último piso. Ambos se observaron en silencio al tiempo que sus manos seguían unidas. Cristina sintió que su corazón latía tan fuerte que temió que él lo escuchara. Giró la cabeza hacia la puerta. Por un lado deseaba llegar al último piso y por otro tuvo el impulso de darle al botón del stop.

—¿Cuántas habitaciones tenéis? —preguntó para romper el silencio.

—Cincuenta, diez por planta, más la presidencial. Además, arriba en la terraza, tenemos el *lounge* Acanto&Bar, ideal para desayunar, comer o tomar una copa con tranquilidad.

En el último piso había dos puertas, cada una de ellas en un extremo del pasillo. Álex le indicó la de la derecha. Cristina pasó en primer lugar. Si había una palabra que definiera aquella habitación era impresionante, ya no solo por las dimensiones, sino por todos los detalles lujosos. Álex la hizo pasar a un amplio salón, y después le enseñó un espacioso dormitorio que tenía dos cuartos de baño. Una gran lámpara de araña de cristal colgaba del techo. Cristina admiró la calidad de las telas de los sofás y las maderas nobles con que estaba amueblada aquella *suite*. Había un jarrón de flores naturales encima de una mesa. Así mismo observó que las alfombras estaban tejidas a mano.

—Es impresionante. Tenéis un gusto delicioso.

—Era justamente la palabra que estaba pensando —murmuró Álex—. Ven, aún no has visto lo mejor de esta suite.

La llevó hasta una terraza llena de flores, donde había una mesa redonda con dos sillas. Había también una pequeña piscina. Era un pequeño remanso de paz dentro del bullicio de la ciudad.

—¿Qué te parece?

—Álex, me encanta.

—A nosotros también. Me alegra saber que te gusta.

Solo te queda por conocer la cocina. Te advierto que no es tan bonita como esta *suite*.

–Lo supongo, aunque en una cocina se pueden crear grandes cosas. Dame unas horas y te las mostraré.

–Estoy deseando que me sorprendas.

–Espero que no te arrepientas.

–¿Tú qué crees? Eso lo dejo a tu imaginación.

Cuando volvieron a salir al pasillo, Cristina se fijó en la otra puerta.

–¿Es otra habitación?

–No, exactamente. Es mi apartamento. ¿Quieres conocerlo ahora o esperamos a más tarde?

–Como quieras…

Cristina tragó saliva cuando sintió la mirada de Álex posada en sus labios. Ella dio unos pasos hasta que su espalda chocó con la puerta de la habitación presidencial. Él posó una mano en el marco y con la otra le acarició la mejilla hasta que se fue acercando a sus labios. Aspiró el perfume de su cuello. Cristina contuvo la respiración. Quería que se acercara de una vez por todas y comprobar que todo con lo que fantaseaba se quedaba corto.

Sus labios estaban a punto de encontrarse cuando Álex recibió una llamada en su móvil.

–Hay llamadas que son muy inoportunas.

Álex tenía tan cerca los labios de Cristina, que podía olerla hasta imaginar el sabor de su boca.

–Sí, te doy toda la razón –respondió ella.

El móvil dejó de sonar, así que Álex se decidió a hacer lo que llevaba tiempo soñando. Porque si tenía una cosa clara es que no quería quedarse con las ganas de saber a qué sabían los labios de Cristina.

El móvil volvió a interrumpirles.

–Debería atender la llamada –Álex cerró los ojos y apoyó su frente en la de Cristina.

—Sí, puede que sea algo importante.

—Créeme, en estos momentos no hay nada más importante —abrió de nuevo los ojos y se separó un poco de ella.

—No, no lo hay.

La música del móvil siguió sonando. Ambos se siguieron mirando.

—¡Oh, Dios! —pasó de contestar la llamada—. Ven aquí. Eres preciosa.

Álex se dejó de rodeos, posó las manos en las mejillas de Cristina y atrapó sus labios con urgencia. Sus lenguas hambrientas chocaron con una fiereza que les sorprendió a ambos. Primero hubo una necesidad en reconocerse y después dieron rienda suelta a sus deseos. Fue un beso largo, tanto como tardó en volver a sonar el móvil de Álex.

—¿Por qué? —se preguntó Cristina.

—Eso mismo me pregunto yo. Nada me gustaría más que el mundo se olvidara de nosotros. Solos tú y yo. Esto no ha terminado aquí, Cristina.

Ella negó con la cabeza. No deseaba que aquel beso terminara justo ahí.

—Contéstala. No quiero que tu hermana se enfade conmigo antes de conocerme.

—Sí, es mejor no hacerla enfadar.

—¿Tengo que preocuparme por algo?

—No, por ella no, Gema es un encanto. No se enfada nunca.

—¿Entonces por qué debería de preocuparme?

—Creo que no es necesario que te diga qué pasaría si no contesto a esa llamada. Si no lo hago, te aseguro que no saldríamos de esa habitación.

Álex esperó una respuesta por su parte. Desde luego, él la hacía sentir la mujer más deseada del mundo. Cristina soltó un suspiro.

—Me gustaría decirte que no lo hicieras…

El tono de música volvió a interrumpirles. Álex apretó la mandíbula y después descolgó.

—Gema, bajamos ya –dijo sin darle opción a su hermana a réplica–. Será mejor que bajemos. Es una pena que hoy tengamos el comedor lleno.

Al entrar en el ascensor, y sin mediar palabra, Álex acortó la distancia que la separaba de ella para volver a atrapar los labios de Cristina. Se perdieron en aquel beso que a ambos les sabía a poco. Álex le dio al botón del stop. Cristina sonrió. Si él no se hubiera decidido, lo habría hecho ella sin duda. Él posó una mano en la cintura de Cristina y la pegó a su cuerpo. Ella notó la erección contra su estómago y soltó un gemido al sentir de nuevo los labios de Álex. Estaba mucho más excitada de lo que nunca había estado. Incluso percibió cómo se sonrojaba al notar lo húmeda que estaba.

Álex advirtió su turbación y se excitó aún más. Le pareció delicioso que enrojeciera. En un movimiento rápido, la levantó y Cristina correspondió colocando sus piernas alrededor de la cintura. Lo besó con voracidad, como si no hubiera un mañana. Álex acarició su espalda y fue subiendo hasta alcanzar su pecho. Subió con la mano que tenía libre la camiseta para atrapar un pezón con los dedos. Lo acarició con suavidad. Cristina echó la cabeza hacia atrás.

—No te puedes hacer una idea de lo que te deseo –murmuró Álex.

—Entonces hazlo –suspiró–. No pares.

Álex le quitó la camiseta y la dejó caer al suelo. Apartó la tela del sujetador para acariciar un pezón con su lengua.

—¡Oh, Álex!

—¿Quieres que pare? Aún estamos a tiempo.

—No, sigue...

Álex tragó saliva y se mojó los labios. Posó a Cristina en el suelo. Se retiró un poco de ella para mirarla a los ojos.

—¿Qué pasa? —quiso saber ella.

—Siento que esto no está bien.

—¿Que dos adultos tengan sexo consentido?

Álex percibió el gesto de desilusión que puso Cristina.

—No, no es eso, es que no quiero que nuestra primera vez sea en un ascensor. No deseo que sea un aquí te pillo y aquí te mato. Prefiero esperar unas horas. No había pensado que esto sucediera así.

—Está bien. Podemos esperar.

Álex se acercó de nuevo a ella para acariciarle la mejilla.

—Prométeme que esta noche la pasarás conmigo —murmuró—. Esta noche olvídate de todo. Tú serás mi mundo. Quiero perderme en ti.

Cristina se obligó a respirar. Solo de pensarlo, se ponía más húmeda de lo que ya estaba. Soñaba con el momento de estar a solas con él.

—Bueno, va siendo hora de conocer a tu hermana.

—Si esperas un minuto, te lo agradecería.

—¿Y eso?

Álex esbozó una sonrisa al señalar su miembro, que aún seguía duro como una piedra.

—Cosas que pasan.

—Será mejor que me la ponga —Cristina se agachó para coger la camiseta que Álex le había quitado—. No quiero que tu recepcionista me eche otra de sus miradas asesinas.

—¿Alba? —soltó una carcajada—. No debes preocuparte por ella. Es una amiga que se preocupa por mi bienestar.

Cristina elevó los ojos al techo. Estaba segura de que Alba deseaba ser algo más que una amiga, pero eso no se lo diría a él.

–Yo estoy preparada.

Y con ello, Cristina estaba diciéndose a sí misma que estaba lista para vivir el fin de semana con el que llevaba días soñando.

Capítulo 12

Cuando Álex y Cristina llegaron a la cocina, Gema estaba concentrada emplatando varios primeros platos. Levantó un momento la cabeza y les hizo un gesto con la mano para que esperasen un segundo. En cuanto terminó lo que estaba haciendo, se lavó las manos y corrió a saludar a Cristina.

Gema se parecía físicamente a Álex, aunque era mucho más menuda, casi de la misma altura que Cristina. Era delgada y fibrosa, a juzgar por sus brazos definidos. Era morena, tenía el mismo color de ojos que su hermano y sus labios eran carnosos. Llevaba el pelo recogido en una coleta alta. Vestía con unos pantalones blancos y una chaqueta de cocinero rosa fucsia con dibujos de los Minions. Su aspecto era muy juvenil, aunque según recordaba, era la melliza de Álex.

—Soy Gema, siéntete como en tu casa —su gesto era amable, así como sus palabras—. Álex se quedó corto cuando me dijo lo guapa que eras —le dio dos besos—. Lamento que la presentación sea así, con prisas, pero hoy tenemos el comedor lleno. Ya habrá más momentos para hablar con tranquilidad.

Le echó una mirada a Álex y este esbozó una sonrisa

como queriéndole decir que ese fin de semana no quería compartir a Cristina con nadie.

–Lo entiendo perfectamente –respondió Cristina–. No tienes por qué disculparte.

–De momento puedes dejar tu bolso en el almacén. Bienvenida al Acanto.

–Muchas gracias. Tu hermano ha sido muy amable al enseñarme parte del hotel –observó cómo Gema apretaba los labios para no reírse a carcajadas.

–Supongo que se habrá reservado lo mejor de este hotel para la noche.

–Supones bien, Gema –respondió Álex–. Pero no hay que adelantar acontecimientos.

Cristina contuvo el aliento y después le pegó un vistazo rápido a la cocina, fijándose en que necesitaban ayuda en el fregadero. Meter las manos en el agua era lo que necesitaba en aquellos momentos para bajar la libido y para alejar los pensamientos calenturientos que tenía desde que había visto a Álex.

–¿Te parece bien que me ponga a fregar platos o prefieres que me ponga a hacer otra cosa? He venido para ayudar. Ya habrá tiempo para conocer todo el hotel.

–No te vas a arrepentir –comentó Gema.

–Estoy segura de que no –Cristina no quiso mirar a Álex, pero sintió que él no dejaba de observarla–. Lo poco que he visto me ha fascinado, y aun así me quedo corta.

–El Acanto provoca estas sensaciones –Gema le dedicó una mirada inocente a su hermano–. Me parece que tú y yo vamos a hacer buenas migas –después le mostró una sonrisa radiante a Cristina–. Si no te importa, son tuyos todos esos platos. Pedro, por favor, entrégale un delantal y unos guantes de látex.

Gema se giró y siguió atenta las comandas que le iban entrando.

—¿Estarás bien? –preguntó Álex.

—Sí, venga –le dio un empujón suave–, vete a hacer lo que sea que tengas que hacer. Solo voy a fregar platos, y te aseguro que sé cómo hacerlo. No te quiero entretener mucho más.

—No sabes lo difícil que me está resultando no ordenarle a mi hermana y a todos los que hay aquí que nos dejen a solas.

—Si lo haces, te prometo que les diré a todos que soy una pobre víctima y que tú me obligaste a firmar un contrato indisoluble que me ataba a ti por este fin de semana.

—No me tientes –soltó lo que parecía un gruñido.

—¿Yo? ¿Por quién me tomas? Recuerda, soy una pobre víctima. En este caso te ha tocado el papel del malvado pirata, que al final se descubre que no es tan malo.

—Me gusta ese papel. Todo será cuestión de esperar el momento propicio para el abordaje de este barco pirata.

Cristina soltó una carcajada para tratar de calmar en algo la tensión sexual que se había creado unos segundos antes. Los latidos de su corazón batían con fuerza cada vez que él estaba cerca y cada vez que le hablaba. Además, su perfume, mezcla de colonia, a ropa limpia y algo de su olor personal, la estaba volviendo loca. Después de casi veintiséis años tenía que reconocer que había perdido la cabeza por un hombre. No había una palabra que lo definiera mejor.

—Nos vemos en un rato –Álex guiñó un ojo.

Cristina pasó más de dos horas metiendo y sacando platos del lavavajillas. De vez en cuando, Álex pasaba a la cocina para dejar las comandas y se miraban durante unos segundos diciéndose lo que no podían expresar mediante las palabras. Jamás se había sentido así de deseada ante la mirada de un hombre. Temblaba de arriba abajo, y sentía un calor intenso que iba desde su sexo hasta el estómago. Tuvo que cerrar los ojos en una de aquellas miradas cruzadas que compartió con Álex para no tirarse a sus brazos. También se maldecía por haber llegado en una hora tan inoportuna como la de la comida. Con lo fácil que habría sido que el mundo se olvidara un par de horas de ellos. Se imaginaba mil y una escenas en aquella cocina, y en todas ellas Álex y ella terminaban haciéndolo en la isla central, como en la escena tórrida que compartieron Jessica Lange y Jack Nicholson en *El cartero siempre llama dos veces*. No le parecía una gran película, pero solo por ese momento valía la pena verla. A decir verdad, esa era una de sus fantasías desde que había conocido a Álex y le había propuesto ese fin de semana en Valencia.

Porque siendo honesta, ¿quién no se había imaginado en un momento de calentón un número tórrido en la cocina? ¡Qué complicado resultaba todo cuando no disponían de tiempo para hacer realidad todas sus fantasías! Lo único que le quedaba a ella era meter las manos en agua fría para aliviar el ardor que la consumía.

En una de aquellas entradas que hizo Álex, y cuando el trabajo había disminuido y en el comedor solo quedaba una pareja, se acercó a paso ligero por detrás de ella y le susurró al oído.

—Esta cocina es muy pequeña para mí.

Cristina notó su aliento cálido. Ella se giró elevando las cejas y frunciendo los labios en un gesto divertido. Ni siquiera se secó las manos.

—¿Cómo de pequeña? —se acercó los pocos centímetros que lo separaban de él–. Sí, creo que hay poco espacio. Vamos a tener que hacer algo, ¿no crees?

Estaba asombrada por lo cómoda que se sentía a su lado, y por lo natural que le salía el coqueteo con Álex. No se reconocía en las respuestas que le daba. Estaba descubriendo a una nueva Cristina más poderosa de lo que nunca había sido, y tenía que reconocer que estaba encantada.

—En algo estamos de acuerdo. ¿Qué propones?

—No sé, yo soy la invitada y acepto encantada tus propuestas —puso ojos de no haber roto un plato en su vida.

Se quedaron callados.

—¿Tienes hambre?

—Mucha —ni siquiera se estaban rozando, pero ella sintió un escalofrío que le recorrió toda la espina dorsal. No quería pensar cómo sería cuando Álex la acariciara con sus manos.

—Volvemos a estar de acuerdo —Álex posó su mano en el estómago de Cristina y trazó círculos con su pulgar en el ombligo. La temperatura de su cuerpo fue subiendo por momentos—. Es cierto, puedo notar cómo te estremeces... de hambre.

—Es que cuando tengo apetito, sería capaz de comerme hasta un lobo.

Álex alzó una ceja y soltó una carcajada grave e intensa.

—¿Un lobo? ¿No te conformas con un pirata que no es tan malvado como lo pintan?

—Según lo que me ofrezca ese pirata.

—Solo tienes que tentarlo. Es facilón.

—Lo tendré en cuenta. Creo recordar que me dijiste que no ponías límites.

—Recuerdas bien, y no sabes cuánto me alegro —murmuró acercándose a los labios de ella—. Deseo que haya muchas más cosas en las que coincidamos.

—Y yo también. Todo es cuestión de probar. No veo el momento de resolver en qué aspectos nos ponemos de acuerdo. Estaré más que abierta a tus proposiciones.

—Nos vamos a entender a las mil maravillas.

—¿Tú crees? —Cristina notó que la proximidad de ellos era cada vez más pequeña—. ¿En qué lo has advertido?

—Es un presentimiento.

—¿No sabías que la cocina tiene muchas posibilidades?

—Hasta ahora no me había fijado en este detalle. Tendré que estar mucho más atento.

Cristina solo tenía ojos para Álex, pero se dio cuenta de que Gema, Álvaro, el segundo cocinero y los dos pinches los estaban observando.

—Creo que nos están mirando.

—Yo también lo percibo.

—Deberíamos separarnos, ¿no te parece?

Álex asintió con la cabeza.

—Deberíamos comer —se separó un paso y levantó la cabeza para señalar a Gema, y se dio cuenta de que su hermana mantenía una mueca divertida en los labios—. Gema ha preparado un arroz al horno, un plato típico de aquí, y después ya decidimos qué hacer.

Cristina se colocó un mechón de pelo detrás de la oreja y después carraspeó algo nerviosa. Aún podía sentir la mano de Álex en su estómago.

—Recojo lo que me queda y ayudo a tu hermana en lo que me necesite.

—Los últimos clientes acaban de pagar la cuenta —comentó él—. Ahora cerraremos el comedor al público.

—Carlos y Pedro prepararán ahora una mesa —comentó Gema.

Cristina metió los últimos platos en el lavavajillas, y antes de secarse las manos y de quitarse el delantal, Gema se acercó a ella. Cristina le ofreció una sonrisa. Deseó que no hubiera escuchado nada de la conversación que habían mantenido ella y Álex.

—Esta tarde dispondrás de la cocina para ti sola. ¿Te

parece bien empezar a preparar una carta de postres? Tienes todo lo que nos has pedido en aquel frigorífico de allí.

–Me parece perfecto. Estoy deseando ponerme a ello.

–¿Vas a necesitar la ayuda de Pedro o de Carlos?

–No, yo le echaré una mano –se adelantó Álex.

–¿Solo una?

Cristina se sonrió por el sentido de humor de la hermana de Álex y la complicidad que había entre ellos. En ese sentido se parecía a la que ella tenía con Óscar y con Marga.

–Las que hagan falta –Álex le dio un toque cariñoso en la nariz a su hermana–. No seas cotilla.

–¿Cotilla yo? ¡No sé por quién me tomas! Simplemente era una observación.

–Pues guárdate tus observaciones para ti, hermana. Yo no te las he pedido.

–No soporto cuando te pones así.

–Pues es lo que hay –le guiñó un ojo.

Gema no hizo caso de los últimos comentarios de su hermano.

–No sé si Álex es el mejor ejemplo de pinche de cocina.

–¡No sé por qué dices eso! –protestó Álex–. Podéis ponerme a prueba cuando queráis.

–Si no recuerdo mal tu mayor proeza es meter vasos de leche en el microondas, además de probar mis experimentos.

–Y es justamente lo que necesita Cristina, alguien con el suficiente criterio para catar sus postres. ¿Tú estás de acuerdo?

–Yo sí –dijo con inocencia–. Álex me parece perfecto.

–En este caso ella tiene mucho más criterio que tú, hermanita.

–Si quieres que te dé un consejo, sé precisa con las

cantidades. Es incapaz de interpretar conceptos como «un puñado» –Gema agarró la mano de su hermano para mostrársela–. Una vez le comenté que echara un puñadito de sal al agua y se lo tomó tan al pie de la letra que aquellos macarrones no había quien se los comiera.

Cristina soltó una carcajada y miró de reojo a Álex. Él miraba a su hermana con una expresión que quería decir algo así como: «si pudiera, te estrujaba ahora mismo. Me las pagarás, sin duda».

–Lo tendré en cuenta. Pero confío en que se va a poner en mis manos y va a hacer todo lo que le pida.

–¿Ves? Yo solo me dedicaré a hacer lo que ella me pida –se justificó él.

–Que sepas que no le dejo mi cocina a cualquiera. Confío en ti.

Aquellas palabras le hicieron pensar a Cristina que tenían doble sentido. Sintió que el amor fraternal de Gema hacia Álex era el mismo que ella compartía con sus hermanos, pero sobre todo con Marga. Por nada del mundo quería hacerle daño.

–Puedes confiar en mí. Cuidaré muy bien tu cocina.

Ambas miraron a Álex al tiempo que alzaba una ceja. Él se giró sobre sus talones y salió un momento de la cocina.

–Para mí es importante –le agarró las manos a Cristina.

–Lo sé. Y por eso la trataré con mimo.

Álex regresó enseguida.

–¿Prefieres vino o cerveza para la comida?

–Un poco de vino estaría genial.

–Entonces deja que te sorprenda con un vino de aquí de la tierra. Tenemos unos amigos que tienen una bodega en Utiel que producen uno de los mejores espumosos que he probado nunca.

Mientras Álex se marchaba a la bodega, Cristina le echó un vistazo al móvil por si tenía algún *whatsapp* de Marga y de Óscar.

Lo primero que le habían enviado fueron unas fotos de ellos dos tomando una paella en el paseo marítimo brindando con una copa de vino. Se les veía relajados y muy felices, sobre todo a su amigo. Podría decir que Óscar estaba radiante. Le había venido bien hacer este viaje. Después, este para no perder la costumbre, le preguntaba cosas como:

¿Habéis follado ya? Dime que Manu no le llega ni a la suela de los zapatos. ¿Cuántos van ya? ¡Dinos cómo te va! Casi las 4:30 de la tarde y aún no has contestado! Nena, te ha dado fuerte con Álex. ¡Dinos algo yaaaaa!

Se los imaginó echándose unas risas a su costa. Después de pensarlo, solo les envió un mensaje: *Esta noche duermo aquí. Necesito mi maleta. Y no, no hemos follado... aún, pero cuando suceda... ya pensaré si os lo comento.*

Enseguida recibió una respuesta: *Nosotros hemos visto mucha carne y mucho pescado, pero nada que valga la pena.*

Cristina les devolvió el *whatsapp: Chicos, os dejo que sigáis mirando. Seguro que encontráis algo interesante hoy. Me voy a comer.*

La respuesta de Óscar no tardó en llegar: *¿Sabes lo que me decían a mí de pequeño? ¡Cómetelo todo y no dejes nada en el plato! ¿Sobre qué hora pasamos a dejarte la maleta?*

Cristina les dijo: *Por una vez te voy a hacer caso con la comida. No sabes las ganas que tengo de probar la cocina valenciana. Venid sobre las 8.* Bye bye, *chicos. Os quiero mucho.*

Tras una comida agradable, donde las bromas, las

risas y chistes se sucedieron, Cristina se dio cuenta del buen rollo que había entre todos los que trabajaban en el Acanto. Tanto Álex como Gema trataban a sus empleados con familiaridad y había un cariño que era difícil de fingir. Cada vez le resultaba más increíble creer la versión de Tita sobre que Álex era un maltratador. No se ajustaba a los perfiles que su hermana Sofía, la juez de la familia, solía comentarles a ella y a Marga, aunque en ocasiones había maltratadores que no se ajustaban a los perfiles. Su hermana mayor estaba especializada en casos de mujeres maltratadas, y había muchas cuestiones de Tita que no encajaban para ser considerada como tal. Sin embargo, le dio por pensar que podía ser como Ted Bundy, un hombre encantador y guapísimo, que más tarde se reveló como uno de los mayores asesinos en serie de la historia.

Miró de nuevo a Álex. En ese momento estaba sonriendo. Tenía que reconocerlo, si alguna vez existieron los dioses griegos, él tenía que ser una reencarnación de ellos. Levantó la copa y le ofreció un brindis en silencio. Enseguida Cristina se olvidó de ese pensamiento estúpido que le había cruzado por la cabeza momentos antes. De alguna manera tenía que ayudarle. Solo esperaba tener la oportunidad de sacar el tema sobre lo que sabía.

Cruzaron miradas cómplices, y lo que observó Cristina en las pupilas de Álex fue la promesa de que lo mejor siempre estaría por llegar. Cuando él sonreía se le veía relajado, feliz de compartir aquellos momentos junto a ella. Cerró los párpados unos instantes y se dijo a sí misma que estaba donde debía y con quien deseaba estar. Tomar las riendas de su vida le estaba produciendo muchos más placeres de los que había imaginado cuando se decidió a cortar con Manu.

—¿Estás cansada? —preguntó Álex.

—No —Cristina abrió los párpados y giró la cabeza con

tranquilidad para mirarle a los ojos–. Me encuentro muy bien.

–Si quieres descansar un rato, no hay problemas. No queremos exprimirte.

–No, tranquilo. Me he comprometido a preparar una carta de postres y eso es lo que vamos a hacer tú y yo cuando recojamos la mesa. Será mejor que nos pongamos ya. Nos queda mucho trabajo por delante y muy poco tiempo.

Cristina fue la primera en levantarse de la mesa para recoger su plato.

–No te molestes, Cristina –comentó Gema agarrándola de la mano–. Deja que recojamos nosotros. Ya tenéis la cocina para vosotros dos solos.

–No es molestia. Así me siento útil.

–Como quieras.

Cristina le echó una mirada a Álex para que la acompañara.

–El deber me llama –soltó.

–Procura no cansarte mucho, hermano –respondió Gema–. La cocina es territorio desconocido para ti.

Álex tuvo el impulso de contestarle, pero al final la dejó con la palabra en la boca.

Cuando traspasaron las puertas de la cocina, Álex dejó los platos en el primer hueco que vio, colocó sus manos en las mejillas de ella y la atrajo hacia sí para posar sus labios en los de ella. Sus bocas se encontraron y el mundo se detuvo por unos segundos. Se saborearon con calma, paladeando el mejor postre que pudiera tener cualquier restaurante.

–No sabes lo que me apetecía hacer esto –dijo Álex después de separarse.

–No sabes las ganas que tenía de que me besaras de nuevo –Cristina le acarició el brazo–. Pero vamos a ser buenos.

—Claro, vamos a ser buenos. Voy a acatar tus órdenes y voy a ser el mejor pinche que has tenido nunca —las manos de Álex bajaban peligrosamente por la espalda de Cristina hasta llegar a sus caderas, y después la pegó a su cuerpo—. Dime por dónde empiezo.

Ella tragó saliva. Tuvo que hacer acopio de toda su fuerza de voluntad para no apartar todos los utensilios que había en la mesa central y tirarlos al suelo. ¡Qué obsesión tenía con aquella isla de trabajo! Sin embargo, después de aclararse la garganta, le respondió:

—Me gusta el orden cuando estoy en la cocina —se fue separando de Álex con tranquilidad—. Si no te importa, lleva estos platos al lavavajillas, y mientras los metes, yo le echo un vistazo a todos los ingredientes que tenemos.

—Está bien. Te he dicho que voy a ser un buen pinche.

Le dio un beso en la frente.

—Oye, Álex, ¿te importa si pongo algo de música? Me relaja mucho.

—No, para nada. ¿Te fías de mi criterio o prefieres sorprenderme tú?

—Como quieras —dijo cuando abrió el frigorífico.

—Entonces deja que yo te elija la música.

Al tiempo que Cristina iba apuntando los ingredientes de los que disponía en una hoja, fue haciendo una composición de los cuatro postres que iba a hacer. Los primeros acordes de *Summertime* empezaron a sonar cuando tuvo claro qué iba a hacer y por dónde iba a empezar. Reconoció la voz de Ella Fitzgerald y la trompeta de Louis Armstrong. Era una de las tantas versiones que le gustaban.

Summertime and the livin' is easy
Fish are jumpin' and the cotton is high
Oh, your daddy's rich and your ma is good-lookin'
So hush, little baby; don't you cry

*One of these mornings you're gonna rise up singing
And you'll spread your wings and you'll take to the
sky...*[7]

−¿Qué te parece? ¿Te gusta lo que he puesto?
−Me parece ideal para cocinar. Para que un postre salga perfecto le hace falta un poco de sensualidad, como todo en esta vida. Maribel, nuestra cocinera, dice que crear un postre no es tan diferente de una escena de cortejo. Es como hacer un bizcocho, se necesita un poco de paciencia y seguir la receta al pie de la letra. El secreto para que la masa salga esponjosa es tamizar una harina que tenga levadura e incorporarla poco a poco para que se airee. Y una vez que abras el horno, debes esperar unos minutos para desmoldar. Pero todo esto no serviría de nada si no le pones algo de ti. ¿Te atreves a hacer un bizcocho?
−Si solo tengo que seguir la receta al pie de la letra, no tiene que ser difícil.

---

[7] Es *verano y la vida es fácil/ Los peces están saltando y el algodón está alto/ Oh, tu papi es rico y tu mamá es guapa/ Así que calla, pequeño, no llores/ Una de estas mañanas te vas a levantar cantando/ y luego extenderás tus alas y volarás hasta el cielo...*

Capítulo 13

Después de haberse dejado llevar por la pena, los abrazos de Álex eran liberadores. Una sensación nueva y extraordinaria se abría paso en el interior de Cristina. El deseo que sentía por Álex la sorprendía al tiempo que la incitaba a cometer la única locura que todavía no había experimentado: enamorarse. Creía que no estaba preparada para ello, pero, para su asombro, el amor le dio esquinazo a sus dudas y se presentó como una fuerza poderosa que no quería abandonarla. Y es que el amor siempre llega en el momento oportuno, entra sin llamar, sin avisar, y sin que te hayas dado cuenta, te sacude y te empuja a una enajenación de la que no puedes escapar. Y ese deseo era como un león hambriento que surgía de entre las sombras, que no se saciaba y que no atendía a razones. Así se sentía ella ante Álex.

Hasta el día en que lo conoció, su vida había sido un paisaje incompleto al que le faltaban piezas. Entre las caricias que habían surgido cuando estaban juntos, sus cuerpos habían reaccionado y se habían comprendido como solo lo podrían hacer dos personas que siempre habían anhelado conocerse, aunque ni siquiera supieran que se encontrarían. Era la magia del amor, que no era más que aquella que complacía cada poro de su piel y la que estremecía a su corazón.

Y mientras Cristina reflexionaba acerca de lo mucho que había cambiado su vida, decidía que, además de elaborar los cuatro postres, también haría un helado de arroz con leche servido con helado de hierbabuena, para tomar en cualquier momento del día, y un bizcocho de chocolate que rellenaría de chocolate blanco, ideal para tomar en el desayuno, el almuerzo o la merienda. Álex se colocó al lado de Cristina y se dejó guiar. Mientras él tamizaba la harina tal y como acababa de aprender, ella deshacía una tableta de chocolate negro y mantequilla a fuego muy bajo para que no se quemara. Al tiempo, en un bol, Cristina iba batiendo los huevos con el azúcar hasta que consiguió que la mezcla fuera espumosa y blanquecina. Luego agregó el chocolate fundido con la mantequilla y lo batió bien. Llegaba el momento de mezclar la harina.

—La vas a añadir poco a poco, sin prisas. Como te he comentado, es uno de los secretos para que salga esponjoso.

Álex se colocó detrás de ella y fue añadiendo con tranquilidad el último ingrediente del bizcocho antes de agregar el chocolate blanco.

—Tú dirás cómo de lento.

Cristina soltó un gemido cuando sintió el aliento de él muy cerca de su oreja. Los labios de Álex estaban pegados a su piel, cerca del lóbulo de la oreja. En sus pensamientos no había otra cosa que no fuera Álex. Un anhelo intenso le fue creciendo en los muslos. Ambos fueron conscientes del calor que desprendían sus cuerpos. Para Cristina, esa calidez que sentía traspasaba la ropa y le llegaba hasta el pecho, haciendo que el pulso se le acelerara sin control. Y cuanto más lento iba Álex, más deprisa latía su corazón. Notó que se le erizaba el vello de la nuca. Se preguntó cómo era posible sentir frío y calor a la vez. ¡Dios, aquellas sensaciones eran totalmente nuevas para ella! No sabría cuánto podría aguantar si Álex no se separaba un poco. En algo tenía que darle la razón a él, la cocina era muy pequeña.

—¿Más lento?

—Sí, un poco más —pidió Cristina, turbada.

No podía decirle que se retirara, necesitaba sentirlo cerca, cada vez más cerca, si eso era posible.

—Tú dirás si lo estoy haciendo bien.

—Así está perfecto. Eres un gran pinche de cocina.

—Te lo dije. Me alegro de haber cumplido tus expectativas.

—Estoy deseando pasar al siguiente postre.

—Y yo también.

Una vez que terminaron de agregar la harina, Cristina se giró para mirarle.

—Hemos hecho lo más importante —contuvo el aliento.

—Aún queda lo mejor.

Estaban tan cerca que sus caras se encontraban a unos pocos centímetros de distancia. Los ojos de Álex se detuvieron en los labios de ella.

—Sí, queda por añadir el chocolate blanco.

Álex le retiró un mechón de pelo de la cara, que se le había escapado de la coleta que llevaba, y se lo colocó detrás de la oreja.

—Somos un buen equipo.

—Como te había dicho, para hacer un buen bizcocho no es bueno ir con prisas.

—Lo recordaré para más tarde —susurró cuando sus labios estaban a punto de rozarse.

Cristina metió el dedo en la masa y se lo llevó a la boca.

—¿Crees que saldrá bueno? ¿Quieres un poco? Puedes probarlo.

—Nada me gustaría más. Nuestros clientes se merecen lo mejor.

Cristina volvió a meter el dedo en el bol. Álex no esperó a que ella se lo ofreciera. Agarró la mano y se la acercó a sus labios. Le lamió con calma la yema del dedo sin dejar de mirarla a los ojos.

—Delicioso.

—Eso mismo he pensado yo.

Ambos se sonrieron.

—¿Quieres que le añada ya el chocolate blanco? —preguntó Álex.

—Sí, hace un rato que el horno está a doscientos grados.

Cristina tomó aire, se pasó la lengua por los labios y se separó de él para meter la bandeja con la masa del bizcocho en el horno. Necesitaba un poco de espacio para poner sus ideas en orden.

—¿Por dónde seguimos? —quiso saber él al notar la turbación de ella.

Antes de contestarle, Cristina se puso un vaso de agua y se lo bebió de un trago, aunque ya intuía que le iba a resultar difícil calmar el calentón que llevaba.

—Vamos a seguir con una tarta de zanahoria con crema de queso mascarpone y compota de naranja. Es más fácil de lo que parece.

Álex cogió tres de las naranjas que había en la isla central y se puso a hacer malabares con ellas. Cristina soltó una carcajada.

—Si estuvieras con Maribel te diría que con la comida no se juega.

—Seguro que cocinar con ella no es tan interesante como hacerlo contigo. Aun así, lo recordaré cuando metas el dedo en la masa.

—Siempre podemos hacer una excepción —replicó Cristina alzando las cejas.

—Claro, solo hay que saber dónde ponemos los límites.

Ella asintió.

—¿Qué hago con estas naranjas?

—Puedes rallarlas, pero procura que no caiga nada de la parte blanca para que la mezcla no amargue demasiado. Y después necesito casi medio vaso de su zumo para hacer el *frosting* de mascarpone y chocolate blanco.

—Vaya, no sabía que la cocina tuviera tantas posibilidades. Estoy sorprendido.

—Todo depende de quién sea el cocinero y de quién sea el pinche.

—Tengo que darte la razón.

El aroma del bizcocho, mezclado con la ralladura de la naranja, comenzó a inundar la cocina. Durante un buen rato se mantuvieron en silencio, concentrados cada uno en hacer su parte de la tarta. Lo único que se escuchaba era el CD de música que había puesto Álex. Cristina sonrió cuando escuchó *Cheek to Cheek* en la versión de Fred Astaire, porque esa era la canción de sus padres. Mariví le había contado muchas veces cómo le habían pedido matrimonio la segunda vez. Fue en un paseo que hicieron por el Sena mientras una pareja contratada por su padre la cantaba al tiempo que imitaban el baile de la mítica película *Sombrero de copa*. Soltó un suspiro. A ella también le gustaría compartir una canción con alguien especial. Se preguntó si ese alguien sería Álex. Todo parecía sencillo a su lado. No le habría importado que él la sacara a bailar en esos momentos.

Sin darse cuenta, comenzó a cantar y a seguir el ritmo con la cabeza y con los pies. Se calló de repente, cuando se sintió observada por Álex, que estaba apoyado en el borde de la isla central. Tenía los pies cruzados y los brazos entrelazados a la altura del pecho.

—No, no pares, sigue, por favor.

—¡Eh...! Mejor que no. Siempre me corto cuando alguien me está mirando.

—No lo haces nada mal.

—¿Sí? ¿Tú crees?

—Sí. Tienes un timbre de voz aterciopelado.

Cristina elevó los hombros, restándole importancia. Siguió rallando la zanahoria que llevaba en la mano.

—¿Tienes alguna canción especial? —le preguntó ella.

—La tuve, pero ya no —la pregunta pareció incomodar a Álex, que de pronto cambió el gesto de la cara. Una sombra cruzó por sus ojos, aunque enseguida desapareció.

Cristina no quiso seguir escarbando. Intuía que se refería a Tita.

—Yo aún no la he encontrado.

—Todo será cuestión de paciencia, como los bizcochos —quiso mostrarle una sonrisa, sin embargo la mandíbula se le tensó y solo pudo ofrecerle una mueca triste. Cambió de posición y se acercó a una de las cámaras frigoríficas para sacar una cerveza—. ¿Te apetece beber algo?

—No, estoy bien —Cristina notó que había metido la pata y se recriminó por haber sido tan torpe con él.

Siguió concentrada en mezclar todos los ingredientes que le faltaban. Echó un vistazo al bizcocho y calculó que le faltaban quince minutos para sacarlo.

—*April in Paris*, en la versión de Frank Sinatra —dijo Álex después de un rato—. Se la canté a mi exmujer el día de nuestra boda.

Cristina levantó la vista para encontrarse con un gesto en la mirada que no supo muy bien cómo interpretar. Intuyó una mezcla de sentimientos. Había tristeza, aunque también sus pupilas desprendían un brillo especial. Quiso creer que ese destello era por ella.

—Me habría gustado mucho verte cantar.

—No te creas, no fue tan memorable.

Ella se preguntó, por este último comentario, si Álex sabía lo de su infidelidad.

—Pues a mí me parece un gesto precioso.

Álex no le contestó, se limitó a terminarse lo que le quedaba de cerveza de un trago. Durante varios minutos permaneció perdido en sus pensamientos. Se dedicó a sacar platos y copas del lavavajillas para después colocarlos en su sitio. Cristina lo miraba ir de un sitio a otro, como si fuera un náufrago que estuviera buscando una tabla de salvación, una isla en la que olvidar todos sus problemas. Tuvo el impulso de abrazarlo y de quedarse pegada a él lo que quedaba de tarde. Estaba mucho más guapo cuando sonreía.

—Un euro por tus pensamientos —dijo Cristina para romper el silencio.

—No quieras conocerlos.

—¿Por qué no? ¿Tan terribles son?

—Mejor que no los conozcas.

—Si estás tratando de asustarme, no les tengo miedo.

—¿Estás segura?

—Sí, si no fuera así no estaría aquí.

En ese instante, el móvil de Álex empezó a sonar. Por su gesto, Cristina intuyó que la llamada no le estaba resultando cómoda.

—Es mi mejor cliente —dijo después de colgar—. Desea hablar conmigo. Las relaciones públicas son importantes para el negocio. A veces se empeñan en dar las gracias de una manera un tanto especial, cuando uno siempre trata de hacer su trabajo de la mejor manera posible. Algunas me hacen regalos que no puedo rechazar.

—¿Cómo?

Cristina alzó las cejas. No sabía si Álex le estaba tomando el pelo.

—Cómo decirlo, clientas que desean que les regale mi presencia, que quieren pasar un rato tomando un café o un mojito mientras me hablan de sus vidas —esta última frase lo dijo como si no terminara de creerse el poder que ejercía sobre las mujeres—. Sé que diciéndolo así suena raro.

—A mí no me parece tan raro.

—Pero ellas no saben de todos mis encantos.

—Yo tampoco, y no por ello eres menos deseable.

Álex esbozó una sonrisa torcida.

—Tranquila, todas son mayores de ochenta años, solteronas y con un caniche como única compañía —comentó en un tono jocoso.

—¿Esto te ocurre muy a menudo?

—Podría decirse que sí.

—¿Y todas son viejecitas de ochenta años?

—No, no todas —reconoció al final.

Cristina reprimió un suspiro y bajó la vista al bol que tenía entre manos. Batió con ganas las yemas con las que iba a hacer las natillas de coco.

Álex hizo que se girara hacia él.

—¿Dudas?

—No —reprimió un suspiro.

—No tienes por qué. ¿Crees que no te deseo? —Cristina negó con la cabeza—. ¿Quieres saber cómo te deseo?

Cristina notó cómo el estómago se le encogía y la temperatura de su cuerpo empezaba a subir por momentos. Se quedó mirando sus labios porque no deseaba perderse ni una de las palabras que había más allá de su pregunta. Solo pudo asentir con la cabeza.

—Desde que te vi en Callao, no he dejado de pensar ni una sola vez en ti. No hay una sola parte de tu cuerpo que no desee. Las he repasado mil veces y no hay nada que no me guste. Ni se te ocurra dudar de que no te desee.

—No lo dudo... —Álex posó un dedo en sus labios para que lo dejara seguir hablando.

—Te deseo dentro de mí, debajo, encima, de pie, sentada, en el ascensor, en esa isla de ahí. No sabes las veces que me he contenido esta tarde para no tirar todos estos chismes que no sé para que valen y hacer que grites mi nombre. Te deseo subida en este banco de trabajo, en la ducha, en la bañera. Quiero devorarte la boca, sentir el olor de tu piel, acariciarte hasta que chilles de placer, lamer tus pezones. ¿Quieres que siga? Te aseguro que tengo mucha imaginación.

—Me puedo hacer una idea —contestó con un hilo de voz.

No es que no quisiera que siguiera hablando, lo que deseaba con fervor era que pasara a la acción de una vez por todas.

—No, no te puedes hacer una idea, porque las quiero probar todas contigo. Puede parecer una locura, pero este es el tipo de locura que quiero vivir junto a ti. Te deseo empotrada contra la pared, en el sillón, en el comedor donde hemos comido, en el de mi casa, en el suelo de mi cuarto de baño, en la playa, aquí y ahora. Me estás volviendo loco. ¿Te quedan dudas?

—No. Yo también quiero vivir esta locura contigo.

—No veo el momento de complacerte.

Con aquellas palabras le estaba dejando claro que ese día sería suyo, que solo tenía ojos para ella. No importaba que no la hubiese sacado a bailar o que a veces se perdiera en su silencio. Con su última frase no hacía más que confirmar que Álex valía la pena, que hubiera perdido la razón como la había perdido, que le faltara el aliento cuando lo sentía cerca, que era mucho mejor de lo que nunca se había imaginado. Cómo deseaba que el tiempo volara y que fueran las once y media de la noche, que era cuando la cocina del hotel se cerraba.

—Solo serán veinte minutos, puede que algo más —le levantó el mentón con el dedo índice, un gesto que a Cristina le pareció tierno, y le dio un beso en los labios—. Volveré en un rato.

—Echaré de menos tener a un pinche tan excelente como tú.

Álex volvió sobre sus pasos, la besó con suavidad, con delicadeza, saboreando el sabor del chocolate que aún permanecía en su boca, y con el aroma de Cristina en sus labios, se marchó.

Los veinte minutos se alargaron mucho, mucho más. Mientras, Cristina había terminado de hacer las natillas de coco, el arroz con leche y una tarta de limón. Solo le quedaba por hacer un sorbete de naranja al cava, que acompañaría con una bola de helado de chocolate negro. Estaba contenta con el resultado porque había rescatado postres de toda la vida y había añadido nuevos sabores. Tenía muchas más ideas, pero para ir empezando una carta de postres, era perfecta. Cada día podría proponer una tarta diferente, que podría ser una manera de fidelizar a aquellos clientes que quisieran almorzar o merendar en el Acanto.

De pronto, la letra de una canción le llamó la atención. Hacía años que no la escuchaba, a pesar de ser una de las que más le gustaban de Christina Aguilera. Se trataba de *Something's Got a Hold on Me*. Sin embargo, esta versión que sonaba no la conocía. Entonces se permitió hacer una locura. La cocina y la música tenían un poder extraño en ella, y más cuando ambas se juntaban. Cogió una silla y se puso a bailar y a cantar delante de ella.

Something's got a hold on me
(Oh, it must be love)

> *Something's got a hold on me right now child*
> *(Yeah, it must be love)*
> *Let me tell you now*
> *I got a feeling, I feel so strange*
> *Everything about me seems to have changed*
> *Step by step, I got a brand new walk...*[8]

Se soltó el pelo, que llevaba recogido en una coleta, y se imaginó que la silla no estaba vacía, ya que era Álex quien la ocupaba. Subió una pierna al borde y jugó con su cabello. Se acarició con el dedo índice el contorno de los labios. Al primer contoneo de caderas, sintió que no estaba sola en la cocina y dejó de bailar. Deseó que no fueran ni Álvaro, ni Pedro, ni Carlos, y mucho menos Gema. Se giró con tranquilidad con una sonrisa nerviosa en los labios. Álex estaba apoyado en el marco de la puerta. La recorrió con la mirada de arriba abajo con una mueca traviesa en los labios. Cristina sintió el deseo en sus pupilas. También notó que una simple mirada podía ser más sensual que una caricia.

–¡Y aún lo dudas! –exclamó Álex, que seguía manteniendo esa mueca traviesa que volvía loca a Cristina–. Y yo perdiéndome este espectáculo mientras tomaba un aburrido té con una clienta. Si lo llego a saber, la despacho antes.

Reprimió el impulso de saltar sobre él y quitarle la camiseta. Llegados a aquel punto, le daba igual que alguien entrara en la cocina y que Gema la tachara de loca. Ya

---

[8] Algo tiene poder sobre mí/ (Oh, debe ser el amor)/ Algo tiene poder sobre mí/ (Oh, debe ser el amor)/ Permíteme contarte ahora/ Que tengo una sensación, me siento tan extraña/ Todo lo que me rodea parece haber cambiado/ Paso a paso, adopto una nueva forma de caminar...

había perdido la cabeza, qué más le daba lo que pensaran de ella.

—Me estaba tomando un descanso. No he podido resistirme a bailar esta canción de...

—Vaya con Dios.

—¿Qué?

—El grupo. Se llama Vaya con Dios.

—Pues me gusta mucho.

—A mí también. Y más después de lo que acabo de ver. No me importaría que lo repitieras otra vez. De ahora en adelante me declaro tu fan más fiel.

A Cristina se le iluminó la cara.

—Aunque sintiéndolo mucho, tendrá que ser en otra ocasión —dijo con un gesto juguetón en su mirada—. Alba me ha dicho que tu hermana y Óscar te están esperando en el vestíbulo del hotel.

—¿Pero qué hora es? Se me ha pasado el tiempo volando.

—Son las ocho. Gema vendrá en unos minutos. Vamos a empezar con las cenas.

Cristina se quitó el delantal, lo dejó colgado en una percha e hizo amago de volver a recogerse el pelo.

—No, déjatelo suelto. Me gustas más.

—Como desees.

Sonrió al recordar lo que significaban estas dos palabras en una de las películas que más le gustaban. Puede que algún día las escuchara de los labios de Álex.

—¿Sabes que esta frase pertenece a una película?

—Sí, a *La princesa prometida*. Es una de mis preferidas. Todos los años, Óscar, mi hermana y yo hacemos maratones de nuestras películas favoritas, y está entre ellas.

—Volvemos a ponernos de acuerdo —murmuró cuando pasó por su lado.

Álex sujetaba la puerta y esperó a que Cristina saliera. Antes de llegar al vestíbulo, Álex la tomó de la mano y le dijo:

–Esta noche no nos necesitan en las cocinas –sus labios le rozaban el lóbulo de la oreja–. ¿Se te ocurre algún plan o quieres que improvisemos?

Capítulo 14

¿Improvisar? El amor no se puede improvisar de ninguna de las maneras, como tampoco se puede detener el viento cuando estás en lo alto de un precipicio, te agita de arriba abajo y se filtra por tus venas para llegar hasta tu corazón; ni siquiera puedes elegir no mojarte cuando estalla una tormenta que te ha pillado en mitad de un prado; el agua te traspasa la ropa y te cala hasta el alma. Cristina quería ser ese lienzo donde él pintara caricias, gemidos, risas y confidencias. Deseaba que Álex mantuviera encendida la llama del candil que anidaba en su estómago, como quería que la historia de su cuerpo fundido con el de él se mantuviera en la eternidad del deseo.

No le cabía ninguna duda de que Álex tenía una imaginación desbordante y que podía cumplir la promesa de improvisar si algún plan fallaba. Aun así, Cristina no podía pensar en solo un plan, se le ocurrían miles, y en todos ellos Álex era el protagonista. Había algo más que química y física. Era complicidad cuando jugaba con él, algo que nunca había surgido con Manu. Notaba vibrar cada poro de su piel cuando él estaba cerca. Era como estar en una fiesta continua, y ella no quería que terminara jamás. Junto a él se hallaba segura y podía ser esa Cristina que tantos sueños tenía cuando era pequeña, esa niña que soñaba con ser alguien muy distinta a la que estaba con Manu. Lo mejor era que no se sentía ridícula cuando coqueteaba con él, y eso la hacía sentir fuerte. Recordó que, cuando salía con su exnovio, todas las necesidades que tenía ella no eran importantes, y el sexo nunca le había parecido algo especial. Sin embargo, después de conocer a Álex, una pasión intensa se le había despertado en su interior y la única fuerza del mundo que podía calmarla tenía nombre propio. Quería satisfacer junto a él ese fuego desconocido que había brotado desde que decidió ser la *personal shopper* de Álex. En sus pupilas podía ver todo el deseo que había ansiado en un hombre. Y aquello no había hecho más que empezar.

¿Qué había de malo en soñar despierta?

Se preguntó si era Valencia la que la estaba transformando. O puede que fuera Álex quien le hacía sentir más poderosa de lo que había sido nunca; eso la hacía muy feliz. En cualquier caso, la puerta a esa nueva Cristina ya estaba abierta y por nada del mundo la iba a cerrar.

En cuanto vio a Marga y a Óscar, los abrazó como si no los hubiera visto en mil años.

–Dios, no quiero irme nunca de aquí. Estoy en una nube y no quiero bajar. Decidme que esto no es un sueño.

–Siento decirte que lo es, hermanita, y vas a despertarte en tres... dos... uno... –Marga chasqueó los dedos como si de un hipnotizador se tratara–. Alguien tenía que decírtelo.

–Eso no ha tenido gracia –Cristina le sacó la lengua.

–No sé cuántas veces te lo he escuchado decir. Cambia ya el discurso. No estás en un sueño –le dio un nuevo abrazo–. Si lo tuyo no sale bien con Álex, ya sabes que siempre me he querido casar con él. ¡Es tan guapo!

–Oye, cari, que yo también estoy muy bueno. Estoy

decepcionado contigo –tomó la mano de Marga y la colocó en su pecho–. Mira cómo sufro. Te vas a tener que esforzar mucho para curar mi corazón maltrecho.

Marga le dio un repaso rápido. A decir verdad, se podría decir de Óscar que era más atractivo que guapo, sobre todo cuando sonreía y se le marcaban esos dos hoyuelos en las mejillas. También se le achinaban los ojos, cosa que le hacía parecer un duende travieso. Él decía que era uno de sus encantos. No era tan alto como Álex, puede que apenas cinco centímetros menos, pero sí que tenía unos músculos tan marcados como este, y todo gracias a las horas que había pasado en el gimnasio. Al igual que Álex, Óscar tenía el pelo ondulado, aunque de un castaño claro, que se le clareaba cuando llegaba el verano. En aquellos momentos tenía pinta de surfista, con unas bermudas floreadas y su camiseta de Cactus, que lucía con orgullo.

–Anda que no tienes morro. Sí, tú también estás bueno –comentó elevando los ojos al techo–. ¿Era esto lo que querías escuchar?

–Gracias, guapa, pero no hemos venido a hablar de mí, aunque sea mi tema de conversación favorito. ¡Bombón, pero mírate, estás radiante! –exclamó agarrando de la mano a Cristina y haciendo que diera una vuelta sobre sí misma–. Eso es que ya habéis follado. Te lo noto en la mirada.

–Eres incorregible –contestó Cristina soltando una carcajada–. Como siempre, matas todo el romanticismo. ¡Pobre de la chica que quiera estar contigo!

–Dime que no me equivoco. Además, ¿qué hay de malo en hablar de sexo? A mí me encanta y quiero verte feliz, como ahora. Y si tú hubieras follado con alguien que supiera cómo se maneja esta boa que tenemos entre las piernas, me darías la razón.

—Pues tengo que decirte que otra vez te equivocas —dijo haciéndose la interesante—. Aún no hemos tenido sexo y no sé si me pondría tan pesada como tú.

—Dios, eso no te lo crees ni tú, guapa. Te doy una hora como máximo, porque después de tu primer orgasmo, cambiarás de opinión. Ay, lo que te estás perdiendo, y todo por hablar con nosotros —la giró en dirección al ascensor, pulsó el botón y esperó a que se abrieran las puertas. Después la empujó dentro—. Venga, sube y disfruta como una perra, que tu hermana y yo ya nos íbamos. No queremos molestar. Tienes mucho que descubrir.

Cristina soltó un bufido, exasperada, y salió del ascensor.

—Óscar, ¿quieres parar de hacer el tonto?

—Eso sí que no te lo consiento. Casi puedo soportar que no me digas que estoy muy bueno, pero no de que no esté en lo cierto. Y bombón, tú necesitas follar ya.

Sí, tenía que darle la razón, aunque no se lo diría. Contaba los minutos para estar a solas con Álex y probar cada una de las posturas que él le había enumerado en la cocina. Si por ella fuera, las probaría todas esa misma noche.

—Bueno, ¿qué tal vuestro día? —preguntó cambiando de tema—. Ya veo que habéis tomado un poco el sol y que habéis cogido algo de color. Os veo muy bien.

—Ha estado bien, pero de momento no hemos encontrado nada interesante —se giró hacia Marga—. Prométeme que si esta noche no encuentra una chirla follable, te apiadarás de mí y me darás mimitos —puso ojitos de cordero degollado—. Al final me veo haciendo calceta contigo.

—Oye, guapo, que no soy tan mal partido. Cuando estábamos en la playa no te he visto quejarte —le dio un empujón de broma—. Ni que yo fuera tu abuela. Yo aún estoy en el mercado y hoy es el día perfecto para pasar página de una vez. Fuera todos los malos rollos de mi vida.

—Si no lo digo por ti, guapa, lo digo por mí. Este fin de semana parece que estoy gafado. Mis superpoderes de conquistador no funcionan aquí.

—Eso es porque no insistes lo suficiente —Marga reposó la cabeza en el hombro de Óscar.

—¿Tú crees? Porque mira que estoy bueno, pero habrá que pasar al plan B —le pegó un codazo a Marga—. ¿Tú qué dices?

—O sea, que yo soy la chica de repuesto en el caso de que tú no encuentres nada aceptable.

—No, corazón, no creo que ninguna te llegue a la suela de los zapatos —le tiró un beso al aire.

—Eso sí que es romántico, Óscar —reconoció Cristina—. Parece que Valencia está obrando milagros en nosotros.

—Y puedo ser mucho más romántico, pero para eso tendríamos que estar a solas tu hermana y yo —puso morritos, como si fuera un pez fuera del agua que estuviera boqueando.

—¿Me estás pidiendo una cita?

—¿Ha sonado como una cita? —preguntó Óscar esbozando su mejor sonrisa cautivadora, un gesto que parecía haber ensayado mil veces delante de un espejo.

—¿Y por qué no?

—Sabía que este fin de semana iba a ligar —la cogió de las dos manos para bailar una especie de chachachá—. No te has podido resistir a mis encantos. ¿Qué han sido, mis encantadores hoyuelos, mis ojos verdes o mis labios sensuales?

Marga siguió el ritmo que le marcaba Óscar. Dieron varias vueltas, hasta que él la pegó a su pecho, e incluso se atrevió a susurrarle algo al oído. Marga soltó una carcajada. Se les veía tan felices.

Cristina los miraba sin entender muy bien qué ocurría. ¿Estaban de broma? ¿Lo decían en serio? ¿Iban a tener una cita? ¿Qué se había perdido en esas horas que había pasado con Álex? ¿Habían estado tonteando todo el día y no le habían dicho nada? ¿Y pretendían que ella les contara cómo le había ido con Álex?

–Más bien diría que es al revés –Marga dijo después de un rato. Había decidido seguirle el juego. Tiró la cabeza hacia atrás y Óscar aprovechó para darle un beso en el cuello. Aspiró su perfume, que tenía toques a cítricos y flores.

–No le hagas caso a tu hermana, bombón –le soltó las manos–. Está de broma. Se le ha subido la botella de vino que nos hemos tomado en la comida.

–No ha sido una botella, han sido dos. Y sí, claro que estamos de broma –Marga le pegó otro empujón de broma–, pero sigue en pie lo de la cita. Luego no te rajes. Quiero ser el mejor plan B que hayas tenido en tu vida.

–Por supuesto. Las bromas siempre hay que llevarlas hasta sus últimas consecuencias. Si no, no tendrían gracia.

–¿Y dónde me vas a llevar a cenar?

–Pues como es una primera cita de broma, te dejo elegir a ti.

–No, prefiero que me sorprendas.

–Vale, te voy a sorprender.

–¿Sabéis lo que os digo? –les dijo Cristina sin esperar una respuesta por parte de Óscar y su hermana–. Que os lo paséis bien en vuestra cita de broma. Yo tengo mi propio plan y vosotros no estáis invitados.

Al igual que Óscar la había llevado hasta el ascensor, ella los acompañó a empujones hasta la puerta del hotel. Tanto su mejor amigo como su hermana no dejaban de reírse y soltar tonterías.

–No os quiero ver hasta el domingo por la tarde.

–Ya nos contarás qué ha pasado esta noche, aunque con decirnos cuántos han sido, nos conformamos –le guiñó un ojo Óscar–. Marga, dile a tu hermana que la queremos mucho.

–Te queremos mucho, Cristina. Y, por favor, hazle caso a Óscar y folla como nunca.

–Ya sé que me queréis, pero esta noche, puestos a elegir, prefiero que sea otra persona la que me quiera mucho. Así que, chicos, hasta luego –les dio un último empujón.

Cristina vio cómo se alejaban. Se iban gastando bromas y aprovechaban para tocarse cada vez que se pegaban manotazos de broma. En cualquier caso, fuera o no una broma entre ellos, a ambos les venía bien reírse como lo estaban haciendo. Y bueno, para qué mentir, tampoco hacían mala pareja.

Iban hacia la plaza de la Reina por la calle San Vicente. Aún podían notar los efectos del vino que se habían tomado durante la comida. Eso les hacía sentir más libres, más desinhibidos. Eran capaces de llevar a cabo todas las locuras que no se permitían hacer en Madrid, de no tener prejuicios en hacer caso al corazón y no a la cabeza. Se cruzaron con un montón de turistas, algunos de ellos sonreían porque miraban las camisetas que llevaban y el mensaje que decía: *Las Supernenas al poder*, *Las Supernenas dispuestas a comerse el mundo*. Solo les faltó una capa para poder volar por el cielo de Valencia.

Un vendedor pakistaní salió de una de las calles y les ofreció una rosa. Óscar dejó que Marga eligiera la flor que más le gustara. Aunque para que aquel momento fuera perfecto, habría estado bien que Marga supiera lo que sentía por ella, y que ese gesto era algo más que el detalle de un amigo. Sin embargo, se conformaba con aspirar su perfume. Marga era cuanto necesitaba.

–¿Has pensado ya en algún sitio para cenar? –preguntó Marga cuando Óscar pagó.

Él la miró metiéndose las manos en los bolsillos.

–Claro que lo he pensado, cari. Pero va a ser una sorpresa. Este fin de semana te mereces lo mejor.

—No, te estás quedando conmigo.

—Puedes pensar lo que quieras —chasqueó los labios.

—No es posible que lo hayas pensado.

—Recuerda que soy un hombre de negocios y siempre pienso en todo —le tiró un beso al aire.

—¿Y cuándo lo has pensado? No has tenido tiempo.

—Los magos no revelamos nunca nuestros secretos.

—Vale, suponiendo que sea una sorpresa y que me vas a llevar a cenar a un sitio misterioso, ¿no me lo vas a decir antes?

—No. Entonces no sería una sorpresa.

—Es que no me gustan las sorpresas, así que tienes que decírmelo —le comentó poniendo voz de niña pequeña. Eso solía funcionar con Javier.

Por primera vez se acordó de su exnovio y no lo echó de menos. Ya no. A decir verdad, aquellas horas que había pasado junto a Óscar era lo que necesitaba. Hacía tiempo que no recordaba haberse reído tanto. Óscar era gracioso, ocurrente y sobre todo era muy generoso, algo que ella valoraba en una persona. Y claro que aún le dolía pensar en Javier, porque recordar todos los años que había estado enamorada de él la llevaba a la conclusión de la gran mentira que había sido su relación. Pensó que junto a él viviría la mayor aventura de amor, pero se había equivocado al ponerlo en un pedestal. Ni era el príncipe con el que muchas mujeres soñaban al jugar en la niñez, ni tampoco se parecía a los protagonistas de las novelas románticas. Ni siquiera llegaba a sapo. Era más bien un renacuajo jugando a ser lo que no era.

—Ya sé que no te gustan, así que tendrás que esperar a que sean las diez de la noche.

—¿No me lo vas a decir ni bajo amenaza de tortura?

—Ni bajo amenaza de tortura. Soy una tumba.

Marga soltó una carcajada.

—Te advierto que soy experta en hacer cosquillas en los pies.

—Creo que podré soportarlas.

—Eres más duro de lo que pensaba.

Óscar la miró de reojo y reprimió un suspiro.

—Mucho. Te sorprendería lo duro que puedo ser.

—Te has puesto serio de repente, y me gustas mucho más cuando estás de broma.

—Bueno, esta es una parte de mis encantos. Si vamos a tener una cita de broma, tendrás que acostumbrarte a ellos, muñeca —se pasó el dedo pulgar por el labio inferior, parodiando el famoso anuncio.

—¿Muñeca? ¿De verdad eso les funciona a los tíos?

Si había algo que Marga odiaba era que alguien le dijera ese odioso apelativo. Puede que también fuera porque se lo decía Javier cuando estaban en la cama y no quería escuchar nada de lo que dijera él.

—A Rick Blaine le funcionaba.

—Ya, pero tú no eres Humphrey Bogart, ni esto es *Casablanca*.

—Pero no me negarás que yo estoy un poco más bueno que Rick.

—Deja que lo piense —se mordió un dedo.

Óscar le pegó un manotazo suave en el culo.

—¿Qué tienes que pensar?

—A ver, que estamos hablando de todo un *sex simbol*.

—Sí, pero de los años cuarenta, no de ahora. Además, yo te pillo más a mano.

Un joven cantaba en una esquina *La chica de Ipanema* con una guitarra acústica. Óscar no se lo pensó dos veces. Como había pasado en el hotel, le tomó la mano a Marga y le colocó la otra al final de la espalda, y se puso a bailar en mitad de la calle al tiempo que no dejaban de reír. Óscar no podía dejar de mirarla, le gustaba ver cómo sus rizos rubios se le desparramaban por la cara. No quería pensar en nada, solo disfrutar del fin de semana, de la luz de la ciudad, del olor de sus calles, de su ambiente, de la magia que desprendía cada rincón, y, por qué no, también de Marga.

—A ver si te crees que yo salgo con cualquiera —respondió Marga.

Marga tenía que reconocer que Óscar bailaba muy bien. Aunque se había criado con dos hombres, una vez al año pasaba una semana con Olga, su madre biológica, una bailarina rusa que se quedó embarazada con el único fin de entregarlo a sus mejores amigos. Desde luego, había heredado esta habilidad de ella, además de su pelo rubio y sus ojos verdes.

—Con cualquiera no, solo conmigo, mona. Y si esto acaba en boda con dos preciosos niños, te prometo que te dejaré mi bien más preciado. Además te prometo que todas las mañanas te despertaré con un beso —le dio dos vueltas.

—¿Y ese bien tan preciado del que hablas cuál es?

—Parece mentira que aún no lo sepas —soltó Óscar tras una carcajada.

—¿Por qué no te puedes tomar nada en serio?

Óscar siguió riendo.

—Claro que me tomo las cosas en serio, pero ahora estamos de relax. De hecho, me estoy tomando esta cita muy en serio, aunque no lo creas.

Dejaron de bailar cuando el chico pasó a la siguiente canción. Escucharon varios aplausos, aunque ellos estaban más ocupados en mirarse a los ojos. Marga se había quedado absorta en el verde radiante que eran las pupilas de Óscar.

—No es cierto.

—Claro que sí —él se obligó a reír.

—Venga, no te rías de mí.

–No me estoy riendo de ti, me estoy riendo contigo, que son dos cuestiones diferentes, muñeca.

–A veces te pones odioso. Y no me llames muñeca.

–Vale, como quieras.

–No, no vale, no te estás tomando esta cita en serio.

Óscar se estremeció.

–¿Me estás pidiendo que te bese? –le murmuró en su oído. Su aliento le recorrió la mejilla, y ella tembló en sus brazos.

–¿Y por qué no? Estamos de broma.

Óscar dejó de reír y entrecruzó sus dedos con los de ella. Quería besarla, sí, pero para él no era ninguna broma. Lo deseaba más que cualquier otra cosa. Era el beso con el que llevaba años soñando. Su miedo al compromiso con otras mujeres tenía un porqué, y en esos momentos la tenía entre sus brazos. La atrajo hacia sí, la pegó a su cuerpo para ajustar su cadera a la de ella. Fue consciente de que se acoplaban a la perfección, como piezas de Lego. Un agradable cosquilleo le recorrió la espalda. El mundo entero dejó de existir.

–¿Qué vas a hacer? –quiso saber Marga.

Ella notó unas mariposas en el estómago. Aquello no le podía estar pasando. Era solo una broma entre dos amigos.

–Lo que se hace en una cita. Te voy a besar.

–No, no vas a hacerlo.

–¡Oh, sí! Claro que te voy a besar, y a ti te va a gustar –esbozó una sonrisa maliciosa.

–¿Tan seguro estás de que me va a gustar?

–Sí.

No era del todo cierto lo que le había contestado. Estaba muerto de miedo y no sabía si le iba a gustar. Iba a traspasar la barrera. Había temor ante ese beso, no porque no le gustara, sino por todo lo que podía significar para él. Sabía que si cruzaba la frontera ya no habría vuelta atrás.

–No, estás de broma.

–No, ahora no estoy de broma.

Óscar le acarició la mejilla y después le colocó la mano detrás de la nuca para besarla. Sus labios fueron al encuentro de la boca de Marga. Para sorpresa de ella, recibió el beso de Óscar con gusto. Entrelazaron sus lenguas en un baile cálido, sin prisas, como habían bailado segundos antes. La mano de él se aferró con más fuerza a su cabello. Después la fue bajando por la espalda hasta posarla en la curva de sus caderas para notar cómo se estremecían a la vez. Se fueron separando poco a poco, sin terminar de creerse lo que había pasado. Óscar apoyó su frente en la de Marga.

–¿Qué ha sido esto? –preguntó ella.

–¿Quieres que te lo recuerde de nuevo? Sabía que te iban a gustar mis labios.

Óscar volvía a ser el bromista de siempre. Se había vuelto a poner esa máscara que en ocasiones usaba para protegerse, para que ella no supiera cuánto la amaba. Había sido una broma para ella, pero no así para a él. Le costaría olvidar ese beso inocente, como le costó separarse de sus brazos.

–Vamos, no te quedes atrás –comentó Óscar–. ¿Te tiemblan las piernas? A partir de ahora no podrás vivir sin mis besos.

–¿Esto es lo mejor que sabes hacer? Tendrás que esmerarte algo más. Esperaba algo más de ti.

Óscar alzó una ceja y frunció los labios. ¿Se le estaba insinuando?

–¿Estás cuestionando mis besos?

–Sí. Y este no ha sido bueno.

–Ninguna chica se había quejado de ellos.

–Pero yo no soy ninguna, yo soy única.

Era cierto, para él solo estaba ella.

Marga lo agarró del cuello de su camiseta y lo atrajo hacia ella. Aquel gesto lo pilló desprevenido.

—Si vamos a tener una cita, no quiero que me beses como si tuvieras miedo. Y ahora, bésame como tú sabes —dijo estrellando sus labios en los de él.

Óscar tragó saliva, sus labios se curvaron hacia arriba y se decidió a cumplir los deseos de ella. ¿Qué podía hacer si no?

Las manos de Óscar descendieron por la espalda de Marga y después subieron con calma para hundirlas en sus cabellos, aferrándose a ellos como si tuviera miedo de que desapareciera, como si de un truco de magia se tratara. Había encantamientos que podían resultar de lo más caprichosos. Y al igual que le pasaba a Cristina, a él le daba miedo despertar.

Marga soltó un gemido ahogado al sentir los labios de Óscar recorrerle el cuello, y cuando le lamió el lóbulo de la oreja, notó cómo la respiración se le agitaba. Hacía tiempo que un beso no la hacía sentir tan bien. Quiso creer que era porque aún se notaba que estaba bajo los efectos del alcohol. No obstante, algo en su interior le decía que se estaba engañando. Le estaba besando porque lo deseaba, porque sentía algo nuevo en Óscar, algo parecido al deseo en su miraba, en su aliento y en cómo se había estremecido al respirar el mismo aliento que ella. Solo los separaba el miedo, y de ella dependía si quería saltar o no ese muro. Javier nunca la había mirado de esa manera. Se dejó querer por Óscar. ¿Era demasiado egoísta si se dejaba amar unas horas por alguien que la trataba como siempre había deseado que lo hiciera Javier? También estaba el hecho de que Óscar besaba muy bien. Si esto era un preludio de dónde podía acabar la noche, ella se iba a dejar llevar por esa marea que la arrastraba sin remedio corriente adentro.

Capítulo 15

Cristina cerró los ojos cuando sintió que Álex estaba detrás de ella. La voz de él sonó ronca en su oído. Su perfume la perturbaba de una manera que no creía que fuera capaz. El solo roce de sus dedos al buscar una caricia en el interior de su muñeca la hizo estremecerse. Tragó saliva y por unos instantes se olvidó hasta de respirar.

Álex tenía algo de asombroso en su voz. Era pura magia, pues con tan solo escucharla, ella temblaba de pies a cabeza.

–¿Ya se han marchado tu hermana y tu amigo? Ya me los presentarás en otra ocasión.

Cristina se dio media vuelta para encontrarse con un Álex más guapo que nunca. Quizás fuera su sonrisa la que la sumió en un estado de embriaguez, o puede que fueran sus ojos, que brillaban de una manera especial.

–Tenían cosas que hacer. Óscar la iba a invitar a cenar en algún sitio romántico, aunque conociéndolo, puede que la lleve a un burger y después acaben bailando en una discoteca.

–¡Qué concepto tienes de tu amigo! Puede que Óscar tenga un lado romántico y tú no te hayas enterado.

–¿Con Óscar? Mucho tendría que cambiar.

–Igual no lo conoces tan a fondo como piensas. La brisa del mar transforma a la gente de una manera que no creerías.

Cristina elevó los ojos al techo y cambió de tema.

–¿Decías algo de un plan? –entrelazó sus dedos con los de Álex.

Él no contestó. Alzó una ceja y se limitó a esbozar una sonrisa torcida. Caminaron hasta el ascensor sin dejar de mirarse a los ojos. Había momentos en los que las palabras sobraban. Junto a ellos, iba a subir una pareja que se mostraba muy acaramelada.

–¿A qué piso vais? –preguntó la chica.

Álex esperó a que fuera Cristina quien contestara. Ella no tenía dudas sobre dónde se quedaría a dormir.

–Al último piso –aunque quiso decir al cielo, que para el caso era lo mismo.

Como había supuesto, Álex asintió con la cabeza. Se había colocado en una esquina con los brazos cruzados y la observaba con una sensualidad que la sacudió de abajo arriba. ¿Cuántas promesas habría tras esa mirada? Estaba muy cerca de descubrirlo. Al tiempo que deseaba estar con Álex, estaba nerviosa por si no era lo que él había imaginado. No quiso hacerle partícipe de sus temores. Cuando estuvieran solos todas sus dudas se desvanecerían.

–Nosotros nos bajamos antes.

El ascensor llegó al cuarto y la pareja se despidió de ellos. Álex no se movió del sitio. Se limitaba a mirarla con un deseo que la desbordaba. Un sonido les avisó de que habían llegado a la quinta planta. Sintió nervios en la boca del estómago.

Cristina buscó la mano de Álex, y juntos salieron del ascensor. Estaban frente a la puerta del apartamento de él. Sacó unas llaves del bolsillo de su pantalón y tras dos vueltas a la cerradura entraron en el paraíso. Cristina cerró los párpados y aspiró el aroma que desprendía el apartamento de Álex. Olía a él, aunque también podía percibir un toque a café, pero sobre todos los olores notaba el sabor de un hogar.

Álex dejó a un lado la maleta de ella. Aunque Cristina sentía curiosidad por conocer el piso de Álex, no podía apartar sus ojos de él. Había mucha más urgencia en saborearlo más a fondo.

—Vamos a hacer que el tiempo se detenga —dijo Álex.

Cristina contuvo el aliento. Se estremeció de pensar cuánto había de cierto en esa frase. Junto a Álex estaba descubriendo que las palabras podían ser tan eróticas como una caricia y que eran capaces de encender la pasión que había entre sus muslos.

Álex la agarró de la cintura con una mano y con la otra la atrajo hacia sí. Se iba acercando con tranquilidad, deslizando la mano que había posado en su cintura hasta llegar a sus nalgas.

—Antes querías saber cómo te deseo —la voz de Álex tenía un toque tan indecente que Cristina sintió cómo se ruborizaba—. No tienes ni idea de cuánto. Te voy a besar los dedos de un pie, voy a subir por tu pierna, lameré tu muslo, me detendré en tu ombligo, chuparé un pezón, y cuando creas que no puedes más, empezaré con los dedos de tu otro pie, y así hasta terminar en tus labios. Quiero que digas mi nombre, lo gritarás; deseo que te corras para mí. Cuando pienses que hemos acabado, volveremos a empezar.

Ella asintió con la cabeza, al tiempo que notaba cómo las rodillas se le aflojaban. Estaba húmeda, y Álex ni siquiera la había besado. El poder de esas palabras era pura magia.

—No te muevas. Déjame hacer.

Álex le desabrochó el botón de su pantalón y después le bajó la cremallera sin prisas. Se colocó de rodillas y fue tirando de ellos con calma. Cristina permaneció quieta, y no solo porque él se lo había pedido, sino también porque ansiaba que Álex siguiera, porque no deseaba estar en otro sitio que no fuera en aquel piso. Un fuego intenso le recorrió la espalda y se fue apoderando de su sexo.

—Me gusta ver cómo te sonrojas.

Desató los cordones de sus Converse sin dejar de mirarle los ojos. Había algo hipnotizador en sus ojos oscuros. ¡Qué efecto tenía él sobre ella!

Después de quitarle las zapatillas con una calma exasperante, Álex acarició sus piernas, sus muslos, hasta llegar al borde de sus braguitas. Le gustó el detalle de que fueran de algodón blanco, sin ningún tipo de artificio, como era ella. Incluso tenía un lacito de color rosa con una perla a juego. Mordisqueó la lazada y después posó sus labios en el borde del elástico.

—¿Te han dicho alguna vez que eres adorable?

Una corriente eléctrica la sacudió al sentir el aliento de Álex muy cerca de su pubis.

—No como lo haces tú —murmuró.

—Nadie te lo va a hacer como yo —sus dedos jugaron con la goma de sus braguitas.

—¿Buscas un cumplido?

—No. Lo buscaría si no estuviera seguro, y no es el caso. Contigo no tengo dudas.

Álex se puso otra vez de pie. Inclinó la cabeza y la besó con delicadeza en los labios. Cristina abrió su boca para recibir lo que tanto ansiaba, pero Álex negó con la cabeza.

—Cristina, no adelantes acontecimientos —ella tuvo que cerrar los ojos porque su voz era lo más parecido a un gruñido—. Déjate hacer. ¿Lo vas a hacer?

—Sí.

—Eso quería escuchar.

Álex inclinó de nuevo su cabeza, le acarició con la punta de su nariz la mejilla y fue bajando hasta el hueco de su cuello. A Cristina, la calidez de su aliento la estaba volviendo loca.

—Puedo sentir tu humedad.

Cristina dejó escapar un gemido y abrió los ojos de deseo.

—Pero no lo suficiente –reconoció finalmente.

Álex introdujo un dedo por entre sus bragas, jugueteó con su clítoris, para después deslizarlo dentro. Ella pegó un respingo y adelantó sus caderas para ir al encuentro de él.

—¿Recuerdas cómo se hace un bizcocho?

—Sí.

—Me pediste que lo hiciera lento. Esto no es más que una parte del secreto.

A Cristina se le aceleró el pulso. Buscó la mirada de Álex y sintió que todo lo que había a su alrededor se había desvanecido. No existía nada más que él.

Él la agarró por las muñecas para posarlas por encima de su cabeza. Al tiempo que la retenía contra la pared, le quitaba la camiseta con la otra mano. La dejó caer al suelo y volvió a apresar sus muñecas.

—Dios, te deseo tanto.

—Álex, por favor… –gimió.

—¿Por favor, qué? Quiero escucharlo de tus labios.

—Sigue… sigue…

—Esto no ha hecho más que empezar, pequeña.

Al cruzar su mirada con la de Álex, tembló. Él solo escuchaba la respiración agitada de Cristina, que latía al ritmo de los latidos de su corazón. La sentía estremecerse, así como notaba que su piel ardía.

Cristina abrió los labios cuando él apretó sus nalgas con suavidad. Mientras, él la acariciaba con la punta de su lengua el lóbulo, para después susurrarle:

—¿Aún dudas?

—No —dijo con un hilo de voz.

—Nunca lo dudes, Cristina.

Tuvo que admitir por enésima vez que no había nadie que dijera su nombre como él. ¡Qué poder tenía sobre ella! La sensación era la de estar un poco mareada, pero ¡qué efecto tan maravilloso!

—Creo que podría enamorarme de ti.

—Hazlo —pidió ella—. Empieza ahora.

En un movimiento rápido, Álex la subió a horcajadas. Cristina pudo sentir la erección de Álex y rodeó su cintura con las piernas. A pesar de la promesa que le había hecho él cuando entraron en el apartamento, no le habría importado que terminara de una vez. Sentía la urgencia de moverse, de que el miembro de Álex encontrara, de una vez por todas, la humedad que se alojaba entre sus muslos. No creía que fuera capaz de aguantar.

Álex buscó los labios de ella, y Cristina le salió al encuentro. La calidez de su lengua fue una sorpresa para ella. Siguieron besándose al ritmo que les marcaban los latidos de sus corazones. Álex siguió acariciándola. Su mano fue descendiendo hasta alcanzar el borde del sujetador. Retiró la tela y atrapó un pezón con sus dedos. Trazó círculos y después lo pellizcó con suavidad, hasta que Cristina soltó un grito.

—¡Oh, sí, Cristina! Este será el primer chillido que quiero escuchar.

—Álex, Dios... —contuvo la respiración cuando notó que los labios de Álex rozaban su pezón.

—Dime, ¿qué quieres?

—Lo necesito ya...

—¿Qué necesitas?

—A ti. No pares —se aferró a la espalda para poder sentir el pecho de él pegado al de ella.

—Como quieras.

Cubrió con sus dientes el pezón de Cristina, tiró de él al tiempo que con una mano soltaba el corchete del sujetador. Ella arqueó la espalda. Los labios de Álex buscaron la boca de Cristina. Fue un beso salvaje, feroz, dejando que sus lenguas se reconocieran. Por último, Álex desgarró la última prenda que le quedaba a Cristina, al tiempo que ella soltaba otro gemido ahogado. En algún momento, ella pensó que iba a perder la cabeza.

—Estás preciosa.

Los ojos de Álex eran dos carbones encendidos.

La mano de Cristina se coló por debajo de la camiseta de Álex y observó lo poderoso que era su pecho. Lo acarició y se recreó como había hecho él con su pezón.

—Aún no, pequeña, vamos a seguir jugando.

La llevó hasta su habitación. Si alguien le hubiese preguntado cómo era su piso, no habría sabido qué contestar. Estaban perdidos en un beso largo y sereno.

Tan pronto como entraron en la habitación de Álex, el beso se volvió apasionado, tan arrebatador, que Cristina sintió que no podría aguantar mucho más. Necesitaba a Álex dentro de ella, y lo necesitaba ya. Había urgencia en sentirlo todo él. Le lamió el hueco del cuello y hurgó con la punta de su lengua el lóbulo de la oreja de Álex. Trazó círculos. Ahora era ella la que sentía que su piel era deliciosa y que jamás podría saciarse de las caricias de él.

—No sigas, pequeña. Vamos a seguir jugando.

Álex la posó en la cama y la miró desde arriba. Se le secó la boca al tiempo que ella se humedecía los labios. Se sintió más expuesta y excitada de lo que nunca había estado. Había una mezcla de deseo intenso e inquietud.

—Cristina, no temas —le pidió al observar su desasosiego—. Déjate llevar.

Cristina deslizó su mirada por el cuerpo de Álex y advirtió un abultamiento en su entrepierna. Ella tuvo que contenerse para no tirarse encima de él. ¡Cómo había podido crecer de aquella manera! Aquello sí que era un verdadero truco de magia.

—¿Voy muy rápido o prefieres que vaya un poco más lento? —preguntó con voz grave.

—De momento lo estás haciendo bien —aunque pensaba que iba a volverse loca si él no acababa pronto, quería que Álex se demorara un poco más y que la llevara hasta el séptimo cielo—. Estás siguiendo la receta al pie de la letra.

—Me alegro —contestó él sosteniéndole la mirada—. En este caso las prisas no son buenas.

—Sí, las prisas no son buenas.

Álex se colocó en el borde de la cama. Desde donde estaba, empezó a lamerle los pies de Cristina. Ella cerró los ojos y soltó un gemido. Álex iba a volver a recorrer con su lengua todos los rincones de ella, como había hecho en el recibidor de su apartamento.

El deseo de Cristina fue en aumento conforme Álex se acercaba al interior de sus muslos. Los cerró para su asombro.

—Pequeña, déjate hacer —acarició con la yema del pulgar el vello de su pubis—. Abre las piernas.

Podía parecer una orden, pero tal y como lo dijo, se parecía más a una súplica. Álex rozó con la punta de su lengua el interior de sus muslos. Cristina soltó un gemido tan fuerte y tan agradable que se sorprendió cuando volvió a cerrar las piernas de nuevo.

—No temas, pequeña —Cristina sintió un nudo en la garganta por la delicadeza con que se lo había pedido—. Deja que te bese los labios, y después decide si quieres que siga. Me detendré si tú me pides que lo haga. ¿De acuerdo?

Ella asintió con la cabeza.

Álex volvió a abrirle las piernas con la misma delicadeza que había usado en sus palabras. Cristina permaneció inmóvil y contuvo un gemido cuando Álex le separó los pliegues de su sexo con dos dedos.

—Estás tan guapa, Cristina.

Álex le acarició con suavidad el clítoris con un dedo. Cristina arqueó la espalda y soltó un murmullo.

—¿Quieres que pare?

—No... sigue...

—Relájate.

Ella se estremeció cuando la boca de Álex le lamió los pliegues del sexo. Era una sensación tan placentera como nueva. Él separó un poco más sus rodillas al tiempo que ella notaba cómo el estómago se le encogía. Cerró los párpados y se abandonó a las caricias que Álex le ofrecía con su boca. Los labios de Álex bebían de su sexo mientras que con el pulgar le acariciaba el clítoris. La sintió temblar en su boca. Estaba cerca de alcanzar su primer orgasmo.

—Pequeña, lo estás haciendo muy bien. Ya llega.

Antes de que Cristina alcanzara el clímax, Álex le sujetó por las muñecas y siguió lamiendo el interior de su sexo. Entonces ella se dejó llevar por una maravillosa oleada de sensaciones y, en un movimiento involuntario, arqueó la espalda buscando con avidez la boca de Álex. Un grito liberalizador surgió de su garganta. Notó cómo se sonrojaba. Todo se contrajo en su interior.

—Oh... Álex...

Él no contestó, siguió libando del jugo de Cristina, hasta que sintió que ella volvía a sufrir otro espasmo que la llevó de nuevo al cielo.

—Álex, ha sido...

—Estabas tan guapa cuando has dicho mi nombre —le dijo con el deseo dibujado en la mirada—. Créeme si te digo que me gusta verte sonrojarte como lo haces.

Cristina se incorporó tratando de recuperar el aliento y mordiéndose el labio inferior. Se colocó de rodillas y se fue acercando hasta él para besarle en la boca.

—No sabría decir qué sabor me gusta más. Eres deliciosa.

Cristina le quitó la camiseta, deslizando las manos por su pecho, recreándose en el vello de Álex. Jugó con el pezón de él, se lo lamió. Al igual que ella, la piel de Álex ardía de deseo. Él soltó un gruñido ronco cuando notó que ella posaba una mano en el abultamiento de su entrepierna. Cristina fue desabotonando los cuatro botones del pantalón y después se lo quitó, como había hecho él con ella. No sabría decir cuándo él se había quedado descalzo, pero era algo que no le preocupaba. Álex se estremeció al notar los dientes de Cristina cubrir su pezón. El vello de su nuca se le erizó y sintió la necesidad de no demorar mucho más el estar dentro de ella.

—Cristina, no sabes cuánto te deseo.

—Hazlo, Álex, quiero sentirte dentro.

Cristina liberó su miembro de la prisión de sus calzoncillos. Como había sospechado, su pene era grande. Lo aprisionó con la mano y lo acarició con suavidad. Álex notó cómo se le ponía la piel de gallina.

—Eres todo cuanto deseo —susurró Álex.

La tumbó en la cama y volvió a deslizar la mirada por el cuerpo desnudo de ella. Antes de penetrarla, buscó un condón en el cajón de su mesilla, lo desgarró con los dientes y después dejó que Cristina se lo pusiera. Álex soltó un gruñido ahogado y después se colocó entre sus piernas, acomodándose y abriéndoselas un poco más con las rodillas. Álex le rozó con la punta de su lengua el borde de la comisura de los labios. Cristina puso los ojos en blanco.

—Álex, hazlo ya.
—¿Lo deseas?
—Mucho.

Álex la penetró con calma. Se miraron a los ojos. Ella subió las caderas al encuentro de él.

—Estás muy húmeda.
—No te detengas.

Él empujó un poco más. Su pene se abría suavemente en el interior de ella. Cristina contuvo el aliento al tiempo que notaba cómo arqueaba la espalda. Le clavó las uñas cuando Álex apretó una de sus nalgas. Entonces se hundió en ella, hasta lo más profundo. Ambos soltaron un gemido. Ella porque nunca había sentido una emoción tan placentera y él porque estar dentro de Cristina era lo más parecido a un sueño.

—Quiero que me mires a los ojos —le pidió él.
—No podría apartar mi mirada de ti ni aunque quisiera —gimió de placer.

Álex buscó los labios de ella, cubrió su boca con una ferocidad que la sorprendió. Los movimientos de Álex se hicieron cada más rápidos, más profundos. Cristina le rodeó sus caderas con las piernas.

Un murmullo ahogado se le quedó atascado en la garganta a ella cuando los envites de Álex se hicieron más violentos. Ambos supieron que el momento estaba cerca, que la espera había merecido la pena.

—Álex —gritó cuando sintió que él llegaba al clímax.

Y mientras decía su nombre, una sacudida como nunca había sentido le sobrevino de pies a cabeza.

—Cristina, sí, córrete otra vez, eso es. Dámelo todo.
—Álex —soltó de nuevo.

Sentía asombro por todas las sensaciones que notaba en su cuerpo.

Álex se abandonó en los brazos de Cristina. Enterró su nariz en el hueco de su cuello para olerla.

—Podría quedarme aquí para siempre —murmuró él.

—Hazlo. Quiero que te quedes.

Él sonrió y se colocó a su lado. Aún notaba la respiración agitada.

—Ha sido fantástico —dijo ella.

—Lo ha sido, sí —giró la cabeza para mirarla.

—¿Todo lo demás lo haces tan bien? —quiso saber ella.

Álex soltó una carcajada.

—Todo depende de con quién esté. Tú eres una buena maestra.

Cristina se sentía plena, tan feliz que sintió ganas de llorar por la prodigalidad de Álex, por explorar su cuerpo como nadie lo había hecho hasta ahora. Había grabado a fuego el olor de Álex en su piel, pero no era solo eso, también fueron todas sus palabras, así como su nombre. Álex era todo cuánto necesitaba. Cerró los párpados y soltó un suspiro.

—Cristina, no puedo esperar a que me digas que quieres volver al juego —Álex murmuró en su oído—. No te duermas aún, no hemos acabado.

Ella esbozó una sonrisa. Volvió a abrir los ojos y buscó en su mirada ardiente el mismo deseo que sentía ella. Después se colocó sobre Álex.

—No, esto era el entreacto —soltó buscando con una mano su miembro, que ya empezaba a recuperarse del primer ataque—. Vamos a por el segundo acto. Ahora me toca a mí. No quiero que te muevas. Déjate hacer.

Capítulo 16

Óscar miró el reloj que llevaba en la muñeca. Había una mezcla de inquietud y de miedo en su mirada. Esbozó una sonrisa traviesa al ver que todo estaba preparado. Era la primera vez que hacía algo así, pero ella lo merecía.

–¿Qué hacemos aquí? –preguntó Marga–. Prefiero que vuelva el Óscar bromista.

–Muy pronto lo sabrás. Quedan exactamente dos minutos para que todo se transforme.

–No entiendo nada.

Él se encogió de hombros, miró a un lado de la plaza y después al otro. A Marga le pareció que hacía señas a alguien. Todo era un poco raro desde que habían abandonado el piso de Mariví. Era una suerte que lo tuviera a tres minutos de la plaza de la Virgen. Se habían cambiado deprisa de ropa y habían vuelto a salir a la calle. Desde entonces, Óscar se había mostrado de lo más enigmático. Marga se preguntó si era debido a que se habían besado.

Aún no había anochecido cuando las campanas de la catedral dieron las nueve. La plaza de la Virgen era el lugar perfecto de reunión, no solo para familias, también lo era para jóvenes en patines que practicaban nuevos movimientos. Parejas de enamorados se hacían fotos al lado de la fuente que había en un lateral. Unos niños estaban jugando en los escalones de la catedral con una peonza. Había un grupo de turistas asiáticas en la puerta de los Apóstoles. Escuchaban a una guía rubia que llevaba un paraguas en la mano y les señalaba el rosetón de seis puntas, que representaba la estrella de David.

—¿Estás preparada? —preguntó Óscar.

—¿Para qué? —quiso saber Marga sin entender a qué venía tanto misterio así tan de repente—. ¿Me quieres decir ya algo?

—Para jugar.

—¿Pero no íbamos a cenar?

—Sí, claro, pero esto es parte de la sorpresa.

Marga negó con la cabeza sin terminar de creerse que Óscar hubiera preparado una sorpresa.

—¿Qué se te ha ocurrido?

—Espera y verás.

—Pero si no has tenido tiempo de preparar nada.

—En eso consisten las sorpresas —al sonreír se le marcaron los dos hoyuelos.

Hasta que no se habían besado nunca lo había visto atractivo, pero en esos instantes, cuando sonreía, habría sido capaz de cometer una locura.

Unas palomas alzaron el vuelo cuando un chico vestido de negro y con la cara pintada de blanco llegó con un sobre en la mano de color rojo corriendo por la calle Micalet. Se lo entregó a Marga después de hacer unos cuantos gestos de mímica.

—¿Es para mí? Perdona, pero creo que te has equivocado.

Ante la insistencia del chico, ella agarró el sobre.

Llevaba una única palabra en letras doradas escrita: *Ábreme*. Ella miró primero a Óscar y después al chico.

—Se supone que tengo que abrir el sobre.

—Si quieres seguir jugando, sí.

Marga lo abrió con calma. Primero leyó la frase para sí, pero después la dijo en voz alta.

—¡Que empiece el espectáculo! —exclamó con asombro—. ¿Qué es esto, Óscar?

—Enseguida lo sabrás.

El chico de negro la instó a que lo dijera un poco más alto. Marga lo volvió a repetir tal y como le había pedido él. Cada vez entendía menos lo que estaba ocurriendo, pero una cosa sí que tenía clara, jamás habría pensado que Óscar preparara este tipo de sorpresas.

De repente todo ocurrió muy deprisa. El chico sacó de la nada un pañuelo que imitaba el logo de la productora de cine: A Paramount Pictures. Marga abrió los ojos, desconcertada, y se cubrió la boca con la mano cuando el chico volvió a sacar otro pañuelo de la manga o de donde fuera que los tuviera. No podía creer lo que estaba leyendo. En la primera fila ponía: *Paramount Pictures presents*, mientras que en la segunda leyó: *A Lucasfilm LTD Production*. El sonido de un gong resonó en la plaza. Y por tercera vez el chico le mostró otro pañuelo que ponía: *A Steven Spielberg film*.

Un humo rojo cubrió los escalones de la plaza. Las turistas que se encontraban en la puerta de los Apóstoles se habían cambiado, al igual que la chica rubia que hacía de guía. Ella alzó los brazos al tiempo que una pancarta se desplegaba por encima de su cabeza, donde se podía leer: *Indiana Jones Temple of Doom*. La guía, que ya no lo era, iba vestida como Kate Capshaw en el inicio de la película que más le gustaba, y al igual que hacía ella, comenzó a cantar *Anything Goes*.

—Estás loco —soltó cuando reconoció los primeros acordes de la canción que tanto significado tenía para ella. Era especial por muchos motivos.

Las turistas desplegaron unos abanicos gigantes e imitaron el baile que daba inicio a la película de *Indiana Jones en el templo maldito*.

...the world has gone mad today
And good's bad today
And black's white today
And day's night today
When most guys today that women prize today
Are just silly gigolos...[9]

Marga recordaba que su madre se la cantaba cuando era pequeña porque había hecho el musical en Londres de esta canción. No era la protagonista, sino más bien una actriz con un papel secundario, pero su padre tuvo suficiente para enamorarse de ella. Durante cinco meses él estuvo viajando todos los fines de semana a Londres para ver el musical, insistiéndole a su madre que tuviera una cita con él. Después de tanto perseverar ella aceptó salir a cenar, y una cosa llevó a la otra. Parecía que su padre tenía debilidad por las actrices rubias, porque Mariví también había sido actriz antes de casarse con su padre, y era rubia.

Cuántas veces habría visto *Indiana Jones en el templo maldito* junto a su madre, y más tarde junto a Cristina y Óscar cuando quedaban una vez al año para ver el maratón de películas.

Óscar sabía el significado que tenía para ella. En cierta manera, albergaba la idea de que a Marga le pasara como a su madre y se enamorara de él. Si había funcionado una vez, también podía funcionar dos veces.

---

[9] El mundo se ha vuelto loco hoy/Y lo bueno es malo hoy/ Y el negro es blanco hoy/ Y el día se ha hecho noche hoy/ Cuando la mayoría de los chicos que buscan mujeres hoy/ son estúpidos gigolós...

Marga lo miraba de reojo con lágrimas en los ojos. Nadie había hecho nunca algo así por ella. Una vez que terminó la música, la chica que había cantado se acercó hasta ellos con otro sobre en la mano. Al igual que el otro que le habían entregado, este también llevaba la palabra *Ábreme* escrita. Antes de abrirlo, Marga se tiró al cuello de Óscar y le dio un beso en la mejilla. Él notó un hormigueo recorriendo su espalda, y tuvo que hacer un ejercicio de autocontrol para no soltarle lo que llevaba años callando. Llevaba tiempo oponiéndose a lo que sentía por Marga, saliendo con otras mujeres para olvidarla, dejando que la gente creyera que era una pluma loca por sus gestos afeminados, pero a él le daba igual lo que pensaran de él.

–¡Quiero volver a besarte! –exclamó Marga.

Óscar abrió los ojos.

–Lo que tiene que hacer uno por un beso –soltó esbozando una sonrisa.

–¿No lo quieres?

La magia del momento se rompió cuando Marga recibió una llamada a su móvil. Era Ester, que desde la tarde en que pilló a Javier con Rocío, no habían vuelto a hablar.

–Es Ester –Óscar se encogió de hombros. Marga sabía que ambos no se caían bien. Ester no lo soportaba porque decía que era muy vulgar cuando hablaba y él decía de ella que era una pija estrecha que siempre estaba cotilleando–. Enseguida termino con ella.

–Tranquila, igual se ha comprado una caja de supositorios para combatir su estreñimiento crónico y te llama para que le digas cómo se meten –la música del tono del móvil de Marga dejó de sonar durante un segundo. Ester volvió a insistir–. Coméntale que tiene que colocar la punta hacia abajo y esperar dos minutos a que haga efecto.

Marga sacudió la cabeza y tuvo que contener una carcajada antes de descolgar el teléfono.

—Ester, espera un momento —tapó el auricular con una mano—. No me mires así, es mi amiga.

—Sí, pero eso no es incompatible con que también sea una imbécil —le tiró un beso al aire.

Ella soltó un suspiro y le dio un empujón suave. Óscar se apartó un poco y se metió las manos en los bolsillos.

—Ester, ya estoy contigo. ¡Cuánto tiempo sin saber de ti!

No quería que sonara a reproche, pero ni ella ni Raquel habían estado a su lado cuando más las había necesitado.

—Chica, ¡qué difícil es hacerse contigo!

—¿Sí? Eso mismo me pregunto yo. No sé qué ha podido pasar, porque sigo teniendo el mismo número de teléfono y sigo viviendo en casa de mis padres.

Ester soltó una risita antes de seguir hablando.

—No me lo tengas en cuenta. Es que he estado muy ocupada estas semanas. No sabes lo mal que está Javier —Marga se pasó la lengua por los dientes cuando intuyó por dónde iba la llamada de su amiga—. Bueno, entiéndeme, Javier me necesitaba. De verdad, está muy hecho polvo. Yo tampoco estaría bien si mi novio de toda la vida me hubiera dejado. Pero yo tengo la receta ideal para que se te pasen todas las penas.

—Ester, ¿te ha dicho Javier que me llames?

Óscar se giró cuando escuchó el nombre de su exnovio. Marga estaba en tensión y apretaba el puño con rabia.

—¿Javier? No, para nada. Esto se me ha ocurrido a mí solita. Siempre has escuchado mis consejos y he pensado que para arreglar lo vuestro, podríamos quedar esta noche en mi casa a cenar. Javier está encantado con la idea.

—¿Con qué idea? ¿Con la de ponerme los cuernos con

Rocío o cuando se acostó con Tita el día de la boda de esta? No hay nada que arreglar, así que no sigas, por favor.

Ester volvió a soltar esa risita que a Marga comenzó a parecerle irritante. Hasta ese momento no le había dado mayor importancia, pero al escucharla por teléfono le sonó el mismo sonido que soltaban las hienas.

—¡Ay, chica, cómo eres! Ha sido una simple infidelidad.

—Ester, lleva siendo infiel muchos años —se prometió que mantendría la calma pasara lo pasara.

—Pero si le dejaras que se explique, tal vez te darías cuenta de que está muy arrepentido y que no lo va a volver a hacer nunca más. Lleva unas semanas que apenas come, y casi no duerme. Está tan hecho polvo que ha adelgazado dos kilos.

La conversación la estaba poniendo de mal humor. Si no le colgaba era porque la consideraba una buena amiga.

—Ester, ¿qué quieres? —la cortó antes de que siguiera hablando.

—Chica, dale una oportunidad.

Cerró los ojos. Se confirmaba lo que tanto temía. Durante estas últimas semanas, había tenido tiempo para pensar en cómo había sido su relación con Javier y hacia dónde habría ido si no lo hubiera encontrado en el despacho de Rocío. Ella no quería ser como muchas de sus amigas, que permitían que sus parejas les fueran infieles con tal de mantener un estatus. Las chicas como ellas, las de buena familia, se casaban, porque era lo que tocaba. Pero de un tiempo a esta parte, ella se rebelaba contra ese concepto de que todas ellas tenían que ser buenas amas de casa. Todas las amigas que se habían casado, esperaban a sus maridos en casa con el último modelito que se habían comprado, y en una mano una copa de vino.

Después de un año de casados, irían a por una parejita, e incluso se arriesgarían a ir a por un tercero si no llegaba el niño o la niña tan deseado. Todos los sábados harían una cena en casa para los amigos y los domingos tocaría ir al Club de Campo, donde iba la gente *vip* de Madrid. Las mujeres hablarían de los últimos cotilleos mientras que los maridos tomarían el vermú después de hacer deporte. Y las *nanies* se harían cargo de los niños para que sus papás pudieran charlar con tranquilidad. Y si los maridos se portaban bien, entonces quedarían una vez al mes para irse de fiesta mientras ellas hacían las famosas noches de pijamas de chicas. Todas ocultarían detrás de una sonrisa que sus matrimonios no eran perfectos, que los hombres necesitaban echar de vez en cuando una canita al aire porque eso era lo que habían hecho toda la vida. ¿Era eso lo que quería, ser una esposa mueble, que no valía siquiera para poner una lavadora o que ni siquiera tomaba las decisiones sobre qué iban a comer o cenar? Si le daba una oportunidad a Javier, acabaría como ellas. Sofía, su hermana mayor, sin ir más lejos, era una de esas mujeres que miraba para otro lado cuando su marido se la pegaba con otras.

Buscó a Óscar con la mirada. Se le podía tachar de mujeriego, pero siempre había sido honesto con todas las chicas con las que había salido, y a ninguna de ellas les había puesto los cuernos.

Ante el silencio de Marga, Ester siguió hablando.

–Me ha prometido que no lo va a hacer nunca más. No le hagas esto al pobre Javier. Te echamos de menos. Sin ti esto no es igual.

Marga sacudió la cabeza. Podía intuir el miedo que tenía Ester. No la llamaba para que le diera una oportunidad a Javier, en realidad la había telefoneado porque temía que muchas de las amigas tomaran ejemplo y se separaran de sus maridos. Ester le estaba diciendo que volviera al redil como una buena oveja.

–Y supongo que tú lo habrás creído.

–Sí, tendrías que ver cómo está. De verdad, no lo va a hacer más veces.

Marga apretó los dientes. Javier había sido tan rastrero que había utilizado a su amiga para llegar hasta ella. Era muy típico de él echar balones fuera y no asumir que había metido la pata hasta el fondo. Si en doce años que la conocía aún no se había enterado de que ella no le perdonaría nunca una infidelidad, es que no la conocía en absoluto.

–Ester, llevo esperando una llamada de mis amigas, y cuando la recibo a ti no se te ocurre otra cosa que hablarme de lo mal que está Javier. Parece que a ti te importe una mierda cómo esté yo.

–Ay, no me malinterpretes, chica, claro que me preocupo por ti. Y por eso te llamo, porque sé que lo que necesitas es hacer las paces con Javier –tenía que darle la razón a Óscar, además de ser una cotilla, era una alcahueta metomentodo–. Marga, perdona que te lo diga, pero cuando te pones cabezota, no hay quien te saque de ahí. Y te estás equivocando, porque Javier y tú estáis hechos el uno para el otro. Él ya ha entendido que esto no lo puede volver a hacer.

–Ester, no voy a volver. Ya puedes decírselo –le respondió con una calma que le sorprendió.

–No me interrumpas –la cortó su amiga–. Esta noche te vas a poner guapa, después vas a venir a mi casa y nos lo vamos a pasar muy bien. Escucharás a Javier lo que tenga que decirte. Ya verás como te darás cuenta de que todo esto no es más que una tontería. Y yo no te he dicho nada, pero quiere llevarte a Roma para que resolváis vuestras diferencias.

Marga reprimió un bufido.

—¿De qué lado estás, Ester? —alzó el volumen un poco más de lo que habría deseado.

—Del tuyo, por supuesto, ¡qué preguntas más tontas haces! Las mujeres tenemos que apoyarnos.

—Pues no lo parece. Soy yo la engañada.

—Pero estas cosas pasan.

—¿Qué me estás contando, Ester? —Marga estaba perdiendo la calma con la que se había prometido que iba a hablarle a Ester—. Yo no voy a perdonar nunca a un tío que me ponga los cuernos, ni tampoco voy a mirar hacia otro lado cuando esto suceda. ¿Qué harías tú en mi lugar?

—Lo que hacemos todas —Ester se lo dijo con una calma pasmosa—. Ya le has hecho sufrir suficiente. No hace falta que sigas con la estupidez de seguir enfadada. Ya sabemos que te ha sentado mal, pero de verdad, no hay que ser tan radical.

Óscar se acercó a ella cuando advirtió que tenía los hombros muy tensos. Creyó que en cualquier momento mordería a alguien.

—¿Estás bien? —quiso saber.

—Sí —Marga tapó el auricular.

—Nena, ¿quién está contigo?

—Óscar. Ni siquiera me has preguntado cómo estoy o cómo he pasado estas semanas. Pero te lo voy a decir. Han sido de las peores de mi vida, pero de todo se sale —conforme hablaba se sentía más segura, y de que el viaje a Valencia era la mejor decisión que había tomado esa semana—. Nos hemos venido a Valencia a pasar un fin de semana. Se lo puedes decir a Javier.

—No le puedes hacer esto. Y más con ese... Si sabes que es un marica.

—Marica no es un insulto, así que te tendrás que esforzar un poco más. ¿Además, qué tienen de malo los gais? Y para tu información no es gay. Nos hemos besado.

–¡Que has hecho qué! ¿Ves? Tú también le has sido infiel.

Marga se imaginó a Ester al otro lado del teléfono rechinando los dientes, e incluso echando espuma por la boca. Se alejó unos centímetros el móvil de la oreja para mirarlo. No entendía qué hacía hablando con alguien que justificaba de esa manera que su pareja le hubiese puesto los cuernos. Y encima la acusaba de que había sido infiel. Era lo que le faltaba por oír.

Óscar le preguntó con la mirada qué estaba ocurriendo. Ella le hizo un gesto con la mano para indicarle que iba a colgar enseguida.

–Ester, no tenemos más que hablar. Si tanto te gusta Javier, puedes quedarte con él. Dile que no voy a volver, que le perdono la infidelidad. Bueno, en realidad ahora me da igual, me ha hecho un favor. Dale las gracias.

–Espera un momento, chica.

–¿Marga? –lo que le quedaba por escuchar en esa conversación absurda era la voz de Javier–. Por favor, cariño, no me hagas esto. Lo reconozco, me equivoqué. Lo siento. Me da igual si tú y ese Óscar os habéis besado. No sé qué más quieres que te diga. Vuelve conmigo, por favor. Yo te quiero.

–Nada, Javier, no quiero que me digas nada más. Ya me dejaste claro el otro día lo poco que te importo. Tú y yo no tenemos nada más que hablar.

–Sí qué me imp…

No lo dejó terminar la frase. Había tomado la decisión de cerrar esa etapa de su vida de un portazo. Se giró hacia Óscar y miró el sobre.

–¿Por dónde íbamos?

–¿Estás bien?

—Sí, Óscar, estoy bien, de verdad —al fin relajó los hombros.

—Si quieres que hablemos de lo que ha pasado, podemos dejar esto para otro día.

Marga negó con la cabeza. Leyó lo que había dentro del sobre. Era una invitación para ir a cenar.

—Óscar, vamos a seguir con esta cita. Eso es lo que quiero. Y no quiero que te controles.

Ante la duda que observó Marga en el gesto de Óscar, ella le comentó:

—Vamos a ver qué surge —dio un paso hacia él—. La noche no ha hecho más que comenzar. ¿Temes hacerme daño? Solo somos dos amigos con derecho a roce.

Óscar tembló ante su insinuación. Para él aquella cita tenía otro significado. No quería ser solo un amigo, deseaba ser parte de su vida. Por nada del mundo iba a aprovecharse de Marga, de su vulnerabilidad. Solo llegaría hasta el final si ella estaba segura de que era eso justo lo que quería.

—La noche es nuestra. ¿Dónde vamos a cenar?

—Como quieras, cari. Mueve ese culo respingón y sígueme —le quitó el sobre que llevaba en la mano y le hizo un gesto con la cabeza.

Capítulo 17

Después de haber tenido el mejor fin de semana de su vida, con mucho sexo incluido, Cristina se había levantado temprano el domingo por la mañana con la idea de aprovechar las horas del día. Después de comer, regresaría de nuevo a Madrid junto a su hermana y Óscar. Pero antes, Álex y ella habían hecho el amor en la cama y después en la ducha. Se amaron con calma esa mañana, aprovechando los últimos momentos que les quedaban para estar juntos. Entre beso y beso se saboreaban sin descanso.

Como Álex le había indicado el viernes por la tarde, había llevado a cabo su promesa de probar todos los rincones de su casa. La visita a Valencia tendría que posponerse para cuando regresara en unos días; a cambio, había descubierto que no había nada como estar entre los brazos de él y sentirse deseada.

Iba a echar de menos tantas cosas, que alargó la ducha junto a él. Dejó que la enjabonara, que la cubriera de besos. Era difícil no sentir deseo por él.

—¿Qué vas a hacer todos estos días? —le preguntó Álex.

Durante el fin de semana habían tenido tiempo de hablar sobre si aquello era una locura pasajera. Aún no habían podido definir cuáles eran sus sentimientos, pero lo que tenían claro era que se iban a dar una oportunidad. Ella no podía negar que ya se había enamorado de él. Nunca antes había sentido nada que pudiera igualarlo. Era como una corriente que la sacudía por dentro, y que a veces la hacía perder hasta la cabeza. Si aquello era amor, tenía que rendirse a la evidencia. Álex prefería ser más prudente con respecto a lo que sentía por ella. Por otra parte, una vez que Cristina llegara de nuevo a Valencia, se encargaría de la carta de postres en las cocinas del Acanto, dado el éxito que estaban teniendo sus postres. Pero para que la relación no se agotara, ambos habían decidido mantener su propio espacio. Además, Álex tenía que resolver el asunto de Tita y de sus hijos. Cristina viviría en la casa de Mariví por un tiempo, que se encontraba a cuatro minutos del hotel, en el mismo barrio del Carmen.

—Perfeccionaré la carta de postres, sobre todo trabajaré el bizcocho —respondió ella. Sus mejillas se tiñeron de un rubor sutil cuando sintió los dedos de Álex juguetear con uno de sus pezones—. Aún le queda un poco para que esté a punto.

A Álex le seguía maravillando cuando ella se sonrojaba. Era la primera mujer con la que estaba a la que le pasaba esto.

—En algo te equivocas. El bizcocho está perfecto.

Álex sostenía a Cristina subida a horcajadas sobre sus brazos, mientras que ella le rodeaba con las piernas. Él posó sus labios en los de ella y después la cubrió de besos. Llegó hasta la base de su cuello y le dio un mordisco suave.

—Siempre se puede mejorar —Cristina dio un respingo al sentir cómo él le lamía el lóbulo de la oreja.

—¿Tienes alguna queja?

—No —soltó un gemido ahogado cuando notó el miembro de Álex entre sus muslos—, salvo que esta vez no tendré un pinche que me ayude.

—¿Me vas a echar de menos?

Si había algo que a Cristina le gustaba por encima de todo era cuando él se ponía tierno. También adoraba las frases con doble sentido. Se sentía más viva que nunca.

—No, no te voy a echar de menos —negó con una sonrisa.

—Dime que sí, o miénteme un poco y asegúrame que vas a contar los días.

—No, voy a contar los minutos.

Después se dejaron llevar por la pasión desbordada que sentían desde que se habían conocido.

A decir verdad, ella iba a echar en falta algo más que el sexo con Álex mientras estuviera en Madrid. Junto a él había tenido el primer orgasmo y por primera vez disfrutó de estar con alguien en la cama. Iba a echar de menos hablar con él hasta las tantas o que le murmurara su nombre en el oído. Iba a contar los segundos para volver a discutir sobre si era mejor tener sexo al amanecer o al mediodía o a media tarde; también se acordaría de las caricias cómplices que surgían cuando llevaban un rato separados o cuando se despertaban a las cinco de la madrugada porque necesitaban amarse como si no existiera un mañana. Extrañaría la manera que él tenía de mirarla, diciéndole con los ojos aquello que no decía con palabras. Pero lo que recordaría sin lugar a dudas eran las canciones que Álex tocaba con el ukelele a la luz de la luna o cómo le acariciaba la espalda al tiempo que escribía las letras de canciones románticas. Aunque no lo hubieran hablado, para Cristina había una canción que siempre le recordaría a él, y no era otra que la primera que habían escuchado juntos en el coche. Aún se estremecía cuando recordaba cómo Álex se la había escrito en la espalda: *No puedo evitar enamorarme de ti*. Ella no dio a entender que hubiera interpretado lo que él había expresado, y Álex no le tradujo qué había trazado sobre su piel. Aquellas palabras tendrían siempre un significado especial. Nada podría borrar las letras que Álex trazó con delicadeza después de haber hecho el amor.

En definitiva, aquella semana que iban a estar separados, recordaría cada minuto que había pasado junto a él.

Sin embargo, Cristina sentía que aquello no podría funcionar si seguía ocultando lo que sabía. Había llegado el momento de contarle todo lo que sabía a Álex. Así que antes de bajar a las cocinas, y con esta idea que le rondaba por la cabeza, buscó a Gema. Había aprovechado que Álex tenía que atender a unos clientes para solucionar el tema que la estaba angustiando. Buscaba en Gema un consejo y cómo afrontar este asunto tan delicado. Sabía que a ella, antes de entrar en las cocinas, le gustaba tomar un café con leche con unas tostadas de aceite en el *lounge* Acanto&Bar que había en la terraza.

Gema, como ella había supuesto, se encontraba desayunando en una mesa leyendo una novela. En esta ocasión había cambiado sus tostadas de aceite por un trozo de tarta de zanahoria con crema de queso mascarpone y compota de naranja. No había nada como desayunar con una buena tarta. Levantaba el ánimo a cualquiera. Suspiró al recordar cómo habían acabado Álex y ella la noche anterior después de haber compartido un trozo de tarta de manzana. Lo que en un principio había empezado como algo inocente, había terminado con ellos haciendo el amor en las cocinas del hotel, después de que todo el personal se hubiera marchado a sus casas. Ella se había empeñado en que probara su última tarta con los ojos cerrados, y después de no dejar ni las migas, él le propuso otro juego. Álex la subió a la isla central y se amaron con ferocidad.

¡Dios, cuantas posibilidades tenía el sexo y qué poco sabía ella de lo que podía dar de sí hasta que no había conocido a Álex!

Él tenía el poder de mostrarse salvaje, pero a la vez tierno entre caricia y caricia, o intenso y delicado cuando lo deseaba. Le gustaban todas y cada una de las facetas de él.

–Hola –saludó Cristina.

Gema levantó la cabeza cuando advirtió que Cristina le tapaba el sol de la mañana.

–Buenos días.

–¿Puedo sentarme contigo?

Gema le indicó con un gesto que la acompañara.

–Por supuesto. Que prefieras desayunar conmigo solo puede significar dos cosas, o mi hermano ha metido la pata contigo y habéis tenido vuestra primera riña, o es que quieres hablar de algo sobre Álex sin que él se entere. ¿Me equivoco?

Cristina le mostró una sonrisa amable y después negó con la cabeza.

–Si es la primera opción, no se lo tengas en cuenta, a veces es un poco brusco en sus maneras, aunque es encantador.

–No te equivocas –le mostró una sonrisa nerviosa.

–¿Has desayunado?

–No, aún no –el sexo, de momento, no se podía considerar todavía como comida–. Sería capaz de comerme ahora mismo un león.

–Las cosas se tratan mejor con el estómago lleno. Esa fue la primera lección que me dieron cuando entré a trabajar en las cocinas de Juan Mari Arzak.

–¿Trabajaste con Arzak?

—Sí, fue toda una experiencia.

Enseguida llegó un camarero que iba vestido de negro. Después de pedir un té verde y un trozo de la misma tarta que estaba tomando Gema, Cristina se decidió a hablar por fin.

—Sí, es algo sobre Álex —inspiró buscando la calma—. Siento que no he sido muy honesta con él, así que ha llegado el momento de pedirte consejo. No sé cómo hacerlo.

Gema inclinó los hombros hacia adelante y se recolocó en la silla. Dejó el libro encima de la mesa y cruzó los dedos.

—No tienes pinta de ser una cazafortunas —el tono jocoso con el que hablaba Gema hizo que Cristina se relajara—. Te advierto que mi hermano invirtió todo su dinero en este hotel. Este es el primer año que estamos teniendo beneficios.

—No es eso. Me da igual su dinero —la cortó—. Deja que termine, por favor.

Gema asintió con la cabeza antes de seguir sacando conclusiones precipitadas. Dejó que Cristina se explicara.

—La verdad es que no sé por dónde empezar —se repitió. Frunció los labios antes de continuar—. Álex cree que me conoció hace unas semanas, pero no es del todo cierto.

—Bueno, eso tampoco es tan grave —le dio un sorbo al café con leche que tenía encima de la mesa—. Da igual en qué momento os conocierais.

—Sí, daría igual, pero hay algo que debéis saber y puede beneficiar a tu hermano. Yo estuve el día de su boda en la casa que tienen vuestros padres en Guadalajara. Mi madre era una de las mejores amigas de Tita —Gema fue a responder, pero Cristina le pidió de nuevo que la dejara hablar—. Aún no he terminado. Sin embargo, hace un tiempo que están distanciadas. Había ciertas actitudes de Tita que mi madre no compartía.

—Aún me pregunto qué vio mi hermano en Tita.

Cristina correspondió a las palabras de Gema con un asentimiento de cabeza. Ambas estaban de acuerdo en esa apreciación y no necesitaron más palabras.

—Aunque mis dos hermanas mayores se morían por acudir porque decían que iba a ser la boda del siglo, yo no quería ir y me puse bastante pesada con lo de que quería quedarme en casa. Mi madre aceptó la idea que yo le propuse si al final tenía que ir al enlace: me dejaría vestir como yo quisiera. Ese día había elegido vestirme como un chico porque era una manera de rebelarme contra las bodas. Iba como Diane Keaton en *Annie Hall*. Mucha gente pensó en realidad que yo era un chico. Con casi catorce años aún no había terminado de desarrollarme por completo.

Gema hizo memoria y después asintió con la cabeza.

—Sí, creo que me acuerdo de ti —tras tomarse unos segundos, le preguntó—. ¿Entonces eres la hija de Fran Burgueño? Vaya que si me acuerdo. Si te soy sincera, fuiste muy valiente al presentarte vestida como Annie Hall. Yo hubiera dado unos miles de euros por no llevar unos zapatos de tacón. Los odio.

—Sí, Fran es mi padre y Mariví es mi madrastra —el camarero llegó con una taza vacía, una tetera esmaltada en motivos florales y un trozo de pastel. Cristina le pegó un bocado al trozo de pastel y se relamió los labios antes de continuar—. Como no quería estar en el jardín, me metí en una de las habitaciones que hay en el segundo piso. Ahora, si te soy sincera, estaba deseando que la fiesta acabara y marcharme a mi casa. El caso es que allí fui testigo de algo que no he podido olvidar.

A Gema se le aceleró el pulso y tensó los hombros.

—¿De qué?

–Si te cuento esto es porque tu hermano me importa mucho y quiero ayudarle, aunque aún no sé de qué manera. Me gustaría que me aconsejaras cómo debo actuar.

–¿Cómo puedo ayudarte?

Cristina tomó aire antes de soltarle la bomba.

–Fui testigo de cómo Tita se acostaba con Javier Aguirre. Me habría gustado no estar en aquella habitación. Fue todo tan desagradable, que aún me cuesta creer lo que vi. Oí cómo Tita se había casado con tu hermano por dinero, y que ya aprendería a quererlo...

Gema fingió un carraspeo. La sombra que se proyectó sobre la mesa las interrumpió. Cristina cerró los párpados intuyendo que, quien estaba detrás de ella, era Álex. Notó un sabor amargo en la boca y cómo su corazón se le desbocaba. Él había terminado antes de lo que le había dicho. Su aparición era de lo más inoportuna.

–¡Álex! No te había visto llegar –por el gesto que había puesto Gema, supo que él había escuchado la última frase.

Cristina se giró poco a poco; estaba muerta de miedo y le temblaban las manos. Alzó la mirada y se encontró con el reflejo de la ira en sus ojos, aunque no sabía si esa rabia se debía a ella o era por Tita. Deseó que fuera la segunda opción.

–¿Cuándo pensabas decírmelo?

Cristina tragó saliva.

–Lo estaba hablando con tu hermana antes de tratarlo contigo.

–Álex, siéntate –le pidió su hermana–. Convendrás conmigo en que no es un tema para sacar en la primera cita. Además, esto te beneficia.

Cristina se alegraba de haber tomado la decisión de contárselo en primer lugar a Gema. Encontraba que su hermana podía ser una buena aliada.

—Gema, ¿podrías dejarnos a solas? —alternó la mirada de Gema a Cristina—. ¿Hay algo más que quieras decirme o prefieres esperar a que el juez dicte sentencia?

—Eso no es justo, Álex —respondió su hermana.

—Nadie ha pedido tu opinión, Gema —recalcó el nombre de su hermana sin dejar de observar a Cristina—. Me gustaría que respondieras a mi pregunta. No tengo todo el día.

Ella asintió con la cabeza, pero antes de responderle, se le adelantó Gema.

—Me iré si me prometes que vas a ser razonable.

—Soy razonable, Gema. Está en juego el futuro de mis hijos, mi reputación. Además, sabes que sobre mí pesa una orden de alejamiento que nuestra abogada tiene que resolver. Así que soy todo lo razonable que puedo ser dadas las circunstancias. Mientras Tita se follaba a quien le ha dado la gana, yo cuidaba de mis hijos. No es justo que ella no me deje verlos.

Gema quiso contestarle, pero sus palabras murieron antes de llegar a sus labios. Se levantó, le ofreció su asiento, aunque antes de dejarlos a solas le dio un beso en la mejilla.

—Álex, escúchala.

Él chasqueó los labios como respuesta a su hermana.

—Álex, quiere ayudarte. No te enfades con ella, Cristina no es como Tita.

Gema se tomó el último trago de su café con leche y después acarició el brazo de su hermano.

—Te escucho —dijo Álex cuando ocupó la silla.

—Siento no haber sido todo lo honesta que tenía que ser contigo, pero en mi defensa te diré que pensaba decírtelo esta mañana —bajó la vista a la taza de té—. ¿Qué habrías hecho tú en mi lugar?

—Hablar contigo.

—Eso estoy haciendo, Álex. Pero ¿cuándo? Esto no es nada fácil para mí. No encontraba el momento.

—Cualquier momento es bueno.

—Sí, y he elegido este, y porque me importas, no puedo seguir ocultando lo que sé. Me habría gustado estar en otro sitio aquel día que no fuera en aquella habitación, pero el caso es que fui testigo de cómo Tita y Javier se acostaban. Hasta hace unas semanas solo lo sabía Óscar. Ahora también lo sabe mi hermana porque Javier era su prometido y lo pilló con otra.

—Te aseguro que también lo sabe medio Madrid. Javier se fue de la boca. Yo he sido el último en enterarme.

—Lo siento, Álex.

—Me has mentido.

—No, no te he mentido, simplemente no te dije toda la verdad.

—Cuando te pregunté en Callao si nos conocíamos...

Cristina notó un desagradable cosquilleo en el estómago ante las palabras de él.

—Yo te comenté que no sabría decirte, y eso no es mentir. ¿Qué esperabas que dijera? —alzó el mentón para mirarle a los ojos—. No podría soltarte aquello de que habíamos hablado el día en que te casaste, ni tampoco te podía decir que habíamos coincidido unas semanas antes en un ascensor. En ese momento no te reconocí, porque habían pasado muchos años, pero cuando Tita bajó después que tú, supe quién eras.

El gesto de él se transformó de nuevo, pero esta vez era más desconcierto que enfado. Se irguió en la silla y acercó el cuerpo a la mesa.

—¿Cómo has dicho? Repíteme esto último.

—Verás, ese día yo salía de la clínica dental de mi exnovio y coincidí contigo en el ascensor. Si ni siquiera reparaste en mí.

Álex entrecerró los párpados al tiempo que sus labios marcaban una mueca que no supo cómo interpretar. Con ese gesto que había hecho, Cristina entendió que a él le importaba poco ese detalle. Se maldijo porque su historia iba a acabar justo cuando se marchaba de nuevo a Madrid.

–Te aseguro que ese día no estaba para fijarme en nadie, ni aunque hubiera entrado un elefante rosa en el ascensor. Quiero que me cuentes qué pasó cuando saliste del ascensor y viste a Tita, que bajaba después de mí.

–Sí, la vi salir a la calle después de que tú te marcharas en la moto.

–O sea, viste que yo me marchaba solo, y por lo tanto puedes afirmar que yo no bajé con ella, que no hubo contacto entre nosotros en la calle.

–Sí, Álex, te juro que eso es lo que vi, aunque no puedo decir lo mismo de ella.

–¿Cómo? –Álex cruzó los dedos, inquieto–. ¿Con quién se marchó?

–Con el conserje, pero no el que está todos los días, este era más joven. Puede que fuera el hijo de Jaime, pero no sabría decirte.

Álex relajó al fin el gesto de sus hombros y después esbozó una sonrisa torcida.

–¿Me puedes decir qué importancia tiene con quién la viera marcharse?

Ante la duda en la pregunta de Cristina, él le mostró un gesto conciliador.

–Todo, es importante para mí. ¿Podrías reconocerlo si un policía o mi abogado te enseñaran una foto, verdad?

–Sí, claro que podría reconocerlo. Pero explícame por qué es tan importante para ti.

–Supongo que sabes que Tita me ha acusado de malos tratos. Ha salido hasta en las revistas de cotilleos. Le habrán pagado un montón de dinero por decir todas esas mentiras de mí. Ya sabes, el morbo vende más que la verdad.

—Sí, lo sabía —le agarró de las manos. El hecho de que él no las retirara, le hizo suponer que ya no estaba enfadado con ella—. Pero nunca he creído la versión de ella, y más después de lo que escuché en aquella habitación y de cómo se comportó con el conserje.

Álex se tomó su tiempo para contestar. Acarició con el pulgar el dorso de la muñeca de ella.

—Como te decía antes, no me acuerdo de que ese día coincidiésemos en el ascensor. Tenía la cabeza en otra parte. Cuando salí a la calle, después de largarme en moto, estuve dando vueltas por Madrid. Estaba cabreado. Necesitaba aire porque Tita no quería aceptar mi propuesta de separación amistosa y tampoco estaba dispuesta a compartir la custodia de mis hijos —recordó las últimas palabras que había cruzado con su exmujer—. Ella iba a por todas. Llegué a casa de mis padres sobre las nueve, y poco después se presentó una pareja de policías acusándome de que le había pegado una paliza. Me llevaron esposado a comisaría, pasé la noche en el calabozo, hasta que el juez me dejó en libertad.

Según iba contándole lo que pasó aquel día, Cristina abría los ojos y notaba cómo se le secaba la boca.

—¡No!

—Créeme que eso fue lo que hizo.

—Pero ahora sabemos que lo que dice de ti es mentira.

—Sí, eso lo sabes tú y lo sé yo.

—¿Y crees que fue ese conserje quien le pegó?

—Puede ser, pero lo importante es que tú viste cómo me marchaba solo y que ella se iba acompañada. Yo no tuve nada que ver con la paliza que recibió mi exmujer. Ahora nos queda localizar a ese conserje.

—No será difícil.

—También necesito que esto se lo cuentes a mi abogada.

—Por supuesto, puedes contar conmigo para testificar a tu favor –correspondió a la caricia de Álex con otra caricia–. Tita ha mentido, y con su actitud no hace más que perjudicar a muchas mujeres que son maltratadas por sus parejas. Lo peor de todo es que ha utilizado su condición de personaje público para denunciar un caso que es falso. Aun así, espero que tú tengas un buen abogado.

—Me consta que Vanesa es muy buena en su campo. Llevó el caso de mi hermana Marta, así que sé cómo trabaja.

Se mantuvieron en silencio durante unos segundos. Cristina tragó saliva.

—¿Qué vamos a hacer ahora?

—Seguir adelante –respondió él–. Si preguntas por lo nuestro, te diré que nada ha cambiado sobre lo que hemos hablado esta mañana.

Cristina expulsó el aire que había retenido durante unos segundos.

—¿Sigues enfadado?

—Molesto, más bien –la miró a los ojos–. Quiero apostar por esta historia, pero necesito que seas honesta conmigo desde el principio. No quiero vivir más mentiras.

—Créeme si te digo la de veces que he intentado sacar el tema, pero no sabía cómo. No es un tema fácil.

Álex apretó los dientes.

—Antes de Tita hubo muchas mujeres. De la mayoría no recuerdo su nombre, pero después de mi exmujer solo has estado tú. Para mí esto es importante.

—Para mí también lo es. Antes de ti hubo alguien –mientras hablaba, Cristina observaba cómo él le acariciaba su mano–. No sé si fue el destino, o qué sé yo, pero el día en que coincidimos en el ascensor, Manu acababa de pedirme que me casara con él. Todo cambió esa tarde para mí, además de que fue la última vez que lo vi. No he vuelto a saber de él. Supongo que aún está tratando de asimilar que yo lo rechazara.

Cristina siguió con la mirada la palabra que Álex había escrito en su antebrazo. Reconoció su nombre. Daba igual cómo lo dijera, siempre encontraba la mejor manera de llamarla.

–Sabes, has tardado mucho en llegar –dijo Álex al alzar de nuevo el mentón para buscar su mirada.

–Sí, pero he llegado en el momento justo.

Capítulo 18

¡Qué corto se le había hecho el fin de semana!, pensó Cristina mientras conducía, y qué largos iban a ser los cinco días en los que no vería a Álex. En poco tiempo se había acostumbrado a él, a su presencia, a su olor, a sus caricias, a todo Álex. Era extraño, pero casi no se acordaba de cómo era su vida antes de que él llegara. A fin de cuentas, lo que ella había buscado siempre era el equilibrio, y de alguna manera él se lo proporcionaba.

Había tenido tiempo de pensar en cómo había sido su vida antes de Álex. Siempre había tenido miedo a ser feliz por temor a equivocarse, y había preferido esa opción a darse la oportunidad de ir probando qué era lo que en realidad deseaba hacer en la vida. Ya no quería vivir con una venda en los ojos. La vida era para dejarse llevar y los miedos había que dejarlos en el fondo del armario, porque por mucho que uno hiciera planes, ya se encargaba el destino de desbaratarlos. En cuestión de segundos podía dártelo todo o quitártelo. La fatalidad, la suerte o como quiera que se llamara no tenía ningún problema en darte bofetadas con la mano abierta. Y ya que había abierto los ojos a la vida no se conformaba con poco, quería todo lo que le tocaba.

Ahora entendía que el chocolate fuera un sustituto del sexo. Lo que ella y Manu habían tenido no se podía considerar como tal. Además, sus intereses eran por completo diferentes en casi todos los aspectos. Pero lo más asombroso de todo era que en todo el fin de semana no había tenido la necesidad de comer Huesitos, cosa rara en ella. Sin embargo, ahora que estaba regresando a casa de sus padres, tendría que volver a asaltar el supermercado y hacer acopio de estas barritas de chocolate. Se moría por meterse una en la boca y paladearla con tranquilidad.

También se había dado cuenta de que era doblemente feliz. Por una parte estaba enamorada, y por la otra iba a cumplir su sueño de trabajar en una cocina llevando la carta de postres. ¡Qué importancia podía tener que además de hacer los dulces también fuera la encargada del lavavajillas! Ese fin de semana había hecho un máster acelerado en lavar platos, vasos y copas, aunque también lo había hecho sobre sexo.

Había otra cuestión que llevaba observando durante el viaje de regreso, y es que había una complicidad diferente entre Óscar y su hermana, que no tenía nada que ver con la que mantenía ella con él. Si su hermana comenzaba una frase, él la terminaba, o si Óscar empezaba una de sus bromas, Marga soltaba una carcajada tonta. Intuía que había pasado algo más entre ellos que una simple cena, pero no alcanzaba a imaginar qué. Incluso percibió un cierto tonteo en Marga. A veces se tocaba el pelo cuando sabía que él la estaba mirando, y otras se giraba en el asiento para tocar a Óscar como quien no quería la cosa. Su hermana tenía una habilidad especial para acaparar todas las miradas. Manejaba como nadie los parpadeos, los suspiros y las sonrisas que hacían enloquecer a más de un hombre. No le extrañaba que Óscar hubiera caído en sus redes.

—A vosotros os pasa algo.

—¿A nosotros? ¡No sé por qué lo dices! —exclamó Marga.

—Porque lleváis una tontería encima que no se puede aguantar.

—Pues no nos pasa nada —respondió Marga con una sonrisa misteriosa, como si estuviera recordando algo estupendo.

Por más que Cristina insistió durante el viaje, ellos respondieron que el día anterior se habían tomado dos botellas de vino y que aún sentían los efectos del alcohol.

—Ya, sí, ahora se llama alcohol —Cristina dio la conversación por terminada.

Estaba claro que iban a tener una conversación cuando llegaran a casa. También les preguntó si habían encontrado buen material en Valencia, pero ellos se mostraban esquivos y no soltaban prenda.

Marga estaba radiante, por no decir Óscar. Por primera vez advirtió en la mirada de su amigo un destello de felicidad que no encontraba cuando se enrollaba con alguna mujer. Por otra parte, a su hermana también le había sentado muy bien el fin de semana. Se la veía calmada, y la tristeza que había aparecido cuando terminó con Javier ya no se reflejaba en su mirada. Podría decirse que estaba más guapa que nunca. Siguió reflexionando sobre ello, y a la única conclusión que llegó fue que se habían acostado juntos, pero que aún no querían decir nada. Si era así, se alegraba, porque ambos se entendían a la perfección y porque jamás los había visto tan bien como hasta ahora. Nunca había visto a su hermana tan guapa como en esos instantes, ni siquiera cuando hablaba de Javier, el hombre del que había estado enamorada desde que tenía diecisiete años.

Sí, la idea de ir a Valencia los tres juntos les había venido muy bien. Quiso pensar que la ciudad tenía algo de mágica.

Cuando estaban entrando en Madrid, Cristina recibió un *whatsapp*. Le dijo a Marga que mirara de quién era, intuyendo que podría ser de Álex. Se sonrió al pensar que no habían pasado ni cuatro horas separados y él ya la echaba de menos, aunque no menos que ella a él.

–Es Manu –dijo Marga con desgana.

La respuesta de su hermana la pilló desprevenida.

–¿Manu? No entiendo qué quiere después de no saber nada de él en varias semanas.

Tuvo la necesidad de comerse un Huesitos. Era automático, cuando alguien lo nombraba, ella no podía resistirse a pegar un buen bocado a estas barritas.

–A saber qué querrá, bombón. Igual quiere que lo acompañes a comprar una estampita de San Judas Tadeo, el patrón de los imposibles, para ver si le da suerte. Porque este no tiene nada que rascar contigo. Si es que te dije que, en el momento en que tuvieras tu primer orgasmo, verías la vida de otra manera.

Como había pasado durante todo el viaje, Marga se rio por la ocurrencia de él.

–Eres imposible, Óscar –giró la cabeza hacia su hermana–. Marga, dime qué dice. Y coge mi bolso y búscame un Huesitos.

–Te quiere invitar a cenar esta noche.

Cristina se sorprendió, porque Manu nunca la había invitado a cenar un domingo. Para él eran sagrados. Por la mañana siempre los dedicaba a ir a misa, un interés que no compartía con él. Después solían comer con su enorme familia y por la tarde paseaban un rato por el Madrid de los Austrias. Según Manu, era mejor que ir al cine o al teatro, aunque el verdadero motivo era porque tenía que ahorrar para la casa que compartiría con ella. Cristina calculaba que ya la debería de tener amueblada de arriba abajo, a falta de los tenedores para el postre, pero como a él no le gustaban los dulces, ese era el único elemento que no entraría en su casa. Puede que le faltara el cuadro de su boda, que estaba segura de que ya tenía reservado el hueco en la pared. Aún se seguía preguntando qué podía haber visto en él y cómo terminó saliendo con alguien con el que no tenía nada en común. ¡Qué ciega había estado!

—No te quedan Huesitos.

Aquello sí que era una tragedia. Tendría que parar en una gasolinera como medida de emergencia.

—¿Qué le respondo?

Cristina meditó durante unos segundos ante la pregunta de su hermana. No le apetecía verlo. Todo lo que tenía que decirle ya se lo había dejado claro el día en que terminó con él, así que le contestó a Marga:

—Dile que tengo planes y que no voy a cambiarlos por él.

Enseguida recibió otro mensaje insistiendo en que quería verla.

—Dice que podría dejarlo para mañana.

Cristina soltó un bufido. Al parecer, Manu no quería darse por enterado de que ella había pasado página. Como no respondía, llegó otro mensaje comentándole que la dejaba que ella eligiera restaurante, pero especificó que no fuera muy caro.

—¡Vaya, qué considerado! —exclamó tras soltar una carcajada—. Esto se merece celebrarlo por todo lo alto.

Después de que ella nunca eligiera un restaurante, por fin, cuando había roto su relación con él, la dejaba escoger dónde quería ir a cenar.

—Entonces, ¿qué le contesto?

—Óscar —desvió un momento la atención de la carretera para buscar su mirada por el retrovisor—, ¿crees que el Club Allard es lo suficientemente caro?

—No sabría decirte, pero para él sí que debe serlo. Teniendo en cuenta que no se gasta más de siete euros en el menú, y aquí puede rondar los cien euros, es posible que le entre cagalera cuando se lo comentes. Pero no sirven cenas ni los domingos ni los lunes.

—Yo fui una vez, pero Javier y yo terminamos peleados.

—¡Y cuándo no! —exclamó Cristina.

Marga giró la cabeza hacia su hermana, porque en el fondo llevaba razón. Ahora que ya no estaba con él, se daba cuenta de que se pasaban más tiempo enfadados de lo que le habría gustado reconocer.

—Pues yo nunca he ido, pero Mariví dice que se come bien, que es su restaurante preferido —comentó Cristina—. ¿Tú qué opinas, Óscar?

—Coincido con tu madre. Se nota que tiene buen gusto. No está nada mal en relación calidad precio. Yo suelo ir si quiero cerrar algún negocio.

—Pues dile que me recoja el martes a las nueve —dijo con una sonrisa maliciosa—. También coméntale dónde vamos a ir, para que prepare la cartera.

No era rencorosa, pero todavía se reía de cómo le había pedido que se casara con él. Aún no había podido olvidar que le sacó para brindar una botella empezada de sidra de la nevera. En esta ocasión, si quería pedirle una segunda oportunidad, tendría que trabajárselo un poco más. Se le ocurrió una última cosa antes de despedirse de él.

—Dile que esta vez me venga a recoger él, que yo no tengo coche.

Estaba cansada de ser su taxista, pero no solo de él, también lo era de su madre cuando tenía que hacerse un análisis para controlar el tema del Sintrom porque estaba operada del corazón. Y también les tenía que llevar a su padre y a él todos los viernes a Cáritas. Todo el mundo daba por hecho que no tenía nada que hacer y que tenía que estar al servicio de los padres de Manu.

—Eres mala —le comentó Marga.

—Tú también lo serías si te hubieran pedido que te casaras en la triste oficina de un dentista. Una no tiene la suerte de tener esas pedidas de mano que salen por Youtube. Casi le habría dicho que sí si se lo hubiera currado un poco más con tal de verme en un vídeo y ser famosa.

—¿Entonces te casarías con alguien si te lo pidiera a lo grande? —Marga soltó un suspiro.

—No, con él no me hubiera casado. No estoy tan loca.

—¿Y si hubiera organizado algo muy grade en la plaza de la Virgen o en la de Callao?

—¿Algo como qué? —preguntó Cristina.

—Se me ocurre que él supiera cuáles son tu canción y tu película favoritas y montara un *show* en la plaza.

—Por desgracia Manu no tiene tanta imaginación. Pero si alguien hiciera eso por mí, me enamoraría, sin duda. ¿Dónde hay que firmar?

—Creo que yo también me enamoraría si alguien hiciera eso por mí —comentó Óscar—. Ya sabéis que mi peli favorita son *Los Cazafantasmas* y mi canción es *Bohemian Rhapsody*, de Queen. Recordádselo a mi futura esposa.

—Lo recordaré si al final terminamos juntos tú y yo —comentó Cristina observándolo a través del espejo retrovisor—. Pero te advierto que no me voy a casar contigo.

—No sabes lo que te pierdes.

—No, te aseguro que de momento me quedo como estoy, pero no me tientes —dijo Cristina.

Miró de reojo a su hermana para ver su reacción. Marga seguía sonriendo con los ojos.

—Sí, hermana, véngate de él —dijo Marga después de un rato en silencio—. Que siempre que habéis salido a cenar por ahí, habéis pagado la cuenta a medias.

—¡Nooo, cachoperra, esto no me lo habías contado! —dijo Óscar—. Es lo que me quedaba por escuchar de él, que nunca te haya invitado ni a un café.

—Tenía que ahorrar, me decía.

—Gilipolleces. Ese tío es más tacaño que Scrooge. Anda, dame el teléfono de tu hermana —le pidió Óscar a Marga.

—Miedo me das —respondió Cristina—. No te pases con él.

Óscar hizo un gesto con la cabeza obviando las palabras de ella.

—A saber qué le estás poniendo —comentó Marga cuando observó que el *whatsapp* era largo.

Fuera lo fuese lo que estaba tecleando, él mantenía una sonrisa maquiavélica. Después de terminar el mensaje, le pasó de nuevo el móvil a Marga.

—Dime qué le has puesto —quiso saber Cristina sin apartar la vista del tráfico que había al entrar en Madrid.

Marga soltó una carcajada al leerlo.

—Le ha escrito que si quiere que tú vayas, se acabó lo de pagar a medias. Y que piensas pedir Moët Chandon para brindar por las buenas noticias. También le ha dicho que tú tienes algo que decirle, y ha acabado el mensaje con varios corazones.

—A ver si se va a pensar lo que no es —repuso Marga.

—Que piense lo que quiera, Cristina ya no va a volver con él. Va a despedirse a lo grande. ¡Así se hace, bombón, con clase!

Cristina abrió la boca para responderle, pero no se le ocurría el qué. Al final tuvo que sonreír.

Cuando llegaron a casa, Cristina dejó el coche en el vado del edificio de sus padres para descargar las maletas. Observó que Óscar se hacía el remolón y que no quería irse. Marga había entrelazado sus dedos con los de él y se sonreían.

—¿Te quieres quedar a cenar? —le preguntó Cristina.

—Solo si me dejáis que yo me haga cargo. ¿Qué os apetece, chino, japonés, pizza...?

Óscar no pudo terminar la pregunta porque en ese momento alguien agarró el brazo de Marga. Era Javier. Estaba casi irreconocible. Había perdido varios kilos, no se había afeitado desde hacía varios días y tenía unas ojeras que le llegaban al suelo. Pero lo peor era su aspecto, ya que llevaba la ropa arrugada y olía a alcohol, cuando él siempre le daba mucho valor al ir bien vestido.

—Muñeca, por fin has llegado. Te he echado de menos.

Óscar tragó saliva y tensó los hombros.

—Sabes que no me gusta que me llames así. ¿Qué quieres?

—Te pido una oportunidad, solo una. Me lo debes.

—Yo no te debo nada. Y suéltame el brazo, me haces daño —le pegó un estirón para que se lo soltara.

Ni ella ni Cristina lo habían visto nunca tan mal.

Javier colocó las manos por delante, se alejó dos pasos y esbozó una mueca que simuló ser una sonrisa convincente, aunque no lo logró.

—Lo siento. Llevo tres días sin dormir. Te juro que era la primera vez que te he sido infiel. No sé en qué estaba pensando.

—Y por lo que a mí respecta será la última vez que lo seas conmigo.

—Sí, sí, lo que tú digas, pero no me abandones. Haré todo lo que me pidas.

A Cristina le sorprendió la actitud de Javier. Siempre se había mostrado como un hombre seguro de sí mismo, y sin embargo ahora se presentaba como alguien patético. Nunca había visto que un hombre se humillara de esa manera.

—Ya no me sirven tus palabras. Te dije el otro día que no te voy a dar una oportunidad. Hemos terminado.

—Tú no me puedes dejar —el volumen de voz empezó a subir hasta comenzar a gritar–. Te lo he pedido de todas las formas y no me quieres escuchar.

Marga se giró sobre sus talones para marcharse, pero Javier la volvió a agarrar del brazo y le pegó un empujón que la lanzó contra la pared.

—Te doy tres segundos para que te separes de ella —dijo Óscar sin perder la calma.

—Si no lo hago, ¿qué vas a hacer?

—Óscar, tranquilo, Javier ya se iba —repuso Marga.

—No me voy a ir hasta que me digas que vas a volver conmigo.

—No, no te voy a engañar —respondió Marga—. Lo nuestro se acabó hace varias semanas. Y, por favor, no quiero escándalos.

—Si es por él, me da igual que lo besaras.

Óscar cumplió con su advertencia. Pasados los tres segundos, lo separó de Marga con un empujón.

—Te he dicho que te separes de ella. No te lo voy a volver a repetir. Será mejor que te vayas por donde has venido.

Javier se mordió la lengua y después alzó el puño para pegar a Óscar, aunque este fue más rápido, lo esquivó y el golpe se lo llevó la pared que había detrás de él. Un crujido de huesos les advirtió que era posible que se hubiera partido más de un dedo.

—¡Joder! —sacudió la mano para aliviar un poco el dolor que debía sentir, a tenor del gesto de su cara.

Javier cerró los ojos, y, por un momento, a Marga le pareció cansado y más viejo. Era un hombre abatido, agotado y deseoso de estar en otro lugar que no fuera estar arrodillado delante de la mujer a la que amaba. Él no se quería dar por vencido y la volvió a agarrar de la mano.

—Esto es culpa tuya. Yo te sigo queriendo.

—Ya no es suficiente, Javier —dijo con mimo—. Vete, por favor, ya no tenemos nada más que hablar.

Javier apresó a Marga por la cintura para buscar sus labios. Ella quiso desembarazarse, pero él la cogió de la mejilla y la atrajo hacia sí.

—Muñeca, sé que esto te gusta.

Óscar lo apartó de Marga y le lanzó un puñetazo que lo tumbó de espaldas. En dos zancadas llegó hasta él y se sentó a horcajadas. Javier se cubrió la cara cuando Óscar volvió a alzar el puño.

—No vuelvas a acercarte a ella, ¿me oyes? Nunca más —Óscar estaba fuera de sí—. La próxima vez no seré tan considerado.

—Vete a la mierda, maricón.

—¡Óscar, para ya! —exclamó Marga—. Está borracho. No se puede defender.

Entre ella y Cristina lograron apartarlo de Javier. La gente empezaba a arremolinarse alrededor de ellos.

—Por favor, Óscar, tranquilízate —dijo Marga obligándole a que apartara la vista de Javier—. No vale la pena.

—¿Te ha hecho daño?

—No —observó la duda en su mirada—. De verdad que no me ha hecho daño. Javier ya se iba.

Javier comenzó a sollozar.

—No me dejes.

Marga se arrodilló a su lado y lo cogió de la pechera de la camisa.

—La próxima vez que te vea llamaré a la policía. No te quiero volver a ver nunca más. Espero que te haya quedado claro.

—Por favor, por favor, esto no puede acabar aquí —balbució Javier.

Enseguida llegó un coche de policía. Se bajó una mujer y después la siguió su compañero.

—¿Algún problema? —preguntó ella—. Hemos recibido una llamada de que hay un caballero que está alterando el orden público.

—No, ha habido un malentendido —respondió Marga—. Mi exnovio ya se marchaba.

—Si quiere poner una denuncia, la podemos acompañar hasta comisaría.

—Javier, ¿tengo que poner una denuncia? Ya sabes cómo van estos temas.

Él negó con la cabeza. Dejó que el policía lo ayudara a ponerse en pie. Echó un último vistazo a Marga y después se alejó con las manos en los bolsillos y los hombros caídos. Se marchaba un hombre que parecía haber envejecido diez años. Cuando lo vieron girar la esquina, Cristina se acercó a su hermana.

—¿Estás bien?

Ella asintió con la cabeza. Sin embargo, Cristina notó que se había apagado toda la alegría que había derrochado durante el viaje.

—¿Quieres que lo dejemos para otro momento? —quiso saber Óscar—. Entendería que quisieras estar a solas.

Al igual que le había pasado a Marga, Óscar también parecía apesadumbrado.

—Nada ha cambiado, Óscar. Venga, vamos a cenar. ¿Os apetece pizza? —dijo mientras dejaba caer la cabeza sobre su hombro y le acariciaba el brazo—. Llevo soñando con un trozo desde que salimos de Valencia.

Cristina se giró hacia su hermana. Marga había utilizado la misma frase que Álex le había dicho esa misma mañana, cuando le confirmó aquello de que nada iba a cambiar entre ellos. Entonces tuvo la certeza de que estaban juntos.

Capítulo 19

Álex se revolvió inquieto en la silla en la que la esperaba. Había elegido una mesa al lado de la cristalera, un sitio que le permitía ver lo que ocurría fuera y dentro del local. Miró la hora porque ya se retrasaba varios minutos, algo muy característico en Tita. Hacía días que no sabía de ella; lo último había sido la publicación en una revista de cotilleos que daba como ciertas las palabras de que su ex era una mujer maltratada.

Había quedado con Tita en una cafetería del centro de Madrid después de tener evidencias de que, el día en que ella interpuso la denuncia por malos tratos y que supuestamente la envió al hospital, estaba mintiendo. En un sobre tenía unas fotos, varias declaraciones y un CD que lo demostraban. No quería volver a caer en la trampa de quedar a solas con ella. A esa hora, en la cafetería y en la calle había mucha gente. Advirtió a un fotógrafo en la acera junto a un reportero, los dos amigos de Tita. Los recordaba de otras veces. Con toda seguridad su exmujer los habría llamado para que inmortalizara el momento en el que ella hiciera las paces con él. Eso era lo que Tita había querido creer cuando él la había llamado esa mañana. Él no la había sacado de dudas porque era la única manera de que se presentara a la cita.

Tras más de treinta minutos de retraso, la vio bajar de un taxi. El modelo que había elegido no podía ser casual. Quería causar sensación. Era un vestido de tirantes, de un color que Álex no supo especificar, aunque podría jurar que era rojo, muy escotado y con una falda de tubo que le llegaba hasta las rodillas. Iba sobre los Louboutin que él le había regalado con motivo de su quinto aniversario de bodas. Tita tenía predilección por los zapatos y por los bolsos. Podría acumular más de doscientos pares.

Ahora que la tenía más cerca, pudo apreciar los retoques que se había hecho en la cara. El quirófano había borrado pequeñas arrugas y parte de la sensualidad de sus labios carnosos, así como algunos de sus rasgos exóticos. Ahora podía decir que era una cara sin personalidad, y parecía una más de esas mujeres de treinta y nueve años que aparentaban mucha más edad, aunque ellas se empeñaran en creer lo contrario.

El fotógrafo le hizo una foto y ella le correspondió con un gesto incómodo de la mano. Si Álex no la conociera tan bien, habría pensado que ella era sincera con ese desdén que le mostraba al chico que llevaba la cámara. Después se acercó al reportero y le dijo unas palabras. Parecía enfadada. Juraría que Tita le estaba diciendo que la dejara en paz y que no invadiera su intimidad. El reportero le respondería que se hallaban en un lugar público y que podía hacerle las preguntas y las fotos que quisieran. Había escuchado tantas veces ese mismo diálogo, que ya se lo sabía de memoria. El chico que hacía las preguntas, señaló hacia donde él estaba sentado. Con toda seguridad querría saber el motivo por el que ella se había reunido con Álex en una cafetería del centro.

Una vez que Tita contestó a dos preguntas del fotógrafo y firmó varios autógrafos, entró en la cafetería. Tal y como a ella le gustaba, acaparó todas las miradas, que la siguieron hasta la mesa donde estaba Álex. Ella era consciente del magnetismo que irradiaba y siempre jugaba con ello regalando sonrisas a todos sus admiradores. Como se esperaba de él, iba a seguir el guion que tantas veces había hecho cuando estaba con ella. Se levantó, le dio dos besos en las mejillas y le separó la silla de la mesa para que se sentara.

—¡Hola, querido! Perdona que haya llegado tan tarde, pero Víctor tenía unas décimas de fiebre y no quería quedarse solo con la *nany*. Ya sabes lo cabezota que se pone tu hijo cuando está enfermo. ¿A quién se parecerá? –pestañeó varias veces y sonrió. En otro momento, Álex se hubiera quedado mirándola, pero en el punto en el que estaban, ya no había nada que le gustara de ella–. Y después no encontraba taxi. Ha sido toda una odisea llegar hasta aquí. Menudo tráfico.

—Lo supongo, pero tranquila, sé que eres una mujer muy ocupada y yo no tenía nada mejor que hacer que esperarte –respondió Álex.

—Ha sido una sorpresa recibir tu llamada esta mañana.

—No tiene nada de extraño que un marido quiera saber cómo le va a su mujer –le mostró la mejor sonrisa que podía ofrecerle.

—Dime, querido, cómo te va. Tienes muy buen aspecto.

—Gracias –por un segundo le sedujo la idea de comentarle que no podía decir lo mismo de ella, pero prefirió callarse, y, desde luego, no iba a mentirle–. Me encuentro muy bien.

—Ay, Álex, no sabes lo feliz que me hace que estemos hablando sin necesidad de que estén nuestros abogados delante.

—Es cierto.

Buscó las manos de él, pero Álex las retiró para beber del vaso en el que tenía una tónica.

—Perdona, no he pedido nada para ti. ¿Quieres algo?

—Sí, pídeme una copa de vino tinto. Hay tantas cosas que celebrar, ¿no es así?

Álex no contestó a la pregunta. Se giró para hacerle una señal al camarero.

—Tú dirás para qué querías verme —dijo Tita, ansiosa.

Se mordió el labio inferior con el propósito de que el gesto le pareciera sensual a Álex.

Antes de mostrarle las fotos, Álex preguntó por sus hijos.

—Me has dicho que Víctor tiene unas décimas, ¿pero cómo están?

—Seguro que será un virus de esos que pillan los niños. No debes preocuparte. Ya verás cómo crece unos centímetros. Está deseando verte.

—Estoy seguro, querida. ¿Y Estela?

El camarero llegó con una copa de vino y un bol de patatas fritas.

—Ella es la que peor lo lleva —tomó una patata y la mordisqueó sin dejar de observarle—. No entiende por qué estamos separados, Álex. Es hora de dejar esta farsa, ¿no crees? Tienes que reconocer que entre nosotros sigue habiendo mucho amor.

Álex tuvo que reprimir un bufido. Ella estaba utilizando a sus hijos para llegar de nuevo a él. Apretó los dientes en un gesto incómodo. Sacó el sobre que tenía en un bolsillo de su chaqueta y lo deslizó por la mesa.

—¡No puede ser! —exclamó ella con asombro—. No me digas que te has acordado de que hace una semana fue nuestro décimo tercer aniversario de boda.

—Ábrelo. Te sorprenderá. Has salido muy favorecida.

Tras hacer lo que le había pedido él, Tita sacó la primera foto en la que se la veía junto a un chico joven.

—¿Qué es esto? —sacó las otras siete fotos en las que se veía qué había pasado la tarde que Álex quería olvidar—. ¿Cómo has conseguido estas fotos?

—Si fueras un poco más cuidadosa, sabrías que hay cuatro cámaras de seguridad en una farola, y da la casualidad de que hay una que apunta hacia el portal. Y el hotel donde follaste con ese chaval también dispone de varias. En la última se os ve en una actitud de lo más cariñosa.

—¡Eres un cabrón!

Álex sonrió.

—Sí, eso ya me lo has dicho en alguna ocasión. Me gustaría oír otra cosa de tus labios —cruzó los dedos y las colocó sobre la mesa—. Ahora vamos a hablar en serio, Tita. En primer lugar vas a retirar todos los cargos que pesan sobre mí.

Le entregó otro sobre con las tres declaraciones juradas que había conseguido su abogada. Habían contratado a un investigador privado y fue cuestión de horas que él tuviera todo el material que le habían pedido. Una declaración del conserje, otra del recepcionista del hotel donde ella había pagado una habitación en metálico y una última del camarero del bar del hotel donde estuvieron ella y su amante antes de subir a la habitación.

El gesto de Tita había cambiado en cuestión de segundos. Lo miraba con los ojos húmedos por la rabia y un mohín rencoroso en los labios. Hizo amago de levantarse, pero Álex se lo impidió.

—No, no te vas a ir aún. No hemos terminado de hablar. En segundo lugar vas a aceptar la custodia compartida. Los días entre semana los tendrás tú y yo me haré cargo los fines de semana. No quiero que pierdan clases. Ni siquiera pienso que sea lo mejor para nuestros hijos, pero no creo que un juez me conceda la custodia. Tendrán que aprender a llamarte mamá. Espero que puedas soportarlo.

Ella negó con la cabeza.

—No puedes hacerme esto.

—¿El qué? Te recuerdo que tú empezaste esta guerra.

—Quitarme a mis hijos.

—También son míos. Me sorprende ese amor desmedido que te ha surgido por ellos de repente. Mientras tú te follabas a medio Madrid, yo me hacía cargo de ellos. ¿Acaso lo has olvidado?

Tita le pegó un trago a la copa de vino y se retiró el pelo de la cara.

—Álex, podríamos empezar de nuevo. Sería lo mejor para nuestros hijos, para nosotros. Yo puedo olvidar todo lo que ha pasado entre nosotros e irme contigo a vivir a Valencia. Pondré todo de mi parte para que esto funcione.

Álex chasqueó los labios.

—Lamento desilusionarte, pero yo no puedo olvidar todo lo que ha pasado entre nosotros. ¿Tan desgraciada te hacía para que te hayas tirado a quien se te ha puesto a tiro? Te acostaste con Javier el día de nuestra boda.

Tita se cubrió la boca con una mano, haciéndose por segunda vez la sorprendida. Negó con la cabeza en repetidas ocasiones.

—No te molestes en negarlo. Javier se ha encargado de pregonarlo entre su círculo más cercano. Está claro que es lo suficientemente grande como para que me haya enterado yo. Te aconsejaría que eligieras mejor a tus amantes.

Tita apretó los labios en una mueca de asco y decidió cambiar de estrategia.

—¿Quién es ella? Porque sé que hay otra. Esto lo haces para vengarte de mí.

—Eso no te importa, y eres libre de pensar lo que quieras.

—O sea, que ya me has sustituido —se mojó los labios—. Pero no será tan buena en la cama como yo. No me negarás que nos lo pasábamos bien.

—Te repito que no es asunto tuyo con quién me acuesto.

Álex seguía sin entender por qué esa obstinación de ella por seguir junto a él, si Tita era una mujer que no se conformaba con un solo hombre. Tampoco alcanzaba a comprender por qué se empeñaba en mostrar una dignidad que le quedaba demasiado grande.

—En cuanto hayamos firmado los papeles del divorcio, espero no tener que verte más de lo necesario.

—Soy la madre de tus hijos. No estás hablando en serio.

Cuando se empeñaba, Tita podía ser muy obstinada. Como un perro rabioso, ella no quería soltar el hueso que tenía entre los dientes.

—Ponme a prueba, querida —le agarró de las manos sin dejar de mostrarle una sonrisa falsa. Esa era la foto que ella vería cuando en las revistas hablaran de este encuentro—. Estoy deseando que cometas un desliz para enviarle estas fotos a ese amigo tuyo de ahí fuera. También puedo probar a ver qué pasaría si se las envío a un juez. Pero, por favor, sonríe, no querrás salir con esa mueca de disgusto en las fotos.

—¿Qué va a ser de mí? ¿Qué me va a quedar ahora?

—Espero que sea lo que te mereces. Ahógate en tu propia miseria. Has convertido tu vida en una telenovela y no seré yo quien te diga qué papel te ha tocado interpretar.

Álex arrastró la silla para levantarse.

—¿Esta es tu venganza? —preguntó entre dientes.

—Créeme si te digo que no. Es justicia. La venganza es una pérdida de tiempo y tú no te mereces ni un solo segundo del mío.

En la mirada de Tita se debatían la ira, el miedo y la desesperación al comprender al fin que Álex jamás volvería con ella. Levantó la barbilla, con orgullo. Ella aún no había acabado de hablar, no se iba a marchar con el rabo entre las piernas.

—Álex, antes de marcharte, por favor, siéntate. Aún tienes que saber algo.

Él se mantuvo de pie al lado de la silla. Ante la insistencia de ella, se sentó de nuevo.

—Dime.

Ella alargó el momento, como si de una pausa dramática se tratara.

—Querido, ya que estamos sacando los trapos sucios, siento decirte que Estela no es hija tuya.

Aquello había sido peor que un golpe en la entrepierna. Lo pilló tan desprevenido y con las defensas bajas, que se quedó sin aliento. Álex cruzó los brazos a la altura del pecho para no caer en la tentación de cometer una estupidez. Sus hombros se tensaron y tuvo que tragar saliva para contestarle con calma.

—No es cierto lo que estás diciendo.

—Sí, y lo sabes —le enseñó la mejor de sus sonrisas.

Álex negó con la cabeza.

—Sí, Álex. Estela no es nada tuyo. Solo es mía.

Él apretó la mandíbula para no terminar gritándole.

—Sabes que eso no cambia nada lo que siento por ella —masculló entre dientes.

—Me da igual lo que sientas por Estela.

—Sigue siendo hija mía.

Ella soltó un suspiro.

—Bueno, me alegro de haber conversado contigo —Tita se levantó conservando la misma sonrisa triunfal en los labios—. Una conversación muy provechosa por mi parte. Así es la vida, querido. Nunca se gana y siempre sales tocado.

–Tita, espera –la agarró de la mano cuando pasó por su lado–, no se lo comentes a Estela, por favor.

Ella enarcó una ceja.

–Lo consultaré con la almohada.

–Por favor, Tita. Si te importa tu hija, hazlo por ella.

–¿Algo más? Tengo prisa.

–Sí. También quiero una disculpa por escrito en todas las revistas en las que has salido contando mentiras. Ya te puedes dar prisa en llamar a todas las redacciones si no quieres que estas fotos salgan la semana que viene en ellas.

–Claro, querido. Si me disculpas, tengo que atender a mis fans. Soy una mujer ocupada.

Ella lo escuchó de espaldas. Era la reina de las sonrisas falsas, las sonrisas que regalaba a todo el mundo que estaba observándola.

–Aún no he acabado. Mis hijos se vendrán conmigo este fin de semana a Valencia. Y cuando se acaben las clases, pasarán los dos meses de verano en el hotel. Piensa que te estoy haciendo un favor. Podrás tirarte a quién te dé la gana.

–Que te den.

–Gracias por tu generosidad, querida. No esperaba menos de ti.

Lo último que Álex escuchó de Tita cuando se marchaba fue el golpeteo de sus zapatos de tacón. Se quedó sentado unos minutos más antes de salir a la calle. No deseaba encontrarse con el reportero y con el fotógrafo amigos de su exmujer. Cerró los ojos al notar cómo le ardían. No podía creer que Estela no fuera hija suya. Aun así, lo que le había dicho a Tita de que no cambiaba nada lo que sentía por Estela, era cierto. Porque por lo que a él respectaba, seguiría siendo su hija. Ningún juez podría decirle lo contrario.

Capítulo 20

La hora de la cena con Manu se acercaba y Cristina estaba cada más vez nerviosa. Sentía que tenía que haberse negado a esa última cita con él, y las ganas que tenía de verlo disminuían conforme las agujas del reloj avanzaban. Aunque no solo Manu acaparaba sus pensamientos. Álex la había llamado esa misma mañana con buenas noticias de su abogada. Según él, su pesadilla con Tita se acabaría más pronto de lo que habría soñado nunca. Le había dicho que a las cinco de la tarde había quedado con ella para poner todas las cartas sobre la mesa. Por fortuna, no todo iba a ser malo, porque después de la cena, habían quedado en verse y pasar lo que quedaba de noche juntos antes de que él regresara a Valencia. Había decidido que no alargaría la cena y que saldría del restaurante no más tarde de las once. No tenía tanta conversación como para aguantar a su exnovio durante dos horas. Ella le diría al fin que había conocido a alguien y ahí acabaría toda su historia con Manu.

Tras hablar con Álex, también había recibido una llamada de Manu comentándole que tenía una sorpresa y que pasaría a por ella sobre las nueve. ¡A saber qué entendía su exnovio por sorpresa! También le había dicho que aceptaba que fuera en el restaurante que ella había elegido porque la ocasión lo merecía y esperaba que supiera apreciar el esfuerzo que estaba haciendo. Cristina le respondió, para que no se hiciera una idea equivocada del por qué había aceptado cenar con él, que no había cambiado de opinión con respecto a lo de casarse. Manu dejó muy claro que aquella cita era en plan de amigos y que solo deseaba verla. Aun así, no las tenía todas consigo. Manu era de ideas fijas.

Una vez que colgó, le pidió a Mariví que la ayudara a decidir qué ropa ponerse. Aunque le gustaba escuchar sus consejos sobre moda, en aquellos momentos notaba una sensación extraña. En realidad estaba buscando una excusa para hablar con ella. Una vez que se marchara a Valencia no se verían tan a menudo.

–Si voy muy arreglada va a pensar que es por él.

–Entonces no te arregles –reconoció su madrastra.

–Ya, pero tampoco me puedo presentar con las Converse y unos pantalones vaqueros. ¿O sí?

–¿Y por qué no?

Cristina soltó un bufido y se sentó en una silla. Estaba a punto de sufrir un ataque de ansiedad. No entendía por qué tenía tantas dudas a la hora de elegir alguno de los modelos que tenía encima de su cama. Bueno, lo que no entendía era por qué le había dicho a Manu que sí. Cuanto más lo pensaba, menos lo entendía. Mariví decía de ella que esas contradicciones la hacían madurar, que eran parte del camino. ¡Quién no pensaba un día una cosa y al día siguiente opinaba lo contrario!

–Nena, a ver cómo te lo digo para que te quede claro. Ponte lo que te salga de las narices. Se trata de que le des puerta a Manu. Esto no es una cita. Esa la tendrás después con Álex.

La mirada de Cristina se iluminó. Notó unas cosquillas agradables en el estómago. Si para ver a Álex tenía que aguantar un rato a Manu y dejarle claro que su historia se había acabado, haría de tripas corazón y acudiría a la cena.

—Si sé qué tienes razón, pero...

—No hay peros que valgan, Cristina. ¿No eras tú la que el domingo me decía que ya estaba bien de estar pendiente de las necesidades de los demás? Pues a ver si te aplicas el cuento, nena, que a fin de cuentas solo te va a llevar a cenar. No te va a secuestrar y luego te va a obligar a hacer algo que no quieras hacer.

—Lo sé, pero tengo la impresión de que él no quiere tirar la toalla.

—¿Sabes lo que te decía de pequeña? Un no siempre es un no, aquí, en la China o en Australia. Allá él con lo que entienda. No es tu responsabilidad.

—Lo sé.

—No le debes nada. Es más, con él siempre fuiste muy infeliz, aunque te empeñaras en decir lo contrario. No sé por qué en ocasiones nos obcecamos en seguir con una idea. Nuestra cabeza dice una cosa que no tiene nada que ver con lo que nos dice nuestro corazón. No sé por qué hacemos todo lo contrario de lo que nos apetece.

—Pensaba que era lo que necesitaba.

—Sigues pensando con la cabeza. Puede que durante un tiempo eso te sirviera para acallar cuáles eran tus necesidades, pero con casi veintiséis años has comprobado que eso ya no te sirve. La vida tiene muchos colores, y tú, durante tres años, has vivido en un gris perpetuo.

—Veía la vida a través de sus ojos.

—Y ahí fue donde te equivocaste. Uno tiene que vivir la vida a través de sus propias experiencias. Si te equivocas, no pasa nada. Eso que has aprendido. Este camino es largo. Puede que a veces hagamos solos un trecho, que en otras lo hagas acompañado, puede que tropecemos con la misma piedra una y otra vez, pero siempre has de ser fiel a ti misma. No entiendo a esa gente que me dice lo de: yo no he cambiado en diez años. ¿Sabes lo que les suelo responder? Pues madura, chico, que ya es hora. No puedes seguir siendo el mismo que cuando tenías veinte años.

Cristina soltó una carcajada. Sí que era cierto que lo había soltado en alguna ocasión. Su madrastra era de la opinión de que en la vida había muchos más colores que el negro y el blanco y la combinación de ambos, que no es más que un gris perpetuo. Ella misma había tenido sus dudas cuando empezó a salir con su padre. De pronto, sin haberlo previsto, se vio con cuatro niños a los que cuidar y con la desaprobación del mayor. No fue fácil para ella al principio, pero el amor que sentía por Fran fue mucho más poderoso que las dificultades con las que se encontró. También era cierto que halló en Cristina a una aliada incondicional, algo que agradecía con toda su alma. Para Cristina, la llegada de Mariví a su familia suponía el descubrimiento de una nueva madre, ya que apenas se acordaba de la suya. Mariví le consentía muchos de sus caprichos, aunque también se mostraba firme cuando tenía que hacerlo. Eran las conversaciones como estas las que iba a echar mucho de menos.

—Así que ahora te toca hacer lo que te pida el corazón. Eso es madurar. Hacer elecciones.

Cristina asintió con la cabeza y después se levantó de un salto.

—Eres la mejor. Me voy a poner unos pantalones y mi camiseta de Pétalo. A Álex le gusta mucho. No solo a él, me gusta porque me reafirma en que lo que estoy haciendo y es lo que me pide el corazón. Hacía años que eso no me pasaba —cerró los ojos al recordar cómo le quitó Álex la camiseta en su apartamento. Tenía que dejar de pensar en él. Era decir su nombre y automáticamente se notaba húmeda–. ¿Sabes? Álex le ha enviado un correo a Óscar para que le haga una camiseta de Mojo Yoyo. Le gusta ser el antagonista de las Supernenas.

–Ummm, un hombre al que le gusta tomar la iniciativa. Es como el lobo atrapando a Caperucita. Te viene muy bien –Cristina asintió con la cabeza porque su madrastra lo había descrito a la perfección–. Y por la cara que pones, deduzco que se maneja a las mil maravillas.

–Pues sí, para qué te voy a engañar.

–Esos son los hombres que me gustan. Y te voy a decir una cosa. A los hombres les gustan las mujeres con iniciativa, pero en la cama deja que ellos tomen el control. Se asustan si encuentran que la mujer les puede robar el liderazgo en el sexo. O deja que piensen que son ellos quienes controlan. A mí siempre me ha funcionado.

Cristina elevó los ojos al techo y sacudió la cabeza. No le importaba charlar de sexo con ella, pero le resultaba extraño hablar de cómo era su padre en la cama.

Mariví entendió su incomodidad y pensó en cambiar de tema. Había un asunto que aún no habían tratado en profundidad. Aún se estaba haciendo a la idea de que ella se marchara a Valencia para darse una oportunidad con Álex. No podía más que alegrarse por haber encontrado el amor, pero sobre todo estaba feliz porque Cristina iba a cumplir con su sueño de trabajar en una cocina profesional. El que peor lo llevaba de los dos era Fran, que llevaba dos días sin hablar apenas. Le pesaba el haber retado a su hija menor a que se las apañara por su cuenta, y cuando ella lo había hecho, se dio cuenta de que no podía desdecirse de sus palabras. Desde que había regresado de Valencia, tuvo la tentación de decirle que le montaba lo que ella quisiera, cualquier cosa con tal de que no se marchara a vivir lejos de él y de su madrastra. Pero también fue consciente de que no podía luchar contra el amor. Mariví le recordó que ese mismo viaje lo había hecho ella, aunque en aquella ocasión había sido al revés. Y, aunque le dolía, él tenía que darle la razón a su esposa.

Su madrastra se acomodó en el borde la cama y le hizo un gesto a Cristina con la palma de la mano para que se sentara junto a ella.

—Esta casa no será la misma sin ti —agarró el primer peluche que le regaló, que Cristina aún conservaba, y se abrazó a él. Lo olió, porque olía a la niña que se había hecho mayor mucho antes de lo que ella habría querido—. Te voy a echar tanto de menos. Siempre pensé que Marga se iría antes que tú.

—No me voy a ir a Siberia —recostó su cabeza sobre el hombro de ella—. Es una hora y media en AVE. Te prometo que una vez al mes subiré y cuidaré de mis hermanas.

—No es eso, y lo sabes. Es que los hijos crecéis demasiado deprisa. Y yo me alegro de verte tan feliz. Habrá quien no crea en los amores a primera vista, pero eso fue lo que nos pasó a tu padre y a mí. Si por mí hubiera sido, me habría venido a vivir con él al día siguiente de conocerle. Con Fran enseguida sentí que deseaba que fuera el padre de mis hijos. Y eso solo me ha pasado con él. Ni siquiera con mi exmarido noté esta sensación. Si es lo que sientes, no lo dejes escapar.

Cristina no había pensado en la posibilidad de tener descendencia tan pronto, aunque como le había pasado a su madre, ella tendría que conocer a los dos hijos de Álex y aceptarlos. Él no llegaba solo a su vida, lo hacía con Estela y con Víctor. Esperaba al menos hacerlo tan bien como lo hizo su madrastra con ella y sus hermanos.

—Es tan bonito cuando hablas así de mi padre. A ver si lo mío con Álex es tan especial como lo que tenéis vosotros.

—Lo bueno se hace esperar. Eso es lo que dice el refrán. Como estas —señaló su abultada tripa—, que han tardado en llegar.

—Sí, lo bueno es que en unos meses estarás tan ocupada, que no te acordarás de mí.

—Nena, no me digas eso —se le humedecieron los ojos—. ¿Cómo puedes decir que me voy a olvidar de ti?

—Ay, Mariví, no llores, si lo decía para animarte.

—Si ya lo sé, pero estas hormonas están un poco revolucionadas y tan pronto me pongo a llorar como me echo a reír.

—¿Te acuerdas de cuando me regalaste este muñeco? —le indicó el peluche que Mariví sostenía y ambas se quedaron mirándolo, aunque por distintas razones. Cristina recordó lo segura que se sentía cuando dormía con él y su madrastra se acordó de cuál fue el motivo por el que se lo compró. Fue en el primer viaje que hizo a Madrid para conocer a la familia de Fran, y quería causarles buena impresión a sus hijos. Fran le habló de todos sus hijos, pero antes de conocerlos sintió debilidad por la pequeña Cristina que, según decía, con solo cuatro años le gustaba subirse a las sillas para cantar las canciones de su película favorita: *La sirenita*—. Pues este será el primer regalo que les haga. Espero que no se peleen por él como hacíamos Marga y yo cuando éramos pequeñas y a las dos nos gustaba el mismo juguete.

—A Noa y a Nuria les encantará —agarró la mano de Cristina y la apoyó sobre su barriga—. ¿Notas cómo se mueven? Eso es que están deseando conocer a su hermana mayor.

—Y ti también están deseando conocerte. Tienen suerte de tener una madre como tú.

Mariví parpadeó varias veces para contener las lágrimas que luchaban por salir.

—No nos pongamos melancólicas, que Manu no tardará en llegar –dijo levantándose. Cogió una percha con un vestido que Cristina se había hecho hacía ya un año, pero nunca había estrenado porque a Manu no le gustaban los escotes pronunciados–. ¿Sabes? Estoy pensando que esta noche no tienes que impresionar a Manu. Lo que tienes que hacer es que Álex caiga de nuevo a tus pies. Yo de ti me lo pondría. Es sugerente y recuerdo que te sentaba muy bien.

Era un modelo tipo cóctel de color rojo, palabra de honor con falda tulipán.

—Es una copia de un vestido que vi en un desfile de modelos en Internet. Era de Carolina Herrera.

—No lo dudes más. Este es el que te tienes que poner.

—¿Cómo estás tan segura?

—Porque conozco a Tita y sé que este era el color que usaba cuando quería impresionarlo. Tienes que hacer que esta noche se olvide de ella. No hay ninguna mujer a la que le siente mal el rojo. Hoy vas a marcar tu territorio.

—No sé si apreciará el color, porque es daltónico.

—Te digo yo que sí. Hay algo en este color que nos da fuerza y que hace que todos los demás lo puedan percibir.

—Entonces no hay más que decir. Hoy voy a por todas. Álex no va a pensar más que en esta Supernena.

—Por cierto, hablando de las Supernenas, ¿cómo ves a tu hermana y a Óscar?

—Mejor que nunca.

Cristina empezó a desvestirse al tiempo que Mariví iba guardando toda la ropa que habían dejado encima de la cama. Una vez que se puso el vestido, se colocó frente al espejo de cuerpo entero que tenía detrás de la puerta. Se veía muy bien. Estaba impaciente porque Álex la viera.

—Parece que también le ha sentado muy bien el fin de semana en Valencia –dijo Mariví.

—Sí, les ha sentado de maravilla. Pasó algo entre ellos, pero no me han contado cómo fue. Están muy misteriosos.

—¿Qué crees que va a hacer tu hermana?

—Con respecto a qué.

—No te hagas la tonta –dejó que su madrastra le subiera la cremallera que tenía en la espalda–. Anoche os escuché que igual se marchaba contigo a Valencia.

El timbre del portero automático sonó. Cristina miró la hora. Eran las nueve menos dos minutos. Manu siempre tan puntual. Él lo consideraba una virtud, ella, en cambio, ya no lo tenía tan claro. Su exnovio nunca dejaba nada a la improvisación.

—No me ha dado tiempo ni a hacerme un moño.

—Estás más guapa cuando te lo dejas suelto.

Ella correspondió a su cumplido con una sonrisa. A Álex también se lo parecía. ¡Y qué diablos, a ella le encantaba dejar su melena al aire! Para eso lo llevaba largo.

—Ahora que tengo prisa, no encuentro unos zapatos que vayan bien con este vestido –echó un vistazo rápido a los modelos que tenía.

—Vale, tranquila, que no es una tragedia. Yo tengo unos Manolos que te sentarían muy bien.

—Me muero por ponerme tus sandalias rojas. ¿Me las dejarías?

—Por supuesto. Con este tripón dime dónde voy con esos tacones.

Mientras Mariví se las buscaba, ella sacó el pintalabios que le había regalado Óscar y coloreó sus labios. Se puso las sandalias con cordones de cuero en la entrada de la casa. Su madrastra le pasó un cepillo por su larga cabellera.

—Estás perfecta. Pero aún tenemos pendiente la charla sobre Marga.

—No. La tienes tú pendiente con mi hermana. Mejor se lo preguntas a ella y sales de dudas.

—Pues también llevas razón. Venga, que Álex te espera.

Cristina torció la boca al recordar que antes tendría que ver a Manu.

Cuando llegó al portal, él la estaba esperando con una rosa roja. Iba con traje en gris marengo muy clásico, que había conjuntado con una camisa blanca y una corbata gris. Quiso decirle que se había vestido como si fuera a ir a un funeral, pero se guardó ese comentario. Manu se acercó para darle un beso en la mejilla.

—Toma, sé que te gustan las rosas rojas.

—Gracias —la sonrisa que le ofreció daba una idea de lo tensa que se sentía.

—Ven —la agarró de la mano y la llevó hasta el coche—, te dije que tenía una sorpresa. No te lo vas a creer. Estaban deseando que llegara este día. Mi madre lleva dos días sin dormir.

Cristina abrió los ojos como platos cuando observó que a esa cena también había invitado a sus padres. La madre se bajó del coche, y lo primero que hizo fue pegarle un repaso de arriba abajo. Apretó los labios en una mueca de disgusto.

—Con ese vestido vas a pasar frío —le ofreció el chal que llevaba.

—Pilar, estoy perfectamente. Gracias por preocuparte por mí. No lo necesito.

—Mamá, no se lo tengas en cuenta. Ya sabes que a Cristina le gusta mucho hacerse su ropa. Igual puede hacerte el vestido, y eso que nos ahorramos.

Cristina empezó a encontrarse mal. Notó cómo la boca se le secaba.

—No sé por qué la disculpas, Manuel. Una mujer tiene que respetar a su futuro marido.

Cristina apretó los dientes y después lo miró.

—¿Aún no se lo has dicho, verdad? —el tono de su voz era duro. No daba lugar a dudas—. Me habías comentado que esto era una cena de amigos.

—¿Qué es lo que tienes que decirnos, Manuel? —preguntó su padre, que había salido del coche para dar su opinión sobre el vestido de Cristina, que no tenía que diferenciarse de la de su esposa.

—Nada, no tiene importancia —respondió Manu—. Como Cristina no se decidía el otro día, he pensado en hacer las cosas como toca.

¿Pero qué diablos le pasaba? Por si no había tenido suficiente con la escena de Javier, ahora se presentaba Manu con sus padres para chantajearla. ¿Qué pensaba, que si venía con ellos iba a aceptar su oferta de matrimonio? Aquella no era ya su insensatez, era la de Manu. Por su parte solo podía decir que la única locura que se le podía achacar en aquellos momentos era la de haberse enamorado de Álex, y no pensaba renunciar a él así como así. ¿Acaso se habían puesto de acuerdo Manu y Javier para ser tan patéticos? No podía ser que les hubieran tocado a ella y a su hermana los dos hombres más estúpidos de todo Madrid. Si había quedado claro que no iba a casarse con él. ¿Por qué se presentaba con ellos? Solo faltaba que en el restaurante estuvieran los hermanos con los treinta sobrinos. Dios, tenía ganas de gritarle que tenía sangre de horchata en las venas.

El tono de su móvil interrumpió la respuesta que iba a darle a Manu. Cuando advirtió que era Álex quien la llamaba, suspiró aliviada.

—Hola —dijo ella retirándose para tener un poco de intimidad.

–Sé que no te tenía que llamar ahora...

–No, Álex, me has llamado justo a tiempo. De verdad. Pasa a por mí ahora –no quería sonar a desesperación, pero parecía que tuviera un sexto sentido para saber cuándo estaba en apuros. Siempre llegaba en el momento oportuno–. Estoy en la puerta de la casa de mis padres.

–¿Manu no se ha presentado?

–Sí, pero ya te contaré.

–Está bien. Dame diez minutos.

–Te espero.

Cristina guardó el móvil en el bolso cuando colgó.

–¿Qué significa esto? –quiso saber la madre.

Cristina le entregó la rosa a Manu y después se giró hacia su madre. Era inútil seguir alargando mucho más la cita.

–Pilar, no sé qué les habrá contado su hijo, pero hace varias semanas que no estamos juntos. No me voy a casar con Manuel, ni tampoco voy a ir a cenar con vosotros –se giró hacia su exnovio–. Y para que te quede claro de una vez por todas, Manu, no te quiero –lo dijo con una calma sorprendente–. He conocido a otra persona, que llegará en cinco minutos.

–¡Pero bueno! ¡No sé quién te has creído que eres! –exclamó Pilar.

–Tenga cuidado con cómo le habla a mi hija –la cortó Mariví, que se había plantado en mitad de la acera y tenía las manos en las caderas–. Cristina ha sido muy respetuosa con Manuel. Además, el respeto hay que ganárselo y su hijo no ha sabido ganárselo –chasqueó los dedos–. Así que venga, ya se pueden marchar con viento fresco por donde han venido. En esta calle no queremos líos. Somos gente de bien.

Cristina tuvo que apretar los labios para no soltar una carcajada.

Pilar la miraba con una mezcla de estupor, asombro y espanto, aunque puede que fuera todo a la vez.

—Por supuesto que nos marchamos —le respondió la madre de Manu—. Habrase visto la desvergüenza.

Cristina fue a responderle, pero Mariví negó con la cabeza.

—Que se metan su mojigatería por donde les quepa —le murmuró cuando se metieron en el coche.

Al ver cómo se marchaba, sintió un pinchazo en el estómago. Ella habría querido hacer las cosas de otra manera, pero Manu se empeñaba en hacerlas sin tener en cuenta su opinión. De la relación con Manu había aprendido a hacerse valer y decir siempre lo que opinaba. No pensaba callarse cuando hubiera algo con lo que no estuviera de acuerdo.

—¿Cómo has sabido que habían venido también los padres de Manu?

—Muy fácil. Me he asomado un momento al balcón. He tenido un momento cotilla, y cuando he visto el percal, he pensado que Manu no les había dicho que habías terminado con él. Así que aquí me tienes, dándoles puerta.

—No era necesario, pero gracias —le dio un beso en la mejilla.

Enseguida llegó Álex y dejó el coche en doble fila, justo donde había estado aparcado el de Manu. Llegó hasta donde estaban ellas. En cuanto vio a Cristina, sintió una punzada ardiente en el estómago y un mordisco oculto de deseo en la entrepierna.

Cristina entrelazó sus dedos a los de él. Notar la calidez de su piel era como volver otra vez al hogar. Aún se seguía sorprendiendo por lo guapo que era, como seguía admirando lo mucho que la impresionaba cuando la miraba con esa profundidad.

—Hola, Mariví —la saludó Álex dándole dos besos.

—Hola, Álex. Me alegro de verte. Te veo muy bien —le sonrió—. Yo me iba. Pasadlo bien. En unos minutos llegará Fran y tengo ganas de verle.

—Felicidades por tu embarazo. Te sienta de maravilla.

—Gracias, eso mismo me dice Fran.

—Le doy la razón. Estás radiante.

—Ya os dejo, que tendréis cosas de las que hablar.

Cristina se despidió de ella con un abrazo. Cuando Mariví se marchó, Álex se giró hacia ella. No podía apartar la mirada. Quería estar seguro de que Cristina comprendiera el deseo que sentía por ella, así como sus anhelos más profundos y las palabras que no le decía en voz alta.

La atrajo hacia sí con la urgencia de besarla. Antes de que sus labios se rozaran, aspiró su perfume. Su piel olía a fresco, a libertad, a verano, a sexo, a promesas que empezaban en su boca y acababan alojadas entre sus muslos.

—Cristina, deja que esta noche me pierda en ti —le susurró con una voz grave preñada de pasión.

Capítulo 21

Las tardes de la última semana de mayo eran más largas, ideales para tomar un refresco al aire libre antes de que el fresco de la noche llegara. Óscar había quedado con Marga en la terraza de El Corte Inglés de Callao. El local podía presumir de una de las mejores vistas de la ciudad. Desde las alturas se podían ver las calles aledañas de Callao, el Madrid de los Austrias, la Puerta del Sol, el Palacio Real, la plaza Mayor, la Gran Vía, la Cibeles e incluso parte de las montañas que rodean la ciudad.

Óscar había elegido esa terraza para hablar con ella porque buscaba algo de paz, y ese era el sitio adecuado. Él no le había dicho el motivo, pero el tono de su voz le indicaba que fuera lo que fuese no podía esperar. Notó una cierta preocupación cuando se despidió de ella.

Marga llegaba cinco minutos antes de la cita. Salió del ascensor y echó un vistazo a las puertas de los lavabos, que estaban a su derecha. En alguna ocasión había fantaseado con la idea de meterse en el servicio de minusválidos y tener un encuentro sexual. Un aquí te pillo y aquí te mato, un polvo de no más de seis minutos. Ella se subiría la falda, se apartaría a un lado las braguitas y Óscar la penetraría por detrás al tiempo que se observarían en el espejo que había encima del lavabo. Solo de pensarlo, notó un calor placentero en la entrepierna. Cuando llegara Óscar, le haría una propuesta en firme.

Cruzó la zona *gourmet* y salió fuera. Esperó varios minutos en la terraza exterior, bajo una sombrilla, hasta que una pareja se levantó y le ofrecieron su sitio. Marga les dio las gracias antes de que se marcharan. Era el mejor sitio de todo el local. Desde donde estaba, se veía el anuncio de Schweppes. Le envió un *whatsapp* a Óscar porque se estaba retrasando más de diez minutos y él solía ser puntual.

Estoy llegando. Ya en el ascensor, le respondió él.

Marga se levantó cuando lo vio llegar. Venía con su Keepall 55 de Louis Vuitton en una mano, que dejó en una silla. Él le dio dos besos en las mejillas y ella frunció el ceño. No la había besado en los labios como en otras ocasiones, y eso la puso sobre aviso de que algo le pasaba. Si bien no se había preguntado de qué quería hablar, ahora que lo tenía delante, temió que ella pudiera ser otra de las chicas que pasara a aumentar la larga lista de conquistas que solo le duraban dos días. La boca se le secó y notó cómo el corazón se le desbocaba.

–¿Pasa algo? –le preguntó Marga.

Óscar soltó un bufido impaciente. Se quitó las gafas de sol y las dejó encima de la mesa.

–¿Por qué lo preguntas?

–Te veo serio –le mostró una sonrisa tirante–. Me gusta mucho más el Óscar bromista.

Él evitó su mirada. Se quitó el *foulard* que llevaba anudado al cuello y lo enrolló. Jugó un rato con él porque necesitaba tener las manos ocupadas. Cruzó las piernas y giró la cabeza un instante para admirar las vistas.

Marga empezó a sospechar que para Óscar el fin de semana en Valencia había sido solo una aventura más.

—¿Quieres algo? Me apetece una cerveza negra —se levantó de golpe—. Tengo calor y necesito algo fresco.

—Una sin, por favor.

Marga lo vio marcharse con gesto taciturno. Era raro verle de esa manera. Llegó enseguida con las dos cervezas en una mano y en la otra un plato de cacahuetes.

—He pedido también unas tostas de jamón de bellota con aceite y un plato de queso curado. Pensé que te podría apetecer.

—Por apetecerme, me apetece otra cosa —le contestó y, al hacerlo, notó unas cosquillas molestas en la boca del estómago porque él no advirtió el tono travieso de su voz—. Pero vamos, lo que has pedido está bien.

Óscar seguía jugando con el *foulard* y evitaba su mirada. Marga tomó aire y se decidió a hablar después de que él siguiera callado.

—No hace falta que le des tantas vueltas. Puedes decirme lo que tengas pensado hablar conmigo. Y no te preocupes tanto, no vas a hacerme daño. Solo han sido cuatro días juntos.

Óscar agitó la cabeza, sorprendido. Después frunció el ceño y abrió y cerró la boca para tomar aire.

—¿Contigo? No, no sé qué te ha hecho pensar que me pasa algo contigo —se metió varios cacahuetes en la boca—. No, no me pasa nada contigo.

—Pues cualquiera lo diría por cómo te comportas. Aún no has soltado ninguna de tus burradas. No es normal en ti, Óscar.

Marga le pegó un trago a la cerveza. Tenía la boca tan seca que se la notaba como si fuera un estropajo.

—¿Qué es lo que está pasando, Óscar? —insistió ella cuando su amigo no le respondió—. Pensaba que estábamos bien.

—Y lo estamos, ¿no?

De un trago, Óscar bebió hasta la mitad de la cerveza. Se limpió con una servilleta de papel la espuma que le había quedado en los labios.

—Entonces ya puedes ir desembuchando.

Óscar soltó un bufido de cansancio. En su mirada había un reflejo de tristeza infinita. Cerró los ojos para elegir bien las palabras que iba a decir. Pensó en que la vida no era justa, porque ahora que por fin estaba con la persona de la que llevaba enamorado desde que la había conocido, todo se torcía. No podía tener tanta mala suerte. Si es que el destino o los hados o a quien fuera quien estuviera allí arriba, jugaba a ruleta rusa solo con él.

—Palmira está embarazada —dijo al fin.

Marga se atragantó y escupió parte de la cerveza que llevaba en la boca. Tosió varias veces y se tuvo que limpiar con un pañuelo de papel la cerveza que había caído sobre la falda de su vestido blanco.

—¿Cómo? —al ver que la mancha no salía, sacó un paquete de toallitas húmedas para ver si podía limpiarla.

—Me ha llamado esta tarde para comentármelo. Ella me aseguró que se tomaba la píldora y que no entiende lo que ha pasado.

—Tampoco es tan grave lo que le ha pasado. Todos los días se quedan embarazadas miles de mujeres en el mundo. ¿Sabes si es tuyo?

—Puede ser, aunque no me lo puede asegurar. A la vez que estaba conmigo también se acostaba con el otro tío. Parece que tenía una relación con él antes que conmigo.

—No entiendo nada. ¿Solo ha hablado contigo o se ha puesto en contacto con el otro chico?

—Solo me ha llamado a mí porque el otro tipo no quiere saber nada de ella. Me ha dicho que se quiere deshacer de él —le pegó otro trago grande la cerveza, hasta dejar solo un tercio.

—No veo cuál es el problema.

Óscar la miró y después bajó la barbilla. Chasqueó los labios.

—Sabes que respeto el derecho al aborto, pero me gustaría que lo tuviera. En realidad me ha llamado para que la acompañe a una clínica y para que asuma todos los gastos porque ella está sin un euro. Esta semana la han despedido de su trabajo. Según me ha dicho, su jefe quiere algo con ella, y ella no está dispuesta a abrirse de piernas por un plato de habichuelas. Y como no tiene contrato no lo puede denunciar por acoso —se mesó el pelo antes de continuar—. Aunque se haya estado acostando con otro tipo, yo no lo veo claro. A ver, entiéndeme, no es cuestión de dinero y lo sabes. Pero no me importaría criarlo yo.

—No sé qué pensar de todo, pero no me huele nada bien. ¿Y si no es tuyo?

—¿Y si lo es? —elevó un poco el volumen de su voz, aunque cuando se dio cuenta, lo bajó—. Mi madre pasó por esta misma situación. Yo podría haber sido ese niño y no estaría aquí si no fuera por mis dos padres. Ellos quisieron que naciera, me criaron desde que mi madre salió del hospital. Insistieron tanto, que mi madre aceptó que mis padres pagaran todos los gastos. No dejo de pensar que ese niño podría necesitarme. No pretendo que me entiendas, Marga. Siento que hago lo que es justo para mí y para ese niño que viene en camino.

Se acabó de un trago lo que le quedaba de la cerveza.

—Vale. No estoy cuestionando tu decisión. Mi pregunta es, si Palmira decidiera tenerlo y aceptara tu oferta, ¿afectaría en algo a lo nuestro?

—No sé, eso me lo tendrías que decir tú. Por mi parte sabes que nada ha cambiado con respecto a ti —soltó un suspiro—. Llevaba tanto tiempo soñando contigo. Me enamoré de ti el día en que te conocí. Fue en una fiesta en la que acudiste con Javier, pero al final terminaste llorando en mi hombro porque os habíais peleado.

—Me acuerdo de ese momento —ella buscó las manos de Óscar y le dirigió una sonrisa cálida—. De mi relación con Javier solo siento si te he utilizado todos estos años como paño de lágrimas.

Óscar se removió inquieto.

—Para olvidarte yo empecé a salir con otras mujeres, pero tú siempre has estado ahí, no he podido sacarte de mi cabeza. Y ahora que has llegado, no quiero arrastrarte en esta locura. No tienes por qué sentirte obligada a estar conmigo.

Marga negó con la cabeza, aunque no por el motivo que creyó Óscar.

—Esto tampoco cambia lo que hay entre nosotros —dijo Marga.

—Pero no será tu hijo.

Marga reflexionó unos segundos antes de comentarle cuál era su opinión. Con casi treinta años no se había planteado tener un hijo, porque tenía que admitir que le tenía verdadero pánico a parir. Quizás la solución de criar al hijo de otra mujer no fuera tan mala idea, eso suponiendo que Palmira decidiera tener al bebé. Podía parecer una idea descabellada y puede que él sintiera que no lo había meditado lo suficiente, lo sabía, aunque ella no tenía miedo a compartir esta aventura con Óscar. Tener un hijo exigía una responsabilidad para la que se encontraba capacitada. Cuando estaba con Javier le daba miedo ese proyecto de futuro que él había trazado con una seguridad que a ella le hacía sentir insegura. Esto no le pasaba con Óscar. Él le aportaba confianza en sí misma.

—Y si te dijera que no me importaría criar ese niño contigo, ¿qué dirías?

Óscar paladeó las palabras que tenía atascadas en su boca.

—Solo llevamos cuatro días juntos. Lo has dicho antes. Puede que esto sea una locura y que dentro de un mes me digas que lo nuestro se ha acabado. Tengo miedo a despertar un día y que ya no estés a mi lado —Marga advirtió una pizca de desesperación en sus ojos—. No quiero que me hagas daño —esto último lo dijo en un murmullo.

—Vamos, Óscar, nos conocemos desde hace años, ¿de verdad piensas eso de mí? ¿Piensas que voy a dejarte en unos días? ¿Tan frívola me crees? Mírame, y dímelo a la cara.

—Estoy confundido, Marga. No por ti, pero necesito solucionar este problema con Palmira.

—Ella te ha pedido volver y no sabes cómo decírmelo, ¿no es eso?

—No, no quiero volver con ella. No estoy enamorado de Palmira. Nunca lo he estado. Me lo pasaba bien con ella porque es divertida, pero nada más. Estoy confundido porque no quiero que aceptes sin pensarlo.

—Te he dado motivos suficientes como para confiar en mí. Esto no es una tontería por mi parte. Puede que te extrañe que hace dos semanas me pasara todo el día llorando por los rincones, pero en estos días me he dado cuenta de que Javier hacía mucho tiempo que no me aportaba nada. Supongo que seguíamos por inercia, porque es lo que hacen las parejas como nosotros. Se casan, tienen hijos y después se ponen los cuernos porque no aguantan un matrimonio que hace aguas por todas partes.

—Sí, entiendo todo lo que me cuentas. Pero estamos hablando de criar un hijo que no es tuyo. Esto es algo muy serio.

—Vale, de acuerdo. Sé que es algo serio, y que una vez que el niño venga no se podrá devolver, que esto no es como comprar una camisa. Asumo que esto exige un esfuerzo por ambas partes. Te lo digo en serio, no me importa criar al hijo de otra mujer si es contigo.

—¿Pensarías lo mismo si no fuera mi hijo?

—A ver, no entiendo dónde quieres ir a parar —Marga se estaba poniendo nerviosa—. Mariví no es mi madre, pero la quiero como si lo fuera. ¿Qué tengo que hacer para que confíes en que quiero que hagamos esto juntos?

El camarero llegó con las dos tostas de jamón serrano y el plato de queso que había pedido Óscar. Él sacó un billete de cincuenta euros para pagar la cuenta.

—Yo quiero otra cerveza negra, ¿tú quieres algo más?

—No, de momento estoy bien.

Marga esperó a que el camarero se marchara para seguir hablando. Cogió un trozo de queso, aunque tras el primer bocado, lo dejó en el plato. No tenía ganas de nada. Sintió cómo el estómago se le revolvía.

—No sé qué te preocupa, Óscar. Pero estás adelantando acontecimientos. Igual Palmira no quiere tener ese hijo, aunque tú lo quieras criar. ¿No has pensado en esa posibilidad?

—No, no he pensado en ello.

—Pues debes pensar que existe esa posibilidad, aunque tú no quieras verla.

Óscar cruzó los brazos a la altura del pecho. Marga lo observó durante unos segundos. Le dio un trago a la cerveza.

—Ya sé lo que te pasa. Tienes miedo al compromiso y estás buscando una excusa para terminar conmigo.

—¿Cómo puedes pensar eso?

—Por tu actitud, Óscar, porque evitas mi mirada, porque no aceptas que quiera estar contigo en esto y porque estás incómodo conmigo —le espetó.

—Perdona, Marga. Hoy no soy una buena compañía.

No tengo ganas de bromear. Me duele la cabeza y no pienso con claridad.

—Ya me he dado cuenta de que no tienes ganas de bromear —le dijo en un tono hiriente.

—Marga, no soy un circo andante. Si quieres un mono de feria, siento decirte que hoy no estoy disponible.

—¿Es necesario que seas tan desagradable? No sé por qué te empeñas en apartarme de tu lado, pero si es lo que quieres, lo acepto.

—Perdona —tragó saliva—. No quería que sonara así de mal. Te lo estoy diciendo, hoy no me encuentro bien.

Marga se levantó de la silla, cogió el bolso y se lo colgó al hombro.

—Nunca me habían dejado de una manera tan miserable. Alguna vez tenía que ser la primera —ya de espaldas a él, le comentó—: ¡Que te vaya bien!

—Marga, espera, no es lo que piensas, de verdad —la agarró de la mano—. Perdona, soy un imbécil.

—En eso te tengo que dar la razón —una sensación de malestar le fue invadiendo—. Eres un imbécil. Ya puedes tacharme de tu lista.

—Por favor, deja que te explique. No termino de creerme que te hayas enamorado de mí en cuatro días. Eso es imposible.

—¡Así que es eso! No estás dudando de mí, estás dudando de ti, pero prefieres echarme las culpas de tus inseguridades. Pues no seré yo la que te saque de dudas. Ya te he dejado claro cuáles son mis sentimientos hacia ti. Cuando tú lo tengas claro, me llamas. Es posible que para entonces haya encontrado a otro que te sustituya. Ya sabes, me gusta jugar con los sentimientos de las personas que me importan.

—Marga, no te marches así.

Ella lo miró por última vez a los ojos.

—¿Así cómo? Ya lo has dejado todo muy claro.

Conforme llegaba al ascensor, sintió un gran nudo en la garganta. Las ganas de llorar aumentaron cuando las puertas se cerraron, pero esta vez no volvería a soltar ni una lágrima. Tampoco asaltaría una pastelería ni ahogaría sus penas en alcohol. Salió por la puerta que daba a la Fnac y subió hasta la cuarta planta para comprar una novela. Necesitaba sumergirse en una historia que acabara bien, ya que la suya con Óscar parecía que tenía los días contados. Buscaba un libro que de nuevo la hiciera creer en el amor, creer que eran posibles los finales felices. Eso era lo que pensó cuando se decidió a darle una oportunidad a Óscar. Al llegar a las estanterías de novela romántica, notó un sabor amargo que le subía por la garganta y salió corriendo hacia los baños. Subió las escaleras de dos en dos. Tuvo que hacer un esfuerzo tremendo para no vomitar en mitad de las escaleras. Alcanzó los baños y arrojó la cerveza, y hasta lo que había comido ese mediodía. Vomitó dos veces más, y cuando sintió alivio, tiró de la cadena, bajó la tapa y se sentó en el baño hasta que se calmó. Cuando pensaba en un baño, esa no era la idea que ella tenía de pasar un buen rato.

El móvil empezó a vibrar dentro de su bolso. No contestó la llamada, ni siquiera cuando siguió insistiendo cuatro veces más. Le echó un vistazo cuando sonó una quinta. Era Óscar. Decidió contestar cuando vibró una sexta vez.

—¿Qué quieres? —le preguntó Marga.

—Perdona, por favor, Marga. Soy un imbécil, un gilipollas, un idiota...

—Pensaba que eso ya había quedado claro.

—No sé en qué mierdas estaba pensando. Sí, me ha entrado miedo... Lo siento. No sé qué más quieres que te diga.

—Espera, Óscar —Marga dejó el móvil en el suelo al sentir de nuevo unas repentinas ganas de vomitar. Abrió la tapa del baño y siguió arrojando lo poco que le quedaba en el estómago.

—Marga... ¿estás bien? Dime dónde estás y paso a recogerte.

Era evidente que no se encontraba bien. Tenía que haberla oído vomitar al otro lado de la línea.

—Marga, por favor, dime algo. Me estás asustando.

—Estoy en los lavabos de la Fnac —dijo entre arcada y arcada.

—Llego en cinco minutos —respondió, y después colgó.

Marga deseó que fueran tres. Lo único que quería era meterse en la cama y que se le pasara el malestar que tenía. Cuando Óscar llegó, la encontró sentada en el suelo bebiendo agua de la botella que siempre llevaba en el bolso. Se arrodilló delante de ella.

—Marga, por favor, perdona. Me ha entrado pánico. He pensado que lo nuestro no podía salir bien, que no podrías enamorarte de mí. No quiero que lo nuestro termine. No sé en qué estaba pensando. Siempre lo jodo todo.

Marga dejó escapar las lágrimas que llevaba rato conteniendo. Y una vez que abrió el grifo, le parecía imposible cerrarlo. Óscar le limpió las lágrimas con el dedo pulgar y las besó con ternura. Eran amargas y le dolían mucho más que si fuera él quien estuviera llorando.

—No llores, por favor. Llámame idiota, gilipollas —dijo con un hilo de voz—. Me lo tengo bien merecido. No quería que me hicieras daño y soy yo el que he terminado haciéndotelo. ¿Puedo hacer algo?

—Sí, llévame a casa. No sé si algo me ha sentado mal. No me siento con fuerzas para hablar ahora contigo.

—Como quieras.

Se dejó ayudar por Óscar. Notó cómo las rodillas le temblaban.

—Si quieres, podemos pasar por la consulta de mi padre y que te eche un vistazo.

—Sí, por favor. Me siento fatal y todo me da vueltas.

—Lo llamo para que sepa que vamos para allá.

Óscar y Marga salieron de la Fnac y se dirigieron al aparcamiento en el que él había dejado el coche.

—¿Quieres esperar ahí y te recojo después o prefieres acompañarme? —señaló unos puestos que había en la plaza del Carmen.

—Prefiero esperar aquí sentada —asintió con la cabeza.

Mientras Óscar iba a por el coche, ella pensó en todo lo ocurrido minutos antes. Ahora era ella la que necesitaba pensar. Fue consciente de que a ambos les urgía tener algo de espacio propio. No porque no le quisiera, no eran esas las dudas que le asaltaban, más bien era porque si Óscar y ella volvían, tenía que estar segura de que él no la dejara otra vez a los cuatro días. El día anterior le había comentado a Cristina que no sabía si irse con ella a Valencia, y la respuesta que tanto había buscado, la tenía delante de sus narices. Y si Óscar quería apostar por esta relación, ya sabía dónde podría encontrarla.

Sí, definitivamente, necesitaba un cambio de aires, y Valencia era el sitio ideal.

Capítulo 22

Álex había pagado una habitación en el centro, en concreto en el Urban Hotel Madrid. Al entrar en el vestíbulo, Cristina advirtió cómo mujeres y hombres volvieron el rostro para seguir sus pasos. Se hizo de súbito un silencio extraño, y todos, sin excepción, cortaron sus conversaciones para observar a la pareja que acababa de entrar. Ellas mantenían congeladas sus miradas ávidas en Álex, al tiempo que ellos clavaban sus ojos en el escote de Cristina. Lo que nadie podía negar era la química que había entre la pareja. Las chispas que saltaron cuando él le retiró un mechón de pelo a Cristina para colocárselo detrás de la oreja sonrojaron a más de una señora. Tanto hombres como mujeres percibieron la electricidad de sus pieles al rozarse. Ellos envidiaron el deseo que anidaba en los labios de Cristina, intuyendo las caricias que le regalaría a Álex cuando estuvieran a solas. Ellas anhelaban sentir por un solo segundo que alguien las deseara con esa intensidad con la que él la miraba a ella.

Una vez hicieron el ingreso se encaminaron al ascensor. Se alojarían en la habitación 313. Cristina no dejaba de tener la sensación de que los seguían observando, y quizás por eso Álex estuviera tan callado. En cuanto las puertas se cerraron, él acarició su espalda.

—Quiero verte desnuda, me muero por sentir tu humedad —la agarró de la cintura y le besó el cuello.

Cristina cerró los ojos cuando las manos de Álex resbalaron por su estómago. Ella notó un calor en la entrepierna. En algún momento sintió que las bragas se bajarían solas y que no tendría que hacer el esfuerzo de quitárselas.

Álex buscó los labios de Cristina con avidez. Él le cogió la cara con una mano y con la otra bajó por la espalda hasta llegar a su cadera. La apretó contra él para que sintiera lo duro que estaba. Después subió la mano hasta alcanzar su pecho. Cuando advirtió que no llevaba sujetador, notó un pellizco de placer en la entrepierna.

Las puertas se abrieron y se cerraron sin que ellos hubieran separado sus bocas.

—Álex, hemos llegado.

—No me había dado cuenta —él siguió besándola con un deseo desbordado—. Estaba ocupado en tus labios. No sé qué tienen los ascensores, que me pierden.

—Será cuestión de hacerlo en uno —dijo ella.

—Sí, pero no será ahora mismo. Ya encontraremos ocasión.

Siguió con el dedo la curva de su cuello desnudo y se detuvo en su hombro.

—Tienes una piel tan suave, que me pierdo en ella cada vez que estás a mi lado.

Álex pulsó de nuevo el botón para salir al pasillo. Entrelazó sus dedos a los de Cristina.

—Vamos a entrar en esa habitación y te voy a amar como nadie lo ha hecho nunca.

—Nadie me lo ha hecho como tú.

Álex abrió la puerta con la tarjeta y la cerró con el talón.

—Te necesito, Cristina.

—Y yo.

Él bajó la cremallera de su vestido, enfrentando la mirada a la suya.

—Sube los brazos.

Ella hizo lo que le pidió. Se quedó solo con las braguitas. Álex agitó la cabeza y torció el gesto cuando observó que las que llevaba eran de algodón de color rosa y con un dibujo de Pétalo en el centro. No dejaba de sorprenderse con ella, por esa mezcla de candidez y pasión desbordada cuando estaba con él. Tuvo la necesidad de quitárselas con la boca. La tomó de la mano y tiró de ella para llevarla hasta la cama. La tumbó sobre ella.

—Solo tú y yo, Cristina. Eres cuanto deseo.

—¡Cómo te he echado de menos! —exclamó ella aferrándose al cabello de él.

Álex jugó con el elástico de sus braguitas e introdujo un dedo para notar la humedad de ella. Con los dientes mordisqueó el borde y poco a poco, con la ayuda de Cristina, se las fue quitando. Volvió de nuevo a su entrepierna. El dedo índice y corazón le abrieron sus labios al tiempo que con el pulgar le acarició el clítoris. Cristina soltó un gemido cuando Álex deslizó su lengua dentro de ella.

—Estás tan deliciosa.

Desde donde estaba, él podía ver cómo ella se sorprendía por las caricias salvajes con las que la atormentaba. La miró con un asombro genuino.

—¡Álex, Dios! ¿Qué estás haciendo?

—¿No te gusta?

—Sí —respondió con la respiración entrecortada—. ¿Cómo me lo preguntas?

—Quiero que tú me digas que nadie te ha follado como yo.

—Nadie me ha follado como tú —buscó los ojos de él.

La sintió estremecerse cuando su lengua se hundió despacio dentro de ella.

—Álex, no quiero que pares.

Cristina arqueó la espalda cuando notó que estaba muy cerca de alcanzar el éxtasis. Soltó un gruñido cuando él se separó de ella.

—Aún no, Cristina, deja que te haga el amor con calma —comentó tras quitarse la camiseta—. Quiero que me mires a los ojos cuando nos corramos los dos a la vez. Dime, ¿es eso lo que quieres?

—Álex, te deseo ahora, y deseo que esto no se acabe nunca —colocó su mano en la entrepierna de él para sentir su erección.

Ella buscó la boca de él. Le lamió en primer lugar los labios y después su lengua se abrió paso paladeándolo con calma. Sabía a ella y eso le gustaba. Como le había dicho Mariví, esa noche ella marcaría su territorio. Álex era suyo.

Él echó la cabeza hacia atrás y emitió un gemido al notar cómo la mano de Cristina buscaba liberar su miembro del calzoncillo. Álex tragó saliva con dificultad al tiempo que ella lo sentía palpitar en su mano. Él se quitó el pantalón vaquero en tres movimientos rápidos y la tumbó de nuevo en la cama. Ella negó con la cabeza.

—Quiero saber cómo sabes —se relamió los labios—. Aún no la he probado. Quiero saber a ti.

Él torció el gesto y soltó un gruñido al notar cómo la mano de Cristina apresaba su miembro. Después viajó despacio hacia abajo, saboreando la piel de Álex, y cuando llegó, lamió desde la base hasta arriba. Rozó con la punta de la lengua la suavidad de su miembro. Bebió de su néctar, jugueteó con él como Álex hizo con ella cuando lamió sus pliegues internos. Poco a poco se lo fue metiendo en la boca, hasta el fondo. Él cimbreó de placer. Cristina apresó con los labios su pene mientras lo sentía dentro de su boca.

—Para... —le pidió él—. No quiero correrme en tu boca. Necesito estar dentro de ti.

—Pero yo sí quiero que lo hagas —ella volvió a atrapar su miembro con su boca.

Álex se incorporó y le abordó los labios con ferocidad. En una mano llevaba un preservativo, que abrió de un tirón. Se lo colocó y después se acomodó entre sus piernas, sobre ella. Le separó las rodillas para sentirla, para llegar hasta lo más hondo de ella. Cristina adelantó las caderas cuando Álex se abrió paso en su interior. Se miraron a los ojos.

—Sigue, sigue hasta que nos corramos juntos.

—Eso es lo que quiero, sentir que nos vamos juntos. Eres preciosa.

Una embestida profunda les hizo gemir a la vez. Álex la penetró hasta lo más hondo, hasta que sintió que era ahí donde siempre había querido estar. Álex aceleró el ritmo cuando Cristina se lo pidió. Ella arqueó la espalda y subió algo más las caderas para que no hubiera espacio entre ellos. Le clavó las uñas en los hombros mientras él se hundía en ella sin dejar de mirarla a los ojos.

—¿Qué me has hecho para que no deje de pensar en ti, Cristina?

—Álex, me voy a correr. Hazlo conmigo.

—Sí, pequeña. Juntos —llevó las manos de Cristina por detrás de su cabeza y se las apresó.

Ella se apretó a él y Álex echó la cabeza hacia atrás.

—Mírame, Álex.

Entonces se corrieron como nunca antes lo habían hecho, con el deseo de que aquello no se terminara jamás. Una oleada de placer les envolvió y Álex sintió cómo la mirada se le nublaba. Se dejó caer en el hueco de su cuello. Cristina notó el aliento cálido de él.

—Me haces tan feliz –dijo Álex.

—Eres tú –contestó Cristina recuperando la respiración–. Esto es el comienzo.

—Dime que siempre será así.

—Siempre será así. Tú y yo, y que el mundo nos espere.

Álex se acomodó a su lado. Ella se colocó de lado y él la abrazó por detrás. Le dio un mordisco en el hombro y la sintió estremecerse.

—Cuando estás dentro, me siento como nunca, me siento plena.

—Se está tan bien dentro.

Cristina se giró para mirarlo a los ojos. Él acarició con un dedo su vientre firme, hasta que bajó al nacimiento de su pubis. Jugueteó con su vello. Cristina volvió a estremecerse. Ella también tenía ganas de seguir jugando. Deslizó la mano para atrapar de nuevo su miembro. Él arqueó una ceja al tiempo que ella asentía con la cabeza. Dos días sin sexo habían sido demasiado.

—Te he dicho que esto es el comienzo.

—Por supuesto, pequeña.

—Te necesito dentro.

—Soy esclavo de tus deseos –le apresó una nalga y tiró de ella para notar su pecho desnudo.

Después de amarse con calma, explorando sus cuerpos hasta la extenuación, Álex pidió al servicio de habitaciones una botella de vino tinto y lo que hubiera en la cocina a esas horas. Habían pasado las doce de la noche y lo único que se les ofreció fueron dos sándwiches mixtos. Sirvió las dos copas cuando el camarero trajo la botella y le entregó una a Cristina. El vino desprendió un sabor a especias, frutas y madera. Su sabor era suave, como los besos que no dejaron de concederse mientras la cena llegaba.

—Por nosotros —Álex levantó la copa y la chocó con la de ella.

—Por ti, por mí.

—Es un buen vino, pero nada como tu sabor.

Cristina se sonrojó.

—¿Dejarás de sonrojarte algún día?

Ella se encogió de hombros al tiempo que se abrazaba a él.

—Antes de que llegaras tú pensaba que no era posible ser tan feliz —Cristina dejó que él siguiera hablando—. Con Tita era otra cosa. Al principio la amé, perdí la cabeza por ella. Lo llamaba pasión, pero no se acerca a esto. Tú me lo das todo, y eso es justamente lo que me gusta de ti. Te abres a mí y después te miro y dudo si es verdad que lo nuestro es como yo lo siento. Solo me hace falta reflejarme en tu mirada para saber que estás ahí, que esto es lo más auténtico que he tenido nunca.

—Yo también siento esto —acarició con la yema del dedo los labios de Álex—. Eres lo mejor que me ha pasado nunca. Créeme si te digo que me siento como nunca, que me siento deseada por ti, envidiada por las demás mujeres que no apartan su mirada de ti cuando estamos juntos.

—¿No entiendes aún que cuando estás no hay nadie más que tú? Lo supe la primera vez que te vi.

—Querrás decir por tercera vez —Cristina arqueó una ceja.

—No, quiero decir por primera vez. Las otras dos no te miré como a una mujer.

—No sé si te acuerdas, pero el día de tu boda me dijiste

que un día encontraría a alguien con el que no me importaría llegar hasta el final.

—Te recuerdo. Ibas vestida como un chico. Aquella noche quise decirte que romperías más de un corazón —entrelazó su mano a la de ella para colocarla sobre su pecho—. No me equivoqué.

La magia se rompió cuando llegó el mismo camarero de antes con dos sándwiches recién hechos. Álex le entregó una propina, y este, un chico que no tendría más de veinticinco años, se marchó con una sonrisa.

Álex regresó a la cama con la bandeja. Cristina tuvo que reprimir un suspiro al admirar su torso desnudo, sus músculos firmes y lo bien que le sentaba el pantalón vaquero. Le gustaba ver cómo le colgaba de la cadera, pero sobre todas las cosas, lo que más le complacía observar era cómo se le marcaban los abdominales oblicuos. Era algo que siempre le había gustado admirar en un hombre, y por desgracia a Manu no se le marcaban. Se relamió los labios.

—¿En qué piensas? —preguntó Álex.

—En ti.

—¿En mí?

—Sí. ¿Por qué te extrañas?

—¿Qué es exactamente lo que pensabas?

—En lo que te haría de nuevo si te quitaras el pantalón.

Álex soltó una carcajada.

—¿Prefieres que cenemos primero o lo dejamos para el postre?

—Mejor aprovechar el momento, ¿no crees? Nunca se sabe qué puede pasar en los próximos minutos —Cristina deslizó su dedo por su vientre desnudo y lo entrelazó con el vello de su pubis—. Siento calor aquí. No sé qué me pasa —se le escapó un gemido.

Álex tragó saliva y notó un cosquilleo en la entrepierna. Con tan solo una mirada de Cristina él sentía que volvía a la carga.

—¿Solo sientes calor ahí?

—No —ella se acarició un pezón—. También aquí.

—Sabes que no soy médico...

—¿Y quién necesita un médico?

—Creo tener la cura para tus males —Álex se desabrochó los cuatro botones del pantalón.

—Y también me duele aquí —se rozó los labios con la yema de su dedo índice.

—¿Es contagioso?

—Mucho. Solo tienes que probar. No sé si te ha quedado claro o prefieres que siga indicándote dónde me duele.

—No haré más preguntas, señoría. Nada me gustaría más que dejarme contagiar.

Se sonrieron. Después de que Álex se quitara el pantalón, se tumbó a su lado. Se perdieron el uno en brazos del otro. Se besaron, se concedieron todo tipo de caricias, se susurraron palabras de amor al oído, pero sobre todo se amaron sin reservas, dejando sus sentimientos al descubierto.

El grito de ambos al alcanzar el éxtasis los dejó agotados. Cristina se retiró y se colocó al lado de Álex, que miraba al techo, perdido en sus recuerdos. Cristina se acomodó en el hueco de su cuello. Estaban sudados y olían a sexo, el mejor olor del mundo.

Hubo un silencio.

—Ahora me toca preguntar a mí. ¿Qué piensas?

Álex chasqueó la lengua.

—A veces siento miedo —le dijo Álex.

—¿De qué?

—De mí, de ti, de no estar a la altura de tus necesidades.

—Ya te digo que sí. Cuando estamos juntos solo quiero

que el reloj se detenga, que no acabe nunca. No sé si eso responde a tus dudas.

Él asintió con la cabeza.

—Cuéntame qué ha pasado esta tarde con Tita.

Álex parpadeó y torció el gesto.

—Me gustaría decirte que ha ido bien, pero no, no ha ido todo lo bien que me habría gustado.

Cristina sintió un pellizco amargo en el estómago.

—¿Me lo quieres contar?

Él asintió con la cabeza. Se quedó callado buscando las palabras. Después de un rato, se decidió a hablar.

—Con ella era el todo o nada. Era su guerra particular. Ella me dijo que no había tenido una infancia fácil y yo solo quería compensar todo su sufrimiento. Le juré que la iba a cuidar, que no le faltaría nada a mi lado, pero con Tita sentía que hiciera lo que hiciese, jamás tenía suficiente. Le gustaba controlarlo todo. Para ella el amor se compraba con joyas, flores, cenas caras y coches de lujo. Todas las vacaciones las pasábamos en un pueblo de la riviera francesa, cerca de Mónaco. También solíamos ir una semana a Mallorca, porque allí era donde iba la gente con dinero.

—Yo no busco eso, Álex.

—Lo sé —la pegó a su cuerpo y besó con ternura su frente—. Esta tarde ha aceptado mis condiciones... —cerró los ojos—. No podría soportar ser la portada de una revista y ser juzgada, quedar como la mala de la película. Ella siempre es la buena de cara a la galería. El monstruo solo sale en la intimidad.

—¿Qué ha pasado? —le preguntó con el corazón batiéndole con fuerza.

—Como siempre, ella tenía la última palabra guardada —abrió los párpados para perder su mirada en un punto lejano de la pared—. No sé cómo no la he visto venir. Yo... —se le quebró la voz.

En aquel momento, viéndolo tan vulnerable, Cristina supo que lo quería como nunca antes había querido a nadie, que lo necesitaba a su lado todos los días de su vida. Observó que la tristeza y el dolor encharcaron sus ojos. Notó de repente un odio irracional hacia Tita, por hacerle daño, por todas las mentiras que había contado sobre él sin importarle nada ni nadie. Era ella y solo ella ante el mundo.

—Álex, si quieres no tienes por qué contármelo. Lo podemos dejar para otro momento, cuando estés preparado.

Negó con la cabeza.

—Quiero que lo sepas —buscó la mano de Cristina y la apretó.

—No me voy a ir. Estoy contigo en esto y en todo.

Se encogió de hombros. Tenía el gesto crispado, los dientes apretados y los hombros tensos.

—Antes de que yo me marchara, ha hecho que me sentara de nuevo. Supongo que no podía marcharse sabiendo que había perdido una batalla contra mí. Siempre lo había sospechado, pero hoy Tita me ha demostrado lo poco que le importa lo que alguna vez tuvimos —carraspeó, quizás buscando las palabras que se habían quedado atoradas en su garganta—. Me ha dicho que Estela... Estela no es mi hija.

—No Álex, no digas eso, porque sabes que no es cierto. Si piensas que Estela no es tu hija, ella habrá ganado la batalla.

—Para mí no cambia nada lo que siento por ella. Solo quiero que mi hija no se entere nunca. Siento que la he defraudado. Ahora siento una pena que me ahoga, y me culpo por no ser su padre, porque si ella se enterara temo que no quiera saber más de mí. Y no es eso lo que quiero, la necesito a mi lado. Deseo que me siga llamando papá, que me siga contando sus cosas. De verdad, no sé cómo voy a vivir si ella se marcha de mi lado.

Cristina sintió un nudo en la garganta. Lo estrechó entre sus brazos y lo acunó. Lo besó con ternura en el pelo.

–Sabes que yo he tenido dos madres. De una tengo vagos recuerdos, pero a veces pienso que es más por lo que me han contado que por mi propia memoria. Cuando murió yo era pequeña y ella ya estaba muy mal. Sé muchas cosas de ella porque me lo han contado mis hermanos, y porque también he visto vídeos de mi madre. Era muy guapa y se parecía a Marga. Sin embargo, considero a Mariví mi verdadera madre. Soy lo que soy gracias a ella. Y Estela es tan hija tuya como suya.

–Lo que me duele no es no ser su padre, me duele más el daño que esto le puede hacer a Estela. Esto es contra lo único que no voy a poder protegerla de su madre. Tita llegó a decirme en alguna ocasión que la quería más que a ella. Sentía celos de su propia hija, de que yo jugara con ella, de que atendiera sus necesidades antes que las de Tita. Ya ves, ¡como si no hubiera podido compartir mi amor por las dos! La forma que Tita tenía de hacerme llegar hasta Estela era a través del chantaje. Si yo le regalaba el reloj que ella quería, me dejaba ver a mi pequeña a la hora de la siesta. O si yo quería llevarlas de viaje a Disneyland París antes teníamos que hacer una escapada romántica nosotros. Tita nunca da nada si no va a recibir algo a cambio. Y aunque consiga llevarme a mis hijos los fines de semana, sé que hay algo que se está guardando en la manga. Lo peor de todo es que no puedo olvidar ese brillo demencial en su mirada cuando me lo ha dicho. Se alegraba de ver cómo me dolía.

–Álex, te prometo que yo no te voy a mentir. Déjame entrar en tu vida. Lo que tengo contigo es magia y no quiero perderlo.

Álex soltó con alivio el aire que llevaba tiempo reteniendo en sus pulmones.

—Ahora es justo lo que necesito escuchar.
—Voy a estar contigo —le murmuró de nuevo en el oído.

Se mantuvieron despiertos, compartiendo parte de sus secretos, sus angustias y temores, hasta que el alba les alcanzó. El cielo de Madrid amanecía más hermoso que nunca, pero nada se podría comparar, pensó Álex, a la mirada de Cristina cuando se amaban y llegaban juntos a la cima. Tuvo que admitir que se había enamorado de ella, que quería todas las mañanas de Cristina, así como sus noches. Quería creer que ella no le mentiría como había hecho Tita, que compartirían sus sueños, y que todos los días la elegiría a ella, porque al fin y al cabo de eso se trataba el juego del amor.

Capítulo 23

La mañana del viernes, Marga y Cristina se habían levantado muy temprano. Querían llegar a Valencia antes de las once y ocupar cada una su habitación en el piso de Mariví. Cristina se instalaría en la que tenía la cama de matrimonio, por si Álex pasaba alguna noche allí, mientras que su hermana se quedaría con la habitación más pequeña, aunque también era la más soleada.

Mariví había convencido a Fran para que le devolviera las llaves del coche a Cristina. Eran tantos los trastos que llevaban encima, que no habrían podido llevárselos en el AVE. En realidad, Mariví no había tenido que insistir mucho, solo se lo dijo una vez para que él aceptara. Para Fran, claudicar en que Cristina se llevara el coche era su manera de pedirle perdón por no escucharla cuando más lo necesitaba.

Óscar llegó al portal de las hermanas Burgueño sobre las siete menos cuarto. Llevaba su camiseta de las *Supernenas* con la esperanza de que Marga cambiara de opinión. Mientras subía en el ascensor, no podía más que pensar en cómo había metido la pata con ella. Sus dudas le estaban jugando una mala pasada. Fue Cristina quien abrió la puerta.

—Hola, Óscar. Te estábamos esperando.

—Hola, bombón —la saludó, aunque en su voz no había la alegría de la que siempre hacía gala—. Lo sé, Marga me ha enviado un *whatsapp* hace media hora. ¿Cómo se encuentra hoy tu hermana?

—Mejor. Ayer ya no vomitó. Venga, pasa —le hizo un gesto con la cabeza—. Está en su habitación, terminando de meter una cosa en su maleta. No entiendo por qué lo deja todo para última hora.

—Te he traído la camiseta para Álex. Me parece que hoy Mojo Yoyo se va a camelar a Pétalo. Por una vez el malo va a ganar. ¡Síií, me gusta! —exclamó.

Antes de que Óscar se metiera en la habitación de Marga, Cristina le dijo:

—Echo de menos cuando bromeabas sobre mi perfume y me empotrabas contra la pared.

—Ahora tienes novio.

—Y antes también.

—Vamos, bombón, sabes que Manu, ese meapilas y santurrón que no sabe lo que tiene entre las piernas, no entrará nunca en esa categoría. Con Álex es diferente. Ya te empotra él. Te dije que ibas a flipar cuando tuvieras tu primer orgasmo.

Cristina soltó una carcajada.

—Sí, con él es todo diferente —le acarició el brazo—. Ya verás como todo se arregla. Sois dos cabezotas.

—La he jodido.

—Maribel siempre dice que en esta vida todo se puede resolver menos la muerte y la estupidez.

—Pues eso, soy un estúpido —se quedó pensando—. ¿Muerte? Si tengo que morir que sea con una chirla entre mis piernas. Se me acaba de ocurrir la frase perfecta para las próximas camisetas: «Cuatro chirlas y un funeral».

Cristina agarró una chaqueta que había en el perchero

para lanzársela a la cabeza. Óscar se encogía de hombros al tiempo que se apartaba.

—Eres imposible. No le comentes a mi hermana lo de las cuatro chirlas.

—No, tranquila. Mi grado de estupidez no es tan alto.

—Lleva dos días un poco irritable. No hay quien la aguante. A ver qué te dice a ti.

—Al menos tú me quieres.

—Y mi hermana también. No lo dudes.

Aún seguía dudando de que Marga estuviera enamorada de alguien como él. Ella siempre le decía que el amor no se podía medir. O se quiere a una persona o no. En el amor no había términos medios. ¿Por qué le costaba tanto confiar en sus palabras? Se lo había dicho Marga, y ahora Cristina. Ahora solo faltaba que terminara por creérselo. Llamó a su puerta antes de entrar.

—Pasa.

—Hola. Ya me ha dicho tu hermana que hoy te encuentras mejor.

—Hola, Óscar —ella se giró y se acercó a él para darle dos besos en las mejillas—. Sí, debió sentarme algo mal.

—Si aún no estás respuesta del todo te puedo llevar mañana o pasado. Sabes que me lo puedes pedir.

—Gracias, Óscar —buscó sus manos para entrelazar los dedos—. Puede que sientas que esto es una despedida, pero ya te digo que no lo es. Y te lo voy a demostrar todos los días.

—¿Y por qué siento que sí lo es?

—Tendrás que aprender a creer en lo que te digo, a fiarte de mí, a confiar en ti. No dudes que puedes enamorar a una mujer. Me voy, aunque tienes que reconocer que es lo mejor para nosotros. Sabes que puedes venir a Valencia siempre que quieras. Lo único que te pido es que, si vienes, te dejes las dudas en Madrid —rozó con sus labios los de él–. Yo no las tengo. Me gustas mucho. Hacía tiempo que no me sentía así. Y si vienes mañana, me harás muy feliz.

Óscar asintió con la cabeza. Después de que Marga pasara por la consulta de su padre, ella le comentó su decisión de marcharse a Valencia. Él no lo entendió en un primer momento, e incluso le había pedido que se quedara, pero ella no había aceptado. Cuando Marga tomaba una decisión, era difícil hacerle cambiar de opinión.

–No tardes en venir –le pidió antes de abrir la puerta de su habitación–. Prométemelo.

–Te lo prometo. No tardaré en ir.

–No te quiero como amigo, Óscar. No puedo explicártelo mejor. Yo no lucho contra mis sentimientos. Me dejo atrapar por ellos. Eso es lo que tendrías que hacer tú. Ahora ya depende de ti creerme.

–Marga, ¿por qué? Si soy un payaso. Creo que te mereces…

Ella posó un dedo sobre sus labios para acallar lo que fuera a decir.

–¡Shhh! Yo me merezco a alguien como tú. No le des más vueltas.

Óscar la ayudó a sacar las dos maletas grandes al pasillo. Ella llevaba su pequeña *trolley* con un dibujo de Hello Kitty que él le había regalado cuando cumplió los veintisiete años y que llevaba siempre cuando tenía que hacer pequeños viajes. Para Marga era su maleta preferida. Ahora sabía por qué. Era como llevar una pequeña parte de Óscar con ella.

Su padre, su madrasta y Maribel la esperaban junto a Cristina. Mariví bromeaba con su hermana; en cambio, su padre se mantenía con el gesto grave. En sus ojos se adivinaba el rastro de unas lágrimas. En un día se marchaban sus dos hijas pequeñas, algo difícil de asimilar para un hombre tan familiar como él.

Por otra parte, Maribel tenía una bolsa con un montón de comida y en las manos llevaba varias tarteras. Marga se relamió los labios al pensar en la tortilla de patatas con cebolla que había hecho esa mañana para el viaje. Maribel era de las que pensaba que Valencia estaba poco más que en las antípodas, y que iban a necesitar reponer fuerzas durante el camino.

–Venga, no hagamos esto más largo, que me tengo que ir a trabajar –soltó Fran.

Mariví y Cristina cruzaron sus miradas. Mucho se temían ambas que si la despedida se alargaba mucho, él terminaría llorando. Fue Marga la que se le tiró al cuello.

–Papá, si nos vas a echar de menos –le plantó varios besos sonoros en las mejillas.

Enseguida se le unió Cristina. Las mejillas de su padre terminaron llenas de marcas de pintalabios.

–Mariví, dile a las niñas que me van a arrugar el traje y que me han manchado. Estoy recién afeitado –se quitó los rastros del pintalabios con un pañuelo de papel que le había dado Mariví–. Venga –pegó unas palmadas al aire–, que se os hace tarde. Llamadnos cuando estéis en Valencia.

–Sí, papá. Os llamaremos. De verdad, dejad de tratarnos como si tuviésemos diez años –Cristina abrazó a su madrastra–. Pero no os preocupéis si tardamos un rato. Tenemos que hacer una compra y arreglar los armarios.

–Está bien –Mariví abrió la puerta de la calle–. Vuestro padre lleva razón. Se os hace tarde.

–¡Ay, mis niñas, que se me van de la casa! ¿A quién voy a cocinar yo los pasteles y mis ricas empanadas? En esa bolsa os he dejado comida para esta semana –ahora era ella quien lloraba a moco tendido–. No me ha dado tiempo de hacer nada más. A ver si vais a pasar hambre en Valencia.

–Maribel, aquí tenemos comida para un mes. No tenías que haber hecho nada. Si sabes que nos apañamos muy bien en la cocina –replicó Cristina–. Pero gracias.

–Anda, anda, qué me vas a dar las gracias. Si esto lo hago yo con mucho gusto. A saber qué coméis en Valencia, que sí, que la paella está muy buena, pero no vais a comer todos los santos días arroz. Ni que estuviéramos en China. En esta tartera verde lleváis una tortilla de patatas, en esta roja os he dejado un trozo de empanada de atún, huevo y tomate que hice anoche en casa, y en esta amarilla os he preparado un poco de magro con tomate y pimiento como lo hacen en mi pueblo –los fue colocando en otra bolsa–. Es por si os entra hambre por el camino.

Era inútil discutir con ella en temas de comida, así que ambas hermanas le dieron un beso a la mujer que las había querido como a hijas.

Óscar ya había hecho un viaje al garaje para guardar las maletas de Marga. Solo quedaban por meter las dos bolsas de comida que había preparado Maribel. Las hermanas no quisieron alargar mucho más la despedida. Cuando llegaron al garaje, Marga se separó un poco de su hermana para despedirse de Óscar.

–Quiero verte pronto, Óscar. Me gusta todo lo que teníamos y no me gustaría perderlo por tus dudas. El fin de semana pasado fue uno de los mejores de mi vida.

–Para mí fue el mejor.

–Nos volvemos a poner de acuerdo. No entiendo por qué no lo ves claro.

Se colocó de puntillas para acercar sus labios a los de él. En cuanto sus bocas se encontraron, hubo magia, entonces surgió un beso que ocupó todos sus pensamientos. Poco a poco se fueron separando.

–Óscar, te espero, lo sabes.
–Iré.
Tras un último abrazo, Óscar la acompañó al coche.
–Óscar, nos tenemos que marchar –dijo Cristina abrazándole.
–Lo sé, bombón. Nos vemos muy pronto.
–Te esperamos –repuso Cristina sentándose en el asiento del conductor.
Óscar las vio salir del garaje. Una vez que dejaron atrás la calle donde se habían criado, Marga no pudo contener unas lágrimas.
–Vendrá pronto –dijo Cristina.
Marga asintió, aunque no estaba muy segura de ello.
–Venga, te dejo que elijas tú la música. ¿Te acuerdas de los viajes que hacíamos cuando éramos pequeñas y no parábamos de cantar? –Cristina no esperó una respuesta–. Pues he preparado un CD para cantar.
–Entonces, no me estás dejando elegir.
–Que sí, tonta, que aquí están todas tus canciones favoritas.
–Bien, pero luego no te quejes de que desafino.
Pasaron gran parte del camino cantando y bromeando. Era una manera como otra cualquiera de alejar la pena de Marga. A unos cien kilómetros de Valencia, pararon unos minutos para estirar las piernas, y aprovecharon para repostar e ir al lavabo. Marga, además, se hizo un pincho con la tortilla de Maribel, que tomó con una cerveza sin alcohol. No había probado ninguna igual a la de ella.
Como había calculado Cristina, llegaron antes de las once de la mañana. Ella no tenía que trabajar hasta la hora de la comida, así que le quedaban dos horas para instalarse en el piso de Mariví. La calle Correjería era muy estrecha y no se podía dejar el coche mucho tiempo en doble fila. Lo arrimó a la pared y ayudó a su hermana a

meter las maletas en el portal. Al tiempo que ella lo aparcaba en el *parking* de la plaza de la Reina, Marga subía las maletas. Cuando estuvieran más instaladas, Cristina solucionaría el tema del aparcamiento.

De camino a casa, encontró que Álex la estaba esperando en el portal apoyado en la puerta. Corrió hacia él y, de un salto, se subió a sus brazos.

—No sabía que ibas a venir —le dio un beso en los labios—. ¿Te lo ha dicho mi hermana?

—Sí, le he pedido a Marga que me avisara. Son tres minutos desde el hotel. Ahora no hay mucho trabajo.

Álex la bajó al suelo cuando advirtió que un señor mayor se les quedó mirando como si estuvieran practicando sexo en plena calle.

—Bienvenida, a Valencia, Cristina.

Ella hizo un puchero. Lo agarró de la camiseta para murmurarle en el oído.

—Solo me has dado un beso. Llevo unas braguitas con muchos corazones.

Álex elevó los ojos al cielo.

—Cristina, no entiendo qué quieres decirme —le susurró él a su vez.

—Me habías dicho que tenías mucha, mucha imaginación. Ahora lo dudo. Llevo tres días echándote mucho, mucho de menos.

—No sigas por ahí.

—Solo sería uno rápido —tiró de él hasta pasar el portal—. Nunca lo he hecho debajo de una escalera.

—Eres mala.

—Sí, soy muy mala, y me gusta. Y a ti te gusta que sea muy mala. Solo tienes que decirme que me suba la falda.

—¡Cómo te deseo! —la besó con pasión.

Álex la llevó hasta el hueco que había debajo de la escalera.

—Solo espero que no entre ni salga nadie por esa puerta —le dijo Álex pegándole un bocado suave en los labios.

—Te prometo que solo gemiré en tu oído.

Cristina dejó que Álex le pegara un tirón fuerte en las bragas hasta rasgarlas. Y después se las guardó en el bolsillo de su pantalón vaquero.

—Me gusta coleccionar tus braguitas.

—Y a mí me gusta que las tengas tú.

Se amaron deprisa, con urgencia y desesperación, y se miraron a los ojos cuando ambos llegaron al éxtasis. Él le colocó la mano en la boca para que no terminara gritando.

—Ahora sí, bienvenida a Valencia, Cristina —dijo él cuando recuperó el aliento.

—Espero que no recibas a tus clientas así.

Álex le volvió a subir la falda y le pegó un cachete suave en la nalga.

—Ni se te ocurra pensar eso. Solo tengo ojos para ti.

Se despidieron con un beso salvaje, tanto como había sido el breve encuentro sexual.

—Nos vemos en un rato —dijo Álex antes de salir a la calle—. Cristina, no te cambies de ropa ni te pongas braguitas. Así estás perfecta.

Ella no terminaba de acostumbrarse a que él dijera su nombre. Se estremeció cuando terminó la frase.

—Eso es que estás pensando en algo —soltó con un tono de voz pícaro—. Y me encanta.

Cuando Cristina subió, Marga ya había metido toda la comida en el congelador y estaba colocando su ropa en el armario.

—Supongo que te habrá costado aparcar en el *parking*, por la cara que traes —soltó una carcajada.

—No sabes la de coches que había. Era imposible encontrar un hueco.

—Ya, es difícil llenar según qué huecos. Yo conozco uno que parece que lo hace muy bien y que te pone a cien por hora en menos de tres segundos.

—No habría pasado nada si tú no le hubieses dicho nada —le sacó la lengua.

Durante dos horas, Cristina y Marga limpiaron la casa, guardaron su ropa e hicieron un poco más suya la casa de Mariví. Sobre la una de la tarde, la menor de las hermanas se marchó al Acanto. Le pidió a Alba, la recepcionista, que buscara a Álex porque le tenía que dar algo. Tras dos besos y unas caricias en el ascensor, Cristina le dio la camiseta que le había hecho Óscar.

—Me gustaría que te la pusieras ahora.

—Claro. Esta noche cenaré a una Supernena.

Como había pasado la semana anterior, ese viernes tenían el comedor lleno y ella apenas pudo separarse del lavavajillas. En esas horas Álex tampoco tuvo mucho tiempo de pasar a las cocinas. También tenían el hotel lleno gracias a un encuentro de blogueros y lectores de novela romántica que se celebraría ese fin de semana. El *lounge* Acanto&Bar estaría cerrado buena parte del sábado y ella se encargaría de hacer los pasteles para el encuentro entre blogueros. Las buenas puntuaciones que dejaban los clientes en las páginas de viaje y el buen hacer de los dos hermanos estaban funcionando. Solo pudieron verse un rato, cuando comieron todos juntos en el comedor. Compartieron caricias por debajo de la mesa. Ella solo quería que las agujas del reloj pasaran muy deprisa para poder amarse con tranquilidad. Tendrían que esperar a la noche para que esto ocurriera.

—Me gustaría que estuvieras cuando llegaran mis hijos.

—No sé si sería buena idea. Lo veo un poco precipitado.

—Yo quiero que los conozca desde el principio.

—Como quieras. Pensaba que esta noche te apetecería estar a solas con ellos.

—Sí, pero me gustaría que tú también estuvieras.

Antes de que se marchara, Cristina le preguntó:

—¿Para cuándo me dijiste que tenía que tener los postres para el encuentro de blogueros?

—Mañana a primera hora empiezan a llegar el resto de blogueros y los organizadores del evento estarán repartiendo chapas y dando la bienvenida, así que todo tendría que estar dispuesto para las diez y media, que es cuando tienen la primera charla.

La tarde pasó deprisa. Cristina echó de menos tener un pinche como Álex mientras preparaba los postres. No era lo mismo hacer un bizcocho sola. Él estaba arreglando las dos habitaciones en el apartamento antes de que llegaran sus hijos.

Sobre las nueve y media de la noche, mientras preparaban las cenas, Tita llegó con Estela y con Víctor. Gema llamó a Cristina para que saliera a conocerlos.

—Ha llegado la alegría de la huerta, mi excuñada. ¡Uff, no la soporto!

En el vestíbulo, Tita miraba todo con una mezcla de asco y de soberbia. Tenía a Víctor agarrado de la mano, mientras que Estela tenía la cabeza gacha y jugaba con su móvil. El pelo le tapaba toda la cara.

—Te he dicho que te estés quieto, Víctor. ¡A ver cuándo me haces caso!

A Cristina le dio la impresión de que lo trataba como si fuera un perrito faldero al que tuviera que amaestrar.

Álex salió después de que lo hicieran su hermana y Cristina. Tita le dirigió una mirada altiva y después posó sus ojos en Cristina al advertir que ambos llevaban camisetas parecidas. Negó con la cabeza al comprender que ella era la nueva novia de él. Por fortuna para Cristina, Tita no la reconoció.

Víctor logró deshacerse de la presión que le hacía Tita y corrió a los brazos de Álex.

—Papi, papi —Álex lo subió en brazos y le dio varios besos.

El niño le pasó las manos por la cara, como si lo estuviera reconociendo de nuevo.

Cristina sintió cómo se le humedecían los ojos. ¿Cómo podía decir Tita que él era un maltratador? No había más que ver cómo quería a sus hijos, cómo trataba a los clientes. Y a ella le gustaba descubrir cada día nuevas facetas de él.

—¿Cómo estás, bacalao? Vaya, has crecido mucho —le sacudió el cabello.

—Sí, mucho. No he *gomitado* en el coche. Bueno, un poquito sí —le hizo un gesto con los dedos índice y pulgar para indicarle cuánto.

—No me puedo creer que solo hayas vomitado un poco. Eso es que te estás haciendo muy grande.

El niño asintió con la cabeza.

—Tú también te estás haciendo mayor, papi. Mamá se ha enfadado un poco porque me he manchado la camiseta.

—No pasa nada. Ya la lavaremos en la lavadora.

—Papi —le instó a que lo bajara al suelo—. ¿Tú sabes hacer esto?

Corrió a la escalera para subirse al segundo escalón y después saltó.

—Víctor, ten cuidado, que te puedes caer —gruñó Tita.

Álex no hizo caso de la advertencia de su exmujer.

—Siempre lo había probado con un escalón, pero saltar desde dos escalones es muy difícil.

—¿Y tú sabes hacer esto?

Dio una voltereta en el suelo.

–Vaya, eso tampoco lo sé hacer.
–Estela tampoco sabe hacerlo.
–Estoy sorprendido.

Mientras Víctor hacía una demostración de todo lo que había aprendido mientras había estado separado de su padre, Álex se acercó a Estela.

–¿No vas a venir a saludarme? –posó sus manos en los hombros de su hija–. No sabes cuánto te he echado de menos.

Estela levantó la barbilla. Lo miró con rencor y después se giró hacia su madre.

–Mamá dice que no querías saber de nosotros.

Álex apretó los puños y contuvo la ira. Tragó saliva.

–No, cariño, eso no es cierto. Tenía que obedecer la orden del juez –le mostró una sonrisa tirante–. No sabes cuánto te he echado de menos.

–He leído las revistas... –Estela volvió a bajar la barbilla.

–Cariño, sabes que todo lo que cuentan es mentira.

Estela giró la cabeza otra vez hacia su madre.

–¡Me pregunto dónde has dejado a Estela!

Ella levantó el mentón y se marcó una sonrisa tímida. A sus doce años ya no le gustaba vestirse como una niña pequeña. Llevaba unos *shorts*, que a Álex le parecieron muy cortos, y una camiseta que dejaba al descubierto el ombligo.

–Mamá me deja vestirme así. Paso de llevar ropa de niñatas.

Gema corrió al rescate al comprender que su hermano quería hablar con Tita a solas.

–Venga, chicos, venid conmigo. Esta noche os he preparado hamburguesas como las de la abuela. Ya veréis qué ricas. El primo Ian y la prima Carol tienen muchas ganas de veros.

Cristina siguió los pasos de Gema, pero antes de meterse en el comedor, escuchó cómo Tita le decía a Álex:

—¿Esa es tu nueva putilla? Eres patético. Te ha llegado la crisis de los cuarenta. No pienses que porque lleves esa camiseta ella se va a quedar a tu lado.

—Créeme, querida, Cristina no se parece en nada a ti. Si me disculpas, tengo planes. Y ahora vete de mi hotel —se giró sobre sus talones—. No eres bienvenida.

Cristina cerró los párpados y sonrió. Estuvo a punto de darse media vuelta y decirle a Tita: «Zas, en toda la boca».

—Volveré el domingo a por mis hijos. Tenlos listos a las cinco de la tarde. Sé puntual. Necesito acostarme pronto ese día, porque el lunes tengo rodaje y pasarán a por mí a las siete de la mañana.

—¡Largo! Creo que he sido lo suficientemente claro. No tengo nada más que hablar contigo.

Gema había hecho que prepararan una mesa para cuatro al fondo del comedor. Cuando Álex entró, sus hijos estaban sentados y Gema le estaba poniendo a Víctor una servilleta alrededor del cuello.

—Yo quiero que papi se siente a mi lado.

Como le había pedido su hijo pequeño, Álex se colocó al lado de su hijo, aunque también de Estela.

—¿También puedo sentarme al lado de Estela, verdad? Tenemos muchas cosas de las que hablar.

—Papi, a mí no me gusta lo verde.

—Víctor, te lo comes y punto —replicó—. Como haces en casa, con mamá.

Unas lágrimas asomaron por los ojos del pequeño.

—Estela, no hay que ser drástica —la agarró de la mano para acariciarla con suavidad—. A ver, bacalao. Come solo lo que te apetezca.

—Es que no quiero lo verde.

Cristina los observaba desde la puerta de la cocina. Se acercó a la mesa.

—Hola, Víctor —le tendió la mano para que la chocara—. Soy Cristina. ¿Me dejas que me siente en la mesa?

Asintió con la cabeza, al tiempo que Estela le dijo un «no» rotundo.

—Estela, por favor, tenía ganas de conoceros —respondió Cristina.

—No quiero que te sientes con nosotros —replicó de nuevo la niña.

Cristina tragó saliva y miró a Álex para que no interviniera. No deseaba que él se enfadara con su hija esa noche. Quería que fuera un buen reencuentro. Iba a ser más difícil de lo que había pensado, pero eso no la desanimaría.

—Está bien, Estela, no me sentaré con vosotros —antes de irse, se arrodilló delante del niño—. Supongo que sabes quién es La Masa o el Increíble Hulk —él asintió con la cabeza—. Si quieres ser tan fuerte como él, solo tienes que comer un poco de esto verde. Pero no te puedes pasar, tienes que tomar la cantidad justa, porque igual te haces muy fuerte y luego tu padre no podrá levantarte.

—¿De verdad? —el niño abrió los ojos.

Cristina asintió con la cabeza.

—¿A ti te gustan las películas? —quiso saber ella.

—Sí —cogió con los dedos un poco de lechuga para metérsela en la boca.

—¡Oye, a mí también me gustan! ¿Quieres que veamos una más tarde?

—Yo quiero ver *Mary Poppins*.

—Me encanta *Mary Poppins*. Te propongo un plan para esta noche. Después de cenar, podemos hacer palomitas, nos ponemos un buen tazón de helado y nos vemos una película. Y luego te prometo que te contaré un cuento

—miró luego a Estela, que tenía los brazos cruzados—. Tú también te puedes apuntar.

—No me gusta *Mary Poppins*. Eso es cosa de niños.

—Bueno, eso tiene fácil arreglo. Elige tú una película —le dijo Álex—. El plan de Cristina me gusta mucho.

—Pero yo quiero ver *Mary Poppins*.

—Elige, Estela, sofá o cama —comentó Cristina.

—Me da igual.

—Vale. Pues Víctor y yo veremos *Mary Poppins* en la cama, y tu padre y tú veréis la peli que tú quieras en el sofá.

—La cama para mí y para mi padre —dijo al fin Estela.

—Claro, Estela. Víctor y yo nos pondremos en el sofá. ¿Te parece? —Estela terminó por encogerse de hombros—. Vamos a hacer un fuerte vaquero, ¿o prefieres una nave espacial?

—Sí, yo quiero una nave especial.

—Espacial, bacalao. Se dice espacial —le corrigió su hermana.

Cristina se levantó, aunque antes de marcharse, se giró hacia el niño.

—Víctor, creo que ya has comido suficiente verde. A ver que lo compruebe —le hizo un gesto con la cabeza para tocarle el músculo del brazo, pero este le enseñó el codo.

—Toca, toca. Está muy duro ya.

—Sí, la verdad es que sí. Estás muy fuerte. Pues mañana un poco más. No hay que pasarse. A ver si ahora vas a ser más fuerte que tu padre. ¿Te imaginas?

Víctor se echó a reír.

—Papi, voy a ser más fuerte que tú.

—Por supuesto. Nunca lo dudes, bacalao.

Cuando Cristina llegó a las cocinas, tenía un *whatsapp* de Álex diciéndole: *Gracias por llegar a mi vida.*

Capítulo 24

Cristina llegó a casa de Álex casi a las once de la noche, después de preparar varias tartas para el encuentro de blogueros y lectores de romántica que se celebraría al día siguiente. Había hecho también una gran cantidad de galletas con chocolate blanco y *cupcakes red velvet* con cobertura de *buttercream*. Aún le quedaba por preparar la tarta especial que habían pedido las organizadoras con el logo del encuentro, aunque esto tendría que esperar hasta el día siguiente. Solo le había dado tiempo de hacer el bizcocho.

En una mano llevaba una bolsa con tres tarrinas de helados, una de vainilla con nueces de macadamia para Estela, otra de fresa para Víctor y Álex y otra de chocolate para ella, y una bolsa de maíz que había cogido de las cocinas. En la otra mano portaba una bandeja en la que había un trozo de tarta de manzana porque era la preferida de Álex. Como no sabía cuáles eran los gustos de Estela y Víctor, se arriesgó a llevar unas galletas que había hecho esa tarde.

Estela abrió la puerta después de que ella insistiera dos veces.

—Papá, es tu amiga —dijo esto último con retintín.

—Estela, tengo un nombre —dijo sin acritud cerrando la puerta—. Me llamo Cristina y espero que podamos ser buenas amigas.

Ella la miró como dudando de sus palabras.

—Lo que tú digas. Mi padre está en la cocina haciéndole un vaso de leche al bacalao.

—Gracias, Estela. ¿Ya habéis decidido qué película vais a ver?

—Mi padre se empeña que vea un rollo de los años ochenta, algo del futuro, pero yo no quiero.

—¿*Regreso al futuro*?

—Sí, aunque yo prefiero ver la primera parte de *Sinsajo*.

—Es de mis sagas favoritas. Me gustó bastante la película, aunque un poco lenta para mi gusto. ¿Has leído los libros?

Por primera vez Estela se mostró interesada en algo.

—El primero y el segundo, pero este no. Soy fan de Katniss y me gusta mucho Gale.

—Tienes que ser de las pocas. Aunque igual cambias de opinión cuando leas la tercera parte. A mí me gusta más Peeta. Es muy mono. A mí me *spoilearon* un detalle del tercer libro. ¿Lo tienes?

—No, quien me compraba los libros en casa era mi padre.

Cristina se apuntó mentalmente que tenía que hacerse con la tercera parte de *Los juegos del hambre* para que Álex se lo regalara.

—Por cierto, no sé si sabes que el hermano de Gale es el actor que interpreta a Thor.

—Es muy viejo para mí.

—Entonces, ¿qué tipos de chicos te gustan a ti?

—No me gustan los chicos.

Estela no se lo estaba poniendo fácil. Puede que con

su última respuesta le estuviera diciendo la verdad, pero algo le decía que podía deberse más a que la estaba poniendo a prueba. Puede que la cosa también fuera que quisiera hacerle pagar a Álex los tres meses que habían estado sin poder verse.

–¡Ah, pero te gusta Gale, que es chico! Y si no te molan, tampoco pasa nada. Yo tengo amigas a las que no les gustan los chicos. A mí no empezaron a gustarme hasta los catorce años –le mostró la bolsa que llevaba en la mano–. He traído un montón de helados. Tu padre me ha dicho que te gusta mucho el de vainilla con nueces de macadamia.

–Ya no me gusta el helado. Mi madre dice que engordan y, desde que se fue papá, no comemos dulces en casa. Tenemos que guardar la línea.

Cada vez le resultaba más despreciable Tita. Que ella quisiera guardar la línea era algo que le traía sin cuidado; es más, no quería entrar en juicios de valores, pero no entendía por qué machacaba a su hija para que se mantuviera en un peso cuando aún se estaba desarrollando y no llegaba a una talla treinta y cuatro.

–Una pena, porque estás estupenda.

–No hace falta que seas simpática conmigo –le dirigió una sonrisa falsa.

Cristina apretó los dientes.

–Pues tú dirás cómo quieres que te trate. Puedes creerme o no, pero a mí me importa que estés bien.

Estela se encogió de hombros.

–Si no me conoces. ¡Bah! Es igual.

–No, no te conozco, aunque espero que me des una oportunidad. Es lo único que te pido.

Estela tragó saliva y después se giró y la dejó con la palabra en la boca.

Álex, que llevaba en una mano un vaso grande de plástico con una pajita, salió en ese momento de la cocina con Víctor colgado del otro brazo. Se acercó a Cristina para darle un beso en la mejilla.

—¡Hola, Cristina! —exclamó el niño—. Papi me deja acostarme tarde.

—Eso es genial. Voy a hacer palomitas. Me gusta hacerlas a la manera tradicional, que salen mucho más ricas. ¿Te apuntas?

—Papi, ¿puedo? Mamá no quiere que entre en la cocina porque hay fuego.

—Claro, bacalao —lo bajó al suelo—. Tengo ganas de probar esas palomitas. Os dejo. Estela y yo tenemos cosas de las que hablar.

Víctor agarró la mano de Cristina y la llevó a la cocina.

—Aquí está la cocina.

—Gracias por enseñármela —le mostró una sonrisa afectuosa—. Antes de nada, vamos a guardar estos helados en el congelador para que no se derritan. Y no te preocupes por el fuego, no te vas a acercar a él —mientras abría la puerta del congelador, le señaló con el pie un armario que había al lado del frigorífico—. Busca aquí debajo la sartén más grande que veas.

—¿Qué es *un* sartén?

Era lógico que no supiera qué era una sartén si no podía entrar en la cocina.

—Espera, que ahora te ayudo.

Cristina abrió la puerta del armario y le fue mostrando a Víctor los cacharros que había guardados. Se sentó en el suelo con él. En primer lugar sacó una olla. Hizo como que pensaba y esbozó una mueca como si se hubiera olvidado algo.

—¿Te lo puedes creer? No me acuerdo cómo se llama esto —se la colocó en la cabeza—. Tiene pinta de sombrero.

—No, eso no es un sombrero. Yo sé cómo son y no son así.

—Entonces es un casco.

Víctor negó con la cabeza al tiempo que bebía de su vaso.

—Vamos a pensar un poco. Si este cacharro está en la cocina, es porque sirve para cocinar, y no podemos hacer nada si no le ponemos un nombre. Imagínate que te digo: dame ese cacharro de ahí, y tú me das esta cosa que parece una guitarra sin cuerdas —sacó la sartén más grande que tenía—. Venga, vamos a ponerles un nombre.

—¿Sí?

—Claro, pero esto será nuestro secreto.

—Pero yo quiero decírselo a mi papi y a Estela.

—Entonces se lo diremos solo a ellos.

Víctor pensó mientras se terminaba el vaso de leche. Con el último trago sorbió tan fuerte que después se tapó la boca con la mano.

—Perdón.

—No pasa nada, Víctor. No se lo voy a decir a nadie.

—Mi madre dice que eso es de cochinos, y yo no soy un cochino, pero es que lo he hecho sin querer. Se me ha escapado.

—A mí también se me escapa alguna vez —le revolvió el pelo como le había visto hacer a Álex—. ¿A ver qué nombre le ponemos a esto que tengo en mi cabeza? Si no es un casco ni un sombrero, puede que sea la cabeza de un extraterrestre.

—No, eso es un *culodemono* —soltó una carcajada.

Cristina se unió a las risas de él. Le sorprendía que el tema escatológico funcionara tan bien con los niños.

—Vale, esto es un *culodemono* —después le mostró la sartén—. Tampoco me acuerdo cómo se llama esto.

—Esto se llama *pipídegato* —no pudo contener las risas.

—Menos mal que estás tú aquí para recordarme cómo se llamaban estos cacharros —se levantó del suelo y lo ayudó a que se pusiera de pie–. Venga, vamos a hacer palomitas con este *pipídegato*.

Víctor se cubrió la boca con las manos, aguantándose una carcajada y elevó los hombros.

–Palomitas con *pipídegato*, qué asco.

–¡Shhh, que no se lo digas a nadie! Ese es el ingrediente secreto y un cocinero nunca dice sus secretos.

Víctor asintió con la cabeza. Antes de empezar a cocinar, Cristina lo sentó en el banco de la cocina.

–No te puedes mover de aquí –le pasó un salero–. Cuando yo te pida que le pongas sal, tienes que hacerlo deprisa. Ya verás qué ricas nos salen.

Cristina roció la sartén con aceite de un *spray* y después la puso a calentar en el fuego. Cuando el aceite estuvo caliente, puso un puñado de maíz.

–Es el momento de poner un poco de sal.

El niño se mordió la lengua como si estuviera haciendo un gran esfuerzo y derramó un poco de sal sobre el maíz.

–Lo has hecho muy bien –dejó la sartén sobre la encimera para que calentara el maíz y lo cubrió con una tapadera.

Cuando el maíz empezó a estallar, Cristina agarró con una mano el asa de la sartén y con la otra hizo fuerza con el mango para que la tapa no se moviera. Empezó a agitar la sartén.

–Ahora hay que mover el *pipídegato* hasta que las palomitas dejen de hacer ruido. Tienes que estar atento, porque estoy un poco sorda de este oído –le señaló con el hombro izquierdo la oreja.

El niño se concentró en oír cómo las palomitas hacían plof, plof.

–¡Ya, Cristina! –exclamó Víctor cuando el maíz dejó de estallar.

–Lo estás haciendo muy bien.

Cristina colocó las palomitas en un bol, y repitió hasta en tres ocasiones el mismo ritual para hacer palomitas. Después dejó la sartén sobre la encimera y bajó a Víctor al suelo. Le entregó dos boles de plástico.

–Uno es para ti y el otro para quien tú quieras.

–Para papi.

Víctor corrió hacia la habitación de su padre, y cuando llegó a la puerta, tropezó con ella y los dos boles que llevaba en las manos, cayeron al suelo. Al ver las palomitas desparramadas, comenzó a llorar.

–Ha sido sin querer. Yo quiero palomitas.

Álex corrió en su ayuda y lo cogió en brazos.

–A ver, bacalao, no pasa nada. Se recogen y ya está. La próxima tienes que tener un poco más de cuidado.

–Mamá me va a reñir –hipó con desconsuelo.

–Mamá no te va a reñir porque no está aquí. Y yo no se lo voy a decir. Así que sécate esas lágrimas –con la esquina de su camiseta le secó las lágrimas a su hijo–. Venga, vamos a ver una película. He convencido a Estela para que vea con nosotros *Mary Poppins*. Hace mucho tiempo que no la veíamos. ¿Quieres que saque mi ukelele y cantamos las canciones juntos?

–¡Sí! –exclamó con entusiasmo. Había pasado del llanto a la alegría con una facilidad pasmosa.

Cristina contuvo un suspiro. Quiso correr hacia Álex, abrazarlo y cubrirlo de besos. Su faceta de padre le encantaba y le parecía muy tierna. Nunca lo encontró tan guapo como hasta en ese momento. Volvió a enamorarse un poco más de él, si es que eso era posible. Le guiñó un ojo cuando cruzaron sus miradas. Cristina buscó la escoba y el recogedor para limpiar el suelo. Y como hacía Mary Poppins en la película, ella empezó a cantar: «Con un poco de azúcar esa píldora que os dan…». Enseguida la siguió Álex y por último se les unió Víctor. Estela los miraba desde la cama con un gesto de hastío. Tenía los brazos y las piernas cruzados.

Una vez que terminaron de recoger todas las palomitas, se sentaron en el sofá y Álex puso un DVD en el reproductor. Cristina se sentó en un extremo, mientras que Álex lo hacía en el otro. A su lado tenía a Estela y encima de sus rodillas estaba Víctor, que no llegó a terminar de ver la peli y se quedó dormido antes de que llegara la escena del parque, donde Mary Poppins, Bert, Jane y Michael se subían al tiovivo con personajes de dibujos animados.

–Parece que nos hemos quedado nosotros tres –dijo Álex.

–Si queréis quedaros a solas solo tenéis que decirlo. Yo me largo a mi habitación.

–No, Estela. Nadie quiere que te vayas –le respondió su padre–. Si quieres ahora podemos ver esa peli que te gustaba.

–No creo que la tengas.

–Si la encuentro, ¿qué me das?

–No sé –frunció los labios.

–A mí se me ocurren muchas cosas. Podrías traernos mañana, a tu hermano y a mí, el desayuno a la cama. O puedes tratar de ser un poco más amable.

Estela se levantó como impulsada por un resorte. Tenía los puños apretados y lo dientes le rechinaban.

–No has querido vernos en tres meses y ahora quieres que me comporte como si no pasara nada. ¿Por qué no me has llamado? Dime, ¿por qué? –de pronto estalló como una bomba, tiró el mando que llevaba en una mano a la pared y comenzó a llorar–. Mamá decía que no querías vernos. Le has hecho daño y también me lo vas a hacer a mí.

Álex quiso tragar saliva, pero tenía la boca seca.

—¿Eso te ha dicho tu madre? —preguntó tratando de mantener la calma.

—No hace falta que me lo dijera ella, lo he visto en las revistas que hay en casa.

—Cristina, por favor, acuesta a Víctor —chasqueó la lengua—. Estela y yo tenemos que hablar.

Se levantó del sofá para pasarle el niño a Cristina, y después ella se marchó del comedor. Ojalá pudiera decirle a Estela que su madre era una mentirosa y una manipuladora que la estaba usando contra su padre.

—No quiero que me cuentes mentiras. Estoy cansada de que me tratéis como si tuviera ocho años. Ya no soy una niña.

Cristina escuchaba desde la habitación de Víctor cómo Álex trataba de calmar la ira de Estela. Dudó en salir, pero no quería interrumpirles en mitad de la conversación. Se tumbó en la cama cuando Víctor abrió un ojo y le pidió que le contara un cuento. El niño se abrazó a ella. En menos de dos minutos el niño se quedó otra vez dormido y ella no tardó en caer en los brazos de Morfeo.

—No, no eres una niña —agarró su móvil, que estaba encima de la mesa, y comenzó a teclear el número de Tita—. Te vamos a decir la verdad.

Ella descolgó al tercer tono.

—Álex, ¿me llamas para que le diga a tu putilla cómo te la tiene que chupar?

—Tita, he puesto el manos libres, así que mejor te ahorras tus comentarios —quiso decirle estupideces, pero se lo pensó mejor—. Explícale a tu hija que todo lo que dicen las revistas es mentira.

—Pero Álex…

—Tita, espero que hayas hecho lo que te pedí.

—Ahora mismo no me acuerdo —dijo con voz melosa.

—No juegues conmigo, Tita. ¿Lo has hecho o no?

—¿Qué tenías que hacer, mamá?

La escucharon suspirar al otro lado de la línea.

—Estela, cariño, no sé de dónde sacaron las revistas la información de que tu padre me maltrataba. Pues... no es verdad. Álex no me ha pegado nunca —soltó una risa nerviosa.

—Cuando mis hijos regresen a Madrid espero que hayas tirado toda esa mierda que has dejado para que lo vea tu hija a la basura.

—De verdad, Estela, cariño, yo llamé varias veces a las revistas...

Álex le colgó la llamada. No deseaba seguir escuchándola. La conocía muy bien y sabía que ahora ella trataría de quedar como la víctima, cuando ella había propiciado que su hija estuviera en mitad del comedor llorando.

—Estela, tienes que creerme —intentó acercarse a ella para abrazarla, pero ella lo rechazó—. No es que no haya querido verte, es que no he podido. No podía desobedecer la orden del juez.

—¿Y por qué dicen mentiras esas revistas? ¿Quién las ha dicho?

—Mejor dejar las cosas aquí, Estela. Ya está todo solucionado.

Álex no deseaba jugar sucio con su hija, poniéndose al mismo nivel que Tita. No quería iniciar una guerra y poner a sus hijos en medio.

—No, quiero que me cuentes quién ha dicho esas mentiras de ti.

—Se trataba de un error, pero se va a solucionar. Confía en mí —esta vez cuando intentó abrazarla, se dejó abrazar—. Siento no haber podido estar con vosotros.

—¿Vas a volver a casa? —Estela seguía llorando. Terminó por empapar la camiseta de su padre.

—Estamos en casa, cariño —le acarició la cabeza.

—No esta casa, te estoy diciendo a Madrid.

—No, Estela, tu madre y yo ya no nos queremos. Si no te lo ha dicho ella, te lo digo yo. Nos hemos separado.

—Pero ella sí te quiere —levantó la cabeza—. Me lo ha dicho.

—Créeme —arrastró con el pulgar las lágrimas de su hija—, ella tampoco me quiere.

—Si lo volvéis a intentar seguro que sale bien.

—Estela, me has pedido que no te trate como a una niña, y eso es lo que voy a hacer —la llevó al sofá para que se sentaran—. A ella no le gusta este hotel y quería seguir llevando la vida que llevaba en Madrid. No la culpo, a mí dejaron de divertirme las fiestas y a ella no. Tu madre tiene su trabajo en Madrid, y si estuviera aquí no la llamarían tan a menudo para hacer *castings*. Tienes que entender que aquí está mi trabajo y que no puedo dejarlo cuando quiera, como ella no puede dejar el suyo. Hace tiempo que tu madre y yo dejamos de querernos. No te puedo decir los motivos, porque eso es algo entre ella y yo, pero antes de que la cosa fuera a más, tomamos la decisión de que estábamos mejor separados.

—¿Es por ella? —señaló la habitación de su hermano pequeño.

—No, no es por Cristina. Ella llegó cuando tu madre y yo ya no teníamos nada en común. Llevábamos más de tres meses sin hablar cuando la conocí.

—¿Si tenéis otro hijo…?

—Seguirás siendo la hermana mayor. De eso no te libras —le hizo cosquillas en la barriga.

Estela le apartó la mano para que le dejara terminar la frase.

—No es eso, papá. Es que en mi clase hay dos compañeros que sus padres se han separado y luego han vuelto a tener hijos con otra mujer, y ya no les ven.

—Y te preocupa que si yo tengo un hijo con Cristina pase de vosotros.

—Pues sí. Eso pasa.

—Te aseguro que eso no pasará con vosotros —la besó con ternura en la cabeza—. Creo que le debes una disculpa. Se ha estado esforzando para integrarse. No me ha gustado cómo le has hablado cuando ha llegado —ella se encogió de hombros—. Si no te he dicho nada es porque quería que soltaras toda la rabia que llevas acumulada desde hace tiempo. ¿Me prometes que vas a intentarlo?

Como ella no contestaba, Álex le pellizcó en el brazo.

—No he dicho que sí, pero lo voy a intentar.

—Con eso nos vale. ¿Quieres que veamos algo?

—No... —frunció los labios—. Podría... podría dormir esta noche contigo.

—Claro. Pero te lo advierto, no ocupes toda la cama.

Álex se levantó visiblemente cansado. Tiró de su hija y pasó por la habitación de Víctor. Cristina se había quedado dormida con un libro en las manos, mientras que su hijo permanecía abrazado a ella.

—Vamos a dormir, Estela. Hoy ha sido un día intenso.

—¿Mañana podemos desayunar tortitas?

—Sí, aunque sabes que a mí no me salen tan ricas como a la tía Gema.

—Es igual. Me las comeré de todas maneras.

Álex se acercó a la cama de su hijo para darle un beso en la mejilla. Después le dio otro a Cristina.

—Buenas noches. Que vuestros sueños os lleven a la segunda estrella a la derecha, y todo recto hasta el amanecer.

—Eso me lo decías a mí cuando era pequeña —dijo Estela con un hilo de voz.

—Y esta noche también te lo diré.

Capítulo 25

Esa mañana, al abrir los ojos, lo primero que advirtió fue que se había quedado dormida en la habitación de Víctor. El niño era un mini Álex. Fruncía el ceño como lo hacía su padre cuando dormía y tenía el mismo pelo revuelto y oscuro. Sus pestañas eran largas, y su mirada podía ser dulce en algunos momentos y en otros instantes intimidatoria.

Cerró los ojos y recordó cómo Álex le acariciaba la espalda o cómo se acurrucaban cuando terminaban de hacer el amor. Eso era lo que siempre había querido ella.

Después de estirarse, fue la primera en levantarse. Le había parecido escuchar en sueños que a Estela le gustaban las tortitas, y ella era una experta en hacerlas. Ya se había ganado a Víctor, ahora le quedaba la hija mayor, un hueso duro de roer. Si podía acercarse a ella de esta manera, lo haría sin dudas. Para Álex era importante que se llevaran bien. Su hermano Juanfra le había contado en alguna ocasión cómo se comportaba él cuando Mariví se cruzó en sus vidas, y Estela no le llegaba ni a la suela de los zapatos. Su hermano fue mucho peor. Juanfra había llegado a serrarle unos centímetros unos zapatos de tacón que terminaban rompiéndose cuando estaba fuera de casa. También le rasgaba sus vestidos e incluso llegó a escupir en el plato de su madrastra, aunque por fortuna ella lo pilló a tiempo. A partir de aquel día, su hermano empezó a tratar a Mariví de otra manera.

Fue a la cocina y después de buscar los ingredientes, hizo cálculos para que salieran tres tortitas para cada uno. Se puso manos a la obra procurando no hacer ruido. Casi había terminado cuando advirtió que Víctor se encontraba detrás de ella con un osito de peluche colgado de su mano.

—¿Qué haces?

—Estoy haciendo tortitas con *pipídegato*. ¿Quieres probarlas?

—Sí.

Cristina partió un trozo, le puso un poco de sirope de chocolate y se lo dio a probar.

—¡Qué buenas! Mamá no sabe cocinar, pero Fernanda sí. Están más ricas estas —se pasó la lengua por los labios—. Se lo voy a decir a papá.

Víctor corrió a la habitación de Álex. Cristina apartó un momento la sartén del fuego y siguió al niño a la habitación, que se había subido en la cama y estaba pegando saltos sin dejar de reír. Después se sentó sobre el pecho de su padre y le abrió un párpado.

—Papi, papi —gritó hasta que Álex abrió los párpados.

—Te he oído a la primera, bacalao. ¿Qué quieres?

—Ya es de día. Cristina está haciendo tortitas con *pipídegato*. Pero no es *pipídegato* de verdad. Ya verás qué buenas están.

—Bacalao, vete otra vez a dormir, que solo son las ocho de la mañana —Estela le tiró la almohada a la cabeza.

—No tengo sueño. No quiero dormir más.

—Pues déjame a mí —gruñó su hermana.

—Bacalao, vamos a dejar a tu hermana dormir. Sigue

siendo la misma gruñona de siempre. Cuando quiera, que se levante. Venga, vamos a probar esas tortitas con *pipídegato* que está haciendo Cristina –lo subió sobre sus hombros–. Pero antes nos tenemos que lavar la cara.

Cuando Álex llegó al comedor, Cristina ya había terminado de cocinar y estaba limpiando y recogiendo la cocina. La mesa ya estaba puesta. Se acercó a ella para darle un beso de buenos días.

–Hola, preciosa –le susurró en el oído.

–¿Sois novios?

Cristina miró de reojo a Álex y esperó que fuera él quien contestara.

–Se podría llamar así, sí. Cristina me gusta mucho.

–¿Más que las tortitas? –abrió los ojos como platos.

–Mucho más.

–Hala, eso es mucho –soltó una carcajada–. A mí también me gusta Cristina, pero también me gustan las tortitas.

–No hay ningún problema, Víctor –repuso ella–. Está genial que yo te guste tanto como las tortitas. Te podemos gustar las dos cosas a la vez. Es todo un honor para mí. Te voy a contar un secreto, te prefiero a las tortitas –le hizo una reverencia.

–Hala, ¿también eres princesa?

–No, ¿por qué lo dices?

–Porque sabes hacer esto –Víctor imitó la reverencia que había hecho Cristina.

–Eso lo he aprendido de mis amigas las princesas. Cuando terminemos de desayunar te enseño cómo hacen los chicos.

Como Cristina sabía que a Álex le gustaba el café corto y sin endulzar, metió una cápsula en la cafetera Nespresso y una vez que terminó de salir el café, lo llevó a la mesa. Ella se preparó una taza de té verde y a Víctor le hizo un gran vaso de leche templada con Cola Cao. Lo removió con energía para deshacer los grumos y después lo llevó hasta la mesa. Víctor fue el primero en sentarse.

—Papi, tú aquí —le señaló la silla que había a su derecha—. Cristina, tú aquí —le indicó la que tenía a su izquierda.

—Gracias, Víctor.

Álex cruzó una mirada de agradecimiento con Cristina.

—¡Ufff! Aquí no hay quien duerma —replicó Estela desde la puerta de la habitación de su padre. Bostezó varias veces y terminó estirándose. Señaló a su hermano—. Cuando seas mayor te pienso despertar todos los días a las ocho de la mañana.

—¿Ya has terminado de dar los buenos días? —dijo Álex—. Venga, siéntate a desayunar con nosotros. Cristina ha hecho las tortitas que tanto te gustan.

—Vale —dijo quitándose las legañas con la mano.

—Antes te tienes que lavar la cara —le indicó Víctor con el dedo índice levantado y con un tono de sabelotodo que a Cristina le hizo gracia.

Tuvo que respirar fuerte para no terminar riéndose. Si lo hacía, mucho se temía que Estela no se lo tomaría nada bien. Pero tenía que reconocer que la espontaneidad de Víctor le había robado el corazón.

—¡Eh, bacalao, no te pases de listo, que sigues siendo un moco *pelao*! —Estela le sacó la lengua.

—Yo no soy un moco *pelao*. Tú sí que eres caca de la vaca, eres una caca de la vaca —el niño se tapó los oídos y empezó a repetir una y otra vez.

Álex elevó los hombros y sacudió la cabeza. Tenía que reconocerlo. Había echado de menos estos momentos en los que se tiraban los trastos a la cabeza, porque luego llegaban otros instantes en los que se querían a rabiar.

—¡Haya paz, chicos!

—Ha empezado él.

—Estela, da igual quién haya empezado. Corre a lavarte la cara.

—Está bien, pero que sepas que es un rollo lavarse la cara todos los días.

—Lo sé, Estela. Es un rollo hacerse mayor.

Estela contuvo un bufido y al final se giró sobre sus talones para ir al lavabo. Esperaron a que se aseara para desayunar todos juntos. Cuando llegó a la mesa, ella se puso cuatro tortitas en el plato sin preguntar cuántas había para cada uno.

—¡Eh, que tú te has puesto más que yo! —exclamó Víctor—. Yo también quiero cuatro.

—Te puedes comer la de papá, Víctor —le puso una de las suyas en el plato—. Solo tienes que pedirlo. No hace falta que te pongas a gritar.

—Además, si faltan, yo hago más. No me importa.

—¡Yo quiero más! —Víctor se relamió los labios.

—Primero te acabas las que tienes en el plato y luego ya veremos —respondió Álex.

—Me las voy a comer todas —dijo el niño metiéndose un trozo grande en la boca.

Sin embargo, Víctor no pudo terminarse la tercera, que se acabó comiendo Álex.

Por fortuna, ese fue el único problema que hubo durante el desayuno. Cristina miró el reloj. Iban a dar las nueve. Aunque le habría gustado seguir charlando con los hijos de Álex, tenía que pasar por su casa, darse una ducha y terminar de preparar las dos tartas para el encuentro de blogueros, más algún postre que quería hacer para la hora de la comida. Iba a ir un poco justa si no se marchaba ya.

Se levantó con energías renovadas para recoger la mesa.

—Ya lo hacemos nosotros, ve a casa a cambiarte —dijo Álex.

—No me importa —ella le hizo un gesto con la mirada para que la siguiera a la cocina.

Él la acompañó, mientras Estela y Víctor ponían una película en el DVD. Cuando estuvieron solos, se dieron un beso apasionado en los labios.

—Me moría por besarte en el comedor —dijo Álex.

—Yo también, aunque tendremos más momentos para nosotros.

—Sabes que no tendrías que irte tan deprisa si tuvieras algo de ropa en casa. Hay cajones libres en mi armario.

—Lo sé, pero prefiero ir poco a poco.

—Está bien. Nos vemos después.

Cuando Cristina llegó a casa, no percibió ningún ruido, así que supuso que Marga aún no se había levantado. Abrió la puerta de la habitación para ver si seguía en la cama. Y sí, dormía como una bendita. Su respiración era fuerte, pero no se podía considerar como ronquidos. La dejó que remoloneara todo lo que quisiera. Después se pegó una ducha de agua fría y, cuando salió, se embadurnó de crema hidratante. Se pintó los labios, se hizo una trenza, que recogió en un moño, y por último se vistió con unos *shorts* cortos y una camiseta de las que hacía Óscar. A ella le gustaba la que ponía: *La chirla puede esperar*.

Salió corriendo hacia el hotel cuando advirtió que pasaban más de las nueve y media. Saludó a Alba al entrar en el Acanto, quien le devolvió una mueca de pena. Solo se comportaba así con ella, pero esperaba que se acostumbrara a verla por el hotel, porque ella había venido a Valencia para quedarse. En las cocinas ya estaban Gema, Carlos y Pedro preparando los menús del fin de semana. Antes de ponerse a preparar la *buttercream*, se puso un delantal y guardó los platos, las copas y los vasos del lavavajillas que terminaba en ese instante un ciclo de lavado.

Le sorprendió ver a Estela asomarse por la puerta.

—Hola, tía.

—¿Qué tal has dormido? —le indicó con un gesto de cabeza que pasara.

—Prefiero mi cama, pero en la cama de papá también se duerme bien —Estela se colocó al lado de su tía.

—¿Que se duerme bien? Anda, a mí no me engañas, en la cama de papá se duerme genial. Y si no se lo preguntas a los primos. Toma —le entregó la carta—, si quieres le puedes echar un vistazo al menú que hemos preparado para hoy. Espero que te guste.

—¡Vas a hacer lasaña y ñoquis rellenos de queso! ¡Eres mi tía favorita! —la abrazó por detrás.

—Aunque llevemos tiempo sin verte, aún recuerdo que era tu comida favorita —le guiñó un ojo—. También vamos a hacer macarrones a la boloñesa para Víctor.

Estela soltó un suspiro.

—Cuando llegue a Madrid, voy a tener que hacer dieta una semana para quitarme los kilos que voy a engordar aquí. Esta mañana hemos desayunado tortitas y ahora esto.

—¡Pero qué tonterías estás diciendo! Que no te oiga decir nunca más que vas a hacer dieta, porque te pego un revés con la mano abierta que te dejo temblando. Vamos, con doce años y ya pensando en que estás gorda —Estela fue a contestar, pero Gema no dejó que la interrumpiera—. Y no me digas que no soy tu madre, porque me da igual. En este hotel está prohibido hacer dieta si no la necesitas.

Cristina se giró con una sonrisa. Cada vez le gustaba más la hermana de Álex. Lo que ella pensaba de hacer dieta, se lo había soltado Gema. Tuvo ganas de correr hasta ella y darle un beso y decirle: «¡Bravo, así se habla!».

—Pero mamá dice que hay que empezar desde joven.

—Sí, si estuvieras gorda yo sería la primera que te diría de hacer algo de dieta, pero cariño, estás perfecta. Puede que un poco delgada para mi gusto —suavizó el tono de su voz—. Estela, te hace falta añadir un poco de sabor a tu vida y dejar esas tonterías de la dieta. Ahora que tenemos a Cristina puedes aprovecharte y comer todos los dulces que quieras. Igual le puedes echar una mano —le murmuró para que solo lo oyera ella.

Estela se metió las manos en los bolsillos del pantalón vaquero. Se acercó hasta Cristina con desgana.

—Si quieres, te puedo ayudar.

Aquellas palabras sonaron a una tregua por parte de la joven, y Cristina no pensaba desaprovecharla.

—Claro que puedes ayudarme. Tengo que hacer una *buttercream* de chocolate blanco para el relleno y después vamos a cubrir el bizcocho, que ya está empapado de almíbar, con una *buttercream* de Nutella.

—¿Qué necesitas? Yo lo puedo coger de la despensa.

—Coge el azúcar —le dijo mientras calculaba la mantequilla y la leche en un vaso medidor.

Mientras Estela buscaba en la despensa, ella cogía la batidora de varillas para hacer la crema. La joven le dio el bote y esperó a que Cristina le diera más instrucciones.

—Pesa medio kilo de azúcar en la Thermomix. Vamos a hacer primero el azúcar *glass*.

Cristina le quitó la tapa al vaso y dejó que Estela fuera añadiendo poco a poco el azúcar.

—Creo que con veinte segundos bastará para hacer un buen azúcar *glass*.

Fue Estela quien le dio al botón de encendido. Como le había dicho Cristina, solo necesitaron veinte segundos.

–¿Has estudiado para ser cocinera?

–No, he hecho varios cursos de repostería en Madrid –mientras hablaba, echó el azúcar en un bol grande y le añadió la mantequilla, la leche, el chocolate blanco y la esencia de vainilla–. En realidad yo estudiaba para ser abogada, pero un día decidí que eso no era lo que me hacía feliz.

–¿Qué pasó para que lo dejaras?

Cristina puso en marcha la batidora de varillas. Pensó durante dos segundos la pregunta que le había formulado Estela. No le importaba sincerarse con ella. Tal vez este detalle la acercara más a ella.

–Si te digo la verdad, fue un cúmulo de varias cosas. El día en que decidí dejar Derecho, mi novio me pidió que me casara con él en la consulta que tiene como dentista –aunque deseaba sincerarse con ella, no le podía contar todo lo que pasó aquel día con sus padres–. Fue lo menos romántico que he visto en mi vida. ¿Te puedes creer que sacó una botella de sidra que llevaba más de cuatro meses abierta en la nevera? Para que te hagas una idea, es como si yo te diera una Coca-Cola desventada.

–¡Pero qué cutre!

–Eso mismo pensé yo. El caso es que le dije que no. Y ese día también decidí ser feliz, aunque para ello, también tenía que dejar unos estudios que me amargaban la vida. Y bueno, luego conocí a tu padre, y me invitó a trabajar en el hotel. Todo fue muy rápido con él.

–¿Hace mucho que os conocéis?

Cristina dudó si contarle que se conocían de antes, pero tras meditarlo, quiso decirle la verdad.

–Bueno, técnicamente nos volvimos a encontrar hará como cuatro semanas, aunque mi familia conocía a tu madre –Cristina le hablaba sin apartar la mirada del bol. No quería que la crema se le cortara–. Mi madrastra y tu madre eran amigas. Empezaron juntas en sus carreras de actrices. Yo fui a la boda de tus padres. Por aquel entonces no había cumplido los catorce años aún. Y bueno, un día, hará cosa de cuatro semanas, él me confundió con su *personal shopper* y ahí empezó nuestra aventura.

—¿Y no te reconoció?

—No, no me reconoció porque habían pasado trece años, y en aquel entonces yo llevaba el pelo a lo *garçon*.

Cuando la crema estuvo bien batida, Estela le pidió si podía probarla. Cristina le acercó una cuchara para que la degustara.

—Está muy rica.

—Si lo dices tú, me fío de tu criterio.

Con otra cuchara, Cristina fue rellenando los tres pisos de uno de los dos bizcochos que había dejado preparados la noche anterior. Los alisó con una espátula y una vez que lo tuvo montado, rellenó el otro bizcocho. Solo le quedaba por preparar la *buttercream* de Nutella con que los que cubriría. Antes de ponerse manos a la obra, sacó de la nevera una manga rellena de chocolate para que se atemperara y con la que decoraría las dos tartas. De nuevo le pidió a Estela que midiera el azúcar en la Thermomix mientras ella limpiaba las varillas para hacer una nueva *buttercream*. Como había hecho antes Estela, le dio al botón del encendido para hacer el azúcar *glass*.

—Tu padre me ha dicho que eres una buena estudiante. ¿Qué te gustaría estudiar?

—No sé. Me gustaría ser actriz como mi madre, o modelo, aunque también me apetece estudiar algo relacionado con las matemáticas.

Cristina se giró hacia ella.

—Eres la primera persona que conozco a la que le gustan las matemáticas.

–Se me dan bien. Me parecen divertidas.

–Pues a mí no me gustan. Supongo que será cuestión de encontrar a un buen profesor.

–Mi padre es bueno en matemáticas y es buen profesor. Siempre he estudiado con él.

Cristina pensó en lo que había dicho Estela. No quería pensar que las palabras de ella tuvieran doble sentido. Se la veía relajada. Tenía que admitir que su padre era muy bueno en otras lides, aunque eso se lo guardaría para ella. Cerró los ojos y fantaseó con la idea de tener un hueco ese fin de semana para ellos.

Después de que la crema estuviera hecha, Cristina cubrió los dos bizcochos con la *buttercream* de Nutella y los alisó con una regla. Habían quedado perfectas y ella estaba orgullosa con el resultado.

–Ahora solo nos queda decorarla –agarró la manga pastelera y, con calma, fue dibujando el logo del encuentro de blogueros y lectores de romántica. No era difícil, pero requería algo de delicadeza para copiar el dibujo que le habían pasado–. Los organizadores del congreso nos pidieron que las decorásemos con el logo.

Tardó como diez minutos en decorar cada tarta. Mientras, Estela, le iba haciendo preguntas, que a veces Cristina tardaba en contestar porque estaba concentrada.

–Entonces te gusta leer literatura juvenil, ¿no? –quiso saber cuando Cristina estaba a punto de terminar la segunda tarta.

–Sí, aunque no solo leo libros juveniles. También me gustan las novelas románticas y el género negro. No sé si te has leído la saga de *El corredor del laberinto*, pero es de las mejores distopías que he leído después de *Los juegos del hambre*.

–Solo he visto la película. Y sí, está bien. ¿Te puedo hacer una pregunta?

–Sí, claro – Cristina dejó la manga pastelera sobre el banco de trabajo.

Estela jugó con el mechón de su pelo. Lo miró y después se lo metió en la boca.

–Es que... no sé cómo empezar.

–Venga, dímelo. Somos amigas.

–Es que todas mis amigas se han leído *50 sombras de Grey* y me preguntaba si tú tienes estas novelas y me las podrías dejar –se acercó a ella para que nadie se enterara del tema que quería tratar.

Cristina abrió los ojos y se quedó en blanco, porque no se esperaba una pregunta como esta. Aunque hubiera tenido las novelas, no le tocaba a ella decirle que esa no era una lectura adecuada para su edad.

–No, no las tengo. A mí me las pasó una amiga de Madrid.

–¿Tú me acompañarías a comprarlas? La Fnac y Casa del Libro no cierran a mediodía. Por favor. Quiero leerlas.

–No... no lo sé –titubeó–. Primero deberías hablar con tu padre, Estela.

Aquella no era la respuesta que esperaba la joven. Chasqueó la lengua y achicó los ojos. La miró con rabia.

–Ya, primero te haces la simpática conmigo, pero cuando te pido un favor pasas de mí. Ya soy mayor para leer lo que quiera.

–A ver, Estela, prefiero que esto se lo comentes primero a tu padre –la agarró de los hombros–. Si a él no le importa, te prometo que iré contigo a comprar esas novelas.

–No, es igual. Ya me buscaré la vida –le pegó una patada al borde de la isla central.

–Espera, Estela...

Ella le sacó el dedo corazón y salió de las cocinas con las manos en los bolsillos y con el gesto crispado. Cristina no entendía muy bien qué había pasado. Le pareció que estaban bien y de pronto ella se marchaba enfadada.

—¡Estela, ven ahora mismo! —exclamó Gema—. ¿Qué modales son estos? —se giró hacia Cristina—. ¿Se puede saber qué ha pasado?

—No sabría decirte.

—No te preocupes, ya se le pasará. Luego hablaré con ella. No me ha gustado que te hiciera una peineta. Lleva mal la separación de sus padres.

—Yo también hablaré luego con ella.

Una vez que las tartas estuvieron listas, las dejó en la nevera para que la *buttercream* no se derritiera. Aún tenía que preparar algunos postres, así que siguió con el orden de todo lo que tenía que hacer esa mañana. Mientras hacía unas natillas de coco y dejaba listos unos canutillos de hojaldre en el horno, no dejaba de pensar en Estela. Trataba de poner remedio a su enfado. Como ella le había comentado que había sagas muy buenas, se le ocurrió pasar un momento por alguna librería del centro y comprarle algunos libros juveniles. Puede que de esta forma arreglaran el pequeño malentendido.

Una vez que hizo las natillas, las dejó reposar antes de meterlas en el frigorífico. Preparó la masa de *brownie* y una tarta de manzana, que metió en el horno. Solo le quedaba por terminar los canutillos, que rellenaría de crema pastelera. Miró la hora en el reloj de la cocina. Aún no habían dado las once de la mañana. Al tiempo que la crema pastelera se atemperaba, calculó que tenía tiempo de sobra para acercarse a una librería. Cuando llegara, la tarta de manzana y el *brownie* ya estarían listos.

—Necesito salir un momento, Gema.

—Sí, claro.

—Lo que he dejado en el horno necesita algo más de media hora.

—Tranquila, le echamos un vistazo.

Antes de marcharse, puso un nuevo lavavajillas y después colgó su delantal en la despensa. Como no conocía la ciudad, abrió el Google Maps para que le indicara dónde había una librería. Se decidió por Casa del libro. Cuando entró, le pidió a una de las libreras cuáles eran las últimas novedades en literatura juvenil. La chica la acompañó hasta el piso inferior y le mostró algunas de las novelas que más le habían gustado. Decidió dejarse aconsejar por ella porque no tenía mucho tiempo y compró cuatro libros.

No llegó a estar ni veinticinco minutos fuera del hotel. Al llegar al vestíbulo, Alba la recibió con una sonrisa.

—Álex te está buscando. Ahora está en las cocinas con Gema. Creo que no está nada contento.

—Gracias. Me sigue sorprendiendo lo amable que eres.

Como le había comentado Alba, encontró a Álex en las cocinas. Él y Gema estaban discutiendo.

—¿Qué es lo que pasa? —quiso saber ella.

Álex se giró hacia ella con el cuerpo en tensión. Tenía los puños tan apretados, que se le marcaban los nudillos y su mirada estaba cargada de cólera.

—Pasa que esas tartas que has hecho no hay quien se las coma. Ahora tenemos a cuarenta blogueros en la terraza despotricando contra uno de nuestros cocineros. Si esto trasciende y llega a las redes sociales puede ser nuestra ruina.

—¿Cómo? —se quedó blanca.

—Joder, ¿no se te ha ocurrido probar las tartas antes de que las sirviésemos?

Cristina no entendía qué quería decirle Álex.

—Cristina, hemos confundido el azúcar con la sal. No hay quien se las coma.

Cerró los ojos y la bolsa que llevaba en la mano cayó al suelo.

Capítulo 26

Estela se la había pegado a base de bien. Las dos cremas tenían sal. Cristina estaba segura de haber rellenado el bote de azúcar el día anterior. Es más, se apostaría la mano derecha, y puede que su relación con Álex, que en ese bote había puesto azúcar en vez de sal. Ella siempre lo probaba para evitar percances como el que habían tenido.

¡Qué necia había sido por bajar la guardia con Estela! Todo aquel rollo de que quería ayudarla había sido para despistarla. E incluso sospechaba que la escena que había montado con las novelas eróticas que le había pedido no había sido casual. Puede que buscara un pretexto para enfadarse y de esta manera poder justificar lo que había hecho. Con su actitud le estaba diciendo bien claro que no era bienvenida a su familia. Estaba claro que tendría que buscar otra manera de llegar a ella, porque le había declarado la guerra. Y puede que Estela hubiera ganado una batalla, pero no así el combate final.

Se mojó los labios, aunque los sentía resecos. Inspiró con fuerza antes de contestarle a Álex. Desde luego ella no iba a delatar a Estela. Si quería que la tratara como una adulta, no lo estaba demostrando, hablaría con ella.

—Lo siento, Álex, no las he probado. He cometido un tremendo error. No volverá a pasar —no sabía dónde meterse.

Tenía ganas de estrangular a Estela, no solo porque hubiera arruinado el trabajo de varias horas, sino porque estaba perjudicando a su padre y la imagen del hotel. Casi podía justificar esa rabia que sentía contra ella, que encontrara que fuera una intrusa en su familia, pero no iba a tolerar que su padre pagara por ello.

—Álex, no le eches la culpa a ella —dijo Gema—. Deja que te explique qué ha pasado.

Cristina buscó su mirada y le suplicó que no dijera nada sobre que Estela había sido la culpable de cambiar el azúcar por la sal.

—No hay nada que explicar —Álex alzó el volumen de su voz—. Quiero que lo solucionéis ya. Tengo a cuarenta personas arriba bastante enfadadas.

—Álex, lo siento —terminó por decir Gema—, esta mañana estaba un poco dormida y me he equivocado al rellenar el bote. No es la primera vez que me pasa. Tranquilo, seguro que algo se nos ocurrirá a Cristina y a mí.

—Sí, algo se nos ocurrirá.

Cristina le echó un vistazo al reloj y calculó que la tarta de manzana y el *brownie* ya estarían hechos. Sacó las bandejas del horno antes de que se quemaran y las dejó reposar en el banco de trabajo.

—Ahora, déjanos trabajar —Gema llevó a Álex hacia la puerta—. Tenemos mucho que hacer.

Cristina sintió que Gema estaba a punto de ponerse a gritar, pero se estaba conteniendo por no decirle quién era la culpable de todo aquello.

—No trates de justificarla, Gema. Cristina ha metido la pata.

—¿Por qué eres tan obstinado, hermano? ¿Me quieres

escuchar de una maldita vez? Te estoy diciendo que Cristina no ha tenido nada que ver en todo esto.

—Gracias, Gema, pero tengo que asumir que me he equivocado y que lo tenía que haber probado. He metido la pata. Esto no volverá a pasar.

—Por supuesto que no va a volver a pasar —le dirigió una mirada como dejándole claro que si se callaba era por ella—. Deja que me encargue yo.

Mientras Gema le hablaba, su mente trataba de pensar con claridad. Reflexionó unos instantes, pues no tenía mucho tiempo. Entonces encontró una posible solución. Era una idea descabellada, aunque podría funcionar. Sabía que iba a necesitar tiempo para llevar a cabo su plan, pero no se quiso acobardar. Dejó los libros que había comprado en la despensa, buscó una libreta en su bolso y se la guardó en el bolsillo trasero de sus *shorts*.

—¿Dónde vas? —gruñó Álex—. No hemos terminado de hablar.

—Si me dejas hablar con los blogueros tal vez pueda encontrar una solución —respondió Cristina al llegar a la puerta.

—Has metido la pata, sí, pero no te puedes marchar así como así —le espetó él—. Te quiero en las cocinas solucionando este problema. Deja que sea yo quien me ocupe de mis clientes.

Cristina le dirigió una mirada audaz. Estaba tan convencida de lo que iba a hacer, que ni Álex ni nadie le iban a hacer cambiar de idea, ni tampoco se iba a dejar amedrentar por sus palabras.

—Álex, por favor, esos son mis postres y voy a solucionarlo yo. Te pido que confíes en mí.

Llegó con paso firme al ascensor, pulsó el botón y esperó que bajara. Sintió que Álex estaba detrás de ella. Podía advertir cómo temblaba de rabia y cómo le rechinaban los dientes. Incluso notaba cómo trataba de dominar el grito que tenía alojado en la garganta. Necesitaba decirle a Álex que se tranquilizara, que todo iba a salir bien.

—Te lo vuelvo a repetir. Te estoy pidiendo, por favor, que me dejes tratar este asunto. Sé cómo hacerlo.

Él la tomó del brazo y la llevó de nuevo al comedor. No quería empezar una discusión en medio del vestíbulo.

—No es que no me fíe de ti. Es que este es mi hotel y yo soy el máximo responsable de cualquier percance. ¿Me entiendes?

—¿Crees que haría algo que te perjudicara? Sé lo que tengo que hacer.

Él se mantuvo unos segundos en silencio. Cristina sintió cómo su corazón bombeaba a mil por hora. Soltó un suspiro cuando al fin le contestó:

—No. No lo creo.

—Pues si no lo crees, deja que suba a la terraza, por favor —respondió algo más calmada—. Les puedo ofrecer postres personalizados, será algo que nunca hayan visto. Me va a llevar algo de tiempo, pero te aseguro que se irán contentos.

Se la quedó mirando.

—Está bien. Subamos los dos.

Volvieron al ascensor. Si en otros momentos la pasión entre ellos se desbordaba cuando las puertas se cerraban, en esta ocasión se mantuvieron cada uno en una esquina con los brazos cruzados. En los quince segundos que duró el viaje no se dirigieron la palabra.

Al llegar a la terraza, Cristina se soltó el pelo e inspiró con calma. Se miró en el espejo y ensayó una sonrisa tranquilizadora, ya que sentía cómo las piernas le temblaban.

—Si te lo estás preguntando, ya te lo digo yo. Estás preciosa.

–Gracias –respondió sin mirarlo. Había subido a la terraza en calidad de repostera, no como su novia–. Preséntame, por favor, al organizador de este evento.

–Ven. Sea lo que sea lo que estés pensando hacer, será por cortesía del hotel.

–Está bien. Si quieres puedes restármelo de mi nómina.

–No será necesario. Todos cometemos errores –respondió él con gran pesar–. Unos más grandes que otros.

Cristina giró la cabeza hacia él. ¿Le estaba diciendo que esa relación que acababan de empezar era un error? Álex vio la duda en sus ojos.

–No hablo de ti y de mí. Esto no cambia nada, si es lo que estás pensando.

–No, no estaba pensando en eso.

–Entonces borra esas dudas y sonríe –aunque sonaba como una orden, se lo dijo algo más calmado.

Álex la llevó hasta un chico delgado, de pelo pajizo, no muy alto y algo más joven que Cristina. Llevaba gafas de pasta y sus ojos eran pequeños y muy azules. No sabía por qué, le recordó a Manu, quizá fuera por sus manos pequeñas o por cómo se peinaba con la raya en medio.

–Perdona, Jordi, te presento a la señorita Burgueño. Nuestra repostera.

Ella le ofreció la mano y se la chocó con decisión. Notó que Jordi no se la quería soltar y que se quedó mirando sus labios.

–Hola, Jordi. Me gustaría hablar contigo. Estaríamos encantados de poder solucionar este contratiempo. ¿Podría ser?

Jordi le hizo un repaso de arriba abajo y le sonrió. Cristina observó que de entrada le había causado buena impresión. No quería jugar la carta de chica mona, pero en esos momentos era lo único que Jordi veía en ella.

Tenía que demostrarle también que sus postres eran muy buenos.

—Claro que sí —dijo observando las piernas de Cristina—. Tú dirás.

Álex los dejó a solas.

—Antes de nada me gustaría pedirte perdón a ti y a todos los miembros de este encuentro por este malentendido. Es la primera vez que me ocurre, pero si me dejáis resolver este percance, os prometo que no os arrepentiréis —trató de que su voz sonara firme, pero a la vez seductora—. El Acanto es un hotel de cinco estrellas y no nos podemos permitir errores de este tipo.

Jordi asintió con la cabeza. Tenía la boca abierta. Cristina se preguntó si era un poco corto o es que se comportaba de esta manera con todas las mujeres que conocía.

—Perdona, ¿me has estado escuchando?

—Eh... Sí, ¿qué propones?

Cristina se apartó un mechón de pelo y se lo colocó detrás de la oreja.

—Acabo de sacar un *brownie* del horno y una tarta de manzana. También tengo unos canutillos de crema que son espectaculares —se mojó los labios. Aquel gesto no pasó desapercibido para Jordi—. Te aseguro que no has probado nada igual. Pues bien, si me permitís, puedo haceros un postre personalizado a cada uno con estos tres dulces. Solo os pido que me dejéis una hora de margen. Más que un postre, va a ser un aperitivo dulce —sacó una libreta que llevaba en el bolsillo de atrás—. Anótame en esta libreta los nombres de vuestros blogs. Como también hay lectores, me gustaría que me apuntaseis qué libro es vuestro favorito.

—¿Qué vas a hacer? —preguntó Jordi sin entender adónde quería llegar ella.

—Espero hacer algo que os deje muy buen sabor de

boca, cuando os vayáis del hotel –se acercó un poco más a él, porque había bajado tanto el volumen de su voz que sus palabras eran susurradas–. ¿Crees que podríais darme ese margen? Solo os pido esta oportunidad. Si no os convencemos, siempre podréis decir que este hotel tiene la peor carta de postres que hayáis probado jamás. Y eso no es cierto.

–¿No es cierto?

–No.

Jordi estaba impresionado por la seguridad que mostraba ella.

–Eh, pues no sé qué decir.

–Puedes probar a decir que sí.

–Está bien. Espero no arrepentirme –respondió tras parpadear varias veces. Era como si hubiera salido de un trance hipnótico.

Tras poco más de cinco minutos, Cristina tenía todos los datos que les había pedido. Mientras bajaba en el ascensor, volvió a hacerse la trenza para trabajar más cómoda. Se alegró de que hubieran aceptado su oferta y de que aún no hubieran empezado las comidas. Cuando llegó a las cocinas, lo primero que hizo fue colocarse el delantal y después poner cuarenta platos sobre el banco de trabajo. En ese momento, solo pensaba en que iba a unir su pasión por la pintura con la repostería e iba a hacer unos postres diferentes. Estaba convencida de que podría hacerlo. Después de tener todos los platos dispuestos, sacó los helados caseros que había hecho el día anterior. Desde su *smartphone* fue abriendo los quince blogs que tenía apuntados en la libreta. Con helado hizo una base sobre la que colorear, y con los siropes de chocolate, fresa y caramelo fue trazando detalles de las cabeceras de los blogs. A medida que iba teniendo los dibujos hechos, fue metiendo los platos de uno en uno en la nevera. Aún le quedaban treinta y cinco minutos para recrear las portadas favoritas de los lectores. Encontró que muchos de ellos adoraban a Jane Austin: *Orgullo y prejuicio* era su novela favorita y era de las que pensaba que no podía faltar en ninguna biblioteca. ¡Quién no se había enamorado de Mr. Darcy! También descubrió que muchos de los autores españoles que estaban en esa lista también se encontraban entre sus escritores favoritos. Como había hecho con las cabeceras de los blogs, solo pudo hacer detalles concretos de las portadas y poner el título. Una vez que trazó los dibujos, fue sacando los platos del frigorífico y los fue montando de uno en uno. Cortó pequeñas porciones de *brownie* y de tarta de manzana, y por último colocó un canutillo de crema en cada plato. Les puso por encima tres arándanos para darle un toque de color. Conforme los iba terminando, los fue dejando en el montacargas que iba a la terraza con las notas correspondientes de a qué bloguero o qué lector iba dirigido cada postre. Después de dejar el último plato, soltó un suspiro. Rezó para que a todos los blogueros y lectores les pareciera buena su idea.

Aun así, no se podía relajar, aún tenía mucho trabajo pendiente y tendría que volver a hacer el *brownie* y la tarta de manzana.

—Has hecho un gran trabajo —Gema se acercó por detrás y le posó la mano en un hombro—. No sabía que también supieras dibujar

—Gracias. Siempre he sido creativa. Lo hubiera podido hacer mejor, pero tenía muy poco tiempo. Espero que les guste mi idea.

—Seguro que sí —le hizo quitar el delantal, que lo tenía del revés—. Mi hermano tiene suerte de haberte encontrado.

—Gracias, Gema, es importante contar con tu apoyo en esta familia.

—Cuando terminemos de comer, hablaré con mi sobrina. Si no me dejas que le diga a Álex quién ha cambiado el azúcar, déjame, al menos, que la convenza para que sea ella quien hable con su padre.

Cristina sacudió la cabeza.

—Te lo agradezco, pero primero déjame que hable con ella.

—Como quieras.

No habían pasado ni quince minutos desde que Cristina terminara el último plato, cuando Álex llegó a las cocinas con una sonrisa. La idea de ella había causado muy buena impresión entre todos los integrantes del encuentro.

—Están encantados, Cristina. Quieren hablar contigo. ¿Podrías subir un momento?

—Sí, pero dame cinco minutos, que tengo que meter el *brownie* en el horno.

Él permaneció a su lado, como si estuviera pensando en algo. Ella le preguntó con la mirada que qué pasaba.

—Siento si antes he sido un poco brusco. Este encuentro es importante para nosotros.

—No te preocupes. Lo entiendo –le ofreció una sonrisa–. Te aseguro que será la última vez que pase algo así –le acarició el brazo–. Y ahora, ¿me puedes conceder esos cinco minutos que te he pedido? Necesito concentrarme. Ahora subo.

—Claro. Te esperan en la terraza.

Tras meter el *brownie* en el horno, se lavó las manos y se las secó en el delantal. Salió con prisas al comedor y se topó con Estela. Ambas se miraron a los ojos, Estela con una mueca amenazadora, y Cristina lo hizo con un gesto conciliador. Inspiró con calma para no acercarse a ella y gritarle que era una niñata malcriada, pero no quería ponerse a su mismo nivel. Si hubiera tenido cinco años menos puede que hasta le hubiese soltado un guantazo, pero la violencia no solucionaba nada.

—Tú y yo tenemos que hablar.

Ella negó con la cabeza. Le dedicó una mirada cargada de rencor.

—No voy a hablar contigo.

—Sí, sí que vamos a hablar, Estela. Si quieres que te trate como a una adulta vamos a hablar.

—Me da igual lo que me digas —se giró sobre sus talones.

—A mí no me da igual —la detuvo antes de que saliera al *hall*—. Lo que has hecho ahí dentro no está nada bien. ¿Qué pretendías?, ¿que tu padre me despidiera?

—¡Pues sí!

—Me alegra decirte que tu plan no ha funcionado —Estela apretó los dientes cuando ella le mostró una sonrisa—. Hemos podido solventar este contratiempo.

Estela frunció el entrecejo.

—Sé cómo eres. Te quieres hacer la simpática conmigo, pero no te va a funcionar. Yo no soy como el imbécil de mi hermano que se cree todas las tonterías que le haces.

—No he llegado aquí para hacerle daño a tu padre —comentó Cristina tratando de sonar calmada—. Con lo que has hecho, has estado a punto de arruinar la reputación de este hotel.

—¿Se lo vas a decir?

—No, yo no se lo voy a decir. Se lo vas a decir tú.

—¿Y si no quiero?

—Entonces te trataré como lo que eres, como a una niña. Yo no se lo voy a decir a tu padre, pero no puedo decir lo mismo de Gema. Ella sabe perfectamente qué ha pasado ahí dentro.

—Mi padre no la va a creer.

—Todo es posible. Pero es una lástima que no me dejes conocerte, porque después de todo, quien está sufriendo eres tú. Quiero intentarlo con tu padre. Quiero que sea feliz. Dame un motivo para que piense que no eres tan dura como aparentas, que no eres una niñata.

—¡Déjate de rollos! ¡Tú no sabes nada! ¡No quiero nada de ti! —exclamó Estela—. ¿Por qué te has tenido que interponer entre mis padres? Ellos se iban a dar una oportunidad.

—La que no sabes nada eres tú, Estela. Sabes que eso es mentira —le respondió sin acritud—. Te lo explicó anoche tu padre.

—Pues yo no lo entiendo. No es justo.

—Lo que no es justo es que tú me juzgues sin conocerme. Yo no soy el enemigo. Ni siquiera me has dado la oportunidad que te pedí.

Cristina la dejó en el comedor y se dirigió al ascensor. Esperó a que bajara. Cuando las puertas se abrieron, Estela salió del comedor y le dijo:

—No voy a decirle nada.

—Peor para ti. Pensaba que querías que no te tratara como a una niña pequeña. Parece que me he equivocado.

Lo último que Cristina vio cuando se cerraron las puerta fue cómo Estela apretaba los puños y se daba media vuelta. Cerró los ojos mientras el ascensor subía. No sabía cómo hacerlo con Estela. No se quiso dar por vencida tan pronto. Encontraría la manera de derribar la coraza que se había construido. Mucho se temía que el desencuentro entre Estela y ella iba a afectar a Álex si no encontraba pronto una solución. No quería llegar al punto de que Álex tuviera que elegir entre una de las dos. Ella no era como Tita y tampoco era justo para él. Tenía que ser más lista.

Al llegar a la terraza, aparcó por unos minutos el problema de Estela. Tenía otras cosas en las que pensar y de las que ocuparse.

Cuando Jordi advirtió que Cristina había llegado, se acercó hasta ella con una gran sonrisa en los labios.

—¿Qué os ha parecido mi idea?

—Estamos impresionados. Daba hasta pena comerse el postre.

—¿Os han gustado los canutillos de crema?

—Estaban divinos —contestó una chica que se había acercado hasta ellos—. Esto hay que celebrarlo.

—¿Podemos hacernos una foto contigo? —preguntó Jordi—. Es para subirla a Instagram y para hacer las crónicas luego.

—Claro. Por cierto, no sé si os lo comenté antes, pero estos postres son por cortesía del Acanto. Esperamos que con esto podáis olvidaros de las tartas que os ofrecimos en un primer momento.

—Eso ya está más que olvidado. Un error lo tiene cualquiera —replicó Jordi soltando una risa tonta.

—Gracias por entenderlo.

Jordi la llevó hasta el resto del grupo. Le pareció que algunos estaban escribiendo algo en sus ordenadores portátiles, mientras que otros se iban haciendo fotos que subían inmediatamente después a las redes sociales.

—Nos ha encantado tu idea —dijo una chica con su móvil apuntando a su cara—. Ven, esto se merece una foto para la posteridad.

Después de la primera, llegaron otras. Algunos de ellos le comentaron que estaban empezando como *booktubers* y le pidieron que dijera unas palabras para sus canales de YouTube. Cristina les dijo a todos que sí. Aquello podía ser muy bueno para el hotel. Era publicidad gratis y todos alababan sus postres. Habló con ellos, intercambiaron impresiones sobre lecturas, y durante quince minutos, mientras la grababan y hablaba con los lectores, tuvo su momento de gloria.

—Me ha gustado conoceros.

—Esta tarde subiremos los vídeos a nuestros blogs y a nuestros canales.

—Muchas gracias por todo –dijo ella al despedirse.

Jordi la acompañó al ascensor.

—Todos coincidimos en que tienes mano para la repostería. Una pena que hayas confundido el azúcar con la sal.

Ella hizo una mueca de resignación.

—Como vais a estar hasta mañana hasta mediodía, si queréis, la podéis probar para el desayuno.

—¿Eso sería posible?

—Sí, claro que sí. Queremos que nuestros clientes se vayan satisfechos del hotel. Ahora, a disfrutar de vuestro fin de semana.

Se dieron la mano. Una vez que Cristina estuvo en el ascensor, pudo respirar tranquila. Estaba contenta por cómo había salido todo, pero sobre todo, dentro de lo malo y lo amargo de aquel percance, se alegraba porque de alguna manera Estela no se había salido del todo con la suya.

Cuando cruzó la puerta de las cocinas, observó que Gema hablaba con Estela en la despensa.

—¿Podrías venir, Cristina? –le pidió Gema.

Estela cruzó los brazos y se apoyó en una estantería cuando ella llegó a la despensa. La niña elevó los ojos al techo.

—Le debes una disculpa a Cristina. Ya sabes lo que hemos hablado, y si no lo cumples, voy a dejar de ser tu tía favorita –Gema le hablaba con dureza–. Yo me olvido de hablar con tu padre y tú eres un poco más amable con ella.

Estela se encogió de hombros y soltó un bufido de impaciencia.

—No te he oído —le recriminó Gema—. No me hagas perder más el tiempo, que tengo muchas cosas que hacer.

—Perdón —respondió con desgana.

Gema reprimió un grito conteniendo la rabia que le consumía por dentro, pero Cristina se le adelantó.

—Tranquila, me vale. Lo podemos dejar aquí.

—Ah, no. Esto no queda aquí. Tengo una sobrina maravillosa y hoy se va a encargar del lavavajillas, ¿no es cierto?

—Sí —gruñó por lo bajo.

Gema sacó un delantal del cajón de arriba de una cómoda, que era donde guardaba la mantelería.

—Y sonríe, que estás mucho más guapa. Ah, se me olvidaba —cortó un pedazo de la tarta que ella había echado a perder—. Antes de salir de aquí, te comerás ese trozo. Creo haberte oído decirle a Cristina que la *buttercream* estaba buena.

—Pero tía. Tiene que estar asqueroso. Te prometo que no lo voy a hacer nunca más.

—Claro que no lo vas a hacer nunca más, o por lo menos no en este hotel. La próxima vez te lo piensas antes de fastidiar el trabajo de otra persona. Y no te dejes ni las migas.

Capítulo 27

El día había sido agotador para todos, pero sobre todo para Cristina. Desde que había bajado de la terraza, no había parado y solo se había tomado veinte minutos para comer y un rato a media tarde para tomarse una horchata fresca. Después de servir las cenas, de recoger las cocinas, de poner dos ciclos en el lavavajillas y de colocar todos los platos en las estanterías, colgó el delantal en la despensa, se soltó la trenza y subió a la terraza. Necesitaba un poco de tranquilidad y no pensar en nada; el cuerpo le pedía tomarse una copa, es más, se moría por un Manhattan y soñaba con tumbarse en una hamaca mientras paladeaba su cóctel favorito.

La luna, en cuarto creciente, lucía colgada de un cielo libre de nubes cuando llegó al *lounge* Acanto&Bar. Mientras le pedía al camarero una copa, la contempló de nuevo. Siempre, desde que era bien pequeña, le había fascinado la luna. Podía pasarse minutos y minutos en silencio mirando al cielo. Sentía que le daba fuerzas cuando no las tenía. En alguna ocasión pedía deseos por el simple hecho de dejar en manos del destino, el azar o la fortuna que llegara a su vida lo que tanto ansiaba. No pedía dinero, ni una casa más grande, tan solo demandaba que el amor que había llamado a su puerta no saltara por la ventana y la cerrara de golpe. Álex era todo lo que ella había ansiado desde pequeña.

El camarero la llamó dos veces para decirle que tenía preparado el Manhattan. Le dio las gracias y buscó una hamaca que estuviera libre a esas horas. Encontró una solitaria al fondo, lejos de los grupitos que empezaban a llenar la terraza a esas horas. Se tumbó y se descalzó para estar más cómoda. Se mojó los labios con el Manhattan y después se comió la cereza en almíbar. Le gustaba morderla en dos mitades y saborearla al tiempo que el alcohol del Manhattan inundaba su boca. Dejó la copa sobre la mesa y poco a poco fue cerrando los párpados. Se dejó llevar por la música de John Coltrane que sonaba en el bar y por la brisa que corría en esos momentos. El jazz era ideal para desconectar. Tenía que reconocerlo, Álex tenía muy buen gusto musical. Él era quien se encargaba de elegir la música.

No supo precisar cuánto tiempo mantuvo los ojos cerrados, pero de pronto sintió que alguien se había sentado en el borde de la hamaca. Suspiró al oler su perfume. ¡Alguien tendría que patentar el aroma que desprendía Álex! Desde luego, a ella, le volvía loca. Aunque pensándolo mejor, ese era un perfume que no querría compartir con nadie.

—Hola —dijo él acariciando sus piernas desnudas.

Cristina sufrió un escalofrío y deseó que siguiera con las caricias. No le habría importado que toda la gente que había en la terraza desapareciera por arte de magia.

—Hola —siguió con los ojos cerrados.

Álex subió la mano por el muslo y le siguió acariciando el vientre. Cristina soltó un gemido. Le gustaba que él adivinara sus deseos.

—Te he echado de menos.

—Yo también —murmuró ella—. ¿Cómo sabías que estaba aquí?

—Te puse un chip rastreador la semana pasada mientras dormías.

Cristina abrió los ojos, sorprendida por la respuesta. Sacudió la cabeza y soltó una carcajada. Una de las cosas que más le gustaban de él era la capacidad de hacerla sonreír. Era una parte de sus encantos. ¡Todo era tan fácil con él, que por un segundo sintió miedo de que todo se fuera al garete!

—Tengo mis recursos —siguió hablando Álex—. Si te los dijera, se rompería la magia.

—Me gusta que seas una especie de Sherlock Holmes. No dejas de sorprenderme.

—Esa es la idea, solo tengo que sacar mi lupa. ¿Por dónde querrías que empezara a investigar?

—Eso depende de qué estés investigando. Pero si quieres te puedo dar una pista —se pasó un dedo por las piernas y llegó al borde de los *shorts*—. Podrías empezar por aquí. Me gustaría que adivinaras qué tipo de braguitas me he puesto.

Álex asintió con la cabeza.

—¿Por dónde seguiríamos?

—No lo sé, tú eres el investigador privado —le susurró.

—En tal caso, podríamos dejar la investigación para después. Te aseguro que voy a insistir en todos y en cada uno de los rincones de tu cuerpo. No va a quedar ningún milímetro que se escape a mi escrutinio.

—¡Qué bien suena eso! —exclamó ella.

—Ya me lo dirás cuando esté en plena investigación.

—Prometo no entorpecer la exploración.

Álex posó sus ojos en los labios de Cristina.

—¿Te apetece que cenemos aquí?

—¿En la terraza?

—Sí.
—¿Y los niños?
—Mi hermana se los ha llevado a su casa. Ha insistido en ello. Me ha dicho que Estela quería ocuparse de mis sobrinos. Es todo un poco raro. ¿Sabes si le pasa algo?
—¿A quién?
—A Estela.
—No, que yo sepa.
—Esta mañana, después de que te marcharas de casa, hemos tenido un pequeño encontronazo. Y después de la comida estaba más suave que la seda –Álex le posó una mano en la rodilla–. En tres meses ha cambiado tanto, que no la reconozco. Antes era una niña dulce y muy cariñosa.
—Supongo que se habrá dado cuenta de que no puede estar todo el día enfadada.
Él no parecía convencido con la respuesta que le había dado.
—No te lo está poniendo fácil, ¿es eso?
Cristina tomó de nuevo la copa y bebió un trago. Lo dejó un rato en su boca antes de contestarle. ¿Qué podía decirle de Estela? Podía percibir que era como una bomba de relojería que estaba a punto de estallar.
—No, Álex, Estela y yo estamos bien. No te preocupes.
—Dime qué ha pasado esta mañana en las cocinas. ¿Ha sido ella, verdad?
Pensaba mantener su palabra de no decirle nada. Quería darle un voto de confianza a Estela. No quería ser ella quien tensara la cuerda de la niña. Sentía que más pronto que tarde ella se lo diría a su padre sin sentirse presionada. No deseaba preocuparle sin motivos. Había entendido que ser una pareja conllevaba no solo besarse, abrazarse o despertarse todos los días juntos. Ser pareja significaba un nosotros para enfrentarse a las dificultades que la vida ofrecía.

—No te entiendo —volvió a llevarse la copa a los labios.

—Claro que me entiendes —entrelazó su mano con la de ella—. Conozco a mi hija, siempre ha sido una niña dulce, pero cuando algo se le atravesaba, sé lo que es capaz de hacer.

—No, no ha sido Estela —se incorporó apoyando los codos en la hamaca—. No le des más vueltas. Creía que habíamos aclarado todo esta mañana. Ha sido culpa mía por no probar la *buttercream*.

—Está bien, creeré que Gema ha sido quien ha cometido el error.

—¿Decías de cenar?

—Sí, vamos a cenar. Hoy ha sido un día duro —le mostró una cesta de mimbre, de la que sobresalía una botella de vino—. He cogido de las cocinas una variedad de quesos, jamón de Teruel y unos aperitivos fríos. ¿Qué me dices, te apetece algo de esto?

—Umm, sí, una cena para nosotros dos solos. Yo conozco el sitio ideal.

En esos momentos era lo que necesitaban, una cena tranquila para olvidar las tensiones familiares.

—Ideal es cualquier sitio donde estés tú —con la yema del dedo le acarició el labio.

Cristina notó unas cosquillas agradables en el estómago. Dobló la rodilla y paseó los dedos de su pie derecho por la pierna de él hasta llegar a la entrepierna.

—En la terraza de Mariví hay una mesita y dos sillas. Estaremos más cómodos allí. También hay una tumbona —le mostró una sonrisa seductora.

—¿Me está proponiendo algo indecente, señorita Burgueño?

—Sí, señor De la Puente. Le estoy proponiendo más que una cena a solas.

—Me gusta cómo suena.

—También le estoy proponiendo que nos tumbemos en la hamaca y miremos la luna.

—¿Solo la luna? Tenemos pendiente usted y yo una investigación exhaustiva. A la luz de la luna sería capaz de besar cada centímetro de su piel.

—Veo que aún sigue conservando intacta su imaginación.

Álex tiró la cabeza hacia atrás cuando Cristina escondió los dedos de su pie en su entrepierna. Ella lo notaba duro, pero sobre todo contempló en sus pupilas la promesa de todas las palabras de amor que se dirían cuando se amaran.

—Cuando se trata de ti, no hay límites.

Cristina se levantó, se colocó las sandalias y tiró de él.

—Vamos a dejar que el sol nos alcance. El postre se enfría.

—Las reglas están para saltárselas. Siempre podemos empezar por el final.

—Me gusta mucho más esta nueva propuesta —dijo Cristina caminando de espaldas para no perder el contacto visual con él.

Álex la siguió hasta el ascensor.

—Siempre podemos quedarnos en mi apartamento —le dijo con una voz ronca antes de pulsar el botón.

—Me da igual. Solo tengo ganas de ti.

—No sé si te lo he dicho, pero hoy estás muy guapa.

—Sí, ya me lo has dicho, aunque no me importa que me lo repitas.

—Estás muy guapa.

Cristina contuvo el aliento y notó cómo la respiración se le aceleraba.

—¡Deja de mirarme así! —exclamó ella con un hilo de voz.

—Así, ¿cómo? —preguntó con voz grave.

—Como lo estás haciendo.

Quería congelar ese instante en su memoria. Nadie la había mirado nunca con esa intensidad. Puede que no lo dijera con palabras, pero notó cómo él le decía cuánto la quería. Y tuvo ganas de llorar de pura felicidad.

—No puedo hacerlo de otra manera.

Álex torció los labios al tiempo que ella reprimía un gemido.

—Definitivamente, los ascensores tienen algo —las puertas se abrieron y se cerraron una vez.

—Eso creo yo.

Álex se mantuvo frente a ella tratando de contener el deseo que sentía por ella. Le rodeó la cintura con una mano, mientras que con la otra acariciaba el contorno de sus labios.

—No sé qué has hecho conmigo. No puedo escapar de ti, de tu boca.

—Puedes besarme.

—Es justo lo que estaba pensando. Te has adelantado.

La acercó hasta él. Su lengua tanteó el borde de los labios y la animó a que abriera la boca. Cristina le ofreció lo que él deseaba al tiempo que las manos se colaban por debajo de la camiseta y acariciaban su torso. La boca de él era firme y cálida. Muy pronto Cristina sintió cómo su cuerpo respondía a sus caricias. Se apretó contra él y los besos se volvieron tan desesperados que por un momento Cristina pensó que le iba a faltar el aliento.

No fueron conscientes de que alguien había pulsado el botón para que el ascensor bajara.

—Álex... —dijo a dos centímetros de su boca.

—Dime...

—Nos movemos. Alguien lo ha llamado.

Él soltó un gruñido.

—Eso quiere decir que tendré que llevar la cesta de una manera ridícula.

—También puedo colocarme yo delante –Cristina soltó una carcajada–. Deja que yo lleve la cesta.

—Vosotras lo tenéis más fácil –esbozó una mueca de fastidio.

Como le había dicho ella, se colocó delante y esperaron a que el ascensor llegara a la planta baja. Cristina intentaba caminar como si no pasara nada, pero notaba que Álex estaba un poco incómodo. A esas horas ya no estaba Alba en el mostrador, por lo que no tenía que sufrir una de sus miradas asesinas, pero percibieron cómo Julio no perdía detalle y aguantaba una risa.

—Esto me recuerda a una escena de una película –soltó mientras atravesaban el vestíbulo–. Eres tú la que me va tapando a mí.

—No sé de qué película me estás hablando.

—*La fiera de mi niña*. Él, Cary Grant le pisa el vestido por detrás a Katharine Hepburn y ambos tienen que salir como lo estamos haciendo nosotros. En realidad lo hacen un poco más exagerado.

—Vas a tener que hacer un ascensor exclusivo solo para nosotros dos.

Al llegar a la calle, ambos soltaron unas carcajadas. Álex la tomó de la mano y corrieron sin dejar de reír; y se besaron, unas veces con ternura y otras veces con ansia, como también se acariciaron hasta llegar a la casa de Mariví. Cuando Cristina abrió la puerta del portal, Álex no le dio tregua. La pegó contra la pared.

—Cristina... te...

—¿Qué?

El móvil de Álex empezó a sonar. Él tragó saliva. Quería estampar su *smartphone* contra la pared.

—Recuérdame que cuando esté contigo desconecte el

móvil. Es la segunda vez que nos interrumpen en lo mejor.

Soltó un bufido y sacó su *smartphone* de la cesta de mimbre.

—Dime, Gema, espero que sea importante. Tienes la habilidad que llamar siempre en el mejor momento.

—Lo es Álex... no te habría llamado si no lo fuera... —se calló.

—¿Qué pasa?

—Álex... no encontramos a Estela...

—¿Cómo que no encontráis a Estela? —alzó el volumen de su voz.

Cristina pudo escuchar el sollozo de su hermana. Lo que tanto había temido de Estela, se estaba produciendo en aquellos momentos. Había estallado la bomba.

—Te he hecho una pregunta. ¿Dónde está mi hija? —sintió un gran agujero abrirse a sus pies.

No podía permitirse ante Tita que, el primer fin de semana que tenía a sus hijos, después de tres meses sin verlos, Estela se escapara.

—No me grites, Álex.

—¡No te estoy gritando!

—Sí, sí que lo estás haciendo.

Álex se pasó la mano por la barbilla en un gesto de cansancio. Suspiró antes de responderle de forma más calmada.

—Dime, ¿qué ha pasado?

—Lo siento, Álex, no sé por qué ha empezado la discusión, pero de repente Estela se ha puesto a gritarle a Carol y le ha dicho que su madre nunca le había mentido. Entonces Carol le ha respondido que sí lo hacía, que quien había organizado todo el tema de las exclusivas era Tita y que había sacado un buen pastón por decir todas esas mentiras en las revistas. También le ha dicho que Tita te estaba complicando la vida y que contaba mentiras para que volvieras con ella. Yo estaba acostando a los niños. No lo he podido evitar. Santi había bajado a tirar la basura.

Álex apoyó la mano en la pared.

—Joder, Gema. ¿Qué conversaciones mantenéis con los niños?

—Vamos, Álex, Carol tiene catorce años. Sabe cómo eres, no eres un maltratador, como también sabe quién es Tita. Supongo que habrá visto alguna revista en casa de una amiga y este tema lo habrán comentado. Al final habrá sumado dos y dos. No es tonta.

Él carraspeó.

—Siento haberte gritado, Gema.

—Te juro que nunca hablamos de estos temas en casa.

Él apretó la mandíbula. Quiso tragar saliva, pero tenía los labios, así como la boca, resecos.

—Está bien. Vamos para tu casa.

—Puede que haya vuelto al hotel —comentó Gema—. Conoce el camino.

—Bien, primero miraremos en el hotel.

—Álex, de verdad que lo siento. Cualquier cosa ya estamos en contacto por el móvil. Santi ha bajado al parque para ver si la encontraba. Si no la encontramos, habrá que llamar a la policía.

—Lo sé —dijo sintiéndose sobrepasado.

—Álex, la vamos a encontrar —comentó Cristina cuando él colgó la llamada.

Él no contestó. Si lo hacía, sentía que se derrumbaría y que acabaría gritando, o puede que llorando. Se limitó a salir por la puerta y a correr hacia el hotel. Cristina siguió sus pasos, aunque le resultaba difícil alcanzarlo. No tardaron ni dos minutos en llegar. Estela estaba al lado de un macetero que había a la entrada del hotel, sentada, abrazada a las rodillas y no podía dejar de llorar.

—Joder, ¿se puede saber en qué demonios estabas pensando? Me has pegado un susto de muerte.

Cristina se colocó delante para tratar de calmarlo.

—Álex, lo que necesita ahora no es que le eches una bronca. Estela necesita que le tiendas una mano.

—Joder, ya es mayor. Sabe que no se puede largar así como así.

Se giró y se pasó la mano por su pelo revuelto.

—¿Qué vas a hacer? ¿Me vas a encerrar en casa? ¿Me vas a pegar? —le preguntó ella.

Álex se volvió hacia ella como un animal herido, y negó con la cabeza porque no podía contestarle. Abrió la boca, pero no encontraba las palabras. Inspiró, mas no encontró la calma que tanto necesitaba en aquellos momentos. Después de tragar saliva, se arrodilló ante su hija.

—No, Estela, no voy a pegarte, ni tampoco pensaba encerrarte. Solo me he asustado mucho.

Estela alzó la cabeza y le tembló la barbilla. Se le colgó del cuello y escondió la cabeza en su pecho.

—Lo sé... papá, perdóname.

Cristina la veía tan confundida, que sintió ganas de abrazarla.

—Álex, coge a Estela y llévatela a un sitio tranquilo. Necesitáis hablar un rato.

—¿Quieres contármelo? —preguntó Álex separándola con suavidad unos centímetros.

Estela asintió con la cabeza.

—Ha dicho que mamá es una mentirosa.

—Te invito a un helado —le tendió una mano para que se levantara—. Hay cosas entre tu madre y yo que no puedes entender.

Cristina le tendió un pañuelo de papel cuando Estela se levantó. Ambas se miraron a los ojos. Estela le suplicaba con el gesto que no le dijera nada a su padre. Cristina asintió con la cabeza.

–Gracias –solo pudo decir esta palabra antes de volver a llorar.

–Yo me voy –dijo Cristina–. Tengo cosas que hacer en casa. Tenéis muchas cosas que hablar.

–Cristina...

Álex avanzó los dos metros que la separaban de ella. Buscó la calidez de su mano y con la otra le acarició el contorno de su rostro.

–Gracias.

Le dio un beso tierno en los labios.

–Lo que quería decirte antes de que nos interrumpieran...

–No pasa nada. Esto era más importante –la hizo callar poniendo un dedo sobre sus labios.

–Para mí lo es. Deja que te lo diga –le susurró en el oído–. Te quiero.

Ella se estremeció. La noche no podía acabar mejor.

–Y yo, Álex, te quiero, te quiero mucho.

Capítulo 28

Habían pasado tres semanas maravillosas desde que Álex le dijera que la quería. Y él no dejó de repetírselo ni un solo día. Aprovecharon todos los momentos que tenían libres para amarse con tranquilidad a la luz de la luna, otros para quererse con desesperación en la despensa de las cocinas, incluso lo hicieron, con la urgencia de aprovechar el momento, en el ascensor.

Aun así, durante ese tiempo no todo fue un camino de rosas, también hubo muchas espinas, siempre durante los fines de semana, cuando Estela llegaba al hotel. Todas las semanas venía con un cuento nuevo por parte de Tita, y por mucho que Álex le pidiera a su exmujer que no la metiera en medio de la separación, ella no quería darse por vencida. Aunque la relación entre Cristina y Estela era mejor que al principio, la joven aún no le había dicho a su padre que fue la responsable de cambiar el azúcar por la sal. No obstante, Cristina le había estado dando vueltas y decidió regalarle los libros que le había comprado hacía tres semanas. Quería intentarlo otra vez con ella y puede que ese detalle la acercara más.

Como la mañana de la víspera de San Juan Álex tenía que salir temprano en coche hacia Madrid para recoger a sus hijos, la noche anterior durmieron separados. Aún resonaba en su cabeza lo que le dijo él al despedirse de ella.

—No quiero que esto tenga un final.

—Será siempre el inicio de todo —le respondió.

Álex llegaría con los niños a la hora de comer al hotel. A partir de ese día, Estela y Víctor pasarían casi todo el verano en Valencia. A Álex le consolaba la idea de que, durante dos meses, su hija no vería a su madre y por lo tanto no tendría que soportar las mentiras que decía sobre él. Tita aprovechaba la mínima ocasión para poner a Estela en su contra.

Al igual que a él, a Cristina también le supondría un alivio no escuchar el nombre de Tita durante muchos días. Era difícil ignorarla, porque aunque no estuviera presente, envenenaba todo lo que tocaba.

Aquella mañana Cristina se levantó más tarde de lo habitual. Como ese día no tenía que entrar hasta las diez y media de la mañana, había remoloneado en la cama hasta las nueve, un lujo del que apenas disfrutaba desde que estaba con Álex.

Encontró a Marga sentada en un taburete de la cocina, con un brazo apoyado encima de la barra que separaba el comedor de la cocina. Desde hacía unos días, la mayor de las hermanas estaba más nerviosa de lo habitual. Igual se ponía a llorar sin venir a cuento como que saltaba de alegría por cualquier tontería.

—Buenos días.

—Serán para ti.

Marga le daba vueltas a la cuchara que había dentro del vaso de leche con Cola Cao. Tenía los ojos llorosos y sobre su regazo una bolsa llena de pañuelos de papel usados. Había también sobre la barra de la cocina un paquete de kleenex.

—¿Qué te ocurre? –preguntó Cristina–. ¿Te encuentras mal?

Marga se encogió de hombros. No sabía decir qué le pasaba. Su hermana se acercó por detrás para abrazarla.

—Nada, me acaba de llamar Óscar.

—Eso es bueno, ¿no? –dijo sin tener claro que Óscar venía para quedarse. Desde que se había marchado de Madrid solo había hablado con él en tres ocasiones.

Marga asintió con la cabeza y volvió a hacer un puchero. Se sonó la nariz, que la tenía tan roja como sus ojos.

—Entonces no entiendo por qué estás llorando –Cristina sacó una taza y un tazón de un armario, y después cortó dos rebanadas de pan–. Si era lo que querías. Te has pasado tres semanas enviándole vídeos cada día, diciéndole de manera diferente, cuánto le quieres.

—Es que no sé si quiero que venga ahora.

—A ver, Marga, ¿qué me estoy perdiendo?

—Nada –sacó otro pañuelo de la caja de kleenex para sonarse la nariz–. No sé qué me pasa. No sé qué decirte. No lo puedo controlar. Cuando me ha llamado me he puesto muy contenta, pero ahora no puedo parar de llorar.

—¿Qué te ha dicho?

Marga fue a contestarle, pero se deshizo una vez más en un llanto.

—Ya está, te ha dicho que no quiere intentarlo contigo –apuntó Cristina.

Marga negó con la cabeza.

—Me ha dicho que Palmira no está embarazada –dijo entre hipido e hipido–. Que se lo había inventado todo para sacarle dinero.

—¿Y todo eso se lo ha dicho la tipeja esta?

Al tiempo que su hermana le iba contando lo que había hablado con Óscar, ella ponía una taza de té verde en el microondas y dejó que se calentara un minuto y medio. Después puso las dos rebanadas de pan que había cortado en la tostadora.

–No, en realidad Óscar volvió a pillar a Palmira con el mismo tipo, y este al final se lo contó todo.

–Menuda elementa.

Sacó un cartón de leche de la nevera, la mermelada y el bote de mantequilla. Se puso un tazón de leche con dos cucharadas de Cola Cao.

–A ver, vamos a recapitular. Óscar ya no se tiene que hacer cargo de ese supuesto embarazo de Palmira –Marga asintió–. Y te ha dicho que viene, y si viene es porque quiere intentarlo contigo, porque no tiene dudas. ¿Es eso, verdad?

–Sí.

–Pues tendrías que estar dando botes de alegría.

El timbre del microondas sonó. Cristina sacó el té verde y metió el tazón de leche para calentarlo algo menos de un minuto. Después sacó el pan de la tostadora.

–¿Cuándo ha dicho que llegaría?

–Sobre las doce.

–O sea, que en un rato está aquí –dijo mientras untaba el pan de mantequilla y mermelada de fresa.

–Sí… pero es que no quiero que me vea así.

Cristina apartó un momento la mirada de lo que estaba haciendo para mirar a su hermana.

–Si estás muy guapa.

–No es cierto –se sonó de nuevo y tiró el pañuelo a la bolsa de plástico–. Es que cuando me vea no va a querer saber de mí.

–Marga, me estás preocupando. Nunca te había visto así. No es normal en ti. ¿Quieres que vayamos al médico?

Ella negó con la cabeza.

–Mira qué pelos llevo. Tengo la nariz roja como un

tomate y me estoy convirtiendo en una llorona estúpida. Todo me afecta y, aunque no quiera, estoy sensible. No sé lo que quiero. Estoy hecha un lío. Y es que... es que... encima no me baja la regla.

Cristina escupió el líquido de la boca y comenzó a toser. Se había atragantado y le pedía por gestos a su hermana que le diera unas palmadas en la espalda. Cuando se le pasó, consiguió decir:

—¿Que no te baja la regla? ¿Desde cuándo? ¿Óscar y tú tomasteis precauciones? Porque sería de Óscar, ¿verdad?

—Sí, pero una de las veces se le quedó dentro. Es que los preservativos que compró no eran de su talla. Le venían pequeños.

Cristina quiso quitarle importancia al asunto.

—Vale, puede que sea un retraso. A mí me pasa muchas veces.

—¿Tú también tienes un retraso?

—No, no he dicho eso. Lo que te he dicho es que a veces se me ha retrasado la regla cuando he estado nerviosa. Y para tu información, acabo de terminar, así que hasta el mes que viene no me toca —le pegó un bocado a la tostada—. Y toda esta llantina vendrá porque piensas que estás embarazada.

Asintió con la cabeza.

—No me importaría criar al hijo de otra mujer, pero es que ahora que igual me puede tocar a mí, tengo mucho miedo. Si estoy embarazada, ¿qué voy a hacer?

—Pues parir, Marga, que es lo que hacen todas las mujeres que van a tener un hijo —le contestó con la boca llena—. Eso suponiendo que quieras tenerlo, aunque si es que no, mejor que no se lo cuentes a Óscar. Pero no tengo claro que él no lo deba saber. A mí me gusta que mi pareja sea honesta conmigo. Y tú deberías serlo si vas a empezar algo con él.

Marga volvió a coger un pañuelo cuando sintió que de nuevo volvía a llorar.

—Es que mira cómo se me han puesto las tetas. No me cabe ningún sujetador, y me voy a poner muy gorda, y Óscar no me va a querer.

—Eso será circunstancial. Se pasa cuando dejas de estar embarazada.

—Y se me van a hinchar las piernas, y...

Cristina la cortó antes de que siguiera haciendo la bola más grande.

—Vale, Marga, cálmate —alzó la voz y automáticamente su hermana dejó de llorar—. Primero tienes que saber que estás embarazada para saber qué vas a hacer a continuación. Mira, vamos a hacer una cosa —dijo suavizando el tono de voz—. Yo bajo un momento y te compro una prueba de embarazo. Y si lo estás, bien, y si no, pues mejor.

—¿Eso quiere decir que no vas a querer a tu sobrino?

Cristina se llevó la mano a la cabeza y no respondió a la pregunta de su hermana. La estaba sacando de quicio y empezaba a creer que Marga sí que estaba embarazada, y que por lo tanto, todas esas tonterías que decía eran porque tenía las hormonas revolucionadas.

—¿Has tenido otros síntomas? ¿Angustia, vómitos, rechazo por alguna comida, antojos?

—No, no he tenido nada de eso.

—Entonces será un retraso sin importancia y te estás comiendo la bola por nada —respondió Cristina.

Después de pegarle el último trago al tazón de leche, se marchó a su habitación para vestirse. Marga la siguió hasta la puerta.

—Y si lo estoy, no sé cómo se lo voy a decir a Óscar.

—Marga, deja que primero te compre la prueba. Ya hablamos cuando vuelva.

Cristina salió intentando no pegar un portazo y regresó al cabo de diez minutos con una bolsa en la mano. Sacó la prueba de la caja y se la entregó a su hermana, que la rechazó. La miraba como si le quemara.

—Me ha dicho que esta es la prueba más fiable que hay en el mercado y que sirve cualquier pis del día, aunque claro, es mucho más seguro con la primera orina de la mañana.

A Marga le temblaba todo el cuerpo. Dejó que Cristina abriera el envoltorio y le pasara la prueba. Marga siguió los pasos, y una vez hechos, le pasó a su hermana la prueba. Como indicaba en el prospecto, había que esperar unos minutos. Cristina lo puso sobre el lavabo; esperaron sentadas y abrazadas en la taza del váter.

—Mejor lo miras tú —comentó Marga cuando pasaron más de cinco minutos.

Cristina se levantó, pero antes de coger la prueba, Marga se la quitó de las manos.

—No, es mi problema y me toca saberlo a mí primero.

Esbozó una mueca que pretendía ser una sonrisa y después se lo pasó de nuevo a Cristina.

—No puedo mirarlo. Mejor lo haces tú.

Su hermana quitó la capucha y soltó un suspiro. Solo había una raya rosa, de las dos que tendría que haber en caso de dar positivo.

—No estás preñada, así que quítate esa tontería que tienes encima —dijo pasándole el predictor.

Marga tuvo que mirar dos veces la única raya rosa. No podía ser. Ella tenía algunos síntomas y las tetas no habían dejado de crecerle. De seguir así, se imaginaba comprando una carretilla para poder meterlas en algún sitio.

—No puede ser.

—Vale, la farmacéutica me ha dicho que si estás de muy pocos días es posible que no salga la prueba y dé un falso negativo –le dio un abrazo–. Así que si la semana que viene no te ha bajado, te la vuelves a repetir y salís de dudas Óscar y tú.

Marga quería creer las palabras de su hermana. Se secó las lágrimas y trató de tranquilizarse.

–Está bien. Me voy a calmar. Creo que me voy a tumbar un rato hasta que venga Óscar. Esta noche no he dormido bien.

Cristina la acompañó hasta la habitación y la ayudó a desvestirse.

–Me tengo que ir a trabajar, pero si quieres le digo a Gema que puedo entrar más tarde.

–No, vete, hoy vienen los hijos de Álex. Óscar llegará enseguida.

–¿Me prometes que si me necesitas me vas a llamar?

–Sí, anda, vete ya. Voy a estar bien.

Cristina bajó la escalera sin dejar de pensar en su hermana y en Óscar. Llegó a la conclusión de que quizás todo ese llanto repentino de Marga se debiera a que ahora era ella la que tenía dudas con respecto a Óscar y no sabía cómo decírselo para no hacerle daño.

Aparcó sus pensamientos cuando llegó al hotel. Por primera vez, Alba no la saludó con cara de asco. Seguía manteniendo las distancias, pero al menos le mostró una sonrisa fría. Al pasar al comedor, le pidió al camarero un té verde. Al final, con las prisas, no se había tomado el que se había preparado en casa.

–Hola a todos –dijo al entrar en las cocinas–. ¿Cómo estamos hoy de comidas?

–Tenemos el comedor lleno. Y algunos clientes nos han pedido que les hagamos una bolsa de picnic para ir esta noche a cenar a la playa, así que hoy cerraremos la cocina pronto.

–Estupendo.

Gema dejó lo que estaba haciendo para acercarse a ella.

—Oye, se me ocurre que Álex y tú podéis llevar a los niños a la Malvarrosa. Santi y yo vamos todos los años. Nuestros amigos hacen una hoguera y asamos unas sardinas, bebemos un poco de sangría y escuchamos música de los ochenta. ¿Os apuntáis al plan o habíais pensado hacer otra cosa?

—No. Nunca he ido a una hoguera de San Juan.

—Ya verás como os lo pasáis bien. A Álex le vendrá bien después de venir de Madrid. Me imagino a la bruja de mi excuñada planeando alguna de sus maldades para no darle los niños a mi hermano. Y si le apetece, le puedes decir a tu hermana que se apunte también.

Esa era una gran idea. A Marga la vendría bien salir de casa y despejarse.

—Vale, le envío un *whatsapp* ahora mismo. Hoy viene Óscar. Por fin se ha dado cuenta de que son tal para cual —agarró el móvil de su bolso, que estaba en la despensa—. ¿Es cierto que apuntáis un deseo en una hoja de papel y luego lo quemáis?

—Santi no cree en estas cosas, aunque yo sí. Mis amigas y yo solemos lanzar un deseo a la hoguera antes de que den las doce de la noche. ¿Te unes a nosotras en lo del deseo?

—No lo sé. Mejor no tentar a la suerte. Me gusta todo lo que tengo.

Después de tomarse el té, Cristina empezó a preparar los postres para ese día. Gracias al encuentro de blogueros y lectores de novela romántica, la terraza siempre estaba llena a la hora del almuerzo y de la merienda. Como hacía todas las mañanas, se preparó una lista con todos los ingredientes que necesitaba para las dos tartas que tenía pensado hacer. Ahora que llegaba el calor, se decidió por probar con postres que fueran ligeros. Hacía tiempo que no hacía unas tartaletas de hojaldre y naranja, que solía acompañar con una bola de helado de chocolate negro. Le apetecía intentar hacer también una *cheesecake* baja en calorías y una tarta de masa quebrada de frambuesa y limón. Por último haría un tiramisú para llevarlo a la playa esa misma noche. Se acordó de su madrastra, porque era el postre que más le gustaba a Mariví.

La mañana pasó deprisa. Llegó la hora de las comidas y Gema le avisó de que su hermano acababa de dejar a los niños en el vestíbulo mientras él iba a aparcar. Cuando Cristina salió a recibirles, Víctor corrió hacia ella gritando su nombre.

—Cristina —ella le tomó en brazos—. Ya estamos aquí. Papi ha dicho que me va a enseñar a nadar, y que vamos a ir a una escuela de verano y vamos a hacer cosas chulas. Y que lo vamos a pasar muy bien.

—Eso está genial. Y cuando te enseñe a nadar, haremos carreras, pero no me ganes —dejó que Víctor la abrazara con fuerza.

—¿Podemos ver *Mary Poppins*?

—Primero tenemos que comer, bacalao.

Se acercó a Estela, que estaba sentada en un sillón rojo y se entretenía con un juego de su móvil. Una cortinilla de pelos le tapaba la cara.

—Hola, Estela, ¿qué tal el viaje?

—Bien —la miró desde abajo y le ofreció una sonrisa.

Era la primera vez que la veía sonreír, y tenía que decir que estaba mucho más guapa. Cristina sintió que por fin las cosas entre ellas iban mejor. Después de comer le daría los libros que en su día le compró.

Enseguida entró Álex por la puerta. Parecía de tan buen humor como lo estaba Estela.

—Vamos a dejar el equipaje en casa —dijo él.

—¿Tengo que ir yo también? –preguntó Estela obsequiándoles con una sonrisa radiante–. Voy a decirle una cosa a la tía. ¿Me dejarás que vaya esta noche con Carol y sus amigos a la playa?

—Me lo pensaré –respondió Álex.

—Si vamos a estar cerca de vosotros. Por favor, sería mi primera fiesta.

Él buscó la complicidad de Cristina.

—¿Tú qué piensas?

—A ver, pienso que hay que darle un voto de confianza. Si van a estar cerca de nosotros, no le veo ningún problema.

—Venga, ve a hablar con tu tía –asintió Álex–. Ya nos encargamos nosotros de deshacer el equipaje. En una media hora te esperamos en casa para comer.

—¡Eres el mejor padre del mundo! –Estela se le tiró al cuello y le cubrió de besos.

Álex cargó con las dos maletas de sus hijos.

—Parece que Estela viene mucho más calmada –comentó Cristina cuando se cerraron las puertas del ascensor.

—Sí, parece increíble, pero es cierto. No hemos discutido en todo el camino. Esta es la Estela que echaba de menos.

—No sabes lo que me alegro –se guardó de decir delante de Víctor que en esta ocasión Tita no había salido ganando.

Cuando llegaron al apartamento, Víctor corrió al DVD para poner la película en el reproductor.

—Vamos a cantar la canción esa del azúcar. *Mary Poppins* tiene magia. ¿Quieres verla conmigo? –le preguntó a Cristina.

—Sí, ahora voy y la cantamos juntos. Tengo que poner un *culodemono* a calentar.

Víctor se cubrió la boca aguantándose una risa.

Mientras Álex guardaba la ropa de sus hijos, Cristina ponía una olla con agua a calentar para hacer la pasta. Gema había dejado en el frigorífico de su hermano una tartera con salsa boloñesa, que solo tendría que añadir a la pasta cuando estuviera cocida.

Al tiempo que la pasta se hacía, Cristina cantó las canciones con Víctor. Juntos pusieron la mesa al ritmo que marcaba la música de la película. Todo estaba listo. Solo faltaba que subiera Estela a comer. Llegó casi a las tres con cara de pocos amigos y mascullando por lo bajo. Se sentó al lado de Álex y no levantó la vista del plato.

—Yo no quería pasta —la retiró y se cruzó de brazos.

—Es lo que hay —contestó Álex.

—Está muy rica —dijo Víctor pasándose la lengua por los labios.

—Pues te puedes comer también mi plato.

—¿Quieres que cantemos la canción esa del azúcar? —preguntó con la boca llena.

—¡Cállate, bacalao! —soltó Estela—. Nadie ha pedido tu opinión.

—Estela, es mágica. Yo quiero cantar el azúcar.

El niño se puso a tararearla por lo bajo mientras sacudía la cabeza.

—Te he dicho que no cantes esa estúpida canción. La odio, es una mierda para niños.

Víctor no hizo caso a las palabras de su hermana y siguió tarareando la canción que más le gustaba.

—Te he dicho que te calles.

Cristina trató de suavizar la situación. Quizá fuera el momento de darle los libros. Se levantó un momento de la silla, fue a la habitación de Álex y los cogió de un cajón.

—Estela, te he comprado unos libros. La librera me dijo que estos le habían gustado mucho a ella.

La joven rechazó el regalo con un gesto insolente.

—Y ahora se supone que te tengo que dar las gracias.

—Estela, por favor —la recriminó su padre—. No cuesta nada ser amable. No voy a consentir más tus salidas de tono. Hemos tenido un buen viaje. Pensaba que estábamos bien.

—Sí, tú lo has dicho. Hemos tenido un buen viaje, pero ha sido llegar aquí y joderse todo —Estela masculló por lo bajo.

Álex hacía verdaderos esfuerzos para no pegarle un guantazo. ¡Cuántas veces habría oído lo de que una torta a tiempo quitaba todas las tonterías! Aquello no era más que el recurso fácil al que recurrirían los que se quedaban sin argumentos y, por qué no decirlo, para los cobardes. Si él sucumbiera a ello, le estaría dando la razón a Tita. Y no, él no era un maltratador.

—Estela, pasa a la cocina, por favor —dijo Álex sin levantar la voz—. Me estoy cansando de tu actitud.

—¡Y qué! No puedes hacerme nada.

—Estela, no sé qué te pasa, y si no lo sé, no te puedo ayudar. Así que pasa a la cocina antes de que pierda los nervios.

—No voy a pasar a la cocina —Estela apretó los puños con rabia. Tenía los hombros en tensión y la cara congestionada—. No quiero saber nada de ti, no quiero estar aquí. Me habéis mentido todos, y me dijiste que no lo ibas a hacer nunca más. Te odio, te odio mucho.

Álex apretó los dientes. Temía hacerle la pregunta.

—Estela, ¿se puede saber a qué viene ese cambio de actitud?

—Lo sabes perfectamente. Me lo has estado ocultando siempre. No puedes hacerme nada porque tú no eres mi padre. ¿Te enteras? Quiero volver otra vez con mamá.

Un escalofrío desagradable le recorrió la espalda a Álex. Sintió un sabor repulsivo en la boca. Tuvo que agarrarse a una silla para no soltar un grito y maldecir a Tita delante de sus hijos.

—Estela, sigo siendo tu padre —dijo con un hilo de voz. Se había quedado tan pálido como la cera—. Esto no cambia nada.

—Quiero volver a Madrid —gritó Estela.

Víctor giró la cara hacia su hermana.

—No, a Madrid no, no quiero ir a Madrid —comenzó a llorar con desespero y se agarró a las piernas de Cristina—. Quiero quedarme con papi y con Cristina. No quiero ir con mamá. Papi, quiero quedarme contigo, por favor...

Cristina tomó a Víctor en brazos y trató de calmarlo.

—Tranquilo, Víctor. Nadie está diciendo que te vayas otra vez a Madrid.

¿Qué podía hacer ella para salvar aquella situación? Solo se le ocurrió sacar al niño de aquella guerra que había estallado en mitad de aquel comedor.

—Víctor y yo nos vamos a dar una vuelta —buscó su bolso y recordó que lo había dejado en la despensa de las cocinas—. Nos vemos luego.

No tuvo claro si Álex la había escuchado. Estela y él cruzaban sus miradas en silencio. ¡Cuánto amor vio en los ojos de él y cuánto rencor apareció en los de ella! ¿Tanto odio le tenía Tita a Álex que para destruirlo había utilizado a su hija contra él? ¿Hasta dónde sería capaz de llegar con tal de que él no volviera a ver a sus hijos?

Álex esperó a que Cristina y Víctor salieran de casa.

—Estela, hace unos días que me lo contó, pero para mí no cambia nada lo que siento por ti. Sigues siendo mi hija.

—Eso es mentira —le golpeó con los puños el pecho—.

Te odio... tú no eres mi padre. Es mi vida y yo decido lo que quiero hacer con ella.

Él la abrazó. Nada podía calmar el llanto y la angustia de su hija. La llevó al sofá para que sentaran. Álex se mostraba cada vez más apesadumbrado. Si Estela salía de su vida, puede que no lo soportara. No podía permitirse eso.

—Estela, hay quienes no eligen ser padres, pero este no es mi caso —soltó aire para volver a inspirar con la calma que necesitaba en esos momentos—. Yo lo elegí cuando tu madre me dijo que estaba embarazada y me casé con ella, cuando vi por primera vez una ecografía tuya, cuando llegaste hace casi trece años, y después, cada uno de los días que has estado en mi vida, pero sobre todo elegí ser tu padre cuando Tita me lo contó. Nada de lo que diga tu madre podrá cambiar que tú eres mi hija. Todo lo demás me da igual.

—No... sí que lo cambia todo. No eres mi padre y no quiero estar contigo. —dijo entre dientes—. No quiero que me quieras, no quiero que me toques, no quiero nada de ti. Prefieres estar con ella a estar conmigo.

—No sé por qué dices eso. No te voy a ocultar que quiero a Cristina, y que nuestra relación va muy bien. Hacía tiempo que no me sentía así de bien, pero porque tu hermano y tú estáis conmigo. Por favor, no te vayas, no nos hagas esto a Víctor y a mí. Te aseguro que te sigo queriendo igual, que me da igual quién sea tu otro padre. Es más, le tendría que dar las gracias, porque sin él tú no estarías aquí. Y yo no me puedo imaginar mi vida sin ti. Quédate, por favor.

Estela se apartó de un empujón de él.

—Quiero volver a casa. Tú no me quieres.

—No, cariño, te quiero mucho. Esta es tu casa, Estela.

—No, esta es la casa de Víctor, y tuya y de esa...

—Se llama Cristina, Estela. Y a pesar de lo que digas, esta también es tu casa. Si te vas, quiero que sepas que puedes volver cuando quieras, que me puedes llamar cuando quieras, que siempre voy a tener el teléfono disponible para ti.

—Aquí ya no hay sitio para mí. Ella me odia —soltó un lamento ahogado.

—Estoy cansado de esta guerra con tu madre. Le supliqué que no te metiera en medio. No entiendo por qué dices eso, cariño.

—Porque es cierto, porque tu novia no quiere que esté aquí —estaba fuera de sí—. Sí, yo le puse la sal a las tartas y desde entonces no ha hecho más que joderme. He intentado ser amable con ella, pero sé que no le caigo bien. Cuando está delante de ti es amable, pero cuando nos quedamos a solas me trata mal —sacó su móvil del bolsillo de su pantalón—. Mira lo que me ha escrito. Me ha enviado un *whatsapp* nada más llegar. No me lo ha dicho mamá, ha sido ella.

Álex se rindió a la evidencia cuando leyó el mensaje que le había enviado Cristina: *Si nadie te lo ha contado, te lo digo yo. Álex no es tu padre. Vuelve a casa con tu mami*. Cerró los párpados y se levantó con la sensación de derrota, de que se le escapaba de las manos Estela y no podía hacer nada para que se quedara. Sin embargo, en esta ocasión la traición venía de la persona que amaba. Cristina lo había apuñalado por la espalda.

Capítulo 29

Cristina y Víctor terminaron de comer en el comedor y después salieron a dar una vuelta por el centro. Había aceptado la invitación de Gema para ir con ellos en el coche hasta la Malvarrosa. De su hermana y de Óscar no tenía noticias desde que a mediodía la llamara Marga para decirle que era muy feliz y que se iba a celebrar en plan parejita el reencuentro con Óscar. No había querido decirle de qué habían hablado, pero el tono de la voz de su hermana era muy diferente al de por la mañana.

Mientras hacían tiempo para ir a la playa, llevó a Víctor a ver una película a los cines Lys, y cuando salieron jugaron en la calle a correr y a reír sin parar. Sobre las ocho entraron a una heladería porque el niño quería un cucurucho de chocolate y ella se pidió una tarrina de vainilla con helado de plátano. Salieron a la terraza a sentarse en una mesa. A Víctor muy pronto le empezó a chorrear el helado por el brazo y se le manchó la camiseta. Cristina le pasó una servilleta de papel por la camiseta y trató de quitarle la mancha.

–Mi mamá se va a enfadar –hizo un puchero; temblaba de arriba abajo.

–No, tranquilo, no se va a enterar.

—Sí se va a enterar porque soy un cochino —unas lágrimas resbalaron por sus mejillas.

—A ver, Víctor, mamá no está aquí, está muy lejos y se ha quedado en Madrid. Cuando vayamos otra vez a casa de papá, lavo la camiseta y es como si no hubiera pasado nada.

—¿Tú no te vas a enfadar?

—No —ella propició que se le cayera un poco de helado sobre la camiseta que llevaba—. ¿Ves? Yo también me he manchado. Soy una cochinota como tú.

El comentario le hizo gracia al niño.

—Vamos a volver al hotel, voy a cambiarte de camiseta y nos vamos a ir a la playa a saltar las olas. Dicen que hoy puedes pedir un deseo.

El niño asintió.

—No sé qué pedir —se secó las lágrimas que resbalaban por sus mejillas con la palma de la mano y terminó manchándose también la cara—. No sé dónde tengo las ideas.

—Es fácil. Yo te puedo ayudar. Puedes pedir por ejemplo un tren o un coche o un avión...

—Yo no sé conducir un avión.

Víctor lo dijo tan serio que Cristina tuvo que aguantarse una risa. Le maravillaba y a la vez le asombraba esa inocencia de él. Aún era capaz de creer en la magia de una canción o que una mujer que no existía pudiera arreglar cualquier problema. Ojalá todo se pudiera arreglar con cantar la canción: «con un poco de azúcar...».

—¿Y coches y trenes sí?

—No, tampoco.

—Yo tampoco sé conducir trenes, ni aviones. Siempre puedes pedir un pájaro, un helado, un pastel de chocolate, un gato...

—Sí, quiero un gato.

—Pues ahora que tienes claro qué es lo que quieres, vamos a ir a casa, nos vamos a cambiar de camiseta y vamos a escribir nuestros deseos en una hoja de papel.

Se levantaron y Cristina le propuso un juego para el camino. Mientras, miró un momento el móvil por si le había enviado Álex algún mensaje. Desde que se habían marchado del apartamento no había tenido noticias suyas.

—No tenemos que pisar las líneas. Si me ganas, te invito a otro helado.

Él asintió y se tomó muy en serio lo de no pisar las líneas de las baldosas. Al llegar al hotel, Gema había salido un momento al vestíbulo para entregar unas bolsas de picnic a unos clientes.

—Le he ganado a Cristina y me va comprar otro helado —le dijo a su tía.

—¡Qué bien, cariño! En un rato nos vamos a la playa. El primo Ian está a punto de llegar.

Víctor se puso a saltar y a citar a su primo, que aún no había llegado.

—Nosotros bajamos en cinco minutos —apuntó Cristina—. Nos tenemos que cambiar las camisetas.

Víctor y Cristina subieron en el ascensor con una pareja de recién casados. Parecían extranjeros, porque ambos eran muy rubios y tenían rasgos nórdicos. Se daban besos y se decían palabras al oído. Al parecer ellos iban a la terraza.

—¿Sois novios? —les preguntó Víctor—. Mi papá y Cristina también son novios. Yo también tengo una novia que se llama Clara.

Ellos no le entendieron.

—Parece que sí —respondió Cristina—. Pero creo que no hablan español. ¡Así que tienes una novia!

—Es muy guapa, como tú.

—¿Yo te parezco guapa?

—Sí, y muy buena, porque me cuentas cuentos y no te enfadas.

Víctor se despidió de la pareja al salir en la quinta planta. Al llegar a casa, Cristina le pidió al niño que se quitara la camiseta mientras ella se cambiaba. Había dejado algunas prendas suyas en los cajones que había vaciado Álex para ella.

—¿Me ayudas tú? —le pidió el niño.

—Sí, claro. Espera que busque una camiseta limpia.

Después de coger la primera que encontró, ayudó a Víctor a desvestirse. Un escalofrío le recorrió de arriba abajo cuando advirtió que tenía varios morados por la espalda y algunos por los brazos a los que no les había dado importancia cuando los vio por la tarde. Sintió ganas de llorar y una impotencia grande. Le tomó de la mano para sentarlo en el sofá.

No sabía cómo abordar el tema. No quería precipitarse y acusar a Tita de castigar al niño con dureza, pero el comportamiento de Víctor en algunos momentos le hizo sospechar que podía tratarse de un caso de maltrato, como que dijera que no quería ir con su madre o como que se pusiera a llorar por mancharse la camiseta. Lo había visto temblar y en su mirada había miedo. No podía olvidar cómo se aferró a sus piernas cuando Estela quiso regresar a Madrid.

—Vaya, Víctor. ¿Te has caído?

Él negó con la cabeza.

—¿Me lo quieres contar?

—Mi mamá se enfada porque dice que no le hago caso.

—No se puede enfadar, si tú eres un niño muy bueno.

—Sí se enfada porque dice que a ti te quiero mucho y a ella no la quiero. Y luego me deja en la habitación con la luz apagada.

Cristina apretó los dientes de pura rabia. Aunque Tita

lo estuviera pasando mal por lo del divorcio, no podía utilizar a sus hijos como sacos de boxeo y echar toda la porquería encima de ellos.

–Sabes que aquí papá y yo no nos vamos a enfadar si te manchas la camiseta, o no te vamos a encerrar en una habitación con la luz apagada.

–No le digas a mi mamá que te lo he dicho. Se pone triste.

–No, no se lo vamos a decir. Ese será nuestro secreto –lo abrazó y aspiró con fuerza su colonia de niño.

Ojalá pudiera prometerle que le defendería de su madre, que Tita jamás le volvería a poner una mano encima. No podía justificar de ninguna de las maneras los morados que llevaba.

–Te prometo que todas las noches te contaré cuentos –le dijo mientras le ayudaba a vestirse–. Vamos a saltar en la playa.

Gema los esperaba abajo. Ian corrió hacia Víctor y se dieron un abrazo en cuanto se vieron. Era una suerte que ambos fueran casi de la misma edad, aunque Víctor era dos meses mayor. Gema le preguntó si sabía algo de su hermano, pero por desgracia no habían tenido noticias suyas desde la hora de la comida.

Cristina la llevó a un aparte.

–Antes de que nos vayamos a la playa, me gustaría comentarte una cosa –tragó saliva y se mordió la uña de su dedo.

–¿Qué pasa?

–¿Has notado algún comportamiento raro en tu sobrino? No sé, como que llora más de lo normal o está más sensible.

–Sí, pero supongo que es lo normal. Sus padres se están separando. Mi excuñada no tiene un carácter fácil que digamos.

—De ella quería hablarte —se mojó los labios—. No quiero precipitarme, pero acabo de encontrarle unos morados a Víctor que no me parecen los típicos de una caída.

Gema la miró sin entender muy bien qué quería decirle.

—¿Me estás diciendo que crees que Tita le pone la mano encima?

Al igual que le había pasado a Cristina, ella sintió un escalofrío. Se le humedecieron los ojos y apretó los dientes. Era el mismo gesto que ponía Álex cuando estaba enfadado o le preocupaba algo.

—Sí, creo que sí. Mira, no soy madre y no puedo hablar de cómo educar a un niño, aunque esos morados no me parecen normales. Sé que desde fuera se ven las cosas más fáciles que cuando tienes un hijo —soltó un suspiro antes de continuar—. Puede que algún día se te pueda escapar un cachete o termines gritándole porque estás un poco más nerviosa de lo normal. Sin embargo, creo que esto lo tendría que evaluar un juez y que valore si es conveniente que lo vea un pediatra forense. Es lo único que se me ocurre para salir de dudas.

Gema asintió con la cabeza.

—Esto lo tendrá que valorar Álex. Vamos a ir a por todas con Tita —masculló entre dientes—. Álex quería pedir la custodia, pero la abogada le aconsejó que mejor que fuese compartida, porque en general a los hombres no se la suelen conceder. Veremos a ver qué dice ahora el juez.

Víctor llegó hasta ellas y las empujó por detrás para que caminaran hacia la puerta.

—¿Nos vamos ya?

—Sí —contestó Gema agarrándole de la mano—. Nos vamos ya, que somos unas tardonas.

Llegaron a la playa y aún no había anochecido, a pesar de ser las diez de la noche. La Malvarrosa estaba llena de gente; había quienes llevaban neveras, otros que ya habían hecho sus hogueras y asaban sardinas o embutido y algunos que cantaban para animar la noche más corta y mágica del año. A Cristina le gustó el ambiente que se respiraba.

Sin embargo, aun estando rodeada de tanta gente, a Cristina le invadió una sensación de soledad. Echaba de menos a Álex, deseaba que llegara para poder abrazarlo. No podía dejar de pensar en él y en cómo afrontaría el que Estela no quisiera saber de él. No iba a ser fácil ni para él ni para ella, porque aunque Estela no quisiera verlo, era el único padre que había tenido y que la había querido. Tuvo que forzar una sonrisa para no abandonarse al desconsuelo. Compartió risas con los amigos de Gema, brindó con ellos para que el año siguiente se volvieran a juntar todos en la misma playa, se mojó los pies junto a Víctor y saltó unas pequeñas olas en la orilla, pero a lo único que aspiraba ella era al deseo de que Estela volviera junto a su padre y que se hiciera realidad muy pronto. Así lo pensó cuando lanzó su hoja de papel al fuego.

Habían pasado las doce y media de la noche cuando Álex le envió un *whatsapp* comentándole que llegaría a Valencia pasada la una y media.

Te esperaré despierta en mi casa, respondió ella.

Cristina pensó que era mejor ir a su casa. Puede que de esta manera Álex sobrellevara mejor el que Estela no estuviera en su apartamento. Gema se había ofrecido a llevarse a Víctor a su casa, y así dormirían los dos niños juntos. A Víctor le gustaba estar en casa de su tía. Se le veía feliz y despreocupado.

Fueron recogiendo antes de que el reloj marcara la una y media de la madrugada. Los niños seguían saltando en la orilla de la playa y jugando con Cristina al pillapilla. No obstante, en cuanto subieron al coche, tanto

Ian como Víctor se quedaron dormidos con las manos entrelazadas.

–No hace falta que me llevéis a casa. Me puedo pillar un taxi y así no se os hace tan tarde. Los niños necesitan descansar.

–No, tranquila –respondió Santi–. A estos ya no hay quien los despierte hasta mañana.

Conforme se acercaban al centro de la ciudad, Cristina empezó a sentir nervios en el estómago. Tenía tantas ganas de ver a Álex que, si de ella hubiera dependido, habría empujado el coche para llegar antes.

Santi y Gema la dejaron en la plaza de la Reina y desde allí caminó los pocos metros que había para llegar al piso de Mariví. Subió corriendo la escalera y llegó casi sin aliento al quinto piso. Notó que le temblaba la mano al abrir la puerta. Advirtió que había luz en el comedor. Puede que Álex hubiera llegado ya. Tenía llave del piso, como ella la tenía de su apartamento. Como había supuesto, Álex estaba en casa. Lo encontró sentado en un sillón, a contraluz. Desde la puerta del comedor no podía verle el gesto.

–¿Qué tal, cariño? ¿Cómo ha ido todo? ¿Estás tú solo? –dejó colgado el bolso en el perchero que había al lado de la puerta–. Víctor no ha parado de jugar en todo el día. Qué energía tiene. En cuanto se ha subido al coche ha caído rendido.

Álex no la saludó. Se levantó como si sobre él pesara una losa de mil kilos. Llevaba algo en una mano, que Cristina no pudo distinguir. Hasta que él no llegó a la puerta, no habló:

–Solo te pedí una cosa y no lo has cumplido. Pensaba que eras honesta, pero ya veo que no.

No sabía si él estaba hablando en serio, pero no entendía qué quería decirle.

—¿De qué estás hablando?

—Confiaba en ti. Me dijiste que confiara en ti, y me equivoqué —su tono de voz era duro.

Cristina negó con la cabeza y tragó saliva.

—No sé de qué me estás acusando, pero no me gusta nada tu tono.

—Ahora no sabes de qué te estoy acusando. ¿Creías que no me iba a enterar?

—No sé de qué me estás hablando. Por favor, te pido que me lo cuentes.

Álex le mostró su móvil. En la pantalla había un *selfie* de ellos dos besándose.

—¿Qué quieres que vea? —dijo ella lanzando un suspiro de alivio. Después soltó una risa nerviosa.

—A mí no me hace ninguna gracia —masculló entre dientes.

—A ver, Álex. No sé qué te pasa, pero no soy adivina, así que cálmate.

—¿Qué hay que explicar? Está todo claro. Eres una niñata.

Mientras, él buscó la captura de imagen que le había pasado Estela.

—Por favor, Álex, ¿qué diablos te pasa? Y no me llames niñata.

—No me digas que me calme —al fin encontró lo que buscaba y se lo mostró a ella—. Te ha faltado tiempo para contarle a mi hija que no soy su padre.

—¿Cómo? ¿De qué estás hablando? No, no, no —negó con la cabeza sin entender nada.

Cristina volvió a mirar la captura de ese supuesto *whatsapp* que le había enviado a Estela.

—Te juro que yo no le he dicho nada a Estela. Ni a ella ni a nadie. No sé cómo se te ha podido ocurrir que he sido yo. Tienes que creerme, yo no he enviado ese mensaje.

—Con esto me estás demostrando que no eres tan diferente a ella. Me has traicionado. Mi hija te jodió con las tartas y tú se la devuelves con esto, ¿no es así? Ahora me doy cuenta de que he estado saliendo con otra niña malcriada y aburrida que me ha vuelto a joder la vida.

Aquellas palabras fueron peor que una patada en el estómago. Había sido un golpe bajo.

—Voy a hacer como que no he oído esto último. Entiendo que estés nervioso, que hayas tenido un mal viaje, que puede que hayas discutido con Tita, que lo estés pasando mal por lo de Estela, pero no puedes tratarme así. No te lo voy a consentir —parpadeó varias veces porque notaba cómo le ardían los ojos—. Te he apoyado desde el primer día, sabía que estabas separándote, que tenías dos hijos, y no me ha importado. Me he mudado de Madrid. No es justo que me compares con Tita. Creí que confiabas en mí. Y si no te comenté lo de Estela fue porque pudimos solucionarlo, porque no quería meter a tu hija en un lío —se mojó los labios—. Te digo que yo no le he enviado ese mensaje a tu hija.

Álex apretó la mandíbula y sacudió la cabeza al mismo tiempo.

—No encuentro la diferencia entre tú y ella.

—No sé cómo ha llegado ese mensaje desde mi móvil hasta el teléfono de tu hija, pero te vuelvo a repetir que yo no se lo he enviado.

—Me gustaría que por una vez me demostraras que eres una adulta. Reconoce que has sido tú.

Cristina se cubrió la boca con el puño. Se tuvo que contener para no terminar gritándole. No quería prolongar una discusión que no le iba a llevar a nada.

—Álex, puedes creer lo que quieras, pero te juro...

—No quiero que jures, quiero que reconozcas la verdad —le agarró de los hombros.

—Suéltame, me haces daño —agitó los hombros.

Álex hizo lo que le pidió.

—Te voy a hacer una sola pregunta —dijo Cristina—. Solo hay dos respuestas. No valen las medias tintas, ¿confías en mí?

Álex se quedó callado.

—¿No vas a responderme? —insistió ella cuando el silencio era tan pesado que le impedía hasta respirar.

—No...

—No, ¿a qué? ¿A que no piensas responderme o a que no confías en mí?

—No sé qué pensar. Estoy decepcionado. Había creído en ti...

Cristina sintió un dolor inmenso en el pecho. Si alguien le hubiera sacado el corazón en ese momento por la boca, no lo habría sentido tanto. Si ella había apostado por esa relación con los ojos cerrados, era porque había confiado en todas las palabras que le había dicho Álex. Se las había creído todas. Él ni siquiera le había otorgado el beneficio de la duda.

Cerró los ojos y deseó que todo fuera una broma de mal gusto, que Álex le pidiera perdón, que le dijera que se había precipitado en sacar una conclusión que no era cierta. Sintió que, una vez más, Estela le había ganado la batalla. No podía demostrarlo, pero con toda seguridad podía asegurar que había sido su hija quien había enviado un *whatsapp* desde su móvil. Tuvo que ser ella cuando dijo que iba a ver a Gema, encontró su bolso en la despensa y no se lo pensó. No sabía el motivo por el que lo había hecho, pero Estela no la quería en la vida de Álex. Tita se lo habría contado y Estela lo había pagado con su padre y con ella. Cuando volvió a abrir los párpados, Álex parecía que no tenía intención de escuchar más explicaciones. Solo le quedaba una única salida. Se giró, arrastró los pies hasta los dos metros que la separaban de la puerta y la abrió.

—Lárgate de mi casa. Si no confías en mí, no hay nada más de lo que hablar.

Ambos se miraron a los ojos. Cristina entendió que él no iba a dar su brazo a torcer. Ella tampoco lo haría. Si él no confiaba en ella, su relación no tenía futuro.

Álex salió por la puerta sin mirar hacia atrás. Ella cerró de un portazo. Puede que lo hiciera para que él no le oyera cómo soltaba un grito de rabia.

Se apoyó en la pared y se dejó caer al suelo. Nadie le dijo que iba a ser fácil su relación con Álex, aunque no pensaba que iban a acabar de aquella manera. Le había demostrado desde un principio que ella era diferente a Tita. Sentada en el suelo, tuvo dudas, muchas. Quiso salir corriendo detrás de él y suplicarle que volviera otra vez con ella, pero no podía. Él no creería sus palabras. Lo había dejado claro. Ella no era más que una niñata, una cría malcriada que se aburría en Madrid. No supo cuánto tiempo estuvo en la misma posición, pero de pronto el dolor que sentía era tan grande que necesitaba gritar, pero sobre todo correr. Cogió las llaves, descendió la escalera de tres en tres y salió a la calle. Corrió sin rumbo fijo hasta que se le acabaron las lágrimas, hasta que notó que el cuerpo no daba más de sí, hasta que se quedó sin voz. Pero todo ese dolor no era nada, porque nada se podía comparar al vacío que sentía, nada era equiparable al hueco que había dejado Álex.

Capítulo 30

Llegó a casa cuando el sol despuntaba en el cielo. Dejó las llaves en la cómoda que había en la entrada y entonces advirtió que también estaban las que le había dado a él. Aquello solo podía significar una cosa: Álex había tenido la intención de cortar con ella desde que entró por la puerta. Puede que tuviera la idea desde mucho antes, pero el detonante había sido que creyera que ella le había enviado ese maldito mensaje a Estela. Era la excusa que necesitaba para borrar de un manotazo el mejor mes de su vida.

Agarró las llaves y las tiró con rabia contra la pared. Si lo tuviera delante, lo llamaría cobarde y le diría que él jamás había creído en esa relación. Ella había sido una más, alguien que pudiera hacerle olvidar a Tita. Y lo odió al mismo tiempo que no podía dejar de quererle.

Escuchó ruidos y jadeos en la habitación de su hermana, por lo que prefirió tumbarse en su cama y no interrumpirles en el mejor momento. Antes pasó a la cocina para beber un vaso de agua. Le llamaron la atención dos cajas que había sobre la barra. Vio otras dos pruebas de embarazo que ella no había comprado. Las abrió, y entonces se cubrió la boca para no soltar un grito. Marga estaba embarazada.

Había ido a Valencia con la idea de entregarse al amor e, ironías de la vida, eran Óscar y su hermana quienes lo habían encontrado.

Bebió un vaso de agua y brindó a la salud de ella y de Óscar. Al menos a ellos les iba bien la cosa.

Se descalzó conforme llegaba a su habitación. No encontró fuerzas como para desvestirse, así que se acostó vestida, se abrazó a la almohada, aspiró y se dio cuenta de que aún conservaba el aroma de Álex. Quiso llorar, mas no pudo, porque ya no le quedaban lágrimas.

En algún momento se quedó durmiendo en esa especie de duermevela que no la dejó descansar. En sus sueños aparecía él, aunque también se presentaba Víctor, y ambos se confundían en una sola persona. Recordó la promesa que le había hecho esa misma tarde al niño. Puede que lo que más le doliera de todo era no poder cumplirla, no poder contarle todos los cuentos que Mariví y su tercera abuela le narraban cuando ella era pequeña. No le gustaba faltar a sus promesas. Lloró en sueños y le pidió perdón al niño por no poder pasar más tiempo con Álex y con él. Y volvió a llorar cogida de la mano del pequeño, en parte porque no solo había perdido a Álex, también lo había perdido a él. Era como el hijo que siempre había imaginado tener. Nada de lo que hiciera podría devolvérselos. Los había perdido definitivamente.

Despertó con un grito alojado en la garganta y sudando. Entonces se dio cuenta de que los sueños no eran mejores que estar despierta. Porque había una realidad de la que no podía escapar: Álex y ella no volverían a ser pareja nunca más. Él no le perdonaría jamás esa supuesta traición de la que era inocente.

Se levantó con el ánimo de pegarse una ducha y despejarse. Lo primero que hizo fue subir la persiana para recibir el sol de la mañana. El calor húmedo se le pegó como una segunda piel. Estaba sudando, y no era por el calor. Tomó aire, y se sintió desfallecer. Tuvo que sujetarse al marco para no caer al suelo. Le faltaba la respiración y empezó a hiperventilar. Cayó de rodillas al suelo y sufrió una arcada. Tosió varias veces hasta que se le fueron pasando las ganas de vomitar. Empezó a temblar, aunque no de frío. Se levantó ayudándose de la silla que había al lado de la ventana. Se tuvo que sentar para calmar su respiración. Se abrazó a sí misma, pero nada era igual. Su abrazo era frío y no era el que ella necesitaba. ¿Cómo podía echar de menos estar entre sus brazos? ¿Por qué Estela no quería verla en su vida? ¿No entendía que, aunque hubiera terminado con ella, su padre no volvería con Tita? ¿O sí? Ya no estaba segura de nada. Puede que su relación fuera una mentira desde el principio, que todo fuera para ponerla celosa y que ella le jurara que jamás volvería a estar con otro hombre que no fuera él.

Estaba confundida, ya no sabía qué pensar. Salió de su habitación y se metió en el cuarto de baño. Se sentó en la bañera sin quitarse la ropa que llevaba y dejó que el agua fría le corriera por la espalda, por la cabeza, que borrara todo rastro de Álex en su ropa y en su piel. Sin embargo, las caricias, los besos, las palabras que no podía borrar eran mucho más profundas, estaban alojadas en su pecho, grabadas a fuego en su alma. Esas eran las heridas que no dejaban de sangrar, las que no podía curar con una crema cicatrizante.

Salió de la bañera y se sentó en el borde. No podía distinguir si lo que corrían por sus mejillas eran lágrimas o las gotas de agua que aún no se había secado con la toalla. En cualquier caso dolían y no era capaz de contener ese dolor. Boqueó porque le empezó a faltar el aire otra vez. Hizo el ánimo de levantarse, de no dejarse consumir por la pena. Dejó un rastro de gotitas en el suelo.

Algo había sacado en claro esa noche. Mientras había estado corriendo, había tomado la decisión de no abandonar Valencia. No quería renunciar a esa ciudad que la había cautivado cuando cruzó por primera vez la avenida del Cid. Se había enamorado de sus calles, del carácter amable de su gente, del Mercado Central, de la plaza del Ayuntamiento, de sus edificios modernistas y de su luminosidad. Se quedaría y buscaría un trabajo que la hiciera olvidar a Álex. Necesitaba mantenerse ocupada. Se miró en el espejo. Podría ocultar las ojeras, pero no así la tristeza que vio reflejada en su mirada.

Alguien llamó a la puerta.

—Bombón, ¿me dejas que te empotre un poco?

Cristina ensayó una sonrisa, pero lo que le salió se le parecía bien poco. Se quitó el rastro de lágrimas que surcaban sus mejillas y dejó que entrara Óscar a rescatarla de su propia miseria.

—Óscar —se tiró a sus brazos—. Se ha jodido todo con Álex. Ya nada será igual.

Notó cómo su amigo la abrazaba con fuerza. No eran esos los brazos entre los que deseaba estar, pero la calidez con que la estrechaba fue suficiente para ella. La reconfortó de una manera que sintió alivio por unos segundos.

—¿Qué ha pasado? —quiso saber él después de dejar que Cristina se desahogara un rato—. No puede ser tan grave. De verdad, todo tiene solución, y si no la tiene, es porque quizás vuestro destino no sea el de estar juntos —la volvió a apretar con fuerza—. Venga, deja que te prepare unas *crêpes* y que te cuidemos. Todo se va a solucionar, ya verás.

Él le dio unos besos tiernos en el cabeza.

Marga acudió al cuarto de baño cuando advirtió que su hermana estaba llorando.

—¿Cómo es que habéis terminado?

–Son cosas que pasan.

–Vale, ahora nos lo cuentas, pero primero te tienes que quitar esa ropa. Estás empapada y te puedes resfriar.

–Ya todo me da igual. Me ha dicho que era una cría, una niñata malcriada.

–¿Eso te ha dicho? Pues no te puede dar igual porque no es cierto. No voy a dejar que te consumas en tu pena. Venga, arriba ese ánimo.

Cristina la miró como si no terminara de creerse que la Marga que le hablaba con esa seguridad fuera la misma Marga que no podía parar de llorar unas horas antes. La situación había cambiado y estaba muy distinta. ¿Cómo era posible que las personas pudieran mostrarse tan diferentes en cuestión de horas?

–Óscar, tráeme de su habitación algo seco –cuando se marchó, ayudó a su hermana a desvestirse–. Deja que te ayude.

–No, no quiero quitarme la ropa… –se aferró a la camiseta.

Le recordaba tanto a Álex que sentía que si se la quitaba ya no le quedaría nada. Era lo último que podría tener de él.

Óscar llegó al cuarto de baño con un vestido blanco de tipo ibicenco en una mano y en la otra un vestido verde que le había regalado él. Marga agarró el vestido blanco.

–Prepara unas *crêpes*. Y haz hasta que se nos salgan por las orejas. Hoy vamos a necesitar mucho azúcar.

Las lágrimas volvieron a inundar sus ojos. Cristina se había acordado de que Víctor aún creía en la magia de una canción. Ojalá fuera tan fácil para ella. Si existiera alguien como *Mary Poppins*, le gustaría que hiciera la magia que necesitaba para que borrara todo el dolor que sentía.

–Te vas a cambiar y después vas a salir al comedor y vas a comer algo. Nos tienes que contar qué ha pasado.

—Está bien, Marga —empujó a su hermana hasta la puerta y la echó del baño—. Deja que me cambie. Ahora salgo.

Volvió a sentarse en el borde de la bañera. Primero se quitó la falda vaquera y después se despojó de la camiseta. Desnuda como estaba, se miró en el espejo. Lo que le había dicho a Óscar de que nada era igual era cierto. Se limpió las últimas lágrimas que derramaría por él. Tomó aire con calma y salió al comedor. Encontró a Óscar y a su hermana abrazados en la cocina. En cuanto Marga advirtió su presencia, hizo que se sentara en un taburete.

—Marga, no quiero que me tratéis como si estuviera tullida, porque no lo estoy. Álex y yo lo hemos dejado. Solo es eso.

—Vale, nos ha quedado claro que Álex y tú lo habéis dejado, pero se suponía que estabais bien —dijo Óscar dándole la vuelta a una *crêpe*.

—Sí, se suponía, pero no... —se le quebró la voz.

—¿Qué ha pasado?

Antes de empezar a hablar, Cristina se puso un vaso de agua y se lo bebió en tres tragos. Después se sentó en el taburete que su hermana le ofrecía.

—Parecía que todo iba bien —tragó saliva—. Todo viene porque Estela se ha enterado de que Álex no es su padre.

—¿Que no es su padre? —inquirió Marga. A ella solo se le ocurría que podría ser Javier—. ¡Y pensar que ibais a dejar que me casara con el imbécil de Javier! No os lo hubiera perdonado.

—No le hagas caso a tu hermana. Sigue contando, bombón —apuntó Óscar dándole la vuelta a una *crêpe*.

—Ayer llegó bastante cambiada, no parecía ella. Hasta sonreía. A la hora de la comida, se puso imposible, y a la que tuvo ocasión se lo soltó y le pidió que la llevara de vuelta a Madrid. Tuvieron una bronca muy grande en el apartamento de Álex. Víctor se agarró a mis piernas y nos pidió que no le llevásemos de vuelta a Madrid, que él quería quedarse en Valencia. Así que yo me lo llevé a dar una vuelta e hicimos tiempo hasta que nos marchamos a celebrar la noche de San Juan. Como habíamos quedado con Gema para ir a la playa, fuimos todos juntos a la Malvarrosa. Pasadas las doce, aún no nos habíamos marchado de la playa. Álex me envió un *whatsapp* diciéndome sobre qué hora llegaría. Pensé que yo llegaría antes que él, pero no fue así. Álex estaba sentado en ese sillón de ahí –lo señaló con el dedo–. Tenía algo en la mano, que no pude ver hasta que no lo tuve cerca de mí. Él me mostró su móvil y una captura de imagen. Creo que fue Estela quien envió un *whatsapp* desde mi móvil en el que le comentaba que él no era su padre –se levantó para ponerse otro vaso de agua. Tenía la boca tan seca como se sentía ella por dentro.

—¿Crees que fue ella? –preguntó Marga.

—Sí. No le encuentro otra explicación.

—Esa niña es un poco retorcida.

Cristina asintió con la cabeza. No lo quiso decir en voz alta, pero teniendo en cuenta que había tenido a una buena maestra, Tita ya podía darse por satisfecha. Era una alumna más que aventajada de su madre.

—Me acusó de no ser honesta con él, de haberle mentido, de ser una niña como su hija. Quise sacarlo de su error, pero estaba tan enfadado que no quería escuchar. Me molestó que dudara de mí y le hice una pregunta.

Tragó saliva y se quedó callada unos segundos.

—¿Cuál? –preguntaron Óscar y Marga a la vez.

—Le pregunté si confiaba en mí. Y como no supo qué contestarme, le dije que se marchara. Le eché de casa –carraspeó para sacar fuerzas–. Creo que es lo más duro que he hecho en mi vida.

Óscar puso una cafetera a calentar, mientras metía una taza de té verde en el microondas, tal y como le gustaba a Cristina.

—Me acusó de ser igual que Tita... —apretó los labios para no terminar llorando. Ya había derramado suficientes lágrimas—. Hay algo en él que le impide confiar en mí. Entiendo que quiera creer a su hija antes que a mí, pero ni siquiera me dejó que le explicara cómo podía haber llegado ese mensaje al móvil de su hija. Puede que aún no haya superado lo de Tita.

—A ver, es que todas las pruebas apuntan a que tú eres la culpable —dijo Óscar—. Con las pocas evidencias que tenía Álex, puede que a mí también me costara creer que ese mensaje no lo hubieras enviado tú.

—¿Tú de parte de quién estás? —Marga le pegó una palmada en el trasero.

—De Cristina, por supuesto —dejó la sartén apartada un momento y le dio un abrazo—. Pero yo sé que tu hermana no es tan rastrera y tan miserable como Tita. Ahora le falta saberlo a Álex.

—Gracias —murmuró.

—¿Y qué vas a hacer? —Óscar pensó unos segundos—. Si quieres, te puedo ofrecer el puesto de Susi. La despedí la semana pasada.

—No voy a volver a Madrid, si es eso lo que me estáis preguntando. Me voy a quedar aquí y buscaré un trabajo. No será difícil encontrar uno de camarera en una terraza de copas. Cuando pase el verano ya pensaré qué hacer.

—Se os veía tan bien juntos... —suspiró Marga—. Yo creo que Álex sí está enamorado de ti. Es una pena que rompáis vuestra relación por esto.

Cristina se encogió de hombros. Ella no podía hacer nada, y más si no quería escucharla. Para Álex no era más que una mentirosa que había traicionado su confianza. Álex era el que debía dar el siguiente paso, y más si estaba tan enamorado como decía Marga que lo estaba de ella.

Cristina no quería darle más vueltas al asunto.

—Bueno, chicos, no os he felicitado, y yo aquí, contándoos mis problemas. Esto hay que celebrarlo como toca —agarró las dos pruebas de embarazo.

—Óscar dice que quiere una niña, pero a mí me da igual —Marga rebosaba felicidad por todos los poros de su piel—. Cuando llegue el momento, solo querré que me lo saquen.

—¿Para cuándo sería?

—Pues haciendo cálculos, lo esperamos para finales de enero o principios de febrero —respondió Marga.

Óscar terminó de hacer su última *crêpe*. Llevó el plato hasta la mesa, mientras que Marga había cogido unos cubiertos y tres platos. Sacó la taza de té verde del microondas y puso a calentar un vaso de leche con Cola Cao para ella. Buscó en la nevera un bote de nata montada, el sirope de chocolate y la mermelada de fresa. Por último sacó de un armario la Nutella, otro de crema de cacao sin lactosa para Óscar, y esperó a que el microondas terminara de calentar la leche para sentarse en la mesa.

—¿Y vosotros, qué vais a hacer? —preguntó Cristina cuando Marga ocupó la silla que había al lado de la suya.

—De momento, nos vamos a ir a vivir juntos —respondió Óscar—. Por ahora, tu hermana no quiere casarse.

—¿Que no quieres casarte? —le preguntó Cristina—. Pero si siempre has soñado con tener una boda de cuento.

—Pues ahora no quiero. Estamos muy bien así. Tal vez más adelante.

—No te reconozco, hermanita. Casi prefiero a esta Marga, es mucho más despreocupada. No me imagino montando otra boda y todos los preparativos. Que si el vestido, que si el menú, que si el peinado, que si el color de uñas...

–Vale, vale. Solo cometí ese error una vez y no voy a pasar de nuevo por ahí. Y si pasamos por ese trámite, será de otra manera, más íntimo. ¿Sabes? Óscar y yo hablamos de cómo podría ser y a ambos nos apetecería hacerlo más informal, en una playa y que la gente viniera como le diera la gana.

–Me gusta esa idea –repuso Cristina dando vueltas a la bolsita de su té–. Es más hippy.

–Tu hermana quiere que pasemos aquí el verano, y después igual nos volvemos a Madrid. El negocio también lo puedo llevar desde aquí.

–¿Y más adelante?

–No lo sabemos –contestó su hermana–. Nos gusta esta ciudad, pero no tenemos claro si nos querremos instalar aquí –se mordió la uña del pulgar y decidió sincerarse con ellos–. ¿Sabéis? Nunca os he hablado de mis sueños, pero no me importaría coger la furgoneta de Óscar y viajar por el mundo. Un mes en Francia, otro en Italia y así hasta que nos aburriésemos.

–Hagámoslo –Óscar la tomó de la mano y por unos instantes se olvidó de que no estaban solos–. Puedo llevar mi negocio *online* y tú puedes ocupar el puesto de Susi.

–¿Lo estás diciendo en serio?

–Claro que sí. Dime, ¿qué dices?

–¿Serías capaz de hacerlo? –a Marga se le humedecieron los ojos.

–Sí, vamos a hacerlo. Por ti, por mí, por nuestro bebé. ¡Dios, me gustas tanto! –exclamó él besándola en los labios.

–¿Cuándo saldríamos?

–Mañana, pasado, cuando quieras.

—¿Te parece bien mañana? —los ojos de Marga brillaban de alegría—. Te lo digo en serio.

—¿Mañana? Claro. Yo también te estoy hablando en serio.

—Óscar, vamos a hacerlo —se abrazó a él.

—Me alegro tanto por vosotros —dijo Cristina, que bajó la cabeza al plato. Mordisqueó sin ganas un trozo que se había partido de *crêpe*, pero por mucho chocolate que le hubiera puesto, la encontraba insípida.

—Se me ocurre que esta mañana podríais hacerme de guías turísticas —repuso Óscar—. Y después os invito a comer en la playa. Podemos encargar una paella y después de comer podemos ver una película o lo que se os ocurra, como en los viejos tiempos. Será nuestra despedida.

—Me encanta la idea —repuso Marga.

Cristina levantó la vista del plato. Se había prometido que no lloraría más, pero no lo pudo impedir.

—Lo siento, siento estropearos todo lo vuestro, no puedo evitarlo. Duele mucho… ojalá pudiera parar este dolor. Yo confiaba en él.

Óscar arrastró la silla y cruzó su mirada con la de Marga. Ella asintió con la cabeza entendiendo lo que quería decirle él. Abrazó por detrás a Cristina y le dio un beso en la mejilla.

—Bombón, sabemos que duele, pero no te vamos a dejar sola. Vamos a pasar esto juntos.

—¡Oh! —exclamó Marga—. Yo también me voy a poner a llorar.

—No, no quiero que interrumpáis vuestros planes por mí —se secó las lágrimas con una servilleta de papel.

—Siempre podemos salir dentro de dos semanas —comentó Óscar—. No nos vamos a ir hasta que tú no te encuentres mejor.

—¿Veis? Me habéis hecho llorar. Y no quería —Marga

cogió varios pañuelos de papel–. Ahora no voy a poder cerrar el grifo.

Aquel comentario hizo reír a Cristina.

–No, por favor –le respondió–. Si tú también te pones a llorar no habrá quien nos pare. Venga, vamos a terminar de desayunar y salir un rato.

Óscar recogió la mesa cuando Marga remató todas sus *crêpes*, además de comerse las que no había podido su hermana. Parecía un pozo sin fondo. Mientras él fregaba los platos, Marga se llevó a Cristina al cuarto de baño para borrar las ojeras que llevaba. Le puso un poco de maquillaje, le pintó los labios y una raya en el ojo.

–Siempre me ha gustado tu pelo –le dijo al tiempo que le pasaba un cepillo.

–A mí el tuyo –Cristina notó un nudo en la garganta.

Muy pronto Marga y Óscar se irían. Y sí, se alegraba por ellos, y se dio cuenta de que habían aplazado sus planes por ella. Pero sabía que tarde o temprano se marcharían. Suspiró porque les iba a echar muchísimo menos.

Marga le abrió los brazos para achucharla.

–No dejes tus mocos en mi vestido –le advirtió Cristina–. Y además, se me va a correr la raya del ojo.

–A mí también, pero ¡qué le vamos a hacer, si somos unas lloronas!

–¿Ya nos podemos marchar? –las interrumpió Óscar.

Cristina asintió con la cabeza e inspiró fuerte para no terminar llorando por enésima vez.

Antes de salir a la calle, el móvil de Cristina sonó. Deseó que esa llamada fuera de Álex. Entonces, al segundo tono, el corazón empezó a latirle sin control. Notó que la boca se le quedaba seca. Lo sacó del bolso y se le escapó de las manos. Lo cogió el suelo y vio con tristeza que no era quien esperaba.

–Hola, Gema.

—¿Cómo estás? —se quedó callada unos instantes—. Álex se ha tomado el día libre. No lo está pasando bien.
—Si quieres que sea sincera, te diré que mal.
—Solo me ha dicho que le habías mentido.
Cristina apretó los labios. Dudó unos instantes. No sabía si Gema estaba enterada de que Álex no era el padre de Estela. En cualquier caso, no sería ella quien se lo dijera. A pesar de cómo estaban las cosas, no quería romper la confianza que había depositado Álex en ella.
—Gema, solo te puedo decir que no le he mentido. Siempre he sido honesta con él.
—¿No hay ninguna manera de arreglar esto?
Cristina podía sentir cómo Gema estaba al borde del llanto.
—No, si tu hermano no confía en mí.
—Es tan cabezón... No sé por qué te ha dejado escapar. Si eres lo mejor que le ha pasado en mucho tiempo...
—Gema, vamos a dejarlo aquí. Lo siento, de verdad que lo siento, pero no puedo seguir hablando —se le rompió la voz.
El nudo que notaba en la garganta se iba haciendo cada vez más grande.
—Cristina, si necesitas hablar con alguien, llámame, por favor. No quiero perderte como amiga. Si me necesitas, estoy aquí. Sea lo que sea, te creo a ti.
—Sí... gracias —dijo antes de colgar.
Apretó el móvil contra su pecho. Y tras volver a coger aire después de olvidarse de respirar durante un segundo, soltó un suspiro.
—¿Prefieres que nos quedemos en casa? —quiso saber su hermana.
—No, quiero salir. Necesito tomar aire. Me estoy asfixiando —abrió la puerta de la calle—. ¿Por dónde os apetece que empecemos la visita turística?

–Sorpréndenos –repuso Óscar.

Cristina cerró la puerta de la calle con suavidad. Se quedó mirándola unos instantes. Había puertas que dolía cerrar más que otras. Aquella era sin duda la que le había arrancado el pedazo más grande de su corazón, la que había cerrado con un desconsuelo que le sería difícil de olvidar. No quiso buscar más motivos sobre su ruptura. No quería seguir mirando atrás.

Capítulo 31

Durante más de una semana y media, Cristina tuvo la necesidad de caminar por la ciudad, de ir mostrándosela a Óscar y a su hermana, de conocer otros lugares donde no hubiera estado con él. Era una manera de mantenerse entretenida, de ocupar sus pensamientos en otra cosa que no fuera Álex. Evitaba los lugares en los que alguna vez hubieran estado juntos para no dejarse llevar por la melancolía, y cuando el dolor se hizo más soportable, cuando el dolor dejó paso a la nostalgia, les dijo a Óscar y a Marga:

–Ya os podéis marchar.

Ocurrió una tarde en la que Óscar y su hermana salieron a dar una vuelta por el centro y ella se quedó en casa preparando pasteles, galletas y bizcochos. Si con Manu aplacaba su insatisfacción sexual con Huesitos, lo único que la hacía sobrellevar el dolor era hacer dulces y dulces. En algo llevaba razón Víctor, el azúcar hacía magia, hacía más soportable el vacío que no podía llenar con nada.

–¿Estás segura? –preguntó Marga.

–Sí, lo estoy. No hagáis esto más difícil. Vivid vuestra aventura. Os lo merecéis.

Tal y como les pidió Cristina, no hubo más preguntas, los tres sabían que ese momento iba a llegar. Era inútil alargarlo mucho más tiempo.

Marga y Óscar se marcharon una mañana brillante. Tal vez fuera su hermana la que estaba radiante e iluminaba con su mirada el día. En cualquier caso, tanto ella como su mejor amigo estaban más felices que nunca. Cristina no quiso estirar la despedida. Ya les había retrasado lo suficiente. Ellos tomarían rumbo hacia el sur de la península, recorrerían Alicante, Murcia, toda Andalucía, subirían por Portugal y después, ya improvisarían. «Así de bonito era el amor», les dijo Cristina cuando se subieron a la furgoneta de Óscar. Deseó que el camino que habían emprendido hacia la felicidad solo tuviera un viaje de ida. Les despidió con besos y con la promesa de que le enviarían una postal desde cada uno de los sitios por los que pasaran e hicieran noche.

Durante aquellos días en los que estuvieron visitando la ciudad, Cristina encontró un cartel en una terraza de verano que había en el Saler, Delfos, para servir copas por la noche. Enseguida hizo buenas migas con la encargada, y Esperanza le dio el trabajo. Solo trabajaría cuatro días a la semana en los meses de julio y agosto, pero de momento era suficiente. Ya pensaría qué hacer cuando acabara el verano. Empezaría ese mismo jueves, el primero de un mes caluroso, de un tiempo sin abrazos cálidos.

Delfos era un lugar de moda al que acudían treintañeros y cuarentañeros con o sin pareja en la que se servían cócteles, mojitos, cubatas, y donde se escuchaba música de los ochenta y principio de los noventa. También se ofrecía embutido a la brasa, que venía bien a mitad de la noche, entre baile y baile. La terraza tenía una barra central, donde siempre había cuatro camareros, y al fondo había otra, donde se asaba el embutido, se servía sushi y también se podían comer *delicatessen*. La terraza estaba decorada en colores terrosos y con objetos, pinturas y esculturas, que imitaban la cultura maorí. En un rincón se hacían tatuajes de *henna* con motivos tribales, que era llevado por una chica de aspecto dulce llamada Celia. Según le comentó Esperanza, todas las noches había cola. En otro rincón había una mujer que leía las cartas llamada Sol. Delfos podía presumir de ser la única terraza de verano que tenía estos dos espacios, además de la música que buscaban los nostálgicos de cierta edad.

Como era su primer día, llegó con bastante tiempo para hacerse con la barra, para aprender dónde se colocaba cada bebida y para cargar las neveras de refrescos. Conoció a sus otros tres compañeros, dos chicos y una chica, con los que compartiría barra, todos más o menos de su edad.

—Soy Cristina —se presentó.

—Yo soy Juanma —le dijo el que parecía más joven. Era rubio, llevaba gorra y barba de varios días. Le hizo un repaso de arriba abajo—. Esperanza va a tener que dejar de contratar a tanta chica guapa. Así no hay quien trabaje.

—Juanma, tienes novia —replicó la chica joven.

—No pasa nada. Ninguno de los dos somos celosos —les guiñó un ojo.

El otro compañero, que era moreno, tenía una barba poblada y estaba tatuado de los pies a la cabeza, dejó un momento de cargar su cámara de refrescos para acercarse a ella.

—Yo soy César —le dio dos besos—. Bienvenida. Si alguna vez necesitas que te quite a algún moscón de encima, solo tienes que silbar.

—Gracias.

—Hay mucho trabajo, pero se trabaja bien. El ambiente es tranquilo. Ya verás.

Y siguió con lo suyo.

—Yo soy Rosana —le dijo la chica, que le agarró de la mano con fuerza—. Si quieres que te dé un consejo, hazte un poco la tonta. Evitarás que los tíos te entren. Y a Juanma no le hagas caso. Le gusta mucho bromear.

Al igual que ella, tenía el pelo largo, aunque Rosana era muy morena y llevaba un vestido que se le ajustaba al cuerpo como una segunda piel. Tenía un tatuaje en un hombro de una libélula.

—¿Por qué dices que me haga la tonta?

—Porque con esa cara y con ese cuerpo, te aseguro que todas las noches habrá más de un pesado que quiera ligar contigo. Aunque claro, si es lo que buscas, has venido al sitio ideal. La semana pasada había una pareja follando en la entrada de la terraza.

—¿Tan desesperada está la gente?

—Sí, al menos aquella pareja sí que lo estaba. No se cortaron nada. Se pusieron a hacerlo encima del capó de un coche.

—Ese no es mi caso.

Rosana fue desprecintando las botellas de alcohol que aún no estaban abiertas.

—¿Estás preparada?

—Supongo que sí. Es la primera vez que trabajo detrás de una barra.

—No es difícil —se colocó a su lado y le hizo una demostración de cómo se cogían tres vasos de tubo en una mano, mientras que con la otra iba poniendo cubitos—. Como es tu primer día, yo estaré a tu lado y te diré cómo nos gusta servir las copas. Hay una moda ahora de servir ciertos *gintonic* que parecen ensaladas, pero oye, el cliente es el que paga. César se encargará de los mojitos y Juanma de los cócteles, así que tú y yo nos encargaremos de los cubatas. Procura que todas las cubiteras tengan hielo, que siempre haya limón y pepino cortado, y por supuesto no pierdas de vista tu abridor –le mostró el suyo, que tenía sujeto con la correa del reloj–. Este es el compañero más fiel que he tenido nunca.

Cristina soltó una carcajada.

–Es cierto, no te rías. Este es el que me dieron por primera vez, y de eso hace más de siete años. He trabajado en terrazas de aquí, de Barcelona y de Madrid.

Cristina sacudió la cabeza y frunció el ceño tratando de hacer memoria.

–Me suena tu cara. ¿Es posible que te haya visto en algún anuncio?

–Sí, soy modelo. Este año salí en un anuncio a nivel nacional de laxantes y en otro de compresas. Ya sabes de esos que dicen que: «Me encanta ser mujer». Vamos, una mentira como una casa, porque lo que quieres esos días es dejar de ser mujer y tumbarte en el sofá y pegarte un atracón de helado de chocolate.

–Pagaría por ver un anuncio real.

–Entonces la televisión no estaría vendiendo ilusiones y yo me quedaría sin trabajo durante el invierno.

–También llevas razón.

Antes de que Rosana ocupara su sitio en la barra, le dio una palmada cariñosa en la espalda.

–Bienvenida al Delfos. Silba si me necesitas.

Trabajar en una barra era muy diferente a hacerlo en una cocina. Aunque le gustaba hablar con la gente, estaba un poco nerviosa. Durante la noche, ella procuró seguir los consejos de Rosana. Se habituó enseguida a su trozo de barra. Los primeros clientes empezaron a llegar.

Pasadas las doce de la noche advirtió que llegaba un grupo de treintañeros con ganas de fiesta y de pasarlo bien.

—Hazte la tonta —le guiñó un ojo y le señaló al grupo—. Son clientes habituales, buena gente, pero si pueden, te tirarán la caña.

—Vaya, Rosana, qué guapa vienes esta noche —dijo uno de ellos.

—Sí, Gonzalo. Llevo el mismo vestido que la semana pasada. Vuestras propinas no dan para más. ¿Te pongo algo?

—Ya sabes lo que me pone. ¿Cuándo vas a salir conmigo?

—Cuando me pongas un piso en la Gran Vía de Madrid y me trates como a una reina.

—Te ofrezco mi amor.

—No, gracias. De eso ya me sobra. Para eso tengo a Plutón, mi caniche. Me da todo el amor que necesito.

—Me has vuelto a romper el corazón.

Roxana sacó de una caja de cartón, que había debajo de la barra, una tirita con muchos corazoncitos.

—Toma, es lo único que te puedo ofrecer para recomponerlo —le tiró un beso al aire—. A mi sobrina le funciona.

El chico chasqueó la lengua.

—¿Cuándo te darás cuenta de que mi amor por ti es sincero?

—Mi corazón ya está ocupado.

Otro de los chicos del grupo se acercó a Cristina. Llevaba una camisa blanca que realzaba su moreno, unos pantalones vaqueros que le sentaban muy bien y esbozaba una sonrisa de galán que parecía haber ensayado mil veces delante de un espejo.

—Vaya, tenemos chica nueva en la oficina, que se llama Farala y es divina... —dijo cantando.

Si aquello pretendía ser un chiste, a Cristina no le hizo ninguna gracia. Ni siquiera le sonaba esa canción que cantaba.

–Era una broma. No me lo tengas en cuenta. Soy Alberto. ¿Y tú?

–Farala –le respondió ella.

–Eso ha tenido gracia –soltó una carcajada–. Si esta noche quisieras, te llevaría a la luna.

Cristina tuvo que reprimir un bufido. Se preguntó si esa actitud chulesca le funcionaba a la hora de ligar.

–Me gusta mantener los pies en el suelo.

–Te puede parecer una tontería, pero esto ha sido amor a primera vista.

–¿Quién es la afortunada?

–La tengo delante de mis narices.

Alberto pretendió hacer un gesto seductor, pero solo pudo esbozar una mueca ridícula.

–¿Qué me recomiendas? –preguntó después de que ella se mantuviera callada.

–¿Que te busques una novia? –le respondió Cristina tratando de no sonar muy borde.

–Me gustas. Tienes sentido del humor.

Ella le dirigió una sonrisa algo incómoda. Solo quería que pidiera su bebida como solían hacer todos los clientes y que se marchara a bailar.

–¿Qué te pongo?

–Sorpréndeme.

–¿Te gustan los sabores dulces...?

–Si es como tú, te digo ya que sí.

Rosana cruzó su mirada con la de ella como diciendo: «te lo dije».

Cristina pasó por alto el comentario y le preparó en una copa un *gintonic* de Tanqueray con una rodaja de pepino. Alberto le dio un billete de diez euros para que se cobrara.

–Creo que hemos empezado con mal pie. Te aseguro que soy un buen tipo.

—No lo pongo en duda, Alberto. Yo también soy una buena chica, y todas las noches me tengo que recoger cuando viene mi hada madrina a por mí.

No quería darle pie a que pensara que ella estaba interesada en él.

Cristina le echó un breve vistazo. Era cierto que era atractivo, alto, tenía un buen cuerpo y unos ojos azules que te dejaban sin respiración. Además, por qué no decirlo, le gustaba su culo, pero porque le recordaba al de él. Y eso le llevaba a pensar que tenía un problema, y es que él no era Álex. Suspiró desalentada, no podía sacárselo de la cabeza. Puede que un clavo sacara a otro clavo, pero de momento no estaba preparada.

—¿Qué vas a hacer cuando salgas de aquí?

La pregunta pilló por sorpresa a Cristina. Estaba claro que él iba a por todas y que no iba a perder la oportunidad de tirar la caña.

—Irme a dormir.

—Me gustan las chicas duras.

—Sí, soy dura de mollera. No he pasado de la ESO —le ofreció una sonrisa inocente.

—¿Qué pasa, Alberto, estás perdiendo facultades? —Gonzalo, el chico que había estado hablando con Rosana, estalló en una carcajada.

—¿Os falta algo por aquí? —Cristina no hizo caso del comentario del amigo de Alberto y les preguntó a los demás chicos del grupo.

Alberto esbozó una sonrisa incómoda y dejó que sus amigos pidieran sus bebidas.

—Que sepas que no me he rendido.

—Pues siento decirte que pierdes el tiempo —le respondió Cristina—. No me interesan los chicos.

—No me conoces. Puedo llegar a ser muy persistente.

En algo tenía que darle la razón. No es que fuera muy

persistente, es que era muy pesado y se creía poseedor de un humor que solo le hacía gracia a él.

—Alberto, vamos a dejar las cosas claras, no todas las tías nos bajamos las bragas cuando un tío le dice alguna tontería. Así que, por favor, déjame trabajar en paz.

Como le había dicho él, no se iba a dar por vencido así como así. Mientras ella sirvió copas, se mantuvo apoyado en un rincón de la barra sin perder detalle de lo que hacía.

—Le ha dado fuerte contigo —Rosana se acercó a Cristina y le pegó un codazo.

Cristina puso los ojos en blanco. Ese día ni siquiera se había arreglado especialmente. Para empezar no se había maquillado. Se había puesto una camiseta de su serie favorita, *Friends*, una falda negra de vuelo y se había recogido el pelo en una trenza. Incluso iba con unas sandalias de suela plana. Cualquiera de las chicas que había bailando en la pista iba más mona que ella. Ya era mala suerte que en su primer día de trabajo le tocara el tipo más pesado de toda Valencia. No quiso darle mayor importancia. Alberto ya se daría cuenta de que no estaba interesada ni en él ni en ningún otro chico.

Las horas fueron corriendo y poco a poco el Delfos se fue quedando sin gente. Antes de salir, cargaron de nuevo las cámaras de refrescos, limpiaron hasta dejar relucientes las neveras, sacaron la basura a la puerta y recogieron los vasos que la gente fue dejando por toda la terraza. Cuando el último cliente salió por la puerta, todos los camareros se sentaron en una mesa. Sacaron unos montaditos de embutido, una bandeja de sushi y las *delicatessen* que habían sobrado esa noche.

Sol, la tiradora de cartas, se sentó a su lado. Le tomó la mano para leérsela. Cristina ni siquiera se lo había pedido. En cuanto cruzó su mirada con la de Sol, se quedó atrapada por sus inmensos ojos verdes.

—No ha acabado —le dijo.

—¿Cómo dices?

—Creo que me entiendes —Sol adelantó la cabeza para murmurarle en el oído. Su voz era lenta y pausada y era consciente de lo cautivadora de podía llegar a ser—. Tan cierto como que el sol sale todos los días.

Cristina advirtió un sentimiento de esperanza en su mirada que ella ya no poseía. Ojalá pudiera creerla. Si pudiera comprar el futuro, elegiría uno en el que hubiese olvidado a Álex, uno en que pudiera romper las cadenas que lo ataban a él. Le sobrevino un cansancio infinito, porque luchar contra sus sentimientos le estaba resultando agotador.

—No, te equivocas, se ha acabado.

Cristina retiró su mano y se lo agradeció con una sonrisa. No quiso darle vueltas a lo que le había dicho Sol. Después de más de una semana y media sin tener noticias de él, tenía cada vez más claro que la reconciliación entre ellos no era posible. Cogió uno de los montaditos y participó de la conversación de sus compañeros. Enseguida le quedó claro que entre Roxana y Celia había rollo. Se miraban con ternura, se decían cosas al oído y se reían de las gracias que se decían la una a la otra. Tuvo que inspirar fuerte para no echarse a llorar delante de todos.

Después de tomarse una tónica y un montadito de lomo con tomate, decidió que era el momento de marcharse a casa. Se despidió de todos hasta el día siguiente y preguntó si tenía que acercar a alguien a su casa.

—No, tranquila —respondió Rosana.

En la puerta del Delfos estaba apoyado Alberto. Cristina pasó por su lado sin saludarlo. Sacó las llaves del coche, pero antes de meterse se dio cuenta de que tenía una rueda pinchada. Giró sobre sus talones y se encaró a Alberto.

—¿Tú has tenido algo que ver en esto?

—No sé de qué me hablas.

—No te hagas el tonto. La rueda está pinchada.

—No, te aseguro que no. Si quieres te ayudo a cambiarla o también te puedo llevar a casa.

—No, gracias.

No quería tener que agradecerle que la hubiese ayudado aceptando una invitación que no deseaba.

—¿Tienes miedo de que me propase contigo y la noche acabe en un beso?

Cristina soltó un suspiro, exasperada. Tenía que darle la razón en lo de que era muy persistente.

—No, no tengo miedo, porque no va a pasar nada de eso.

Desde que Cristina se había sacado el carné de conducir, solo había tenido que cambiar una sola vez una rueda pinchada. Esperaba acordarse de todos los pasos a seguir, porque en aquella ocasión le ayudó su hermano. Sacó la de repuesto y todas las herramientas que iba a necesitar. Se remangó la falda para trabajar más cómoda.

—Te aseguro que nadie te besará como yo.

Cristina lo miró sin terminar de creerse esa insistencia de él. ¿Tenía un problema de oído, era tonto o es que no le hablaba con la suficiente claridad?

—Si te digo la verdad, me da igual cómo beses.

Él soltó una risa.

—No te daría igual si lo hubieras probado. No podrías olvidarlo.

—¿Sabes? —tenía el gato en la mano y se acercó a él—. Tienes dos problemas, el primero es que tú y yo no nos vamos a enamorar, y el segundo es que tienes que aprender a distinguir un no de un sí. Un no siempre es un no —se giró hacia el coche, pero antes de poner el gato volvió la cabeza—. Hay un tercer problema, y es que tú no eres

Álex. Acabo de salir de una relación y no busco meterme en otra. Así que si me perdonas, voy a cambiar la rueda y me voy a marchar a casa a descansar. Y lo voy a hacer sola. Estoy empezando a creer que me estás acosando.

Alberto fue hasta su coche, abrió el maletero y sacó una caja de herramientas. Se acercó a ella por detrás y la apartó con suavidad.

–Deja que te ayude. Soy mecánico y te la puedo cambiar en menos de diez minutos.

–No voy a aceptar una invitación.

–Quizás hoy no, pero tal vez otro día.

Tal y como le había dicho Alberto, el cambio de rueda fue rápido. Le pasó unas toallitas húmedas para que se limpiase las manos. Cristina le agradeció el gesto sacando una tartera de galletas de chocolate blanco.

–Las he hecho esta mañana –se sentó en el asiento del conductor con el cuerpo hacia fuera. Estarían mejor con un té o un vaso de leche, pero es lo que hay.

Alberto se sentó en el suelo y tomó una.

–Están muy buenas –se quedó callado hasta que no se la terminó. Tomó otra, aunque antes de metérsela a la boca siguió hablando–. Tengo curiosidad por saber quién es ese Álex, más que nada por saber contra quien me enfrento.

El comentario hizo sonreír a Cristina.

–Era una broma –replicó Alberto antes de que ella le contestara–. Si quieres contármelo, no tengo nada mejor que hacer.

–Tampoco hay mucho que contar. Me enamoré de la persona equivocada y no puedo dejar de pensar en él. El amor es ciego, y le gusta elegirnos. Hay quien ahoga sus penas en alcohol y yo lo hago con dulces.

Alberto asintió.

–Sé lo que se siente. Hace un año mi novia me plantó por mi mejor amigo a dos días de celebrarse la boda.

–Vaya, lo tuyo es casi peor que lo mío.

–Ya que nos estamos sincerando, no consuela que sea peor –por primera vez Alberto se puso serio.

–No, la verdad es que no.

–Si tuviera delante a ese Álex me gustaría decirle que es un gilipollas por dejarte marchar.

–Tampoco me conoces para sacar conclusiones precipitadas. Según él soy una mentirosa y una niñata. Así que no soy un buen partido. Si yo fuera tú, echaría a correr.

–Es mi opinión, pero desde hace un año no me ha interesado ninguna mujer hasta esta noche. Tienes algo especial.

–Por cierto, me llamo Cristina –le tendió la mano.

–Y yo que me había hecho a la idea de que te llamabas Farala –tomó la tercera galleta–. Por si te lo preguntas, era la canción de un anuncio.

Cristina le pasó la tartera antes de levantarse.

–Muchas gracias por tu ayuda. Si quieres te las puedes llevar. En casa tengo casi un kilo más.

Se metió en el coche.

–Ya te estoy echando de menos –repuso antes de que Cristina arrancara el coche.

–¿Cómo?

–Que mañana volveremos a vernos. Quedan dieciocho horas para que aceptes tomar algo conmigo.

Ella sacudió la cabeza.

–Alberto, deja de decir tonterías. Lo que sea que se supone que hay en tu cabeza no va a ocurrir.

–¿Estás segura?

–Sí, lo estoy. Te lo vuelvo a repetir, pierdes el tiempo conmigo.

Y después cerró la puerta.

Capítulo 32

Llevaba tres semanas sin saber nada de él y, por extraño que pudiera parecer para ella, la vida seguía a pesar de su dolor. El reloj seguía marcando las horas, recordándole todo el tiempo que no podía disfrutar de él.

Un día llegó a la conclusión de que le resultaba insólito que, viviendo a tan solo tres minutos del Acanto, no se hubiera topado ni una sola vez ni con Álex ni con Gema, y eso que ella también hacía parte de la compra en el Mercado Central. Alguna mañana se había sentido más nostálgica que otras y había hecho todo lo posible para encontrárselo por la calle. Por desgracia, no había tenido suerte.

En aquel tiempo, Alberto se presentó todas las noches en el Delfos. Y en todas aquellas ocasiones, Cristina no dio su brazo a torcer. No aceptó ni siquiera ir a tomar un café con él. Eso sí, se rio y compartió los dulces en el Delfos que ella hacía por las mañanas. Gracias al trabajo conseguía mantener la mente ocupada, como también empezó a hacer otros amigos que nada tenían que ver con el ámbito de Álex. Se preguntó si alguna vez dejaría de pensar en él. De Manu se había olvidado casi cuando salió por la puerta de su consulta. ¿Por qué no podía resultar tan fácil como con su primer exnovio? Echaba de menos la familiaridad de esa boca que tantas veces había explorado y anhelaba sentir su piel desnuda sobre la suya.

Y ese silencio la estaba quebrando por dentro, le rompía el corazón en miles de fragmentos.

Un domingo por la noche, antes de hacer la caja y de recoger la terraza, Rosana la invitó a un concierto que iba a dar un amigo por la zona de Ruzafa.

—Tengo un amigo americano que toca la guitarra y hace *covers* muy buenas. Tiene un canal en YouTube con muchos seguidores. Celia y yo le hemos buscado un concierto en una sala pequeña para mañana. Con el dinero que se saca tiene para ir tirando y para seguir viajando. ¿Te apuntas? La entrada son diez euros con una consumición gratis.

—Sí, me vendrá bien salir y conocer otros ambientes.

—He invitado también al grupo de Alberto. Espero que no te moleste. Cuanta más gente vaya, mucho mejor para James.

—No, no me molesta, Alberto es solo un amigo.

—Si quieres te puedo organizar una cita con el americano. Es muy bueno en la cama.

Cristina le echó una mirada sagaz. Se preguntó si también se había acostado con él.

—Sí, ¿qué pasa? Me gusta la carne y el pescado. Está bien tener un follamigo cuando una está sin pareja.

Ambas soltaron una carcajada.

—A ver, no creas que soy una estrecha, pero estoy muy bien como estoy. Los tíos no dan más que problemas. Ya te diré algo cuando lleve más de un mes sin sexo. De momento no me interesa ni James ni ningún otro tipo.

—En eso te doy la razón. Por eso me gusta mucho más el pescado. Me entiendo mejor con las chicas.

–¿Qué quieres que te diga? A mí me gusta tener algo duro entre las piernas.

–Eso es porque no lo has probado.

Nunca se lo había planteado, pero a Cristina las chicas nunca le habían atraído.

–¿A qué hora empieza el concierto?

–A las diez y media, aunque hemos quedado antes para tomar unas tapas por el centro –respondió Celia, que se había acercado a la barra.

–Mañana será nuestro día –dijo Rosana.

–Genial. Nos vamos de concierto.

Cristina se había levantado la mañana del lunes con el propósito de comerse el mundo, no de que el mundo se la comiera a ella. Había tenido días en los que se había despertado creyendo que su ruptura con Álex no era más que una maldita pesadilla, pero cuando abría los ojos, tenía que rendirse a la evidencia de que todo se había acabado. Ni siquiera su dolor se aplacaba estando rodeada de gente, porque entonces era más consciente que nunca de lo sola que se había quedado. Se preguntó cuándo se acabaría ese dolor.

Por primera vez desde que ella y Álex habían terminado, se sintió feliz y con ganas de salir a tomar algo por ahí. Estaba decidida a pasárselo bien. Ese día se había animado a llenar la bañera y verter una bomba de Lush. Había encontrado una tienda al lado de Casa del Libro. De vez en cuando le gustaba disfrutar de estos pequeños placeres. Después de estar más de media hora en el agua, se sintió nueva. Se maquilló en tonos suaves y se dejó el pelo suelto. Ese día pensaba ponerse un vestido negro ceñido y unos zapatos de tacón. Y por último buscó un colgante y unos pendientes grandes para terminar de arreglarse. Se miró en el espejo de la entrada cuando estuvo lista. Ese día, al fin, se sentía guapa. Antes de salir a la calle, se repasó los labios con la barra de color rojo que le había regalado Óscar.

Rosana y Celia habían quedado con ella a las nueve menos cuarto en la plaza de la Reina. Las encontró sentadas en un banco besándose. Cuando la vieron aparecer, ambas le dieron un repaso de arriba abajo.

—¡Qué pena que no te guste el pescado! —soltó Celia—. Lo que Rosana y yo te haríamos si esta noche te vinieras a casa.

Las miró sorprendida.

—¿Me estáis proponiendo un trío?

—Sí.

Cristina abrió la boca, pero no supo qué contestar. Era la primera vez que una, o en realidad dos mujeres le tiraban la caña.

—No tienes por qué responder ahora —le respondió Rosana—. Tenemos toda la noche por delante. Dicen que quien lo prueba se queda en nuestra acera.

Las tres soltaron una carcajada. Cristina fue la que se decidió a caminar hacia la calle San Vicente.

—¿Dónde vamos a cenar? —preguntó para cambiar de tema.

—A un lugar barato. Podemos ir a los Montaditos, que hoy tiene todo a un euro.

—Me parece genial.

—No está nada mal. Por cinco euros puedes cenar.

—Entonces vamos. Vosotras diréis dónde está.

Fueron bromeando hasta la plaza del Ayuntamiento y se metieron por las calles peatonales, ocupadas por las terrazas de los restaurantes. Encontraron una mesa libre y apuntaron en una hoja qué iban a tomar. Celia fue la encargada de ir a la barra para pedir los bocatas y las bebidas. No llevaban ni diez minutos sentadas cuando Alberto, Gonzalo y dos amigos más aparecieron por la calle.

Al igual que habían hecho Celia y Rosana, Alberto la miró con detenimiento.

—Esta noche me permitirás que te tire los trastos, ¿verdad? —le dijo él sentándose a su lado.

Cristina sacudió la cabeza.

—Diga lo que diga, a ti te va a dar igual. Así que haz lo que quieras, pero mi respuesta seguirá siendo que no. Lo digo para que no te hagas ilusiones.

—Dime que al menos me concederás un baile. Lo hago bien.

—¿Hay alguna cosa que hagas mal?

—Sí, por lo visto ligar contigo.

Cristina alzó su cerveza para beber un trago.

—No es cosa tuya, es cosa mía —en su tono había implícita una súplica—. No sé por qué sigues insistiendo

—No me pidas eso. Me gustas mucho.

—No, yo creo que es más cabezonería que otra cosa. No quiero que esta amistad se rompa por un polvo.

—Igual descubres que te gusta el sexo conmigo.

—En algo te doy la razón, me gusta el sexo, y mucho, pero para mí solo eres un amigo.

—Reconozco que el primer fin de semana era más tonteo, y por qué no decirlo, sentía mi orgullo de macho herido. Si he seguido insistiendo es porque me gustas. Ojalá tuviera una varita mágica que te hiciera olvidar a ese Álex.

Cristina le miró de reojo. Esa noche lo veía diferente, estaba muy guapo y tenía una sonrisa maravillosa. Sus ojos brillaban más que nunca. Era la noche ideal para dar el paso y olvidarse de Álex. Aunque por más que cerrara los ojos, él estaba ahí.

—Eso me gustaría a mí, olvidarlo, pero no puedo.

Alberto se encogió de hombros y durante unos minutos se quedó callado. Parecía rumiar algo. Fuera lo que fuese, Cristina deseó que Alberto no insistiera más con ella. Bastante tenía ella con sobrellevar su angustia. No quería hacerle daño, y sabía que si se acostaba con él, buscaría algo más que ella no podía darle.

—Vamos a pasarlo bien —le dijo Cristina—. Lo que tenga que pasar, pasará. Démosle tiempo al tiempo.

Él asintió con la cabeza.

Llegaba la hora de marcharse para el barrio de Ruzafa y disfrutar del concierto. Según le había dicho Rosana, James cantaba siempre a petición del público, que eran quienes al final elaboraban el concierto. Tenía más de doscientas versiones de artistas de todos los tiempos. Cuando llegaron al local, James estaba terminando de afinar la guitarra y de probar el sonido para que no se acoplara. En cuanto terminó, se acercó hasta Rosana y Celia para darles un beso.

—¿Cómo están mis dos amigas guapas?

James era alto, rubio y muy delgado. Iba vestido como el típico *cowboy* que se veía en las películas, al que no le faltaba ni un sombrero ni unas botas. Tenía los pómulos marcados, los ojos pequeños, de un azul claro, casi transparente y sus labios eran dos finas líneas. Sus manos eran grandes, algo callosas. Llevaba un purito en la oreja. Aunque hablaba bastante bien el castellano, tenía un acento americano muy marcado. Rosana lo fue presentando al grupo. Cuando le tocó el turno a Cristina, él le besó la mano.

—Si buscas un caballero andante para esta noche —la miró desde abajo—, estoy disponible a partir de las doce.

—Es una lástima. A esa hora viene la carroza a recogerme.

—¡Oh! Las españolas sois demasiado guapas. Tenía que intentarlo —se quitó el sombrero de vaquero que llevaba y le hizo una reverencia—. Como buen caballero, te dejo que esta noche seas la primera que elija una canción. El concierto lo empezarás tú.

Le entregó una carpeta de plástico donde tenía todo su repertorio.

—Le echo un vistazo y te digo.

Lo tuvo claro cuando vio la letra de *Nothing compares 2U,* de Sinéad O'Connor. Así era como se sentía ella.

—Mi maestro decía que la música siempre refleja nuestro estado de ánimo —apuntó James—. ¿Mal de amores?

—Sí —se lamentó—. Tuviste un buen maestro.

—El mejor, era mi padre.

Cristina pasó la carpeta con las letras a sus amigos para que eligieran también una canción y fueran anotándolas en una libreta que James les había entregado. Después dejaron la carpeta en la entrada para que el público que fuera llegando apuntara sus canciones.

—No has contestado aún a la pregunta que te hice antes —dijo Alberto posando sus labios cerca de su oreja.

Cristina se apartó un poco.

—¿A cuál?

—Si me concederás un baile.

—Sí, eso sí te lo puedo conceder.

Fueron a la barra a pedir la bebida que iba incluida con la entrada. Como habían sido los primeros en llegar, se pusieron en la primera fila. En cuestión de minutos el local se fue llenando de gente. Antes de sonar la primera canción, el dueño se subió a una pequeña tarima que hacía de escenario.

—Bienvenidos a Nocturna. Hoy tenemos el placer de tener con nosotros a James McNally. Disfrutad de su voz, cantad con él, dejad vuestras penas en la puerta, porque la noche no ha hecho más que empezar...

Un coro de aplausos y silbidos cortaron las últimas palabras del dueño.

James se subió a la tarima con una cerveza en la mano, que dejó sobre una caja negra que había al lado del amplificador. Agarró su guitarra acústica y se la acomodó a su cuerpo.

—Buenas noches, gente del Nocturna —dijo al tiempo que rasgueaba los primeros acordes—. Esta es una canción para corazones solitarios, para quienes han perdido un amor.

Cristina se dejó llevar por la letra. James tenía una personalidad en la voz que lo hacía atractivo encima del escenario. De repente se había transformado en otra persona. Tragó saliva cuando James llegó al estribillo de la canción.

...Because nothing compares
Nothing compares to you
It's been so lonely without you here
Like a bird without a song
Nothing can stop these lonely tears from falling
Tell me baby where did I go wrong?
I could put my arms around every boy I see
But they'd only remind me of you...[10]

Tras los últimos acordes, llegaron los aplausos.

—¿Te encuentras bien? —le preguntó Alberto.

—He tenido momentos mejores, pero hoy he decidido pasarlo bien —intentó relajar la expresión de su cara.

La segunda canción la había pedido Alberto. Se trataba de *The Scientist*, de Coldplay, un grupo de música que a ella le gustaba mucho.

---

[10] Porque nada se compara/ nada se compara a ti/ Esto ha estado tan solitario sin ti/ como un pájaro sin una canción/ Nada puede parar la caída de estas lágrimas solitarias/ dime cariño ¿dónde me equivoqué?/ Podría poner mis brazos alrededor de cada chico que veo/ pero ellos solo me recordarían a ti...

-Esta canción va dedicada a todos los que siguen buscando el amor y no arrojan la toalla.

Alberto buscó la mano de Cristina y le acarició la palma. Ella se la apartó y negó con la cabeza.

Come up to meet you
Tell you I'm sorry
You don't know how lovely you are
I had to find you
Tell you I need you
Tell you I set you apart... [11]

Volvió a pensar en cerrar los ojos y no pensar más en él, dejarse llevar una noche y aceptar la propuesta de Alberto. Parecía fácil, demasiado, pero no podía traicionar ni sus sentimientos ni los de Alberto.

Las canciones melódicas se fueron sucediendo con otras más marchosas a lo largo del concierto. Cristina había bebido tantas cervezas que hacía tiempo que no se sentía tan embriagada. Alberto intentó en varias ocasiones agarrarla por la cintura, pero Cristina lo rechazó una vez tras otra.

Eran cerca de las doce y James estaba a punto de terminar, cuando el dueño del local le pasó una última petición.

-Esta canción va para ti, pequeña -dijo James sin mirar a nadie en especial.

A Cristina se le encogió el estómago cuando reconoció los primeros acordes. *Can't help falling in love*, de Elvis Presley, era la primera canción que había oído junto

---

[11] Me he acercado a ti/ a decirte que lo siento/ no sabes lo encantadora que eres/ Tenía que encontrarte/ decirte que te necesito/ decirte que te separé de los demás...

a Álex. Puede que se tratase de una casualidad, y alguien la hubiera pedido, pero solo él la llamaba así. Cerró los ojos, aunque enseguida los volvió a abrir. Giró la cabeza, buscó entre las decenas de cabezas que había detrás de ella y entonces lo vio, apoyado con los brazos cruzados al lado de la barra. Álex la miraba con intensidad, y poco a poco sintió cómo se estremecía. Tuvo que reconocer que echaba de menos cuando él la miraba como si no hubiera nadie más en el mundo. En sus pupilas se adivinaba la promesa de un horizonte sin fin. Él era la noche y el día, el rumor de las tormentas y la suave lluvia en primavera, la caricia que necesitaba como quien precisa beber agua. Pero también era el abismo y la angustia de una herida que no cerraba. Se olvidó de respirar por unos instantes. Las piernas le flaquearon y creyó que volvía a romperse en mil pedazos. No había nada que pudiese recomponer todos esos fragmentos. Pensaba que cuanto más tiempo hubiera pasado, el dolor sería menos intenso, pero se había equivocado, dolía mucho más. Se obligó a ser fuerte y fingió una sonrisa, cuando en realidad le apetecía llorar.

Tocó el hombro de Alberto para que se agachara.

—Me marcho.

—Me habías prometido un baile.

—Lo sé, pero no puedo quedarme. Lo siento. Ya nos veremos.

—Deja que te acompañe.

Ella negó con la cabeza, le dio un beso en la mejilla y salió a la calle. Alberto siguió sus pasos y la alcanzó a pocos metros del Nocturna.

—¿Se puede saber qué te pasa?

—Alberto, necesito estar sola.

Se sentó en el borde de la acera y metió la cabeza entre sus rodillas. Se estaba quedando sin respiración.

—No lo entiendo. Lo estábamos pasando bien.

—Por favor, Alberto, te lo pido por favor. Necesito estar sola. No me hagas preguntas...

—¿Te está molestando?

La voz de Álex le llegó firme y clara. Cristina tembló. Temía levantar la cabeza y enfrentarse otra vez con su mirada. Solo pudo negar con la cabeza.

—Tío, ya te puedes largar por donde has venido —soltó Alberto—. No pasa nada. Mi amiga necesita ayuda.

Cristina alzó la cabeza.

—Alberto, te presento a Álex —alternó su mirada de uno a otro. Ambos se retaron—. Álex, será mejor que lo dejes. Alberto ya se marchaba.

Álex apretó la mandíbula y torció el labio inferior. Alberto, en cambio, tuvo que reconocer que no tenía nada que hacer. No obstante, antes de marcharse le dijo lo que pensaba de él.

—¡Así que tú eres Álex! Déjame decirte que eres un gilipollas por dejarla escapar. Te aseguro que si te quedas de brazos cruzados puede que la próxima vez ella ya esté en mis brazos —metió las manos en los bolsillos y después se dio media vuelta—. Voy a insistir hasta que ella me diga que sí.

Cristina lo vio alejarse y cruzar hacia el otro lado de la acera. Quiso correr detrás de él, colgarse de su cuello y besarle en los labios, pero lo que aún seguía sintiendo por Álex era demasiado poderoso como para borrarlo de un plumazo. Era como si una cadena invisible le siguiera uniendo a él.

—Te acompaño a casa —se colocó delante de ella y le tendió la mano para que se levantara.

Sus palabras sonaron a una orden. Ella rechazó su ayuda.

—No te esfuerces, Álex. Sé cuál es el camino —dijo levantándose.

–No supone un esfuerzo. Lo hago porque quiero.

–¿Por qué no te marchas y me dejas en paz? Me despierto y ahí estás, me acuesto y vuelves a estar. ¡Sal de mi cabeza ya! –ahogó un lamento–. ¿Conoces algún truco para que este dolor pare? Dime, ¿lo conoces?

–No.

–¿Cómo puedes soportarlo?

Ella se giró al tiempo que Álex agachaba la cabeza.

–Deja que te acompañe a casa –aunque en realidad quiso responderle que ojalá fuera más fácil para él no echarla tanto de menos.

–Pues fíjate, yo no quiero que me acompañes a casa. No sé si estás preparado para ir al lado de una niñata como yo –Álex quiso contestarle, pero ella siguió hablando–. Y guárdate tus observaciones sobre con quién entro o salgo. Ya no es asunto tuyo.

Volvió la cabeza y lo dejó en mitad de la calle.

–Cristina…

Ella se detuvo. El corazón le dio un vuelco. Deseó que él no advirtiera cómo temblaba de arriba abajo. Seguía pareciéndole que nadie decía su nombre como él. Se tuvo que sujetar a su bolso porque temió que sus rodillas no aguantarían su peso.

–Buenas noches –dijo él al fin.

Sentía un nudo en la garganta. Después de lo que había pasado en el Nocturna, sabía que su noche no iba a ser buena; aquella noche se había ido al traste.

–Lo mismo digo, Álex.

Capítulo 33

A veces Cristina echaba de menos los veranos que había pasado en casa de la madre de Mariví, que fue como su tercera abuela. El mes de agosto los pasaba en Alcalá de Júcar para celebrar las fiestas del pueblo. Aquel era un tiempo en el que no tenía más preocupaciones que intentar, por todos los medios, que su hermana Sofía no se enterara de que Marga y ella salían corriendo, cuesta abajo, con la rueda de camión, que hacía las veces de flotador, a jugar en el río. En aquellos días no tenía más inquietudes que aprender junto a su abuela a hacer palomitas. Gracias a ella escuchó los mejores cuentos de miedo alrededor de una estufa de leña. Ir al pueblo suponía una libertad en todos los sentidos. Porque los veranos de su niñez fueron los más felices de su vida.

En cambio aquel era sin duda el peor. Le habría gustado poder saborear, aunque fuera por tan solo unos instantes, ese sentimiento de libertad que tenía cuando llegaba a casa de su abuela. Sin embargo era la tristeza la que se había instalado en su vida y se negaba a marcharse.

Después de pasar una mala noche, las primeras horas del día siguiente no fueron mejores. Se pasó gran parte de la mañana tumbada en el sofá viendo *Friends*, comiendo helado de chocolate e inflándose a bizcocho. Se hizo el ánimo de prepararse algo de comer, pero se decidió por sacar unas cuantas galletas María y untarlas de paté. Aún recordaba cuando se las preparaba su abuela, en el pueblo, los sábados por la tarde. A ninguno de sus hermanos les gustaban; era un placer que solo compartía con ella.

Se sentó en un taburete de la cocina y empezó a extender sobre las galletas una buena capa de paté. Después de meterse la primera en la boca, se sintió como cuando era pequeña. Se comió un paquete y acabó con todo el paté. Hasta metió el dedo para dejar limpia la tarrina. Quizá fuera porque le recordaba a su niñez, pero se notó mejor. Necesitaba reír, salir a la calle porque en casa se estaba asfixiando. Miró la hora en su *smartphone* y después buscó el horario de los cines Lys. Hacía pocos días que habían estrenado la película de los *Minions*, y ella se había declarado fan de estos pequeños seres amarillos. Era lo que necesitaba para salir de la tristeza. Si se daba prisa podía llegar a la primera sesión de la tarde.

Se vistió corriendo con lo primero que encontró, cogió las llaves y el bolso, y salió a la calle. Llegó con quince minutos de antelación al cine. Apenas había cola en las taquillas. Estaba a punto de entrar, cuando algo se agarró a sus piernas.

—¡Cristina! —exclamó Víctor—. ¡Bien, vamos al cine con Cristina!

Ella no tuvo tiempo de reaccionar. Perdió el equilibrio y de pronto se encontró en los brazos de Álex. No quiso oler su aroma, pero fue inevitable no sentirlo estando a menos de dos centímetros de su pecho.

—Gracias, Álex. No tienes por qué seguir sujetándome. Es evidente que no me voy a caer al suelo.

Él la soltó. Tenía el gesto turbado. Cristina tuvo que apartar la mirada para no tirarse a sus brazos.

—¿Quieres jugar? —le preguntó el niño—. ¿Vale que no tenemos que pisar las líneas?

Ella se recompuso y se agachó para mirarle a los ojos.

—Mejor cuando salgamos del cine

—¿Ya no te gusta jugar conmigo? No vienes a mi casa.

—Claro que me gusta jugar contigo, pero... —no sabía qué decirle. No quería mentirle, pero ¿qué podía hacer en una situación como aquella? Era demasiado pequeño para entender que ella y su padre habían terminado—. He estado unos días enferma y tenía mucha tos.

—Papá está un poco triste.

Alzó la cabeza, y lo que advirtió en los ojos de Álex no era muy diferente a lo que sentía ella. Estaba un poco demacrado y sus ojeras eran tan evidentes como las de ella.

—¡Oh, Víctor...! —lo abrazó para no tener que enfrentarse otra vez ni a la mirada del padre ni a la del hijo—. No sé qué decirte.

El móvil de Álex empezó a sonar. Ninguno de los dos supo decir si aquella llamada era inoportuna, pero ambos le tenían que dar gracias por interrumpir un momento tan incómodo.

—¿Estela? —contestó Álex dubitativo—. ¿Por qué estás llorando?

Cristina se encontraba tan cerca de él que escuchó un sollozo al otro lado de la línea. Se apartó unos metros para respetar la intimidad de Álex.

—Estela, cariño. No entiendo nada de lo que dices, pero cálmate y dime qué te pasa... Eso da igual ahora... ¿Qué pasa?

Cristina no sabía si entrar en el cine o quedarse plantada al lado de Víctor. El niño se soltó de su mano y comenzó a jugar como si fuera un avión por la zona de las taquillas. Álex le suplicó con la mirada para que esperara un minuto.

–Mira, Cristina, mira lo que hago. ¿Tú sabes hacerlo?

–¿Me estás diciendo que tu madre se ha marchado de viaje a Los Ángeles y te ha dejado a cargo de Fernanda? –el tono de su voz fue elevándose. Se mantuvo callado unos segundos para escuchar a su hija–. Está bien, Estela. No pasa nada, cálmate. Salgo para Madrid ahora mismo. Voy a llamar a la tía Marta y a la abuela para que te recojan en casa... Venga, cariño, deja de llorar... Ya me explicarás con calma qué ha pasado... No, no eres mala persona... Créeme –miró hacia Cristina–. Sí, Estela, claro que te sigo queriendo... Nada ha cambiado, te lo prometo... Sigues siendo mi hija. Hasta luego, cariño.

Sabía que ese no era su problema, que debía entrar en el cine y olvidarse de que se los había encontrado en las taquillas, pero no podía marcharse sin mirar atrás, porque lo que estaba claro es que él la necesitaba. Álex y Víctor le seguían importando demasiado como para no preguntar nada.

–¿Qué ha pasado, Álex?

–Ahora no te lo puedo contar –hizo un gesto con la barbilla señalando a Víctor.

–Papi, ¿cuándo vamos a ver la película? –preguntó con la respiración agitada de tanto correr.

–Víctor –Álex se agachó. Le alzó la barbilla con un dedo–, a papá le ha surgido un problema. Me temo que hoy no vamos a poder verla.

–Pero me lo prometiste –el niño hizo un puchero y se le llenaron los ojos de lágrimas–. Me lo prometiste.

Cristina, a su vez, se arrodilló. No podía dejar que se marchara con ese disgusto que llevaba encima.

–Víctor, ¿qué te parece si le preguntamos a papá si podemos ver la película juntos?

El niño giró la cara y le acarició las mejillas a su padre.

—Papi, quiero ir al cine con Cristina, por fi, por fi, por fi...

—¿De verdad no te importa quedarte con él? —quiso saber Álex.

—No, Álex. Esa pregunta está de más. Me gusta estar con Víctor.

—Gracias. A él también le gusta estar contigo.

Tal y como se lo dijo, Cristina habría jurado que estaba hablando más por él que por el niño. Tomó la mano del niño para entrar en el cine.

—Cristina —tragó saliva. Ella se quedó parada y se giró para mirarle a la cara—. Siento si el otro día me comporté como un energúmeno... siento no haberte dejado explicarte. No sé qué decir... Yo... te echo de menos —dijo con la voz rota.

Había soñado tanto con ese momento, que nunca se lo hubiera imaginado que pasara a la entrada de un cine a punto de entrar para ver una película.

—Álex, no es el momento. Ya hablaremos.

Cristina, con el corazón encogido, lo vio alejarse hacia la plaza del Ayuntamiento. A pesar de todo el dolor que él estuviera sintiendo en aquellos momentos, Álex parecía sobrellevarlo con una dignidad que ella admiraba.

Álex no giró la cabeza cuando se marchó de su lado. Cada vez le resultaba más difícil no tenerla junto a él. ¿Por qué? Era la pregunta que se hacía todos los días, ¿por qué la había dejado marcharse de su lado? ¿Por qué se había comportado como un auténtico estúpido? ¿Por qué no le decía todo lo que sentía? ¿Por qué cada vez que cogía el teléfono no podía terminar de marcar su número? Y cada día que pasaba era peor que el anterior. Reconocía que se había dejado llevar por la rabia de perder a Estela, por esas horas de viaje en las que creyó que se volvía loco. No podía volver al pasado y borrar todo lo que le dijo aquella noche. Lo que le seguía doliendo más que nada era no haberla dejado que se explicara. Ella se merecía, al menos, el beneficio de la duda. Cuando regresara de Madrid haría lo imposible para recuperarla.

El viaje a Madrid no fue mejor que la última vez que lo hizo. Tenía demasiados frentes abiertos en su mente. Por una parte no podía dejar de pensar en que Tita se hubiera marchado a Estados Unidos sin su hija y sin decirle nada a él. Por otra, Estela le había dicho que había hecho algo malo. Mucho se temía que aquello tenía que ver con Cristina. Conociendo como conocía a Tita, puede que la hubiera manipulado para que terminara su relación con Cristina, y después hacerle creer que había sido ella quien le había enviado ese mensaje de *whatsapp*. Muy pronto saldría de dudas. Aquello tenía la firma de su exmujer.

Llegó a casa de sus padres a media tarde. Estela no esperó ni siquiera a que abriera la puerta para arrojarse a su cuello.

–Papá… papá… –no paró de repetírselo–. Lo siento mucho. Por favor… perdóname.

–Estela, vas a calmarte antes de nada. Estás muy nerviosa. Vamos dentro.

La niña estaba temblando a pesar del calor que hacía a esas horas en Madrid.

–Papá… cuando te lo diga no vas a querer saber nada de mí…

–Estela, no dramaticemos. Vas a empezar por el principio y ya decidiremos qué haremos a continuación. Si mereces un castigo, te aseguro que nada ni nadie te librarán de él.

–¿Qué tal, hijo? –la madre salió a la puerta a darle dos besos–. Tu hermana está hablando con Vanesa. Esta vez

Tita no se va a salir con la suya. Ha incumplido por dos veces sus obligaciones como tutora. Se la puede acusar de abandono de hogar.

Álex apretó la mandíbula. Lo que deseaba era que se acabara de una vez por todas la locura en la que Tita lo había embarcado a él y a sus hijos. Álex pasó por la cocina antes de ir al comedor. Necesitaba beber algo frío. Cogió una cerveza de la nevera y se la bebió en tres tragos. Sacó otra para bebérsela con calma. Cuando llegó al comedor, su madre y su hermana estaban sentadas en el sofá y Estela se encontraba de espaldas mirando por la ventana.

—Estela, siéntate —le señaló un sillón.

Ella negó con la cabeza.

—Prefiero estar de pie.

—Como quieras —le dio un trago a la cerveza—. ¿Por dónde quieres empezar a contar?

Su hija buscó la mirada de su tía para que le echara una mano.

—Estela, quiero que seas tú —pidió su padre.

Ella asintió con la cabeza y bajó la mirada al suelo.

—Mamá me dijo hace como un mes que tenía que ayudarla a que vosotros volvieseis a estar juntos —jugueteaba con nerviosismo con una esquina de su camiseta—. Me aseguró que os seguíais queriendo, pero que Cristina se había metido por medio.

—Sabes que eso es mentira, ¿verdad? —esperó a que Estela le hiciera algún gesto como que lo había entendido antes de seguir—. Los problemas de tu madre y míos no vienen de ahora. Esto viene de largo, Estela.

—Un día escuché una conversación. Mamá estaba llorando. Se suponía que estaba hablando con alguien y le decía que jamás le habías perdonado que tú no fueras mi padre. Le aseguró que había tenido una aventura antes de casaros, y que ella siempre creyó que yo era tu hija, y que tú le exigiste las pruebas de paternidad cuando yo nací.

–¿Eso te dijo? –Álex se levantó como impulsado por un resorte–. No, Estela, eso jamás ocurrió así. Yo lo supe hace un mes y medio.

–¿Estás segura de que tu madre estaba hablando con alguien? –quiso saber su tía–. Tita querría soltártelo y estoy segura de que se le ocurrió montar esa farsa de hablar por teléfono.

–Marta, por favor… –la recriminó su madre–. Delante de la niña no.

–Ni por favor, ni hostias, mamá, que se me llevan los demonios cada vez que ella abre la boca y estoy cansada de tener que morderme la lengua, que parece que es una santa cuando no es más que una manipuladora. Ella quiere que no la trate como una niña, pues si es así no me pienso quedar callada.

A Estela se le humedecieron los ojos y le tembló el labio inferior.

–Le pregunté a mamá cómo podía hacer que volvieses con ella, y entonces me dijo qué podía hacer. Yo envié ese *whatsapp* desde el móvil de Cristina y pensé que volveríais otra vez juntos…

Ahí tenía la prueba. Álex se levantó con el puño apretado. Llegó a la pared y descargó la rabia que llevaba tiempo acumulando soltando un manotazo.

–Maldita seas, Tita. ¿Cuándo pararás de jodernos la vida? –estalló–. ¿En qué diablos estabas pensando, Estela? Me pediste que confiara en ti. ¿Sabes lo que has hecho?

Estela se había quedado en un rincón, encogida sobre sí misma.

–Cálmate, Álex –le pidió su madre acercándose a él.

–Estoy calmado –tragó saliva.

—No entendía la gravedad de sus acciones —la defendió Marta.

—Eso no la justifica.

—No, pero no es más que una niña —replicó la madre.

Llegó hasta él e hizo que volviera a sentarse en una silla.

—¿Cómo supiste que Cristina podía saber que Álex no era tu padre? —preguntó su tía.

—Mamá me dijo que a papá le gustaba decírselo a todo el mundo, que era un secreto a voces entre todos tus amigos. Y yo la creí.

Álex rechinó los dientes. Negó con la cabeza. Entrelazó los dedos en un gesto que pretendía ser tranquilo.

—Unos días después de que tú me trajeras, encontré un billete de avión de mamá. Se marchaba a Los Ángeles. Le pregunté el porqué, y ella me dijo que porque se iba a hacer una película. Que por fin le había llegado su oportunidad, que solo se marchaba para firmar el contrato y que regresaría en unos días —se calló durante unos segundos y se mordió una uña.

—¿Y tú te quedaste con Fernanda? —preguntó Álex.

—Sí, me dijo que si tú me llamabas, no te dijera nada. Entonces, cuando regresó mamá, una amiga del colegio que está haciendo un cursillo de inglés en Nueva York me pasó un enlace de una noticia que había salido allí. Mamá estaba en una fiesta con un hombre. En esa noticia aseguraba que ese hombre y mamá estaban enamorados. No era verdad que estuviera en Los Ángeles para hacer una película.

Encima de la mesa había una *tablet*. Estela se metió en Internet y buscó la noticia de la que hablaba y después se la mostró a su padre.

—Cuando le pregunté, me dijo que se había enamorado y que nos íbamos a ir a vivir a Los Ángeles, que estaba muy feliz porque al fin había encontrado a alguien que la quería de verdad –se le quebró la voz–. Yo quería saber qué iba a pasar contigo, y ella me dijo que eras...

–¿Que era, qué? –preguntó Álex.

Ella negó con la cabeza y una cortinilla de pelos le tapó la cara. No podía soportar la idea de decirlo en voz alta.

–¿Qué dijo tu madre, Estela? –insistió su padre, que no paraba de dar vueltas por el comedor.

–Que eras un fracasado y que solo tenías un hotelucho. Que nosotros nos merecíamos algo mejor, que lo hacía por mi hermano y por mí.

–Tu madre nunca ha hecho nada que no sea por ella, Estela –repuso Marta.

Álex cruzó una mirada con la de su hermana.

–Mamá me dijo que cuando mi hermano y yo conociésemos a Donald no querríamos volver a España. También nos dijo que nos iba a encantar el internado que ya había visto en Nueva York –soltó un sollozo–. Yo le pedí que no nos metiera en un colegio de esos, pero ella me comentó que era lo mejor para nosotros, que dado que Donald y ella se iban a casar, querían disfrutar de un tiempo para ellos...

–No sigas contándome nada más, Estela –le pidió su padre–. Me puedo hacer una idea de qué te respondió tu madre.

Hubo un tenso silencio que se prolongó por varios segundos.

–Papá, ¿qué va a pasar ahora? –Estela dijo con la voz estrangulada. Seguía sin levantar la vista–. Yo no quiero irme, quiero estar contigo.

–Tranquila, cariño –Marta se acercó hasta ella para abrazarla–. Todo se va a arreglar. Quiero hablar un momento con tu padre a solas.

—Por favor, perdóname, yo pensaba que...

Estela le había pedido que la tratara como a una adulta y ella se había comportado como una niña mimada que había jugado con los sentimientos de su padre. Y se sintió mal porque él era el único que nunca le había fallado en su vida, el que siempre le había tendido una mano cuando lo había necesitado. Lo único que ella deseaba era que su madre la aceptara de una vez por todas tal y como era, que la quisiera como ella la quería. Nada de lo que hiciera era suficiente para su madre. Ella era de las que ponía el listón cada día más alto.

—Estela, ya hablaremos. ¿Sabes que lo que has hecho se merece un castigo?

Ella asintió con la cabeza. La abuela le hizo un gesto con la cabeza para que la acompañara.

—Ven, te quiero enseñar una cosa. Era una sorpresa para tu hermano.

—¿Es un gato?

—Menos mal que Víctor no estaba aquí, porque le habrías chafado la sorpresa —le soltó su tía.

Álex esperó a que salieran para comentarle a su hermana:

—Parece que ahora Tita quiere casarse —esbozó una sonrisa mustia—. Pues no le pienso conceder el divorcio si no me da la custodia de los niños. No le puedo perdonar que la haya abandonado.

—Vanesa ya tiene conocimiento de todo lo que te ha contado Estela. Lo que me jode de todo esto es que ella va a salir ganando casándose con ese americano.

—Si te digo la verdad, me da igual qué haga con su vida. Solo quiero que nos deje tranquilos a los niños y a mí. Estaremos mucho mejor sin ella.

Se sentó y se terminó con calma la cerveza. Dejó vagar la mirada en un punto indeterminado de la pared. Y pensó en Cristina, en lo injusto que había sido con ella. Se sentía un miserable por haber dudado de ella, porque ella había sido generosa con sus hijos y con él. Antes de salir para Valencia tenía que dejar todo atado con su abogada para dar el siguiente paso con Cristina. Después de reflexionarlo, se levantó decidido y marcó el número de Vanesa. Estuvo hablando con ella cerca de media hora, y cuando colgó, le invadió una sensación de dicha momentánea. No quiso entretenerse mucho en casa de sus padres. Aún le quedaba un largo viaje por delante. Además, tenía una conversación pendiente con Cristina esa misma noche. Gema le había llamado comentándole que Cristina se había hecho cargo de Víctor y que lo estaba esperando en el apartamento. Estela y él tomaron algo rápido y se despidieron de Marta y de la abuela. Estela llevaba un gato de poco más de un mes en un trasportín para Víctor. Después de mucho tiempo, sentía que volvía a tener una familia. De vez en cuando, miraba de reojo a su padre.

—Dime, ¿qué te pasa? Suéltalo ya. Me estás poniendo nervioso.

—¿La quieres? —le soltó a bocajarro.

—¿Tú qué crees?

—Que sí.

—Tú misma has respondido a la pregunta.

—¿Tú crees que tú y ella…?

—No lo sé. No fui muy justo con ella. Los adultos también cometemos errores.

Estela posó su mano encima de la de su padre.

—Todo va a salir bien. Ella también te quiere.

Necesitaba creer las palabras de su hija.

—Pero eso no lo hace más fácil.

Después de un rato en el que ninguno de los dos tenía nada que decir, Álex le soltó:

—Olvídate del móvil durante este verano. Ese es el primero de tus castigos.

—Vale —respondió ella.

En algún momento del viaje, Estela se quedó dormida. Su padre le inclinó el asiento para que estuviera más cómoda. En fondo, no era más que una niña que jugaba a ser adulta. Aún no había pensado qué más castigos se merecía, pero tenía que ser uno que jamás olvidara. Nunca volvería a inmiscuirse en sus asuntos con Cristina.

Llegaron a Valencia pasada la una de la madrugada. La despertó después de aparcar el coche en el *parking*.

—Ya hemos llegado, cariño.

Estela se restregó los ojos y se desperezó. Caminaron en silencio mientras iban hacia el hotel. Ella se mordía los labios, inquieta, aunque no tanto como su padre. Estaba segura de que cuando él le contara todo a Cristina ella volvería otra vez. El ascensor llegó a la quinta planta. Estela fue la primera en salir. Atisbó un momento de duda en el semblante de su padre. Le tomó de la mano y le hizo que saliera al pasillo.

—Dame las llaves —le pidió ella.

Álex siguió a su hija. Él sintió miedo por si ella le decía que no, por si Cristina no quisiera escucharlo. Cruzó la puerta con temor. La tele estaba encendida, pero no se escuchaba ningún otro sonido de voces. Encontró a Cristina dormida y abrazada a Víctor en el sofá. Se agachó y le retiró un mechón de pelo de la cara. Cristina parpadeó y se mojó los labios.

—Hola —le dijo Álex.

Ella se tomó unos instantes para hablar porque tenía la boca pastosa.

—Hola.

—Hola, Cristina —saludó también Estela—. Gracias por

hacerte cargo de mi hermano, y perdona por todo lo que te he hecho.

A Cristina no le dio tiempo a contestarle porque Estela tomó a Víctor en brazos y se lo llevó a su habitación. Le llamó la atención el cambio de actitud en la ella. Se incorporó poco a poco hasta levantarse. Sacó las llaves de Álex del bolsillo.

–No te las había devuelto –se las entregó.

–Quiero que te las quedes –él le cerró la mano.

Ambos sintieron un estremecimiento.

–Siento todo lo que pasó.

Cristina dejó que siguiera hablando.

–Quédate esta noche.

De pronto ella notó que las lágrimas acudían a sus ojos. Era lo que quería, quedarse junto a él, pero no, no podía hacerlo de la manera que se lo pedía Álex. Él tenía que confiar en ella al cien por cien. No iba a traicionarse en este aspecto. No podía hacer como si nada hubiera pasado, porque no era cierto.

–No puedo –se le quebró la voz, y al mismo tiempo sintió que caía en un pozo oscuro.

–Lo siento, Cristina. Fui un estúpido.

–Sí, lo fuiste.

–Te necesito. No me imagino un futuro sin ti.

–Ni yo tampoco –murmuró ella.

–No sé qué más decirte –le tomó de las manos–. Te quiero y mis hijos también.

–Lo sé.

Ella se encogió de hombros, apretó los labios y lo miró a los ojos.

–No es suficiente, Álex. Para mí no lo es.

–¿Es por él?

Ella negó con la cabeza. Temía que si hablaba se fuera a poner a llorar.

—Aún no te has enterado.

—No, debo ser un estúpido.

—Te vuelvo a dar la razón...

Se soltó de sus manos y se dirigió a la puerta. No la quería abrir, se resistía a hacerlo. Le tembló la mano cuando la posó sobre la manilla. No pudo mirar atrás cuando le dijo:

—Ya nos veremos —era imposible decirle adiós—. Cuídate. Yo también te quiero.

Álex se quedó plantado en mitad del comedor. No podía creer que su historia con Cristina acabara así. Se quedó mirando esa puerta que se había cerrado. Había dejado que se marchara por segunda vez. No podía sentirse más estúpido de lo que se sentía en aquellos instantes.

Y no solo estaba siendo el peor verano para Cristina, también lo era para Estela, que sintió cómo se cerraba la puerta, y le dolió como nunca antes le había dolido nada. Esa angustia fue peor que descubrir que su madre la había utilizado para hacer daño a su padre. Lloró en su habitación todas las lágrimas que cabían en su menudo cuerpo, e incluso las que no pudo derramar su padre. Se dejó caer al suelo y se metió el puño en la boca para que él no la oyera cómo gemía.

—Papá, lo siento. Todo es culpa mía.

Capítulo 34

La decisión de quedarse en Valencia no había sido acertada. Cristina no había podido dormir en toda la noche. Aún le seguía doliendo haber cerrado esa puerta, haber tenido que despedirse no solo de él, sino también de Víctor. No quería volver a encontrárselos por la calle y tener que despedirse otra vez de ellos. No podía seguir inventando mentiras para Víctor. Tenía que admitir que lo suyo con Álex se había terminado, que no volverían a estar juntos.

Después de comer tenía pensado salir hacia Madrid. Su aventura en Valencia terminaba ese mismo día. Como no había podido pegar ojo en toda la noche, se había levantado temprano y había subido a la terraza para ver amanecer. Se había hecho un té verde y se había tumbado en una de las dos hamacas. Quería marcharse con un buen recuerdo. La última vez que había contemplado un amanecer había sido en los brazos de Álex. Todo le recordaba a él. Y se juró que esa sería una imagen que recordaría siempre. Era hora de pasar página.

Después de pasar cerca de una hora en la terraza, bajó a casa a hacer las maletas. Fue plegando la ropa con calma, como si se tratara de un ritual. Eso sí, se puso su camiseta de Pétalo; gracias a ella había pasado de los mejores momentos que recordaba. Cuando lo tuvo todo listo, se sentó en un taburete de la cocina a desayunar. Aún le quedaban unas cuantas galletas de chocolate blanco. Mojó una en un vaso de leche, pero por primera vez le resultó insípida. Solo pudo terminarse la que llevaba en la mano y dejó las demás guardadas en un bote.

Estaba un poco cansada de no haber dormido en toda la noche, así que no dudó en tumbarse un rato en el sofá. No llevaría más de diez minutos con los ojos cerrados, cuando recibió una llamada. La pantalla le decía que se trataba de Álex. Dudó si hablar con él, aunque al final deslizó el dedo y respondió.

–Hola, ¿qué tal?

Iba a echar tanto de menos su voz.

–Hola, Álex.

–Te llamaba porque quería escuchar tu voz y porque quería hablar contigo –soltó un suspiro–. Estela se acaba de marchar con Víctor. Estaba muy misteriosa esta mañana. Me ha pedido que quería llevarlo a la escuela de verano. Ha vuelto cambiada de Madrid. ¿Sabes? Es la primera vez que ha preparado el desayuno para su hermano y para mí. Incluso ha hecho la promesa de no discutir con Víctor. De momento parece que lo está cumpliendo. También se ha hecho cargo de un gato que trajimos ayer de Madrid. Víctor le ha puesto un nombre. Se llama Bob, como uno de los Minions. Cuando Estela regrese de llevar a su hermano, será la encargada del lavavajillas durante todo el verano. Ayer me confesó que había sido ella quien había enviado el *whatsapp* y que todo había sido idea de Tita. No trato de justificarla. No sé por qué te cuento todo esto. Bueno, lo sé, te quiero en mi vida. Tita se va a casar y me concede la custodia de los niños.

–Álex...

–Por favor, déjame terminar. ¿Me preguntaste cómo podía soportarlo? No puedo, Cristina. Esto es peor sin ti. Créeme. Me vuelvo loco cuando no te encuentro a mi lado.

–No me lo pongas más difícil –murmuró.

–No puedo dejar que te marches.

–Lo siento, Álex, esta tarde me voy.

–¿Es definitivo? ¿No hay nada que pueda hacer?

–No lo sé...

–¿Sabes? Esto no sería una despedida. Nos volveremos a encontrar porque siempre nos hemos estado buscando. Ahora lo sé.

Al tiempo que Álex hablaba, ella advirtió que alguien gritaba su nombre en la calle. Le pareció que era la voz de Estela, pero no podía asegurarlo. En cuanto oyó la de su hermano, estuvo segura de que solo se podía tratar de ellos. Se asomó a la ventana de la habitación que había ocupado Marga para ver qué pasaba. En la puerta estaban Estela y Víctor peleándose por hablar por un megáfono.

–Yo también quiero. ¡Me toca a mí! –la voz del niño salió amplificada–. ¡Cristina, soy yo! ¡Cristina! No te veo, ¿dónde estás?

–Trae, Víctor, que lo vas a romper. Tienes que mirar arriba.

–Dime que no estoy escuchando la voz de Estela –quiso saber Álex.

–¡Eh! Perdona, Álex, ahora te llamo. Está pasando algo en la calle.

Le colgó.

–¡Cristina! –volvió a gritar el niño.

–Hola –saludó ella desde arriba–. ¿Se puede saber qué estáis haciendo ahí abajo?

Estela le pegó un tirón y consiguió hacerse de nuevo con el megáfono.

–Mi hermano y yo queremos hablar contigo. Por favor, baja.

–Estela... –negó con la cabeza.

–Por favor, Cristina –insistió la niña–. Es importante. Quiero pedirte perdón.

Víctor tocó el brazo de su hermana para que le dejara hablar a él.

–Tengo un gatito que se llama Bob –dijo cuando Estela le acercó el megáfono–. Es muy bonito. ¿Tú lo quieres ver?

Ella tragó saliva.

–Por favor, quiero hablar contigo.

Dudó si hacer caso a la niña.

–Chicos, por favor, os tenéis que marchar a casa. No puedo bajar. Estela, no me lo pongáis más difícil –volvió a meterse dentro.

Desde donde estaba oyó cómo Estela le decía a su hermano.

–Tienes que llorar más fuerte. Algún día me lo agradecerás. Te tiene que escuchar ella, que vive en un quinto.

Cristina no se había podido retirar de la ventana. Sintió el llanto de Víctor.

–¡Por favor, ayúdenme, mi hermano se ha hecho daño y no hace más que llorar!

Cristina volvió a asomarse.

–Estela, déjalo ya. Esta es otra de tus tretas.

Ella negó con la cabeza.

–Sí, reconozco que le he pegado un pellizco y de repente se ha puesto a llorar y no para. No sé qué hacer. Creo que se ha hecho daño en el pie porque le ha dado una patada al suelo.

–Está bien, me pongo unos pantalones y bajo. Te lo advierto, estoy cansada de tus tonterías.

En el tiempo en el que ella se vestía, oyó el sonido de

una sirena en la calle. Se volvió a asomar a la ventana. Esa niña era toda una lianta.

–Papá, a Víctor le pasa algo. No para de llorar y una mujer me ha dicho que ha llamado a una ambulancia o no sé a quién. Tienes que venir enseguida... por favor, Víctor, deja de llorar.

La gente empezó a hacer un corrillo alrededor de los dos hermanos.

–Estamos al final de la calle En Bou, la que da –buscó el nombre en una placa– a la calle Corregería... ¿Cómo, papá? ¿Qué dices? No te entiendo –retiró el teléfono de su oreja–. Por favor, ven...

Después colgó. La sirena no dejaba de sonar.

Cristina bajó por las escaleras de tres en tres escalones. Llegó al portal con la respiración entrecortada. Cuando salió a la calle, Víctor se sujetaba el pie y lloraba con desconsuelo. O a Víctor realmente le dolía el pie o le estaba echando mucho teatro, porque nunca había visto llorar a un niño de esa manera.

–¿Qué le pasa a ese crío? –quiso saber una mujer.

–Nada, que creo que se ha hecho mucho daño en el pie –repuso Estela.

Cristina se agachó frente al niño y le pasó una mano por la frente.

–Víctor, no pasa nada –lo tomó en brazos–. Venga, deja de llorar –le dio un beso en la mejilla para que se calmara–. ¿Qué ha ocurrido, Estela?

–Ahora te lo explico.

–Ella me ha pegado –la acusó–. No he hecho nada. Y me duele mucho el pie.

–Yo no te he pegado. No seas llorica.

–Estela, ¿esto es cosa tuya? Otra vez, no. Sigues siendo una niña.

–Sí, es verdad, sigo siendo una cría, pero te juro que

solo le he pegado un pellizco porque no se quería levantar. Y puede que me haya pasado pegándole una patada –levantó la cabeza buscando a alguien.

–Estela, estoy muy cansada de tus tonterías. De verdad, déjame en paz. Me voy a ir a Madrid esta tarde.

–Pero no te puedes ir.

–Víctor –gritó Álex.

–Papi, estoy aquí. Me duele mucho el pie.

Estela puso los ojos en blanco. Estuvo a punto de darle un pescozón, pero de los de verdad, para que llorara a gusto. Su actuación era de Óscar.

–¿Me permiten? Es mi hijo el que está llorando.

Álex lo vio en brazos de ella. Ambos cruzaron las miradas. Él se recriminó por ser un estúpido. Intentó no pensar en lo bien que le sentaba el *short* que ella llevaba y que dejaba al aire sus piernas largas, esas que tanto había besado. Solo tenía que alargar la mano para atraerla hacia él.

–¿Qué está pasando aquí? –preguntó él.

–No es nada, tranquilo –respondió Cristina–. Víctor no tiene nada, puede que un susto. Estela le ha pegado una patada.

–¡Que alguien apague esa dichosa sirena, que no se oye nada! –exclamó una mujer mayor, que se unió al corrillo.

–¿Esto es cosa tuya? –quiso saber Álex apuntando a Estela.

Entonces la niña empezó a hablar. Todo aquello tenía un motivo. No se marcharía hasta que su padre y Cristina hablaran.

–Sí, es cosa mía –se colocó entre ellos–. A ver, yo solo quiero que habléis y que volváis otra vez. Cristina, lo siento, yo tengo la culpa de todo. Yo envié ese *whatsapp* y ahora sé que no lo tenía que haber enviado. Por favor, perdóname. Me tienes que perdonar porque nunca me he sentido tan mal y tienes que volver a casa. Mi hermano te echa de menos, y mi padre también.

—¿Qué está ocurriendo aquí? —preguntó un hombre mayor—. ¿Se ha muerto alguien?

—¡Anda, por Dios, qué se va a morir alguien! —exclamó una mujer—. Espere que ahora se lo explique, que parece que esto se está poniendo interesante.

—Tú y yo teníamos una conversación pendiente —apuntó Álex.

—Ahora no puedo —dijo a media voz.

—Supongo que no soy suficiente para ti.

Cristina estaba desconcertada. No podía decirle aquello. Álex había dado color a su vida. Abrió la boca para responderle, pero tenía un nudo en la garganta.

—Niños, será mejor que nos marchamos a casa —dijo Álex después de que ella se mantuviera callada.

Se acercó hasta ella para coger a Víctor, que había dejado de llorar.

Estela no podía dar crédito a lo que estaba pasando. No era así como se lo había imaginado cuando lo había planeado todo en su habitación.

—No, no nos podemos marchar, papá —se puso delante de su padre—. Siento haber jodi... —se cubrió la boca con una mano—, siento haber fastidiado todo, pero tú la quieres a ella y Cristina te quiere a ti. Tenéis que hablar. Por favor, papá, tienes que intentarlo. Esto no se puede acabar aquí —se giró hacia Cristina—. Papá te quiere, Víctor te quiere y yo te quiero...

—¿Tú me quieres, Estela? —inquirió Cristina, asombrada.

La niña asintió con la cabeza.

—Sí, porque quieres a mi padre y porque quieres a mi hermano. También te has portado bien conmigo y yo no he hecho más que fastidiarlo todo. Te queremos, y queremos que regreses a casa. Y no lo digo porque hagas las mejores tortitas del mundo, pero es que no es justo que por mi culpa no estéis juntos. Te juro que nunca más voy a echarle sal a un dulce. Tenéis que arreglar lo vuestro. Por favor.

–Venga, mujer, hazle caso a la chiquilla, que no hay más que ver cómo te mira él –comentó alguien del corrillo–. Si te está pidiendo perdón.

–Eso, dile que sí, mujer.

–Venga, no podéis dejar las cosas así –repuso Estela–. Papá, le tienes que decir cuánto la quieres, si me lo dijiste anoche. Y cuando dos personas se quieren, pues una le pide a la otra que se case, o que vivan juntos, o yo qué sé, pero vosotros os queréis –le tomó de la mano para que no se marchara–. Acércate a ella y dile esas cosas que se dicen las personas que se quieren...

–Cállate, Estela –le pidió su padre.

–Pero papá...

–Deja que siga yo. No estaría bien que mi hija le pidiera a la mujer que amo que se casara conmigo.

Cristina notó la sangre arremolinarse en sus mejillas.

Álex apretó la mandíbula. Ya había cometido demasiadas estupideces en las últimas semanas, así que una más no tenía más importancia. Avanzó los dos metros que lo separaban de Cristina.

–Hace un tiempo me preguntaste si tenía una canción –dijo con voz profunda–. Sí, la hay y no dejo de pensar en ella ni un solo día. Cristina, no puedo evitar enamorarme de ti todos y cada uno de los días. La pedí para ti el lunes. Esperaba haber podido solucionarlo ese día, pero ya ves, fui incapaz. Soy así de torpe. Llámame estúpido, me lo merezco por no dejar que te explicaras –Víctor contemplaba la escena con los ojos abiertos. Se había colgado del cuello de su padre como un monito–. En algo tiene razón mi hija, y es que te quiero con locura, mi hijo te adora, y hasta Estela también te quiere. Ya la has oído. Sería un imbécil si te dejara marchar por tercera vez.

Cristina sintió que la emoción le desbordaba. Buscó el apoyo de la pared que estaba a sus espaldas.

–Álex –tuvo que carraspear para que le saliera la voz–, aquella noche te hice una pregunta.

–Lo sé. Y la respuesta es sí, pequeña, confío en ti, te confiaría todo lo que tengo, mis hijos, mi hotel. Y si me aceptas, somos nosotros quienes salimos ganando. Te doy todo lo que soy.

–Para mí es suficiente. Era cuanto quería escuchar, que confiabas en mí.

–Papi, ¿cuándo nos vamos a ir a casa? –el niño lo tomó de las mejillas para que le mirara.

–Bacalao, no le interrumpas –le dijo Estela con lágrimas en los ojos.

–Mi casa eres tú, Cristina. Eres el hogar al que siempre quiero volver. Me dijiste un día que no te gustaban las bodas, ¿recuerdas qué te contesté? –ella asintió–. Espero ser esa persona que esperabas. No deseo otra cosa que seas mi esposa.

Cristina parpadeó para no terminar llorando.

Estela empezó a murmurar un sí, hasta que poco a poco se le fueron sumando los demás síes de la gente que les rodeaba. Sí… sí… sí… sonaba cada vez con más intensidad.

–Dile que sí a papá, por favor.

Algo tenía Cristina con las declaraciones. Nunca hubiera imaginado que Álex se le fuera a declarar con Víctor en los brazos. No sabía si era lo más romántico del mundo, lo que sí que podía decir es que le resultaba lo más tierno y conmovedor que nadie había hecho nunca por ella. No podía evitar derretirse, porque muy pronto estaría entre sus brazos saboreando esos labios.

Sí... sí... sí...

–Venga, dile que sí, mujer –comentó una mujer.

–Álex, hazme esa pregunta, pero antes de responderte, dile a tu hijo que se tape los ojos, porque cuando me la hagas voy a quererlo todo de ti.

Estela se quitó un anillo que le había regalado su abuela.

–Papá, toma –se lo entregó–. Si le vas a pedir que se case contigo, tienes que hacer bien las cosas –cogió a su hermano en brazos–. Ven conmigo, bacalao, que papá tiene que hacer algo muy importante.

Álex la tomó de la mano. Ambos temblaban. La gente que les rodeaba no dejaba de murmurar los síes.

Sí... sí... sí...

–Cristina, ¿me concederías el honor de casarte conmigo?

Epílogo

Meses después

Cristina se giró cuando Víctor llamó a la puerta y entró con una mano que le cubría los ojos:
—¿Puedo pasar?
—A ver, bacalao, ya estás dentro —replicó Estela—. ¿Qué quieres? Y quítate la mano de la cara, que te vas a tropezar.
—Es que yo no puedo ver el vestido.
—¿Y quién te ha dicho esa tontería? —quiso saber Cristina mirando a Estela—. Para que lo sepas, el que no puede ver el vestido es tu padre.
—¡Era una broma, bacalao! Tú siempre te lo crees todo —Estela esbozó una mueca de fastidio.
—Chicos, dejadlo ya —dijo Cristina—. Me prometisteis que hoy no os ibais a pelear. Venga, hacedlo por vuestro padre y por mí.
—Papá me ha preguntado si estás segura.
Cristina se agachó. Contuvo el aliento para no derramar ni una sola lágrima. Era difícil contener la emoción. No quería estropear su maquillaje.
—Dile a tu padre que no me lo vuelva a preguntar más. En un rato subiremos a la terraza y tu padre y yo nos ca-

saremos. No se va a librar tan fácilmente de mí. Así que ya se lo puedes ir diciendo.

Marga y Mariví estaban en un rincón y no dejaban de llorar. La una y la otra se pasaban pañuelos de papel.

—La que no quería casarse —repuso su hermana Marga.

—Ya, es que no me podía negar. Estaba tan mono —indicó Cristina mirándose al espejo—. ¿Cómo estoy?

—Te podría decir lo mismo que le has dicho a Víctor —respondió Mariví—. Deja ya de preguntarlo. Estás preciosa.

Cristina se volvió hacia las cuatro mujeres que había en la habitación y que serían las damas de honor.

—¿Qué hora es?

—Son casi las seis —respondió su hermana Sofía.

—¿No crees que debería ir subiendo?

—No, que sufra un poco —dijo Sofía—. Ya que te vas a casar, vamos a cumplir con la tradición. ¿Cuánto le hacemos esperar?

—Quince minutos —dijo Estela.

—¿Tanto? —inquirió Cristina mordiéndose el labio inferior—. Eres muy mala.

—Nena, deja de comerte el pintalabios —Mariví se acercó a ella con una barra de labios—. Ya es la segunda vez que te lo tenemos que retocar.

—Si me caso algún día, voy a hacer esperar a mi novio por lo menos una hora.

—¡Me sigue maravillando cómo sigues teniendo esas ideas tan retorcidas! —exclamó Mariví.

—Solo es cuestión de practicar —enseguida se dio cuenta de lo que había dicho—. Os juro que hoy no he puesto sal a las tartas y que no he preparado nada. Me he portado bien.

Todas soltaron una carcajada.

—Claro que no les has puesto sal —replicó Gema—. De eso ya me he encargado yo.

–¿Cuántas visitas tiene ya la pedida de mano de tu padre a mi hermana en YouTube? –preguntó Sofía.

–Creo que ya va por los tres millones –soltó Estela. Esbozó una sonrisa inocente–. Tenéis que creerme de una vez, yo no lo subí a la Red.

–Tú no, pero Carol sí, que me he enterado de quién hizo ese vídeo –respondió Gema–. Y no me preguntes cómo lo sé.

Estela retorció el borde de su falda.

–¡Es que fue una pedida muy bonita!

Soltó un suspiro.

–Me tiemblan las piernas –comentó Cristina sentándose en una silla.

Se abanicó con una mano. Empezó a faltarle la respiración.

–¿Sabéis qué hice anoche? –Marga se había sentado en el reposabrazos de la silla de su hermana pequeña.

–No hace falta que lo cuentes –replicó Mariví–. Nos lo podemos imaginar. Tu padre y yo os escuchamos.

Marga puso los ojos en blanco.

–Estoy hablando de antes. Anoche llamé a Javier. Le di las gracias y le dije que había encontrado a alguien mejor que él. Y antes de colgar le dije que superara los cinco polvos que nos habíamos pegado Óscar y yo antes de irnos a la cama.

–Nena –dijo haciéndole un gesto con la cabeza señalándole a Estela–, que hay una menor.

–A ver, que yo sé cómo funcionan estas cosas. Que no soy tan cría.

Marga esbozó una sonrisa triunfal.

–¿Le dijiste eso? –Cristina la miró asombrada.

–Sí, vaya si lo hice –se pasó la mano por su vientre de siete meses de embarazo–. No sabéis lo a gusto que me quedé.

Cristina notó que las manos empezaban a sudarle.

—¿Qué hora es?

—Venga, sí, será mejor que no hagamos esperar más a Álex —repuso Mariví mirando el reloj. Eran las seis y diez—. Va a pensar que te lo has pensado mejor y que no te quieres casar.

Cristina se levantó y volvió a mirarse al espejo.

—Nena, aunque fueras la novia más fea del mundo, él solo va a tener ojos para ti.

Sofía fue quien abrió la puerta de la habitación. En el comedor la esperaban Óscar, su hermano, su padre, Víctor y Maribel con las dos pequeñas: Nuria y Noa. Mariví se acercó un momento al carrito. Tenía suerte de que se pasaran gran parte del día durmiendo.

—¿Cómo se están portando?

—Son unas benditas. Es que no se las oye.

—Sí, son buenas niñas. En estos seis meses no nos han dado ni una sola mala noche.

Óscar se colocó al lado de Cristina y le murmuró al oído:

—Estás para que te empotre Álex en la pared.

Cristina soltó una carcajada.

—¿Entonces estoy bien?

—Estás preciosa, casi tanto como tu hermana —le tiró un beso al aire.

—No esperaba menos de ti.

—Bombón, es que el embarazo le sienta muy bien.

Juanfra llegó a su lado y le dio un beso en la mejilla.

—No le hagas caso a este idiota. Eres la más guapa de todas.

Entonces su padre pegó una palmada al aire.

—A ver, ¿dónde está esa novia? —preguntó Fran conteniendo la emoción. Le tendió su brazo—. Cariño, ¿estás preparada?

—Sí, papá, lo estoy.
—Venga, ya hemos hecho esperar mucho al novio.

Óscar, Juanfra y Víctor fueron los primeros en salir al pasillo del hotel. Les siguieron las cuatro damas de honor, Maribel con las niñas, y por último fueron Cristina y su padre quienes abandonaron el comedor de la casa de Álex.

Víctor fue el primero en entrar a la terraza del Acanto.
—Papi, ya viene, ya puedes cantar la canción.
—Bacalao, se trataba de una sorpresa —replicó Estela pegándole un pescozón suave.

Álex agarró el ukelele, la vio avanzar por el pasillo, tragó saliva y comenzó a cantar *Can't Help Falling In Love*.

—Calma, cariño, no te apresures —le murmuró su padre en el oído—. Deja que te la cante. No se va a marchar.
—Papá, dime que no estoy soñando.
—No, no lo estás. Y no llores, que para eso estoy yo.
—Gracias, papá —le apretó el brazo.

Fran dejó a Cristina junto a Álex.
—Has cantado nuestra canción —murmuró.
—Sí. Te lo vuelvo a repetir: no puedo evitar enamorarme de ti todos y cada uno de los días que pases junto a mí.

Juanfra, el notario de la familia, iba a oficiar la boda. Carraspeó para que la gente se callara. Ambos se giraron hacia él y asintieron con la cabeza. Era hora de comenzar. Cristina esperó con impaciencia a que su hermano dijera las palabras que siempre deseó oír.

—Cristina, ¿aceptas a Álex como marido?

Ella notó cómo él tragaba saliva cuando giró la cabeza. Primero asintió con la cabeza antes de responder alto y claro:

—Sí, lo acepto, acepto a Álex como marido.

ÚLTIMOS TÍTULOS PUBLICADOS EN HQN

Un beso inesperado de Susan Mallery

El huerto de manzanos de Susan Wiggs

El tormento más oscuro de Gena Showalter

Entre puntos suspensivos de Mayte Esteban

Lo que hacen los chicos malos de Victoria Dahl

Último destino: Placer de Megan Hart

Placer prohibido de Julia London

En mi corazón de Brenda Novak

Está sonando nuestra canción de Anna Garcia

Siempre un caballero de Delilah Marvelle

Somos tú y yo de Claudia Velasco

Noches de Manhattan de Sarah Morgan

Azul cielo de Mar Carrión

El Puerto de la Luz de Jane Kelder

Vuelves en cada canción de Anna García

Emocióname de Susan Mallery

Vacaciones al amor de Isabel Keats

www.ingramcontent.com/pod-product-compliance
Lightning Source LLC
LaVergne TN
LVHW030332070526
838199LV00067B/6243